W0003258

BASTEI
LÜBBE

JUDE DEVERAUX

Die Zähmung

Aus dem Amerikanischen von
Bodo Baumann

BASTEI-LÜBBE-TASCHENBUCH
Band 11616

1. Auflage 1990
2. Auflage 1991
3.–4. Auflage 1992
5. Auflage 1993

Titel der Originalausgabe: The Taming

Printed in Germany
Einbandgestaltung: Adolf Bachmann
Titelfoto: Sanjulian/Norma
Satz: Prechtl, Passau
Druck und Bindung: Ebner Ulm
ISBN 3-404-11616-X

Kapitel eins

England

1445

»Deine Tochter oder ich, eine von uns beiden muß gehen«, sagte Helen Neville streng, die Hände in die Seiten gestemmt, während sie auf ihren Mann, Gilbert, hinuntersah. Er lag auf der gepolsterten Erkerbank hingestreckt und kraulte seinem Lieblingshund die Ohren, während das Sonnenlicht über ihm durch das alte steinerne Fenster mit den zurückgeschlagenen blaugestrichenen, hölzernen Fensterläden flutete.

Wie gewöhnlich ging Gilbert mit keinem Wort auf ihre Forderung ein, und sie ballte wütend die Hände zu Fäusten. Er war zwölf Jahre älter als sie und über alle Maßen faul. Obwohl er die meiste Zeit damit verbrachte, hinter einem Jagdfalken herzureiten, nahm sein Bauch von Tag zu Tag an Umfang und Schwere zu. Sie hatte ihn natürlich seines Geldes wegen geheiratet, seiner goldenen Schüsseln und seines Landes wegen, das viele tausend Hektar umfaßte. Und seiner acht Schlösser (von denen er zwei noch nie gesehen hatte), seiner Pferde, der stattlichen Armee seiner Bediensteten und der schönen Kleider wegen, die er ihr und ihren zwei Kindern geben konnte. Sie hatte eine Liste von Gilbert Nevilles Besitz gelesen und ja zu seinem Heiratsantrag gesagt, ohne erst darum zu bitten, den Mann persönlich kennenzulernen.

Doch nun, ein Jahr nach der Hochzeit, dachte Helen oft, ob sie sich nicht gefragt hätte, wer denn seinen Besitz verwaltete, wenn sie Gilbert und sein träges Wesen vorher besser gekannt hätte. Hatte er etwa einen überaus tüchtigen Majordomus? Sie wußte, daß er nur ein Kind aus erster Ehe besaß — ein blasses, schüchtern aussehendes Mädchen, das nicht ein Wort mit Helen vor deren Hochzeit mit ihrem Vater gewechselt hatte. Aber vielleicht hatte Gilbert einen außerehelichen Sohn, der seine Güter verwaltete.

Doch nachdem Helen mit Gilbert verheiratet war und entdeckte, daß ihr Mann im Bett genauso faul war wie außerhalb des Bettes, kam sie schließlich auch dahinter, wer sich um den Besitz ihres Mannes kümmerte.

Liana! Helen wünschte, sie hätte diesen Namen nie gehört. Diese süß aussehende, so schüchtern wirkende Tochter ihres Mannes Gilbert war ein verkappter Teufel. Liana hatte wie ihre Mutter zuvor das Sagen. Liana saß am Tisch des Haushofmeisters, wenn die Bauern kamen, um den Zehnten zu bezahlen. Liana ritt über Gilberts Land, besichtigte die Felder und ließ beschädigte Dächer der Zinspflichtigen flicken. Liana entschied, wann ein Schloß zu schmutzig geworden, der Boden erschöpft war und es Zeit wurde für den Haushalt, umzuziehen. Dreimal im vergangenen Jahr hatte Helen erst von ihrem Umzug erfahren, als sie ein Dienstmädchen ihr Bettzeug zusammenpacken sah.

Es hatte wenig gefruchtet, Gilbert oder Liana zu erklären, daß sie, Helen, nun die Herrin im Hause sei und Liana ihre Vollmachten an ihre Stiefmutter abtreten sollte. Sie hatten beide Helen nur neugierig angesehen, als hätte die dämonische Fratze eines Wasserspeiers zu reden angefangen, und dann hatte sich Liana wieder mit dem Kommandieren und Gilbert mit dem Nichtstun beschäftigt.

Helen hatte versucht, ohne vorherige Absprache die Herrschaft zu übernehmen, und eine Weile lang glaubte sie, es sei ihr auch tatsächlich gelungen — bis sie herausfand, daß jeder Dienstbote erst Liana um eine Bestätigung von Helens Befehl bat, ehe er diesen ausführte.

Anfangs waren Helens Beschwerden bei Gilbert noch in milder Form vorgetragen worden und zumeist dann, wenn sie ihn im Bett erfreut hatte.

Doch Gilbert hatte sie mit den Worten abgetan: »Laß Liana doch machen, was sie will. Du kannst sie nicht bremsen. Ebensogut könntest du versuchen, eine Steinlawine aufzuhalten. Das war schon bei ihrer Mutter so. Am besten ging man ihr und geht man Liana aus dem Weg.« Damit hatte er sich auf die andere Seite gedreht und weitergeschlafen; aber Helen hatte die ganze Nacht wachgelegen, und ihr Körper war heiß gewesen vor Zorn.

Am nächsten Morgen war sie entschlossen, selbst zu einer Steinlawine zu werden. Sie war älter als Liana und notfalls auch gerissener. Nachdem ihr erster Ehemann gestorben war und sein jüngerer Bruder den Besitz geerbt hatte, wurden ihre beiden kleinen Töchter und sie von ihrer Schwägerin beiseitegedrängt. Helen hatte zusehen müssen, wie alle Aufgaben, die sie früher wahrgenommen hatte, eine jüngere und weitaus weniger tüchtige Frau übernahm. Als Gilbert Nevilles Heiratsantrag kam, hatte sie darin die Chance gesehen, wieder ihren eigenen Haushalt zu führen, sich ein Heim schaffen zu können, und sofort zugegriffen. Doch nun wurde der ihr zustehende Platz widerrechtlich von einem schmächtigen, blassen Mädchen eingenommen, das schon vor Jahren verehelicht und aus dem Haus ihres Vaters hätte geschickt werden sollen.

Helen hatte versucht, Liana zur Vernunft zu bringen, indem sie dieser die Freuden schilderte, die man als Frau erfahre, wenn man einen Ehemann, eigene Kinder und ein eigenes Heim habe.

Liana hatte sie nur mit ihren großen blauen Augen so unschuldig angesehen wie einer der Engel an der Decke der Hauskapelle und sie gefragt: »Aber wer wird sich dann um die Güter meines Vaters kümmern?«

Helen hatte mit den Zähnen geknirscht und geantwortet: »*Ich* bin die Frau deines Vaters. *Ich* werde tun, was nötig ist.«

Liana hatte geblinzelt, Helens prächtiges Samtkleid mit der Schleppe im Rücken kritisch gemustert, den tiefen Ausschnitt vorn und im Rücken, der Helens hübsche Schultern zur allgemeinen Betrachtung freigab; die kunstvoll ausgepolsterte, reichverzierte Frisur und belustigt gemeint: »In diesem Aufzug bekämst du einen Sonnenbrand.«

Helen hatte sich mit den Worten verteidigt: »Ich würde mich schon so anziehen, daß ich auf einem Pferd reiten kann. Ich bin sicher, daß ich die Kunst des Reitens ebensogut beherrsche wie du. Liana, es ist nicht schicklich, daß du im Haus deines Vaters bleibst. Du bist jetzt fast zwanzig. Du solltest dein eigenes Heim haben, deinen eigenen . . .«

»Ja, ja«, hatte Liana sie da unterbrochen. »Ich bin sicher, daß du recht hast; aber ich muß jetzt gehen. Heute nacht hat es in einem Dorf gebrannt, und ich muß mich um die Obdachlosen kümmern.«

Helen hatte ihr mit rotem Gesicht und düsterer Laune nachgeblickt. Was für einen Nutzen hatte sie davon, mit einem der reichsten Männer Englands verheiratet zu sein und von einem Schloß ins andere zu ziehen, deren prächtige Ausstattung so kostbar war, wie sie das niemals für möglich gehalten hätte? Dicke farbenfrohe Teppiche hingen an allen Wänden, alle Decken waren mit biblischen Szenen bemalt; jedes Bett, jeder Tisch und Stuhl war mit einem bestickten Tuch bezogen. Liana hielt sich ein Zimmer voller Frauen, die von morgens bis abends nichts anderes taten, als sich über ihren Stickrahmen zu beugen und ihre Nadeln zu bewegen. Das Essen war himmlisch, da Liana gute Köche mit ausgezeichnetem Lohn und pelzgesäumten Gewändern für deren Frauen anlockte. Die Latrinen, der Burggraben, die Ställe, die Burghöfe waren stets sauber, da Liana Sauberkeit überaus schätzte.

Liana, Liana, Liana, dachte Helen und drückte die Fäuste gegen die Schläfen. Die Dienstboten taten immer das, was Lady Liana von ihnen wünschte, was Lady Liana angeordnet oder Gilberts erste Frau eingerichtet hatte. Helen hätte ebensogut gar nicht existieren können, so wenig Einfluß hatte sie auf die Leitung der Angelegenheiten von Nevilles Besitz.

Als schließlich sogar die beiden kleinen Töchter von Helen damit begannen, Liana zu zitieren, erreichte Helens Wut den Siedepunkt. Die kleine Elizabeth hatte ein eigenes Pony haben wollen, und Helen hatte gelächelt und gesagt, das wäre kein Problem. Da hatte Elizabeth ihre Mutter zweifelnd angesehen und war mit den Worten: »Ich werde Liana darum bitten«, aus dem Zimmer gelaufen.

Dieser Vorfall war der Anlaß gewesen, daß Helen ihrem Mann nun ein Ultimatum stellte. »Ich gelte weniger als nichts in diesem Haus«, sagte sie zu Gilbert. Sie machte gar nicht erst den Versuch, im leisen Ton mit ihrem Gatten zu reden, obwohl sie sich durchaus bewußt war, von lauschenden Dienern umgeben zu sein. Das waren Lianas Diener, gut ausgebildete, gehorsame Männer und Frauen, die sowohl die Großzügigkeit ihrer jungen Herrin wie deren Zorn kannten, und die ihr Leben für sie hingeben würden, falls Liana das verlangte.

»Entweder deine Tochter oder ich«, wiederholte Helen.

Gilbert blickte von dem Tablett mit Fleischpasteten

hoch, die man in die Form der Zwölf Apostel gebracht hatte. Er wählte daraus den heiligen Paulus und schob diesen in den Mund. »Und was soll ich mit ihr anstellen?« fragte er träge. Es gab nicht viel auf Erden, was Gilbert Neville aufregen konnte. Bequemlichkeit, ein guter Falke, ein guter Jagdhund, gutes Essen und Frieden waren alles, wonach er im Leben fragte. Er wußte nicht, was seine erste Frau unternommen hatte, um das Vermögen, das ihm sein Vater hinterlassen, und die gewaltige Mitgift, die sie in die Ehe mitgebracht hatte, zu mehren, noch was seine Tochter jetzt trieb. Nach seinen Begriffen wuchs sein Besitz von selbst. Die Bauern bestellten das Land; die Edelleute gingen auf die Falkenjagd; der König machte Gesetze. Und ihn dünkte, daß Frauen ständig zankten.

Er hatte die schöne junge Witwe, Helen Peverill, zum erstenmal gesehen, als sie über das Land ihres verstorbenen Gemahls ritt. Ihre dunklen Haare waren ihr über den Rücken geflossen, ihre großen Brüste fast aus dem Gewand gehüpft, und der Wind hatte ihre Röcke gegen ihre kräftigen, gesunden Schenkel gedrückt. Gilbert hatte einen seltenen Moment der Fleischeslust erfahren und seinem Schwager mitgeteilt, daß er Helen zu ehelichen wünsche. Danach hatte Gilbert nicht mehr viel unternommen, bis Liana ihm sagte, daß es Zeit wäre für die Hochzeit. Nach einer lustvollen Hochzeitsnacht hatte Gilbert eigentlich schon genug gehabt von Helen und erwartet, daß sie ihn nun in Ruhe ließ und machte, was Frauen eben tagsüber so trieben. Aber das hatte sie nicht getan. Statt dessen hatte sie angefangen, unentwegt zu nörgeln — vor allem und ausgerechnet über Liana. Liana war so ein süßes, hübsches Kind, das dafür sorgte, daß die Musikanten Weisen spielten, die Gilbert liebte, die Mägde anwies, ihn stets mit Speisen zu versorgen, und an langen Winterabenden ihrem Vater Geschichten erzählte, um ihm die

Zeit zu vertreiben. Er konnte nicht verstehen, weshalb Helen Liana aus dem Haus haben wollte. Liana verhielt sich so still und unauffällig, daß er sich manchmal fragte, ob sie überhaupt da war.

»Ich würde meinen, daß Liana einen Ehemann haben kann, wenn sie einen haben will«, sagte Gilbert gähnend. Er glaubte, daß die Leute nur das taten, was sie gern tun wollten. Er nahm wirklich an, die Leute arbeiteten vom Tagesanbruch bis zur Dunkelheit auf den Feldern, weil sie es eben gern wollten.

Helen versuchte die Ruhe zu bewahren. »Natürlich möchte Liana keinen Ehemann haben. Warum sollte sie sich wohl einen Mann wünschen, der ihr sagt, was sie tun soll, wenn sie hier absolute Freiheiten *und* absolute Macht besitzt? Hätte ich im Heim meines verstorbenen Gatten eine solche Gewalt gehabt, hätte ich sein Haus niemals verlassen.« Sie warf die Hände in einer Geste hilflosen Zorns in die Höhe. »Macht und keinen Mann, für den sie sorgen muß! Liana hat den Himmel auf Erden. Sie wird *niemals* von hier fortgehen.«

Obwohl Gilbert Helens Beschwerden nicht verstand, ging ihm ihr Kreischen dennoch auf die Nerven. »Ich werde mit Liana reden und sie fragen, ob sie einen Ehemann ins Auge gefaßt hat.«

»Du mußt ihr *befehlen,* sich einen Mann zu nehmen«, sagte Helen. »Du mußt für sie einen Mann aussuchen und ihr sagen, daß sie ihn zu heiraten habe.«

Gilbert blickte seinen Hund an und lächelte versonnen. »Ich habe mich einmal mit Lianas Mutter angelegt — ein einziges Mal. Ich bin nicht bereit, den gleichen Fehler noch einmal zu machen und mich mit ihrer Tochter anzulegen.«

»Wenn es dir nicht gelingt, deine Tochter aus meinem Haus zu schaffen, wirst du bereuen, dich mit *mir* angelegt zu haben«, sagte Helen, ehe sie auf den Fersen kehrtmachte und dem Raum verließ.

Gilbert kraulte seinem Hund die Ohren. Seine neue Frau war ein Kätzchen im Vergleich zu seiner ersten, die ihm wie eine Löwin erschienen war. Er konnte wirklich nicht begreifen, warum Helen sich so erboste. Nie hätte er gedacht, daß ein Mensch sich Verantwortung *wünschen* könnte. Er nahm eine nach Sankt Markus geformte Fleischpastete und zerkaute sie nachdenklich. Vage erinnerte er sich daran, daß ihn jemand gewarnt hatte, zwei Frauen unter seinem Dach zu beherbergen. Vielleicht würde er wirklich mit Liana reden müssen, um zu erfahren, wie sie über diese Idee dachte, sich einen Mann zu nehmen. Wenn Helen ihre Drohung wahrmachte und in eine andere Burg umzog, würde sie ihm im Bett fehlen. Aber wenn Liana tatsächlich heiratete, mochte das vielleicht jemand sein, der gute Jagdfalken züchtete.

»So«, sagte Liana leise, »meine geschätzte Stiefmutter möchte mich aus meinem eigenen Heim werfen — aus dem Heim, für dessen Vergrößerung meine Mutter so hart arbeitete und das ich nun drei Jahre lang verwaltet habe.«

Gilbert fürchtete, daß möglicherweise sein Kopf zu schmerzen begann. Helen hatte in der vergangenen Nacht endlos auf ihn eingeredet. Offenbar hatte Liana Anweisung gegeben, etliche neue Häuser in der von einer Mauer umgebenen Stadt am Fuße der Burg zu errichten. Helen war entsetzt gewesen, daß Liana plante, Nevilles Geld für den Bau dieser Häuser auszugeben, statt die Bauern für ihre Unterkunft selbst zahlen zu lassen. Helen hatte darob so laut geschrien, daß alle sechs Falken, die Gilbert besaß, von ihrem Schlafplatz im Gebälk aufgeflogen waren. Man hatte ihnen Kapuzen übergestülpt, um sie ruhig und blind zu machen, doch bei ihrem panikartigen Flug hatte sich einer der Raubvögel das Genick gebrochen. Gilbert wußte, daß nun etwas getan werden mußte; er konnte nicht riskieren, noch einen seiner geliebten Falken zu verlieren.

Sein erster Gedanke war, die beiden Frauen in Rüstungen zu stecken und sie ein Turnier ausfechten zu lassen, um zu entscheiden, welche nun gehen mußte oder bleiben konnte. Aber Frauen besaßen Waffen, die härter waren als Stahl: *Worte.*

»Ich glaube, Helen ist der Meinung, du würdest — äh — in deinem eigenen Heim glücklicher sein. Mit deinem eigenen Gatten und etlichen Gören.« Gilbert konnte sich nicht vorstellen, daß man anderswo glücklicher sein konnte als auf dem Land der Nevilles; aber wer kannte sich schon mit Frauen aus?

Liana trat ans Fenster und blickte hinaus auf den Innenhof, die dicke Burgmauer dahinter und auf die Stadt am Fuße des Hügels, die ebenfalls von einer Mauer umfriedet war. Dies war nur eines der zahlreichen Besitztümer ihrer Familie — eines von vielen, die sie verwaltete. Ihre Mutter hatte viele Jahre darauf verwandt, Liana auszubilden — ihr beizubringen, wie sie das lehnsabhängige Volk behandeln und das Rechnungswesen des Majordomus zu überprüfen habe. Und wie sie jedes Jahr einen Überschuß erwirtschaften konnte, um neues Land hinzuzukaufen.

Liana hatte die Mitteilung ihres Vaters, daß er eine hübsche junge Witwe zu heiraten gedenke, mit Verdruß aufgenommen. Ihr gefiel der Gedanke nicht, daß eine andere Frau versuchte, den Platz ihrer Mutter einzunehmen, und ihr schwante schon damals nichts Gutes. Doch Gilbert Neville konnte auch eigensinnig werden und war zudem ehrlich davon überzeugt, daß ihm alles erlaubt sei, was und wann er es sich wünschte. Liana war heilfroh, daß er nicht zu jenen Männern gehörte, die an nichts anderes dachten als an Fehden und Waffen. Er beschäftigte sich mit seinen Hunden und Falken und überließ die wichtigeren Dinge erst seiner Frau und dann seiner Tochter.

Bis jetzt jedenfalls. Doch nun hatte er die eitle Helen geheiratet, die nur an Profit dachte, damit sie sich noch mehr und kostbarere Kleider kaufen konnte. Helen hielt sich fünf Frauen, die bis in die Nacht hinein für sie Kleider nähen mußten. Eine dieser Frauen tat nichts anderes als Zuchtperlen anzuheften. Allein im letzten Monat hatte Helen vierundzwanzig Pelzhäute gekauft, und im Monat davor einen Korb voller Hermelinfelle, wobei sie so wenig an die Kosten dachte, als würde sie einen Korb voller Korn kaufen. Liana wußte, Helen würde die Bauern bis zum Weißbluten auspressen, damit sie sich einen Gürtel aus Gold und Diamanten kaufen konnte, wenn sie Helen die Verwaltung des Familienbesitzes überließ.

»Nun?« fragte Gilbert hinter Lianas Rücken. Weiber! dachte er. Er würde noch auf seine tägliche Jagd verzichten müssen, wenn er nicht bald eine Antwort von seiner Tochter bekam. Es war Helen zuzutrauen, daß sie ein Pferd bestieg und ihm folgte, um das Gezeter, das sie heute nacht angestimmt hatte, auch tagsübe fortzusetzen.

Liana drehte sich zu ihrem Vater um. »Sage meiner Stiefmutter, daß ich heiraten werde, wenn ich einen *passenden* Mann finde.«

Gilbert sah erleichtert aus. »Das scheint mir recht und billig zu sein. Ich werde es ihr ausrichten, und das wird sie glücklich machen.« Er bewegte sich zur Tür, blieb dann aber noch einmal stehen und legte in einer seltenen Anwandlung von Zuneigung seiner Tochter die Hand auf die Schulter. Gilbert war kein Mann, der auf Vergangenes zurückschaute; doch in diesem Moment wünschte er, er hätte Helen nie gesehen, sie niemals geheiratet. Er hatte nicht gewußt, wie bequem er es eigentlich bei seiner Tochter hatte, die für seine bescheidenen Bedürfnisse sorgte, und mit einer Magd, die seinen Appetit stillte, wenn sich die Fleischeslust in ihm regte. Er zuckte mit den Achseln. Es hatte keinen Sinn zu bereuen, was nicht mehr zu ändern war. »Wir werden für dich einen gesunden jungen Mann finden, der dir ein Dutzend Kinder beschert, um die du dich dann kümmern kannst.« Damit verließ er den Raum.

Liana setzte sich hart auf die Federmatratze ihres Bettes und winkte ihre Magd aus dem Zimmer. Dann hielt sie ihre Hände vors Gesicht und sah, wie sehr sie zitterten. Sie hatte einmal einer mit Sicheln und Äxten bewaffneten Horde von Bauern gegenübergestanden, mit drei furchtschlotternden Mägden im Rücken, jedoch einen kühlen Kopf dabei bewahrt und sich das Pack vom Leib gehalten, indem sie ihm die Lebensmittel überließ, die sie bei sich führte, und ihnen Arbeit gab auf ihrem Land.

Sie hatte betrunkene Soldaten in die Schranken gewiesen und auch einen übereifrigen Freier, der sie vergewaltigen wollte. Sie hatte eine Katastrophe nach der anderen durch Besonnenheit, Selbstbewußtsein und Kaltblütigkeit gemeistert.

Doch der Gedanke, daß sie heiraten sollte, erschreckte sie. Das war nicht nur ein Bangen, sondern eine tiefsitzende, in ihrer Seele schwärende Angst. Vor zwei Jahren hatte sie miterlebt, wie ihre Kusine Margaret mit einem Mann verehelicht wurde, den der Vater des Mädchens ausgesucht hatte. Vor der Hochzeit hatte der Mann Liebessonette verfaßt, in denen er Margarets Schönheit pries. Margaret geriet damals ins Schwärmen und erzählte bei jeder Gelegenheit, daß ihre Hochzeit eine Liebesverbindung sein würde und sie sich auf das Zusammenleben mit diesem geliebten Mann freute.

Nach der Hochzeit zeigte der Mann sein wahres Selbst. Er verkaufte den größten Teil von Margarets unglaublich reicher Mitgift, um seine gewaltigen Schulden zu bezahlen. Dann ließ er Margaret mit einer Handvoll Gefolgsleuten in einer alten baufälligen, zugigen Burg zurück, während er an den Hof des Königs ging und dort den Rest ihrer Mitgift dazu verwendete, Juwelen für seine zahlreichen hochgeborenen Huren zu kaufen.

Liana wußte, wie glücklich sie sich schätzen konnte, daß sie die Vollmacht besaß, das Vermögen ihres Vaters zu verwalten. Ihr war bekannt, daß keine Frau irgendeine Gewalt ausüben konnte, solange diese ihr nicht von einem Mann zugestanden wurde. Männer hatten seit ihrem vierten Lebensjahr um ihre Hand angehalten. Sie war schon einmal, mit acht Jahren, verlobt gewesen; aber der junge Mann war gestorben, ehe sie zehn Jahre alt war. Ihr Vater hatte sich danach nicht mehr mit dieser Angelegenheit beschäftigt, und so war es Liana bisher gelungen, das Joch der Ehe von sich fernzuhalten. Sobald ein Freier sein Werben zu hartnäckig vortrug, brauchte Liana Gilbert nur daran zu erinnern, was für ein Chaos ihre Heirat bei ihm anrichten würde, und Gilbert lehnte das Heiratsangebot ab.

Doch nun hatte die geldgierige Helen sich in ihre Verhältnisse eingemischt. Liana dachte daran, ihre Vollmachten auf ihre Stiefmutter zu übertragen und sich auf ihren Besitz in Wales zurückzuziehen. Ja, der wäre weit genug von den Ländereien ihres Vaters entfernt. Dort konnte sie ungestört leben, und bald würden Helen und ihr Vater sie vergessen.

Helen stand auf, die Hände an den Seiten zu Fäusten geballt. Ihr schlichtes Samtgewand streifte die Steinplatten des Fußbodens. Helen würde sie niemals in Frieden lassen. Helen würde sie bis an Ende der Welt verfolgen, um durchzusetzen, daß auch sie ein so elendes Leben führte, wie es alle verheiratete Frauen zu führen schienen.

Liana nahm den Handspiegel vom kleinen Tisch beim Fenster und starrte hinein. Trotz all der Liebesgedichte, die junge heiratswillige Männer auf sie verfaßt hatten, trotz all der Lieder, mit denen herumziehende, von ihr bezahlte Sänger sie gepriesen hatten, konnte sie nicht erkennen, daß sie eine Schönheit war: zu blaß, zu blond, zu ... zu unschuldig aussehend, um als Schönheit gelten zu können. Helen war schön — mit ihren glitzernden dunklen Augen, die jeden wissen ließen, daß sie Geheimnisse hatte, und ihrer schwülen Art, die Männer anzusehen. Liana dachte zuweilen, daß ihre Reizlosigkeit der Grund sei, warum sie die Dienstboten so gut unter ihrer Gewalt hatte. Wenn Helen über den Burghof ging, hielten die Männer mit ihrer Arbeit inne und blickten ihr nach. Die Männer griffen sich zwar an die Stirnlocke aus Respekt vor Liana, aber sie blieben nicht mit offenem Mund stehen, glotzten sie an oder stießen sich gegenseitig in die Rippen, wenn sie an ihnen vorbeikam.

Wieder trat sie ans Fenster und blickte hinunter in den Burghof. Ein hübsches Milchmädchen wurde von dem Gehilfen des Hufschmieds geneckt. Und jetzt faßte er sie mit beiden Händen um die Taille.

Liana wandte sich ab; denn dieser Anblick war zu schmerzlich für sie. Sie konnte sich niemals erhoffen, daß ein junger Mann sie um einen Brunnen herumjagte. Sie konnte niemals herausfinden, ob ein junger Mann sie um den Brunnen herumjagen *wollte.* Die Gefolgsleute ihres Vaters würden sie immer mit dem Respekt behandeln, den ihr Stand von ihnen forderte, und sie mit »Mylady« anreden. Ihre Freier würden nichts unternehmen, um ihre

Hand zu gewinnen, weil sie hinter ihrer Mitgift her waren. Für die war es egal, ob sie einen Buckel und drei Augen hatte; sie würde dennoch blumenreiche Komplimente empfangen und glühende, ihre Schönheit preisende Gedichte. Einmal hatte ihr ein Mann ein Sonett geschickt, das die Schönheit ihrer Füße rühmte. Als ob er die gesehen hätte!«

»Mylady.«

Liana blickte auf und sah ihre Magd Joice unter der Tür stehen. Joice war fast so etwas wie eine Freundin für Liana. Sie war nur zehn Jahre älter als Liana, und Lianas Mutter hatte sie als Kinderschwester für ihre Tochter angeheuert, als Liana noch ein Baby war und Joice fast selbst noch ein Kind. Lianas Mutter hatte ihrer Tochter beigebracht, wie sie ein riesiges Vermögen zu verwalten habe, aber wenn Liana von bösen Träumen geplagt wurde, war es Joice gewesen, die sie getröstet hatte. Es war Joice, die während Lianas Kinderkrankheiten an Lianas Bett gesessen hatte, und Joice hatte sie auch über Dinge aufgeklärt, die mit Wirtschaftsführung nichts zu tun hatten. Joice hatte ihr erklärt, wie Babys gemacht wurden und was der Mann, der sie vergewaltigen wollte, bei ihr gesucht hatte.

»Mylady«, sagte Joice, immer darauf bedacht, ihrem jungen Schützling den ihm gebührenden Respekt zu erweisen. Liana konnte es sich leisten, sich freundschaftlich zu geben; aber Joice blieb sich stets ihres Standes bewußt, vergaß niemals, daß sie schon am nächsten Tag ohne ein Dach über dem Kopf oder ohne eine Mahlzeit auf dem Tisch sein konnte. Sie gab niemals einen Rat, um den sie nicht gebeten wurde. »In der Küche gibt es Streit darüber, ob . . .«

»Bist du deinem Ehemann zugetan, Joice?«

Die Magd zögerte mit der Antwort. Jeder in der Burg

wußte, was Lady Helen verlangte, und das Gesinde war der einhelligen Meinung, daß das Neville-Vermögen spätestens in sechs Jahren zu nichts zerronnen sein würde, wenn Liana das Haus verließ. »Aye, Mylady, das bin ich.«

»Hast du ihn dir selbst erwählt oder wurde er für dich ausgesucht?«

»Ihre Mutter suchte ihn für mich aus; aber ich glaube, sie wollte mir damit nur Gutes tun. Ich wurde also mit einem jungen, gesunden Mann verheiratet und habe ihn inzwischen liebengelernt.«

Lianas Kopf ruckte in die Höhe. »Tatsächlich?«

»O ja, Mylady, so etwas passiert oft.« Joice fühlte sich nun auf sicherem Boden. Alle Frauen hatten Angst vor der Ehe. »Wenn man lange Winternächte zusammen verbringt, stellt sich häufig die Liebe ein.«

Liana wandte sich ab. *Wenn* man eine gewisse Zeit gemeinsam verbrachte. *Wenn* der habgierige Ehemann einen nicht wegschickte. Sie blickte sich zu ihrer Magd um. »Bin ich hübsch, Joice? Ich meine, tatsächlich hübsch genug, daß ein Mann an mir Gefallen fände und nicht an all diesen Sachen hier?« Sie bewegte den Arm und wies auf das Bett mit dem seidenen Bettvorhang, auf den Wandteppich an der Nordseite, die Wasserkanne aus Silber und die mit Schnitzwerk versehenen Eichenmöbel.

»O ja, Mylady«, antwortete Joice zungenfertig. »Ihr seid *sehr* hübsch — tatsächlich eine Schönheit. Es gäbe keinen Mann von hohem oder geringem Stand, der Euch widerstehen könnte. Eure Haare . . .«

Liana hob die Hand, um die Frau zum Schweigen zu bringen. »Wir wollen uns um den Streit in der Küche kümmern«, sagte sie, und es gelang ihr nicht, einen schweren Seufzer zu unterdrücken.

Kapitel zwei

»Sechs Monate!« schrie Helen ihren Gatten an. »Seit sechs Monaten findet deine Tochter nichts als Fehler an Männern! Nicht einer von den Freiern paßte ihr. Ich sage dir — wenn sie nicht binnen eines Monats aus dem Haus ist, werde ich das Kind, das ich von dir unter dem Herzen trage, mit mir nehmen und nie mehr hierher zurückkommen.«

Gilbert blickte aus dem Fenster auf den Regen und verfluchte den Allmächtigen, daß er ihm zwei Wochen lang schlechtes Wetter geschickt und die Frauen erschaffen hatte. Er sah wieder zu Helen hin, die sich mit Hilfe zweier Mägde auf einem Stuhl niederließ. Nach ihren Klagen zu urteilen, schien noch keine Frau vor ihr ein Kind bekommen zu haben; aber was ihn dennoch verblüffte, war seine Genugtuung darüber, daß er doch noch Nachwuchs bekommen sollte mit der Aussicht auf einen Sohn. Helens Worte und Gekreisch waren ihm arg zuwider; aber er war geneigt, ihr jeden Wunsch zu erfüllen — wenigstens so lange, bis sein Sohn gesund auf die Welt gekommen war.

»Ich werde mit ihr reden«, sagte Gilbert seufzend, die Szene fürchtend, die ihm seine Tochter machen würde. Doch inzwischen hatte er begriffen, daß eine der beiden Frauen das Haus verlassen mußte, und da Helen ihm Söhne gebären konnte, war es Liana, die weichen mußte.

Eine Dienerin sagte Liana Bescheid, und Gilbert erwartete sie in einem der Gästezimmer beim Söller. Er hoffte, daß der Regen bald aufhören würde, damit er wieder auf die Falkenjagd gehen konnte und sich nicht mehr mit dieser unseligen Geschichte befassen mußte.

»Ja, Vater?« fragte Liana vom Durchgang her.

Gilbert blickte sie an und zögerte einen Moment. Sie war ihrer Mutter so ähnlich, und er wollte unter allen Umständen vermeiden, sie zu kränken. »Viele Männer haben uns besucht, seit deine Mutter . . .«

»Stiefmutter«, verbesserte Liana ihn. »Seit meine Stiefmutter aller Welt verkündete, daß ich zum Verkauf anstünde, daß ich eine brünftige Stute sei und einen Hengst benötigte. Ja, viele Männer kamen hierher, um unsere Pferde zu besichtigen, unser Gold, unser Land und dann, so ganz nebenbei, auch die reizlose Neville-Tochter.«

Gilbert ließ sich in einen Lehnstuhl fallen. Er betete zu Gott, daß dieser Frauen fortan aus seinem Schöpfungsplan streichen möge. Nur bei Turmfalken sollten weibliche Exemplare noch gestattet sein. Selbst Stuten und Hündinnen durften seiner Meinung nach nicht mehr zugelassen werden. »Liana«, sagte er müde, »du bist so hübsch wie deine Mutter, und wenn ich noch ein einziges Mal an einem Bankett teilnehmen muß mit Männern, die dir mit größter Ausführlichkeit erzählen, wie schön du bist, werde ich die Nahrung verweigern. Vielleicht laß ich mir morgen schon den Tisch in einem der Ställe decken. Die Pferde behelligen mich wenigstens nicht beim Essen mit stundenlangem Gesäusel, wie weiß die Haut meiner Tochter sei, wie strahlend ihre Augen, wie golden ihr Haar und wie rosenrot ihre Lippen.«

Seine Worte ließen Liana offensichtlich kalt. »Du wünschst also, daß ich einen von diesen Heuchlern erwähle? Daß ich so leben soll wie Kusine Margaret, während mein Ehemann meine Mitgift verpraßt?«

»Der Mann, den Margaret heiratete, ist ein Dummkopf. Ich hätte ihr das gleich sagen können. Er hat einen Tag lang auf die Falkenjagd verzichtet, um mit der Frau eines anderen ins Heu gehen zu können.«

»Demnach sollte ich wohl einen Mann heiraten, dem die Falkenjagd über alles geht, ja? Wäre dir das recht? Vielleicht wäre es angebracht, ein Turnier mit Falkenjägern abzuhalten, und der Mann mit dem Greifvogel, der die größte Beute schlägt, würde mich als Preis gewinnen. Ein Vorschlag, denke ich, der nicht dümmer ist als jede andere Lösung.«

Gilbert gefiel der Vorschlag recht gut; aber er hütete sich, das auch zu sagen. »Nun hör mir mal zu, Liana. Einige der Männer, die uns besuchten, fand ich recht passabel. Zum Beispiel diesen William Aye. Ein gut aussehender Bursche, wenn du mich fragst.«

»Auch meinen Mägden hat er gut gefallen. Aber der Mann ist dumm, Vater. Ich versuchte mit ihm über die Erblinien der Pferde in seinen Ställen zu sprechen; aber er hatte keine Ahnung, welcher Rasse sie angehören.«

Gilbert blickte seine Tochter betroffen an. Ein Mann sollte über seine Pferde Bescheid wissen. »Und wie steht es mit Sir Robert Fitzwaren? Er scheint mir doch einigermaßen intelligent zu sein.«

»Das hat er jedem erzählt. Er behauptet auch, daß er stark wäre, furchtlos und tapfer. Und daß er jedes Turnier gewonnen habe, an dem er bisher teilgenommen hätte.«

»Aber wie ich hörte, soll er im letzten Jahr viermal aus dem Sattel geworfen worden . . . Ah, ich verstehe, was du meinst: Prahlhänse können sehr ermüdend werden.«

Gilberts Augen leuchteten auf. »Und was hältst du von Lord Stephen, Whitingtons Sohn? Na, wenn das kein

Mann für dich ist! Gut aussehend. Reich. Gesund. Und intelligent dazu. Der Junge weiß, wie man mit einem Pferd und einem Falken umgehen muß.« Gilbert lächelte. »Und ich schätze, das versteht er auch bei Frauen. Ich habe sogar gesehen, wie er dir etwas *vorgelesen* hat.« Die Kunst des Lesens war in Gilberts Augen nur eine überflüssige Belastung für einen Mann.

Liana erinnerte sich an Lord Stephens dunkelblonde Haare; seine lachenden blauen Augen; seine Geschicklichkeit mit der Laute; die Art, wie er ein aufsässiges Pferd bändigte und wie er ihr aus Platos Werken vorgelesen hatte.

Er war bezaubernd zu allen gewesen, die mit ihm zu tun hatten, und jeder auf der Burg hatte von ihm geschwärmt. Er hatte ihr nicht nur erzählt, wie reizend sie sei, sondern hatte sie eines Abends im dunklen Korridor um die Taille gefaßt und sie so lange geküßt, bis ihr der Atem ausging. Dann hatte er ihr zugeflüstert: »Ich würde Euch zu gern mitnehmen in mein Bett.«

Lord Stephen war perfekt. Ohne Makel. Doch etwas warnte sie . . . Vielleicht die Art, wie er die goldenen Gefäße betrachtet hatte, die auf dem Kaminsims im Söller aufgereiht waren; oder das Diamanthalsband, das Helen getragen hatte. Er hatte etwas an sich, dem sie, Liana, mißtraute; aber sie konnte nicht sagen, was das war. Es war ja nicht ganz verkehrt, daß er den Reichtum der Nevilles nicht unbeachtet ließ; aber sie wünschte, sie hätte etwas mehr Begehrlichkeit in seinen Augen für ihre Person und nicht so sehr für ihr Vermögen gesehen.

»Nun?« meinte Gilbert. »Hast du irgend etwas an dem jungen Stephen auszusetzen?«

»Eigentlich nichts«, erwiderte Liana. »Er ist . . .«

»Gut; dann ist die Sache also entschieden. Ich werde es Helen sagen, und sie kann mit der Vorbereitung der

Hochzeit beginnen. Das wird sie sicherlich mit Freuden vernehmen.«

Damit ließ Gilbert Liana allein, und sie setzte sich auf ihr Bett, als wären ihre Glieder aus Blei gegossen. Es war entschieden. Sie mußte Lord Stephen Whitington *heiraten.* Sie mußte den Rest ihres Lebens mit einem Mann verbringen, den sie noch gar nicht kannte und der absolute Macht über sie haben würde. Er konnte sie schlagen, einsperren, sie bettelarm machen, und das mit dem Recht auf seiner Seite.

»Mylady«, sagte Joice vom Durchgang her, »der Haushofmeister möchte Euch sprechen.«

Liana sah hoch, blinzelte, ohne ein paar Sekunden lang etwas sehen zu können.

»Mylady?«

»Laß mein Pferd satteln«, sagte Liana, und zum Henker mit dem Haushofmeister! dachte sie bei sich. Sie brauchte jetzt einen guten, langen Ritt — ein Pferd mit donnernden Hufen unter sich. Vielleicht würde eine körperliche Anstrengung sie vergessen lassen, was sie nun bald erwartete.

Rogan, der älteste von der noch lebenden Sippe der Peregrines, hockte auf seinen Fersen und starrte hinüber zu der Burg, die am Horizont aufragte. Seine dunklen Augen waren gedankenverloren — und voller Sorge. Er hätte sich lieber einem Feind in der Schlacht gestellt als dem, was ihn heute erwartete.

»Es wird dadurch nicht leichter, daß du es aufschiebst«, sagte sein Bruder Severn hinter seinem Rücken. Beide Männer waren groß und breitschultrig wie ihr Vater; doch Rogan hatte einen rötlichen Schimmer in seinen dunklen Haaren vom Vater geerbt, während Severn, der von einer anderen Mutter stammte, weichere Gesichtszüge und goldene Strähnen im Haar besaß. Severn verlor auch rascher die Geduld, und nun regte er sich über die Unbeweglichkeit seines älteren Bruders auf.

»Sie wird schon nicht so sein wie Jeanne«, sagte Severn, und die zwanzig Ritter hinter ihm erstarrten mitten in der Bewegung und hielten die Luft an. Selbst Severn hörte ein paar Sekunden lang auf zu atmen, weil er fürchtete, zu weit gegangen zu sein.

Rogan hatte die Worte seines Bruders vernommen; doch er zeigte nicht, welche Gefühle ihn durchströmten, als er ihn Jeannes Namen aussprechen hörte. Er hatte keine Angst vor einem Krieg; er hatte keine Furcht vor attackierenden Pferden. Selbst der Tod jagte ihm keinen Schrecken ein; aber der Gedanke an Heirat machte ihn bang.

Unter ihm lief ein tiefer Fluß hin, und Rogan konnte die Kälte des Wassers förmlich auf der Haut spüren. »Ich werde wieder hierher zurückkommen«, sagte er zu seinem Bruder.

»Moment!« rief Severn, die Zügel aufnehmend. »Sollen wir hier herumsitzen und warten, bis du weißt, ob du den Mut aufbringen kannst, einem Mädchen deine Aufwartung zu machen?«

Rogan ersparte sich eine Antwort; blickte seinen Bruder nur mit harten Augen an.

Severn gab die Zügel wieder frei. Manchmal hatte Severn das Gefühl, Rogan könne mit diesem Blick steinerne Mauern zum Einsturz bringen. Obwohl Severn von kleinauf mit seinem älteren Bruder zusammengelebt hatte, war ihm doch zuweilen so, als würde er ihn überhaupt nicht kennen. Rogan war kein Mann, der viele Worte über sich machte. Als dieses Luder, diese Jeanne, ihn als Junge öffentlich bloßgestellt hatte, hatte Rogan sich in sich selbst zurückgezogen, und in den zehn Jahren seither hatte niemand diese harte Schale, mit der er sich umgab, durchdringen können.

»Wir werden warten«, sagte Severn und trat zur Seite, damit Rogan passieren konnte.

Als Rogan sich aus dem Kreis der Ritter entfernt hatte, brummte einer von ihnen hinter Severns Rücken: »Manchmal verändert eine Frau einen Mann.«

»Nicht meinen Bruder«, erwiderte Severn geschwind. »Keine Frau auf der Welt ist stark genug, meinen Bruder zu verändern.« Stolz schwang in seiner Stimme mit. Mochte auch sonst alles mit der Zeit wankelmütig werden: Rogan wußte genau, was er wollte, und wie er seinen Willen durchsetzen konnte. »Eine Frau und *meinen* Bruder umkrempeln?« meinte er und lächelte spöttisch.

Die Männer lächelten auch, so unmöglich erschien ihnen dieser Gedanke.

Rogan ritt den Hügel hinunter und dann eine Weile am Fluß entlang. Er war sich nicht sicher, was er tun wollte, suchte den Zeitpunkt hinauszuschieben, an dem er der Erbin des Neville-Besitzes seine Aufwartung machen mußte. Widerlich, was ein Mann doch alles des Geldes wegen zu unternehmen gezwungen war! Als er hörte, daß die besagte Erbin gewissermaßen zum Verkauf anstand, hatte er zu Severn gesagt, er sollte sich die Dame besorgen und dann mit ihr und ein paar Wagenladungen voller Kostbarkeiten und den Schenkurkunden etlicher Güter ihres Vaters wieder nach Hause kommen. Doch Severn hatte gesagt, daß ein Mann, der so reich war wie Gilbert Neville, sich nur den ältesten Peregrine als Gatten seiner Tochter wünschen konnte — den Mann, der zum Herzog ernannt werden würde, sobald die Peregrines die Howards vom Antlitz der Erde getilgt hatten.

Wie immer, wenn Rogan an die Howards dachte,

spannten sich vor Haß alle Muskeln seines Körpers an. Die Howards waren die Wurzel allen Übels, das den Peregrines seit drei Generationen widerfahren war. Sie waren die Ursache dafür, daß er nun irgendeine alte reiche Jungfer heiraten mußte und kein eigentliches Zuhause hatte; denn sein *wahres* Zuhause hatten die Howards gestohlen. Sie hatten ihm sein Geburtsrecht geraubt, sein Heim und sogar seine Frau.

Und wenn er nun diese Erbin heiratete, redete er sich ins Gewissen, würde ihn das einen Schritt seinem Vorhaben näherbringen, das zurückzugewinnen, was rechtmäßig ihm gehörte.

Da erspähte er eine Lichtung hinter den Bäumen, wo der Fluß sich ausgebreitet und ein in Felsen gefaßtes Becken in einen hübschen kleinen See verwandelt hatte. Einem Impuls folgend, schwang sich Rogan vom Pferd herunter und begann dann seine Kleider bis auf einen knapp sitzenden Lendenschurz auszuziehen. Er watete in das eiskalte Wasser hinein und begann so schnell und kräftig zu schwimmen, wie er konnte. Was er brauchte, um die aufgestaute Energie seines Körpers abzureagieren, war eine lange, gute Jagd; aber Schwimmen erfüllte auch diesen Zweck.

Fast eine Stunde lang schwamm er im See und stieg dann wieder aus dem Wasser, heftig atmend und mit bebenden Flanken. Er streckte sich auf einem mit saftigem Gras bewachsenen Fleck in der Sonne aus, und dann fielen ihm die Augen zu, und er schlief ein.

Er schlief so tief, daß er nicht hörte, wie eine Frau, die zu dem kleinen See kam, um dort Wasser zu schöpfen, erschrocken die Luft einsog, als sie ihn dort liegen sah. Noch bemerkte er, wie die junge Frau wieder in den Schatten der Bäume trat und ihn von dort aus beobachtete.

Liana ritt hart und schnell und ließ den Ritter ihres Vaters, der mit ihr Schritt halten wollte, bald weit hinter sich. Die Gefolgsmänner ihres Vaters liebten das Essen mehr als das Üben, und Liana kannte alle Wege und Stege der Umgebung besser als sie; es bedurfte keiner großen Mühe, sie abzuhängen. Sobald der Ritter nicht mehr zu sehen war, lenkte sie ihr Pferd zu dem kleinen See nördlich der Burg. Dort würde sie ungestört über ihre bevorstehende Heirat nachdenken können.

Sie war noch eine geraume Distanz von diesem See entfernt, als sie ein verwaschenes Rot zwischen den Bäumen erspähte. Jemand hielt sich dort auf. Sie verfluchte ihr Pech und dann ihre Torheit, weil sie ihren Leibwächter so weit hinter sich gelassen hatte. Vorsichtig näherte sie sich dem kleinen See, zügelte ihr Pferd und band es an einen Baum.

Das Rot, das sie zwischen den Baumstämmen wahrgenommen hatte, war das Kleid einer Bauersfrau, die in der Stadt wohnte und drei kleine Felder außerhalb der Stadtmauern besaß. Liana bemerkte, daß die Frau regungslos dastand und so gefesselt war von dem, was sie offensichtlich beobachtete, daß sie Lianas leise Schritte nicht hörte. Neugierig wollte sich Liana an ihr vorbeischieben.

»Mylady!« keuchte die Frau erschrocken. »Ich . . . ich kam hierher, um Wa-Wasser zu holen.«

Dic Nervosität der jungen Bäuerin machte Liana nur noch neugieriger. »Was hast du denn so angestrengt beobachtet?«

»Nichts Wichtiges. Ich muß jetzt gehen. Meine Kinder werden mich brauchen.«

»Und du verläßt den See mit einer leeren Wasserkanne?« Liana rückte noch einen Schritt vor, blickte durch die Zweige eines Busches und wußte sofort, was die Frau so sehr gefesselt hatte. Dort lag ein prächtig aussehender junger Mann unter der Sonne im Gras: groß, breitschultrig, schmalhüftig, muskelbewehrt, mit einem kräftigen Kinn unter einem dunklen Schnurrbart und langen dunklen Haaren, die in der Sonne rötlich schimmerten. Liana betrachtete ihn von den Sohlen bis zum Scheitel, nahm mit geweiteten Augen den Anblick dieses fast nackten Körpers mit der honigfarbenen Haut in sich auf. Sie hatte keine Ahnung gehabt, daß ein Mann so schön sein könnte.

»Wer ist er?« flüsterte sie der Bauersfrau zu.

»Ein Fremder«, hauchte die Bauersfrau zurück.

In der Nähe des Mannes lag ein kleiner Haufen Kleider aus grober Wolle. Nach dem Gesetz, das den Kleideraufwand regelte, konnte man häufig den Stand und das Vermögen einer Person nach den Gewändern schätzen, die sie trug. Dieser Mann hatte keinen Pelz bei seinen Kleidern, nicht einmal einen minderwertigen Pelzbesatz aus Kaninchenfellen, die den unteren Klassen zugestanden wurden. Auch sah sie kein Musikinstrument in seiner Nähe; also konnte es sich nicht um einen wandernden Sänger handeln.

»Vielleicht ist er ein Jäger«, flüsterte die Bauersfrau. »Zuweilen kommen sie in den Wald, um Wild in Fallen für Euren Vater zu fangen. Da Eure Hochzeit ja unmittelbar bevorsteht, wird auch mehr Wild für die Tafel gebraucht.«

Liana warf der Frau einen raschen Blick zu. Wußte denn jeder über ihr Privatleben Bescheid? Sie war hierhergekommen, um über ihre bevorstehende Heirat nachzudenken. Sie sah wieder hinüber zu dem Mann, der im Gras ausgestreckt lag: ein junger Herkules mit entspannten Muskeln. Ein Bild schlummernder Kraft, die nur darauf wartete, geweckt zu werden. Wenn doch Lord Stephen so ausgesehen hätte — ihr wäre das Heiraten sicherlich nicht so schwergefallen. Selbst im Schlaf ging von diesem Mann mehr Kraft aus als von Lord Stephen in voller Rüstung. Sie lächelte einen Moment, während sie sich vorstellte, wie sie Helen erzählte, sie habe sich dazu entschlossen, einen einfachen Jäger zu heiraten; aber dann erlosch ihr Lächeln wieder, weil sie bezweifelte, daß dieser Mann sie haben wollte, wenn sie ihm nicht einen Wagenzug voller Silber und Gold mit in die Ehe brachte. Nur einen Tag lang wäre sie gern ein Bauernmädchen gewesen, um herauszufinden, ob sie Frau genug war, einen hübschen Mann für sich zu interessieren.

Sie drehte sich der Bauersfrau zu. »Zieh dein Kleid aus.«

»Mylady?«

»Zieh dein Kleid aus und gib es mir. Dann kehrst du zur Burg zurück, suchst dort meine Magd Joice auf und sagst ihr, daß niemand nach mir suchen soll.«

Die Frau erblaßte. »Eure Magd wird niemals mit einer Frau meines Standes reden.«

Liana zog einen Smaragdring vom Finger und gab ihn der Frau. »Nicht weit von hier entfernt treibt sich ein Ritter herum, der vermutlich nach mir sucht. Gib ihm den Ring, und er wird dich zu Joice bringen.«

Der Ausdruck der Frau wechselte von Furchtsamkeit zu hinterhältiger Schläue. »Es ist ein hübscher Mann, nicht wahr?«

Liana blickte die Frau mit schmalen Augen an. »Wenn ich auch nur ein Wort von dieser Sache im Dorf höre, wirst du das bitter bereuen. Und nun entferne dich.« Sie schickte die Frau weg, die jetzt nur ein grobes leinenes Untergewand trug, weil Liana nicht zulassen wollte, daß der schmutzstarrende Leib dieser Frau mit dem Samt ihres Gewandes in Berührung kam.

Das Kleid der Bäuerin, das Liana nun anzog, unterschied sich erheblich von ihrem Gewand mit der hochgezogenen Taille und dem langen Rock. Das kratzende Wollgewebe bestand aus einem Stück, das sich vom Hals bis unter die Hüften auf die Haut legte und die schlanken Kurven ihres Körpers zeigte. Die Wolle war grob, schmutzig und stank; aber sie betonte ihre Rundungen. Sie rollte die Ärmel, die steif waren vom Fett, das sich jahrelang darauf abgelagert hatte, zu den Ellenbogen hinauf. Der Rock reichte ihr nur bis zu den Knöcheln, und das gab ihr ein Gefühl uneingeschränkter Bewegungsfreiheit, so daß sie sich zutraute, darin selbst durch den hüfthohen Farn zu laufen.

Mit diesem Kleid auf dem Körper fühlte sich Liana für das bevorstehende Abenteuer gewappnet. Sie spähte durch die Zweige wieder zu dem Mann und erinnerte sich jetzt daran, wie oft sie die Bauern dabei beobachtet hatte, als sie lachend einander gejagt hatten und in den Kornfeldern verschwanden. Sie hatte einen Jungen gesehen, der einem Mädchen eine Blume schenkte. Würde dieser himmlisch schöne Mann ihr auch Blumen bescheren? Vielleicht würde er daraus sogar einen Kranz für ihr Haar winden, wie das ein Ritter vor einigen Monaten für sie getan hatte — außer daß es diesmal *echt* sein würde. Diesmal würde der Mann ihr Blumen verehren, weil er sie als Person schätzte und nicht des Reichtums ihres Vaters wegen.

Nachdem Liana ihren schweren Kopfschmuck entfernt und zwischen den Büschen versteckt hatte, so daß ihre langen blassen Haare ihr über den Rücken strömten, trat sie hinaus auf die Lichtung und ging auf den Mann zu. Er erwachte selbst dann nicht, als sie über einen Haufen Steine stolperte.

Sie rückte noch näher an ihn heran; aber er bewegte sich nicht. Er war in der Tat ein schöner Mann, so gestaltet, wie Gott einen Mann hatte erschaffen wollen. Sie konnte kaum erwarten, daß er aufwachte und sie erblickte. Man hatte ihr gesagt, daß ihre Haare wie gesponnenes Gold aussähen. Würde er das auch meinen?

Seine Kleider lagen nicht weit von ihm entfernt, und sie ging zu ihnen und hob sein Hemd hoch. Sie hielt es mit ausgestrecktem Arm und fuhr dem Saum der breiten Schultern nach. Die Wolle war grob gesponnen, und sie dachte, wie besser ihre Frauen doch diese Arbeit erledigten.

Als sie das Hemd betrachtete, sah sie dort etwas Seltsames und beugte sich vor, um es genauer in Augenschein zu nehmen.

Läuse! Das Hemd wimmelte von Läusen.

Mit einem leisen Schrei des Ekels schleuderte sie das Hemd von sich.

Eben noch hatte der Mann schlafend auf der Erde gelegen, und im nächsten Moment stand er in seiner ganzen nackten Pracht vor ihr. Er war wirklich eine Augenweide — groß, mit mächtigen Muskelsträngen, nicht ein Gramm Fett am Leib. Sein dichtes schulterlanges Haar war dunkel, sah jedoch in der Sonne fast rot aus, und da gab es rötliche Stoppeln auf seinem kräftigen Kinn. Seine Augen waren dunkelgrün und sehr lebendig und ausdrucksvoll.

»Seid gegrüßt«, sagte Liana und hielt ihm ihre Hand hin, den Handteller nach unten gerichtet. Würde er vor ihr auf ein Knie niedersinken?

»Du hast mein Hemd in den Dreck geworfen«, sagte er wütend und blickte auf die hübsche blauäugige Blondine hinunter.

Liana zog ihre Hand zurück. »Es ist voller Läuse.« Wie sprach man mit einem Jäger, wenn man zum gleichen Stand gehörte? Ein hübscher Tag, nicht wahr? Würdest du wohl für mich meinen Wasserkrug füllen? Ja, das klang gewöhnlich genug.

Er warf ihr einen eigenartigen Blick zu. »Du kannst mein Hemd wieder aus dem Matsch holen und es waschen. Ich muß heute noch einen Besuch machen.«

Er hatte eine sehr angenehme Stimme; aber ihr gefiel nicht, was er da eben gesagt hatte. »Es ist gut, daß das Hemd im Tümpel untergegangen ist. Ich sagte dir doch schon, daß es voller Läuse war. Vielleicht würdest du gern ein paar Brombeeren pflücken? Ich bin sicher, es gibt hier . . .« Zu ihrem größten Befremden packte der Mann sie bei den Schultern, drehte sie dem Teich zu und gab ihr einen Stoß.

»Hol mein Hemd aus dem Tümpel und wasche es!«

Wie konnte er es wagen, sie ohne ihre Erlaubnis anzufassen! dachte Liana empört. Ich und sein Hemd waschen! Sie würde ihn jetzt stehenlassen, zu ihren Kleidern und ihrem Pferd gehen und in die Sicherheit der väterlichen Burg zurückkehren. Sie drehte sich zur Seite; aber er faßte sie am Unterarm.

»Hast du keine Ohren, Mädchen?« sagte er, sie wieder herumwirblend. »Entweder holst du jetzt mein Hemd aus dem Teich, oder ich werfe dich hinterher.«

»Mich hinterherwerfen?« wiederholte sie. Sie war dicht davor, ihm zu sagen, wer sie sei und was sie tun oder nicht tun würde, wenn sie ihm in die Augen blickte. Hübsche Augen, ja; aber auch gefährliche Augen. Wenn sie ihm sagte, daß sie Lady Liana war, Tochter eines der reichsten Männer von England, würde er sie dann vielleicht festhalten und ein Lösegeld für sie fordern?

»Ich . . . ich muß zurück zu meinem Mann und . . . und meinen Kindern. Vielen Kindern«, setzte sie verhalten hinzu. Ihr hatte die Ausstrahlung von Kraft und Willensstärke gefallen, solange dieser Mann schlief; doch nun, wo er sie am Arm festhielt, gefiel ihr diese Aura nicht annähernd so gut.

»Schön«, sagte er, »Wenn du mit so vielen Plagen gesegnet bist, weißt du ja auch, wie man ein Hemd wäscht.«

Liana sah zu dem blasentreibenden Tümpel hin, wo von dem Hemd nur noch ein Ärmel zu sehen war. Sie hatte keine Ahnung, wie man ein Hemd wusch, und der Gedanke, daß sie dieses von Läusen wimmelnde Kleidungsstück noch einmal anfassen sollte, trieb ihr einen Schauer über den Rücken.

»Meine . . . meine Schwägerin erledigt die Wäsche für mich«, sagte sie und lobte sich selbst dafür, daß ihr so eine gute Ausrede eingefallen war. »Ich werde nach Hause gehen und sie zu Ihnen schicken. Sie wird sich sicherlich mit Freuden dieser Aufgabe widmen.«

Der Mann sagte kein Wort, deutete nur auf den Tümpel.

Liana begriff, daß der Mann ihr nicht erlauben würde, sich zu entfernen. Liana verzog das Gesicht, ging bis zum Rand des Tümpels und beugte sich vor, um das Hemd am Ärmel herauszuziehen. Sie konnte es nicht erreichen, also machte sie den Arm länger — noch länger . . .

Mit dem Gesicht nach unten fiel sie in den Tümpel. Der schwarze Schlamm kroch ihr bis zu den Ellenbogen hinauf und füllte ihre Nase und Augen. Einen Moment lang kämpfte sie wie wild mit dem zähen Zeug; aber da war nichts, woran sie sich festhalten konnte. Dann kam ein Arm zu ihr herunter und hob sie wieder auf festen Boden hinauf. Sie stand einen Moment da und spuckte den Schlamm aus, und dann stieß der Mann sie in den kleinen See hinein.

Erst mit dem Gesicht voraus in den Matsch, dann mit dem Rücken voran in eiskaltes Wasser.

Es gelang ihr, wieder auf die Füße zu kommen, und

dann watete sie aus dem See. »Ich will jetzt wieder nach Hause«, murmelte sie, den Tränen nahe. »Joice wird mir eine heiße Molke mit einem Schuß Wein zubereiten und ein Feuer im Kamin anzünden. Und ich werde . . .«

»Glaubst du etwa, du könntest jetzt gehen? Mein Hemd liegt noch immer im Schlamm begraben!«

Sie blickte hinauf in seine kalten grünen Augen, und die Furcht vor ihm fiel plötzlich von ihr ab. Was glaubte er eigentlich, wer er sei? Er hatte kein Recht dazu, sie hier herumzukommandieren, selbst wenn er sie für die niedrigste Gänsemagd halten mochte. Er bildete sich wohl ein, er wäre ihr Herr und Meister, wie?

Sie war naß bis auf die Haut und fror; aber der Zorn hielt sie innerlich warm. Sie setzte ein, wie sie hoffte, unterwürfiges Lächeln auf. »Euer Wunsch ist mir Befehl«, murmelte sie und konnte dazu sogar ein friedliches Gesicht machen, was er mit einem zufriedenen Schnauben quittierte, als wäre das die Antwort, die er von ihr erwartet hatte.

Sie drehte ihm den Rücken zu, holte einen langen Stock unter einem Baum hervor und ging damit wieder zum Tümpel. Sie fischte das Hemd aus dem Schlamm, balancierte es einen Moment am Ende des Stocks und schleuderte es dann mit aller Kraft gegen ihn, daß es ihm kalt und hart gegen das Gesicht und die Brust klatschte.

Während er sich das Hemd wieder von der Haut schälte, begann Liana zu rennen. Sie kannte diesen Wald besser als jeder Fremde, und so lief sie schnurstracks zu einem hohlen Baum und versteckte sich darin.

Sie hörte ihn in der Nähe durch die Büsche waten und freute sich diebisch über sein Unvermögen, sie zu finden. Sie würde warten, bis er sich aus dem Wald entfernt hatte, dann zu ihrem Pferd zurückgehen, das auf der anderen Seite des kleinen Sees angebunden war, und wieder nach

Hause reiten. Wenn er ein Jäger war, würde sie ihn sicherlich morgen im Haus ihres Vaters begrüßen und sich daran weiden, wie er seines schlechten Benehmens wegen eine Entschuldigung stammelte. Vielleicht würde sie sich sogar eines von Helens Gewändern ausleihen — eines mit kostbarem Pelzbesatz und einem juwelengeschmückten Haaraufsatz. Sie würde so hell strahlen und funkeln, daß er, von ihr geblendet, die Augen schließen mußte.

»Du kannst ebensogut wieder herauskommen«, sagte er direkt vor dem hohlen Baum.

Liana hielt den Atem an.

»Oder gefiele es dir besser, wenn ich dich heraushole? Oder soll ich den Baum schütteln, bis er dir auf den Kopf fällt?«

Liana konnte nicht glauben, daß er wirklich wußte, wo sie steckte. Zweifellos bluffte er. Sie bewegte sich nicht von der Stelle.

Sein dicker Arm fuhr in den Baum hinein, legte sich um ihre Taille und zog sie heraus — direkt an seine harte Brust. Sein Gesicht war mit schwarzem Schlamm verschmiert; aber seine Augen loderten, und einen Moment lang dachte Liana, daß er sie vielleicht küssen wollte. Ihr Herz begann zu hämmern.

»Du bist hungrig, wie?« sagte er, sie mit lachenden Augen ansehend. »Nun — ich habe keine Zeit dafür, weil eine andere Dirne mich erwartet.« Er schob sie von sich und zurück zum See.

Liana überlegte, daß es nicht genügen würde, ihn mit ihrer Erscheinung in einem kostbaren Gewand zu blenden. »Er soll vor mir kriechen«, murmelte sie.

»Jetzt?« sagte er. Offenbar hatte sie zu laut mit sich geredet.

Sie schwang zu ihm herum. »Ja«, stieß sie durch die zusammengepreßten Zähne. »Ich werde dich vor mir kriechen lassen. Ich werde dafür sorgen, daß du bereust, wie du mich behandelt hast.«

Er lächelte nicht — tatsächlich schien sein Gesicht plötzlich aus Marmor zu bestehen —, aber in seinen Augen zeigte sich ein belustigter Schimmer. »Auf diesen Tag wirst du lange warten müssen; denn jetzt sollst du nicht nur mein Hemd, sondern alle meine Kleider waschen.«

»Eher würde ich . . .« Sie stockte.

»Ja? Nenne deinen Preis, und ich werde sehen, ob ich ihn bezahlen kann.«

Liana drehte sich von ihm weg. Es war besser, die Sache rasch hinter sich zu bringen und seine Kleider zu waschen, damit sie ihn wieder los wurde. Hier hatte er sie in seiner Gewalt; aber morgen würde sie es sein, die die Zügel in der Hand hielt — und dazu noch die Peitsche und Ketten, dachte sie mit einem Lächeln.

Am Rand des kleinen Sees blieb sie wieder stehen und weigerte sich, sich auch nur den Anschein bereitwilligen Gehorsams zu geben. Dieses Verhalten schien ihn noch mehr zu belustigen. Er hob das mit Schlamm bedeckte Hemd auf und schleuderte es gegen ihre Brust, daß sie unwillkürlich die Arme hob, um es aufzufangen.

»Und das kommt noch dazu«, sagte er und lud ihr seine übrigen, mit Läusen infizierten Sachen auf die Arme. Dann kniete er nieder und wusch sich den Schlamm aus dem Gesicht.

Liana ließ mit einem entsetzten Keuchen die Kleider wieder auf den Boden fallen.

»An die Arbeit«, befahl er. »Ich brauche die Sachen, um jemandem den Hof zu machen.«

Liana begriff, daß weiteres Sträuben sinnlos war. Je rascher sie die Kleider wusch, um so schneller konnte sie sich von der Gegenwart dieses Mannes befreien. Sie packte das Hemd an einem Zipfel, tunkte es ins Wasser und klatschte es dann gegen einen Felsen. »Sie wird dich nicht haben wollen«, sagte Liana. »Vielleicht gefällt ihr dein Aussehen; aber wenn sie auch nur einen Funken Verstand besitzt, wird sie lieber von der Stadtmauer springen, als dich zu heiraten.«

Er lag wieder in der Sonne im Gras, den Kopf in die Hände gestützt, und sah ihr bei der Arbeit zu. »Sei unbesorgt — sie wird mich haben wollen. Es stellt sich eher die Frage, ob ich sie haben möchte. Ich werde keine böse Frau heiraten. Ich nehme sie nur, wenn sie fügsam ist und sanft.«

»Und dumm«, setzte Liana hinzu. Sie wollte die Läuse töten, und so nahm sie einen Felsbrocken zur Hand und schlug damit auf die Kleider ein. Aber als sie das Hemd umdrehte, sah sie darin die kleinen Löcher, die der kantige Stein in das Gewebe riß. Ihre Augen weiteten sich vor Schreck; aber dann lächelte sie. Sie würde ihm seine Kleider, wie befohlen, säubern; aber wenn sie damit fertig war, würden sie aussehen wie ein Fischernetz. »Nur eine dumme Frau würde dich haben wollen«, sagte sie laut in der Hoffnung, ihn von der Betrachtung seiner Kleider abzulenken.

»Die dummen Frauen sind die besten«, antwortete er. »Ich mag keine kluge Ehefrau. Schlaue Frauen machen einem Mann nur Schwierigkeiten. Bist du mit dem Waschen fertig?«

»Die Sachen starren vor Schmutz und müssen gründlich gereinigt werden«, sagte sie in einem so süßen Ton, wie ihr dieser gelingen wollte. Wenn sie sich vorstellte, wie er mit diesen Kleidern voller Löcher auf der Türschwelle stand und das Mädchen, das ihn erwartete, begrüßte, mußte sie lächeln. »Vermutlich haben die Frauen dir schon viel Schwierigkeiten im Leben bereitet«, sagte sie. Seine Eitelkeit war geradezu empörend.

»Sehr wenig Schwierigkeiten«, erwiderte er, sie beobachtend.

Liana gefiel die Art, wie er sie ansah, gar nicht. Trotz der nassen Kleider wurde es ihr unter seinen Blicken ziemlich warm. Er machte nun einen faulen, friedfertigen Eindruck; aber sie hatte seinen Zorn erlebt und spürte, daß er rasch aus der Haut fahren konnte, wenn man ihn reizte.

»Wie viele Kinder, sagtest du, erwarten dich zu Hause?« fragte er leise.

»Neun«, erwiderte sie laut. »Neun kleine Jungen, alle so groß und stark wie ihr Vater. Und wie ihre Onkel«, setzte sie nervös hinzu. »Mein Mann hat sechs Hünen als Brüder, alle so stark wie Ochsen. Und was für temperamentvolle Männer das sind. Das bekam erst neulich jemand zu spüren, der meinte . . .«

»Was bist du doch für eine Lügnerin«, unterbrach er sie gelassen, legte den Kopf zurück und blickte hinauf in den Himmel. »Du hast noch nie einen Mann gehabt.«

Sie hörte auf, mit dem Stein auf seine Kleider einzuschlagen.

»Ich hatte schon mindestens hundert Männer«, sagte sie und stockte wieder. »Ich meine, ich habe meinen Mann schon mindestens hundertmal gehabt und . . .«. Dummes Zeug, dachte sie, ich mache mich doch nur zur Närrin vor ihm. »Hier sind deine Kleider. Ich hoffe, sie jucken dich zu Tode. Du *verdienst* es, daß dich die Läuse auffressen.«

Sie stand über ihm und ließ dann seine nassen Kleider auf seinen flachen, harten Bauch fallen. Er zuckte kein bißchen zusammen, als die kalten Sachen seine Haut berührten, sondern starrte mit Augen zu ihr hinauf, die warm und bezwingend zu sein schienen. Sie wollte ihn verlassen und wußte, daß es ihr nun freistand, zu gehen;

aber sie wußte nicht, warum sie noch stehenblieb, den Blick seiner Augen festhaltend.

»So eine gute Arbeit muß belohnt werden. Beug dich zu mir herunter, Frau.«

Liana merkte, wie sie in die Knie ging, während er sich ihr entgegenhob. Er legte ihr seine breite Hand in den Nacken, teilte ihre Haare mit den Fingern und zog ihren Mund an seine Lippen.

Ein paar Männer hatten bereits versucht, Liana zu küssen; doch keiner hatte es so meisterhaft gemacht wie dieser. Seine Lippen waren ganz anders als sein Verhalten — weich, warm und so köstlich, daß Liana die Augen schloß.

Der Kuß war alles, was sie sich von einem Kuß versprechen konnte, und sie hob die Arme und legte sie um seinen Hals, während sie ihren Körper an den seinen preßte und seine von der Sonne erwärmte Haut durch ihre kalten Kleider hindurch spürte. Er bewegte seine Lippen auf ihrem Mund, öffnete sie ein wenig, und sie folgte seinem Beispiel. Ihre Hände glitten hinauf zu seinen Haaren. Sie waren sauber vom Schwimmen im See und so warm, daß sie glaubte, die Röte darin zu spüren.

Als er den Kuß abbrach und sich von ihr wegbewegte, hielt sie die Augen geschlossen und lehnte sich an ihn, noch mehr von ihm verlangend.

»Das genügt vorläufig«, meinte er im amüsierten Ton. »Ein jungfräulicher Kuß für eine Jungfrau. Nun geh nach Haus zu dem, der dich eigentlich vor solchen Ausflügen beschützen sollte, und jage keinen Männern mehr nach.«

Liana riß die Augen auf. »Männern nachjagen? Das habe ich nicht . . .«

Er schloß ihr mit einem raschen Kuß und einem Zwinkern in den Augen den Mund, ehe er sich vom Boden erhob. »Wer hat sich denn in den Büschen versteckt und mich beobachtet? Du mußt erst einmal wissen, was Lust bedeutet, ehe du versuchst, sie anzuheizen. Nun gehe, ehe ich mich anders besinne und dir gebe, wonach du verlangst. Ich habe heute wichtigere Dinge zu erledigen, als den Hunger einer Jungfrau zu stillen.«

Es dauerte nicht lange, bis Liana ihre Haltung wiederfand. Sie war in Sekunden auf den Beinen. »Eher erfriere ich in der Hölle, als nach solchen Männern, wie du einer bist, zu hungern.«

Er schwieg, während er mit einem Bein in seine nasse Hose stieg. »Es reizt mich, dir das Gegenteil zu beweisen. Nein«, sagte er dann und stieg auch in sein zweites Hosenbein, »ich habe noch etwas anderes zu erledigen. Später vielleicht, wenn ich verheiratet bin, kannst du mich wieder besuchen kommen. Ich werde sehen, ob ich dann mehr Zeit für dich habe.«

Kein noch so gemeines Wort hätte ausdrücken können, was Liana bei dieser Erklärung empfand. »Du wirst mich wiedersehen«, stieß sie dann hervor. »O ja, das wirst du! aber ich glaube nicht, daß du dich dann noch so arrogant benehmen wirst wie heute. Bete um dein Leben, Bauer.« Sie stürmte an ihm vorbei.

»Das mache ich jeden Tag«, rief er ihr nach. »Und ich bin kein . . .«

Sie hörte ihn nicht mehr, weil sie schon im Wald untergetaucht war, ihr Kleid und ihren Haarputz aus dem Versteck holte und dann weitereilte zu der Stelle, wo ihr Pferd angebunden war. Das Tier wartete geduldig, bis sie sich das wollene Kleid vom Leib gerissen hatte, es auf den Boden warf und darauf herumstampfte.

»Widerlich!« sagte sie dabei. »So ein schmutziges, gemeines Volk«, murmelte sie. Und sie hatte geglaubt, die Bauern führten ein romantisches Leben. Sie waren so *frei!* »Sie haben niemanden, der sie beschützt«, sagte sie zu ihrem Pferd. »Wäre mein Leibwächter hier gewesen, hätte er dieses Schwein mit seinem Schwert durchbohrt. Hätte Lord Stephen mich zum See begleitet, hätte er diesen Kerl auf der Erde kriechen lassen. Ich hätte lachend zugesehen, wie dieser rothaarige Teufel Lord Stephens Schuh küßte. Was soll ich nun mit ihm anstellen, Belle?« fragte sie ihr Pferd. »Ihn auf das Rad flechten und vierteilen lassen? Ihm die Eingeweide herausreißen lassen? Ihn auf dem Scheiterhaufen verbrennen lassen? Ja, das gefiele mir am besten. Ich werde ihn brennen lassen. Das wäre ein vergnüglicher Zeitvertreib beim Dinner.«

Nachdem Liana sich wieder mit ihren Sachen bekleidet hatte, bestieg sie ihr Pferd und warf einen haßerfüllten Blick in die Richtung, wo der See lag. Sie versuchte sich den gewaltsamen Tod des Mannes auszumalen; aber dann fiel ihr wieder sein Kuß ein. Sie schüttelte den Kopf, als könnte sie so den Gedanken daran verscheuchen. Wieder suchte sie das Bild eines brennenden Scheiterhaufens vor ihrem inneren Auge heraufzubeschwören; aber sie kam nicht weiter als bis zu dem Moment, wo die Schergen ihres Vaters seinen prächtigen Körper an den Pfahl banden.

»Zum Henker mit ihm!« fluchte sie und trieb ihr Pferd mit einem Hieb ihrer Fersen an.

Sie war noch nicht weit geritten, als ihr fünfzig Ritter ihres Vaters entgegenkamen — in voller Rüstung, als wäre ein Krieg ausgebrochen. *Jetzt* sind sie erst auf den Gedanken gekommen, in der Nähe des Sees nach mir zu suchen, dachte sie bei sich. Warum waren sie nicht schon dort erschienen, als der Kerl mich ins Wasser schubste oder mich zwang, seine Kleider zu waschen? Oder . . . als er mich küßte?

»Mylady«, rief der Anführer der bewaffneten Schar. »Wir haben überall nach Euch gesucht! Hat man Euch etwas zuleide getan?«

»In der Tat«, erwiderte sie wütend. »Im Wald auf der Ostseite des kleinen Sees befindet sich . . .« Sie stockte. Sie wußte nicht, warum, aber plötzlich erschien es ihr unfair, fünfzig gepanzerte Ritter auf einen unbewaffneten Bauern zu hetzen.

»Befindet sich was, Mylady? Wir werden es töten!«

». . . befindet sich ein Schwarm der schönsten Schmetterlinge, die ich jemals gesehen habe«, sagte sie, dem Anführer der Ritter ihr strahlendstes Lächeln schenkend. »Ich habe darüber jedes Zeitgefühl verloren. Ich bedauere sehr, wenn sich jemand meinetwegen Sorgen gemacht hat. Wollen wir jetzt wieder zur Burg zurückreiten?« Sie setzte sich an die Spitze des Zuges und wunderte sich sehr über ihr Verhalten. Es würde natürlich besser sein, zu warten und ihrem Vater zu erzählen, was geschehen war und wie dieser gräßliche Mann sie behandelt hatte. Ja, das war es. Sie hatte nur vernünftig gehandelt. Ihr Vater würde wissen, wie mit diesem Burschen verfahren werden mußte. Vielleicht ließ er ihn in ein Faß mit spitzen Nägeln einsperren und dieses dann den Burghügel hinunterrollen. Ja, das schien eine gute Idee zu sein.

Kapitel drei

Rogan blickte dem Mädchen nach und bedauerte, daß er nicht mehr Zeit für sie gehabt hatte. Zu gern hätte er ihre blasse Haut berührt — und diese Haare! Sie waren von der gleichen Farbe wie die Mähne eines Pferdes, das er einmal als Junge besessen hatte.

Ein Pferd, das in einem Gefecht mit den Howards getötet worden war, erinnerte er sich voller Bitterkeit und zog heftig an seinem Strumpf mit dem angestrickten Fuß.

Sein großer Zeh verhedderte sich in einem Loch knapp unter seinem Knie. Ohne sich etwas dabei zu denken, schob er den Zeh zurück und zog das Beinkleid bis zu den Hüften hinauf. Diesmal blieb der kleine Zeh hängen und lugte aus den Maschen. Er sah sich nun seine Kleider etwas genauer an, zog die Hose aus und hielt sie in die Höhe. Durch Hunderte von kleinen Löchern konnte er die Sonne sehen. Die Strümpfe hielt wohl die Macht der Gewohnheit zusammen; aber in ein paar Tagen würde sich seine Hose sicherlich in Laufmaschen auflösen. Er betrachtete sein Hemd und sah, daß es ebenfalls voller Löcher war. Desgleichen sein wollenes Übergewand.

Zum Henker mit dieser vorwitzigen, schnippischen Göre! dachte er wütend. Jetzt, wo er die Erbin der Nevilles heiraten sollte, drohten ihm jeden Moment die Kleider vom Leib zu fallen. Wenn ihm dieses freche Biest noch einmal unter die Augen kam, würde er . . .

Rogan unterbrach seinen Gedankengang und betrachtete wieder sein Hemd. Sie hatte seine Kleider nicht waschen wollen. Wonach dieses Mädchen verlangt hatte, war ein tüchtiger Bums im Gras, und als sie diesen nicht bekam, hatte sie sich an ihm gerächt. Rache war etwas, das Rogan sehr gut verstand.

Trotz seines Ärgers — trotz der Tatsache, daß er nun für neue Kleider Geld ausgeben mußte — betrachtete er die Sonne durch die Löcher in seinem Hemd und tat etwas, das bei ihm selten war. Er lächelte. Diese vorwitzige Ding hatte keine Angst vor ihm gehabt. Sie hatte eine tüchtige Tracht Prügel riskiert, als sie Löcher in seine Kleider klopfte. Hätte er sie dabei erwischt, dann hätte er . . . Er hätte ihr wahrscheinlich den Bums geliefert, nach dem sie sehr verlangte, dachte er, immer noch lächelnd.

Er warf sein Hemd in die Luft, fing es wieder auf und begann sich dann anzukleiden. Er fühlte sich nun besser dazu aufgelegt, die Erbin der Nevilles zu heiraten. Vielleicht würde er nach der Hochzeit die blonde Schönheit wiederfinden und zusehen, daß sie bekam, was sie sich wünschte. Vielleicht würde er sie mit sich nehmen, und vielleicht würde er ihren Leib sogar mit den neun Gören segnen, die sie angeblich zu Hause hatte.

Sobald er sich angekleidet hatte, bestieg er wieder sein Pferd und ritt zu der Stelle zurück, wo sein Bruder und seine Ritter warteten.

»Wir haben lange genug hier herumgesessen«, sagte Severn. »Hast du nun so viel Mut gesammelt, daß du dem Mädchen unter die Augen treten kannst?«

Rogans gute Laune verflog. »Wenn du deine Zunge behalten möchtest, halte sie lieber still. Steig auf dein Pferd. Wir reiten. Ich werde eine Frau heiraten.«

Severn ging zu seinem wartenden Pferd, und als er den Fuß in den Steigbügel steckte, entdeckte er etwas Blaues im Gras. Er bückte sich danach und sah, daß es ein Stück Garn war. Er ließ es wieder fallen und verschwendete keinen Gedanken mehr daran, als er seinem starrköpfigen Bruder nachritt.

»Mylady«, sagte Joice zum zweitenmal und wartete. Als Liana ihr keine Antwort gab, sagte sie noch etwas lauter »Mylady!« Wieder reagierte ihre Herrin nicht. Joice blickte zu Liana hin, die geistesabwesend aus dem Fenster starrte. Seit sie gestern von ihrem langen Ritt zurückgekommen war, benahm sie sich so. Vielleicht war ihre bevorstehende Heirat daran schuld — erst heute morgen hatte man einen Boten zu Lord Stephen geschickt —, daß sie so verändert wirkte. Vielleicht steckte aber auch etwas ganz anderes dahinter. Was es auch war — Liana vertraute es niemandem an. Joice zog sich wieder aus dem Zimmer zurück und schloß die schwere Eichentüre hinter sich.

Liana hatte in der vergangenen Nacht nicht geschlafen und jeden Versuch zu arbeiten aufgegeben. Sie saß nur auf ihrer Sitzbank unter dem Fenster und starrte auf das Dorf am Fuße der Burg. Sie beobachtete das Volk, das geschäftig umhereilte, lachend und fluchend.

Die Tür flog auf und knallte gegen die Wand. »Liana!«

Es hatte keinen Sinn, sich taub zu stellen, wenn ihre Stiefmutter mit ihr sprach. Liana blickte sie kalt an. »Was wünschst du?« Sie konnte Helens Schönheit nicht ansehen, ohne dabei Lord Stephens lächelndes Gesicht vor Augen zu haben, dessen Blick zu den goldenen Tellern auf dem Kaminsims hinwanderte.

»Dein Vater wünscht, daß du hinunterkommst in die große Halle. Er hat Gäste.«

Da war eine große Bitterkeit in Helens Stimme, die Liana neugierig machte. »Gäste?«

Helen drehte sich von ihr weg. »Liana, ich glaube nicht, daß du hinuntergehen solltest. Dein Vater wird dir deinen Ungehorsam verzeihen. Schließlich verzeiht er dir alles. Sag ihm, du hättest den Mann bereits gesehen und möchtest ihn nicht haben. Sag ihm, daß du dein Herz an Lord Stephen verschenkt hast und keinen anderen mehr sehen willst.«

Nun war Lianas Neugierde erst recht erwacht. »Was für ein Mann?«

Helen drehte sich wieder ihrer Stieftochter zu. »Es ist einer von diesen schrecklichen Peregrines«, sagte sie. »Du wirst vermutlich noch nicht von ihnen gehört haben; aber das Land meines ersten Gatten grenzte an das ihre. Trotz ihrer stattlichen Ahnenreihe sind sie so arm wie Honigwagen-Kutscher — und wohl auch so sauber.«

»Was haben denn die Peregrines mit mir zu schaffen?«

»Zwei von ihnen sind gestern abend hier eingetroffen, und der ältere der beiden sagt, er sei gekommen, um dich zu heiraten.« Helen warf die Hände in die Luft. »Das ist typisch für sie. Sie bitten dich nicht um deine Hand — sie verkünden, daß eine dieser schmutzigen Bestien hier ist, um dich zu heiraten.«

Liana besann sich wieder darauf, daß es auch so ein schmutziger Mann gewesen war, der sie geküßt und geneckt hatte. »Ich bin Lord Stephen versprochen. Schon ist ein Bote unterwegs, der ihm mitteilte, daß seine Werbung angenommen wurde.«

Helen setzte sich auf das Bett und seufzte schwer. »Das habe ich auch zu deinem Vater gesagt; aber er will nicht auf mich hören. Diese Männer haben zwei riesige Falken als Geschenk für ihn mitgebracht — zwei große 'Peregrines', die genauso heißen wie ihr verdammtes Geschlecht — Gilbert hat die ganze Nacht damit verbracht, ihnen eine Falknergeschichte nach der anderen zu erzählen. Er ist davon überzeugt, daß dies die besten Männer von allen wären. Er bemerkt weder ihren üblen Körpergeruch noch ihre Armut. Er will auch nichts von der Brutalität ihrer Taten wissen. Ihr Vater hat vier Frauen verbraucht.«

Liana blickte ihre Stiefmutter fest an. »Warum ist es plötzlich wichtig für dich, welchen Mann ich heirate? Ist in deinen Augen nicht ein Mann so gut wie jeder andere? Du willst mich doch nur aus dem Haus haben. Weshalb diese Sorge, daß ich nicht einen von diesen Peregrines erwähle?«

Helen legte die Hand auf ihren geschwollenen Leib. »Du wirst das niemals verstehen«, sagte sie müde. »Ich möchte nur Herrin in meinem eigenen Haus sein.«

»Während ich mein Heim verlassen und zu einem Mann gehen soll, der nur auf meine Mit . . .«

Helen hob die Hand. »Es war ein Fehler von mir, das Gespräch mit dir zu suchen. Von mir aus kannst du zu deinem Vater hinuntergehen. Laß dich von ihm an diesen Mann verkuppeln, der dich vermutlich schlagen wird — ein Mann, der dir jeden Penny abluchsen wird, den du besitzt, und dir nicht einmal ein Kleid zum Anziehen gönnt. Kleider! Kleider bedeuten diesen Männern gar nichts. Der älteste von ihnen zieht sich schlimmer an als die Küchenjungen. Wenn er sich bewegt, kannst du die Löcher in seiner schmutzigen Unterwäsche sehen.« Helen stemmte sich wieder vom Bett hoch. »Hasse mich, wenn du mußt; aber ich bitte dich, nicht dein Leben zu ruinieren, indem du das tust, wovon ich dir abrate.« Damit verließ sie das Zimmer.

Liana war nicht sonderlich an diesem neuen Mann interessiert, der verkündet hatte, daß er sie zu heiraten gedachte. Männer wie er waren seit Monaten zu jeder Tages- und Nachtzeit in die Burg gekommen. Was sie, Liana, betraf, vermochte sie keinen großen Unterschied zwischen ihnen zu entdecken. Einige waren alt, andere jung, manche hatten Verstand, andere wieder nicht. Doch eines verband sie alle — das Verlangen nach der reichen Mitgift. Was sie wirklich wollten, war das Geld der Nevilles . . .

»Löcher in den Unterkleidern?« sagte Liana laut, während ihre Augen sich weiteten. »Löcher in den Gewändern?«

Joice kam ins Zimmer. »Mylady, Euer Vater . . .«

Liana drängte sich an ihrer Magd vorbei und rannte die steile Wendeltreppe hinunter. Sie mußte diesen Mann sehen — mußte ihn sehen, ehe er sie sah. Am Fuß der Treppe rannte sie durch die Tür hinaus auf den Burghof, an den Rittern vorbei, die sich dort räkelten; vorbei an Pferden, die auf ihre Reiter warteten; vorbei an den Jungen, die sich vom Drehen der Bratspieße in der Sonne erholten, und in die Küche hinein. Die gewaltige offene Feuerstelle machte die Zimmer in dieser kaninchenbauartigen Burg zuweilen erstickend heiß; doch Liana lief weiter. Sie öffnete eine kleine Tür in der Nähe der Abfallgrube und rannte die steilen Stufen hinauf, die zu der Galerie für die Musikanten führte.

Sie legte den Finger schnell an die Lippen, um den Fiedelspieler zum Schweigen zu bringen, der sie ansprechen wollte.

Die Musikanten-Galerie war ein hölzerner Balkon an einem Ende der großen Halle, mit einem hüfthohen hölzernen Geländer, das die Musikanten den Blicken der Gäste unten entzog. Liana stellte sich an eine Ecke der Galerie und schaute hinunter in die Halle.

Er *war* es.

Der Mann, den sie gestern am kleinen See kennengelernt und der sie geküßt hatte, saß zur Rechten ihres Vaters, und zwischen ihnen thronte ein mächtiger Falke auf einer Stange. Das Sonnenlicht, das durch eines der Fenster strömte, schien das Rot in seinen Haaren in ein Feuer zu verwandeln.

Liana lehnte sich mit pochendem Herzen an die Wand. Er war kein Bauer. Er hatte gesagt, daß er einem Mädchen den Hof machen müsse, und damit hatte er sie selbst gemeint. Er war hierhergekommen, um sie zu *heiraten.*

»Mylady, ist Euch nicht wohl?«

Liana winkte den Harfenspieler zur Seite und blickte wieder hinunter auf die Männer, ob sie sich nicht vielleicht getäuscht hatte. Da saßen zwei Männer mit ihrem Vater zusammen; aber ihren Augen kam es so vor, als wäre da nur einer. Er schien die Halle zu beherrschen mit seiner breitspurigen Art, wie er dort unten am Tisch saß, und der Eindringlichkeit, mit der er redete und zuhörte. Ihr Vater lachte, und der blonde Mann zu seiner Linken lachte; aber ihr Mann tat das nicht.

Ihr Mann? Ihre Augen weiteten sich bei diesem Gedanken.

»Wie lautet sein Name?« flüsterte sie dem Harfinisten zu.

»Wen meint ihr, Mylady?«

»Den dunkelhaarigen Mann«, gab sie ungeduldig zur Antwort. »Der dort — dort unten.«

»Lord Rogan«, erwiderte der Musikant. »Und sein Bruder ist . . .«

»Rogan«, murmelte sie, sich nicht um den blonden Mann scherend. »Rogan. Das paßt zu ihm.« Ihr Kopf ruckte hoch. »Helen«, sagte sie, warf die Tür auf und begann wieder zu laufen. Hinunter in die Küche, an dem Platz mit den kämpfenden Hunden vorbei, wo Männer gerade ihre Wetten abgaben, über den gepflasterten Hof zum Südturm, dann die Stufen hinauf, wobei sie beinahe zwei mit Wäsche beladene Mägde umgerissen hätte, und in den Söller hinein. Helen saß vor einem Stickrahmen und sah nur kurz flüchtig auf, als Liana in den Raum stürmte.

»Erzähle mir von ihm«, verlangte Liana, vor Anstrengung keuchend.

Helen war ihrer Stieftochter noch gram, der Vorwürfe wegen, die diese gegen sie erhoben hatte. »Ich weiß nichts von irgendwelchen Männern. Ich bin lediglich eine Dienerin in meinem eigenen Haus.«

Liana nahm sich einen Hocker, der an einer Wand stand, und setzte sich vor Helen nieder. »Erzähle mir alles, was du über diesen Rogan weißt. Ist das der Mann, der nach mir fragte? Rötliches Haar? Groß und dunkel? Grüne Augen?«

Jede Tätigkeit im Söller kam zum Erliegen. Lady Liana hatte bisher nicht das geringste Interesse für einen Mann gezeigt.

Helen blickte ihre Stieftochter besorgt an. »Ja, er ist ein schöner Mann; aber kannst du nicht mehr sehen als seine Schönheit?«

»Ja, ja, ich weiß. Seine Kleider sind voller Läuse. Oder sie waren es wenigstens, bis ich . . . Sag mir, was dir über diesem Mann bekannt ist«, forderte Liana.

Helen war das Verhalten der jungen Frau unbegreiflich. Sie hatte sie noch nie so lebendig, so schön, so aufgeregt erlebt. Ein banges Gefühl beschlich sie. Die so vernünftige, nüchtern denkende und erwachsene Liana konnte doch unmöglich auf die schöne Erscheinung eines Mannes hereinfallen! In den letzten Monaten waren Hunderte von hübschen Männern in der Burg gewesen, und nicht einer von ihnen . . .

»Erzähle!«

Helen seufzte. »Ich weiß nicht viel über die beiden Männer. Ihre Familie ist alt. Angeblich sollen ihre Vorfahren schon an König Arthurs Seite gekämpft haben;

aber vor einigen Generationen übereignete der älteste Peregrine das Herzogtum, den Familiensitz und das Vermögen der Familie seiner zweiten Frau. Er ließ die Kinder aus erster Ehe für illegitim erklären. Nach seinem Tod heiratete seine Witwe einen Vetter von ihr, und der Sohn des Peregrine wurde zu einem Howard. Nun besitzen die Howards den Titel und die Ländereien, die einstmals den Peregrines gehörten. Das ist alles, was ich weiß. Der König hat alle Peregrines zu Bastarden erklären lassen, und so blieben ihnen nur zwei alte baufällige Burgen, eine unbedeutende Grafschaft und sonst nichts.«

Helen beugte sich zu Liana vor. »Ich habe gesehen, wo sie hausen. Es ist schrecklich. Das Dach ist an einigen Stellen eingebrochen. Alles ist unbeschreiblich schmutzig, und diese Peregrines stören sich weder an Läusen, Schmutz noch an Fleisch, in dem es vor Maden wimmelt. Sie kennen nur ein Ziel im Leben, und das ist die Rache an den Howards. Dieser Rogan will gar keine Frau haben. Er möchte nur das Geld der Nevilles, damit er seinen Krieg gegen die Howards weiterführen kann.«

Helen holte tief Luft. »Die Peregrines sind schreckliche Männer. Sie denken nur an Kampf und Tod. Als ich noch klein war, hatten die Peregrines sechs Söhne. Doch vier von ihnen sind inzwischen im Kampf gefallen. Vielleicht leben nur noch die beiden Peregrines, die hier in der Burg sind; oder sie haben inzwischen neue Söhne gezeugt wie Kaninchen.«

Einem Impuls folgend, nahm Helen Lianas Hand. »Ich bitte dich, nicht diesen Mann als Gatten in Betracht zu ziehen. Er würde dich lebendig zum Frühstück verspeisen.«

Liana schwindelte der Kopf. »Ich bin aus stärkerem Stoff gemacht, als du glaubst«, flüsterte sie.

»Nein«, protestierte Helen, Lianas Hand freigebend.

»Du kannst unmöglich daran denken, dich mit diesem Mann zu vermählen.«

Liana blickte von ihrer Stiefmutter fort. Vielleicht hatte Helen noch einen anderen Grund für ihren Wunsch, sie von diesem Rogan fernzuhalten. Vielleicht wollte sie ihn für sich selbst haben. Vielleicht waren die beiden ein Liebespaar gewesen, als sie noch in Rogans Nähe wohnte und ihr erster Mann noch lebte.

Liana wollte diesen Verdacht gerade laut aussprechen, als Joice in den Raum kam.

»Mylady«, sagte sie zu Liana. »Sir Robert Butler ist gerade eingetroffen. Er bittet Euch um Eure Hand.«

»Nimm ihn«, sagte Helen sofort. »Nimm ihn. Ich kenne seinen Vater. Eine ausgezeichnete Familie.«

Liana blickte zwischen Joice und Helen hin und her und wußte, daß die Grenze des Zumutbaren für sie erreicht war.

Sie drängte sich an den beiden Frauen vorbei und eilte die Treppe hinunter. Helen und Joice folgten ihr so rasch sie konnten.

Im Burghof waren elf Männer versammelt, alle prächtig gekleidet, die samtenen Umhänge mit Gold verziert, die Kappen nach der neuesten Mode geschnitten. Die Juwelen an ihren Fingern blitzten in der Sonne.

Liana versuchte an ihnen vorbeizukommen, um die Ställe im Außenhof zu erreichen. Ein tüchtiger Ritt würde dafür sorgen, daß sie wieder einen klaren Kopf bekam. Doch Helen faßte sie am Ellenbogen und hielt sie auf.

»Sir Robert?« sagte Helen.

Widerwillig machte Liana kehrt, um den Mann zu betrachten. Er war jung und hübsch, mit dunkelbraunen Haaren und Augen. Er war wunderschön gekleidet und lächelte sie süß an.

Sie fand ihn sofort unsympathisch.

»Das ist meine Stieftochter, Lady Liana«, sagte Helen. »Wie geht es Eurem Vater?«

Liana stand steif da, hörte den beiden zu, wie sie Artigkeiten austauschten, und hatte nur den verzweifelten Wunsch, allein zu sein, irgendwo hinzugehen und nachzudenken. Denn nun mußte sie die Entscheidung ihres Lebens treffen. Sollte sie einen Mann heiraten, der sie zwang, seine Kleider zu waschen, und sich über sie lustig machte?

»Ich bin sicher, Liana würde euch liebend gern als Gesellschafter haben. Nicht wahr, Liana?« sagte Helen.

»Wie bitte?«

»Sir Robert hat sich bereit erklärt, dich auf deinem Ritt zu begleiten. Er wird dich genauso vor allen Gefahren beschützen, wie das dein Vater tun würde, nicht wahr, Sir Robert?«

Liana haßte die Art, wie sie diesem Mann zulächelte. Schlief sie tatsächlich noch mit anderen Männern außer ihrem Vater? »Und wer wird mich vor ihm beschützen?« sagte Liana mit süßer Stimme, während sie Helen ansah. »Aber da ich ja keinen Schmuck trage, habe ich möglicherweise nichts zu befürchten.«

Helen warf Liana einen vernichtenden Blick zu. »Meine Stieftochter beliebt zu scherzen.« Sie funkelte Liana an. »Aber ich hoffe, sie treibt ihre Scherze nicht zu weit.« Sie schob Liana vor die Männer hin. »Geh mit ihm«, zischelte sie in Lianas Ohr.

Widerstrebend begab sich Liana nun in den äußeren Burghof, wo die Pferde untergebracht waren.

»Ich hatte gehofft, der Ländereien Eures Vaters wegen Eure Hand zu gewinnen«, sagte Sir Robert im gefälligen Ton, »doch nun, wo ich Euch gesehen habe, weiß ich, daß Ihr selbst ein lohnender Preis seid.«

»«So?« Sie blieb stehen und drehte sich zu ihm um.

»Sind meine Augen mit Smaragden oder mit Saphiren vergleichbar?«

Er blickte sie erstaunt an. »Mit Saphiren, würde ich meinen.«

»Ist meine Haut wie Elfenbein oder wie feinste Seide?«

Er lächelte ein wenig. »Ich würde sagen, sie ist mit den Blütenblättern der weißesten Rose vergleichbar.«

Ihre Augen wurden hart. »Und meine Haare?«

Sein Lächeln wurde breiter. »Eure Haare sind versteckt.«

Sie riß sich ihren Haarputz vom Kopf. »Gold?« fragte sie wütend.

»Sonnenlicht auf Gold.«

Sie wandte sich zornig von ihm ab und bemerkte nicht, wie Sir Robert versuchte, ein Lachen zu unterdrücken.

»Würdet Ihr mir gestatten, Euch auf Eurem Ritt zu begleiten?« fragte er höflich. »Ich schwöre bei der Seele meiner Mutter, daß ich nicht einen Teil Eurer herrlichen Gestalt preisen werde. Ich werde Euch ein häßliches altes Weib nennen, wenn Ihr das wünscht.«

Sie blickte nicht zu ihm zurück, als sie zu ihrem Pferd ging, das der Stallbursche bereits für sie sattelte. Sie konnte nichts Spaßhaftes an seiner Bemerkung finden. Natürlich würde er zu ihr sagen, daß sie ein häßliches altes Weib sei. Er würde alles sagen, was sie von ihm verlangte.

Sie beachtete ihn nicht, als sie durch das äußere Tor über die Zugbrücke ritt und dann zum nahegelegenen Wald. Sie wußte nicht, wohin sie eigentlich reiten wollte; lenkte aber das Pferd in die Richtung, wo sich der kleine See am Fluß befand. Sie wußte, daß Sir Robert hinter ihr Mühe hatte, den Anschluß nicht zu verlieren; aber sie dachte nicht daran, seinetwegen das Tempo zu mäßigen.

Als sie den See erreichte hatte, hielt sie an dessen Ufer

an und saß einen Moment lang regungslos im Sattel, während sie an den gestrigen Tag dachte, wo Rogan hier im Gras gelegen hatte. Sie lächelte bei der Erinnerung daran, was für ein Gesicht er gemacht hatte, als sie ihm sein mit Schlamm bedecktes Hemd gegen die Brust geschleudert hatte.

»Myladys Reitkunst ist so vollkommen wie ihre Schönheit«, sagte Sir Robert, als er sein Pferd neben ihr zügelte. Liana wollte aus dem Sattel steigen, doch er protestierte und ließ es sich nicht nehmen, ihr dabei zu helfen.

Sie verbrachte zwei Stunden mit ihm am See, und fand nicht das geringste an ihm auszusetzen. Er war liebenswürdig, rücksichtsvoll, unterhaltsam, gebildet und behandelte sie, als wäre sie eine zarte Blume, die jeden Moment zerbrechen konnte. Er sprach mit ihr über Liebessonette und Kleidermoden und schien anzunehmen, daß sie ganz versessen darauf sei, die neuesten Nachrichten von König Heinrichs Hof zu erfahren. Dreimal versuchte Liana das Gespräch auf die Verwaltung von Ländereien und die Preise für Wolle zu lenken; aber Sir Robert wollte davon nichts hören.

Doch sie dachte die ganze Zeit über an Lord Rogan und was sie mit ihm hier erlebt hatte. Er war natürlich ein schrecklicher Mann — schmutzig, herrisch und arrogant. Und natürlich kleidete er sich wie ein Bauer, obschon er wußte, daß er ein Graf war — oder wenn das stimmte, was Helen ihr erzählt hatte, war er sogar ein Herzog. Aber er hatte etwas an sich gehabt, etwas Starkes und Magnetisches, so daß es ihr kaum möglich war, an etwas anderes zu denken als an ihn.

»Vielleicht kann ich Euch den neuen Tanz beibringen, Lady Liana?«

»Ja, oh, gewiß.« Sie gingen nun Seite an Seite einen breiten Fahrweg im Wald hinunter. Zweimal hatte er ihr seinen Arm angeboten; doch sie hatte dieses Angebot nicht annehmen wollen. »Was erwartet ein Mann sich eigentlich von einer Ehefrau?« fragte sie.

Sie merkte nicht, wie die Brust von Sir Robert anschwoll vor Stolz, weil ihre Worte sehr ermutigend klangen.

»Frauen sollen einem Mann Trost und Beistand sein, ihm ein Heim schaffen und seine Kinder gebären. Frauen sollen einem Mann Liebe schenken.«

Sie zog eine Augenbraue in die Höhe. »Und so viel Land, wie ihr Vater entbehren kann?«

Sir Robert erwiderte darauf lachend: »Das hilft natürlich.«

Liana runzelte die Stirn, weil sie daran denken mußte, wie Rogan zu ihr sagte: »Ich werde kein böses Weib heiraten. Ich nehme sie nur, wenn sie fügsam ist und sanft.«

»Ich schätze, alle Männer mögen sanfte, gehorsame Ehefrauen«, sagte sie.

Sir Robert blickte sie mit begehrlichen Augen an — begehrlich, weil sie so ein schönes Geschöpf war und zugleich der reichen Mitgift wegen, die sie in die Ehe mitbringen würde. Seinetwegen durfte sie auch ein sprödes Wesen haben — tatsächlich gefiel ihm sogar ihr widerborstiges Verhalten, aber das würde er einer Frau natürlich niemals sagen. Es war klüger, ihnen zu sagen, daß sie gehorsam sein sollten, und das Beste zu hoffen.

Sie gingen nun schweigend nebeneinander her; doch Liana schwindelte der Kopf. Warum würde sie sogar ernsthaft erwägen, ob sie einen Mann wie Lord Rogan heiraten sollte? Es gab doch nichts, was ihn als Ehemann empfahl. Er hatte sie doch äußerst unhöflich behandelt; aber er hatte sie ja auch für eine Bauerndirne gehalten. Er würde ihr wahrscheinlich die Hand geküßt und ihr ein Kompliment wegen ihres Parfüms gemacht haben, wenn er gewußt hätte, wer sie war. Und würden Läuse an ihrem Arm emporkriechen? fragte sie sich.

Sie blickte wieder Sir Robert an und schenkte ihm ein schwaches Lächeln. Er war sauber, liebenswürdig und — langweilig. Oh, so überaus langweilig. »Würdet Ihr mich küssen?« fragte sie, einem Impuls folgend.

Sir Robert ließ sich nicht zweimal bitten.

Sacht nahm er sie in seine Arme und drückte seine Lippen auf die ihren.

Liana hätte im Stehen einschlafen können. Sie trat einen Schritt zurück und blickte Sir Robert erstaunt an. *Deshalb* dachte sie also daran, Lord Rogan zu heiraten. Sie begehrte ihn. Wenn er sie küßte, kringelten sich ihre Zehen. Wenn er, seiner Kleider fast ledig, vor ihr stand, spürte sie die Hitze in ihrem Körper aufsteigen. Sie wußte in diesem Moment, daß Sir Robert im Adamskostüm vor ihr erscheinen konnte und sich gar nichts regen würde in ihrem Körper.

»Liana«, flüsterte er und rückte einen Schritt auf sie zu.

Liana drehte sich so rasch zur Seite, daß seine Haare in der Brise, die sie dabei erzeugte, in Unordnung gerieten. »Ich muß zurück in die Burg und meinem Vater mitteilen, daß ich den Heiratsantrag annehmen werde.«

Sir Robert war so verblüfft von ihrer Erklärung, daß er einen Augenblick regungslos dastand, als habe ihn der Blitz getroffen. Dann lief er Liana nach, warf beide Arme um sie und begann, ihren Nacken und Hals mit Küssen zu bedecken. »Oh, mein Liebling, du hast mich zum glücklichsten Mann der Welt gemacht. Du ahnst gar nicht, was das für mich bedeutet. Wir sind das ganze letzte Jahr über von Feuersbrünsten heimgesucht worden. Ich hatte schon beinahe jede Hoffnung aufgegeben, daß wir die Burgen wiederaufbauen können.«

Sie befreite sich aus seiner Umarmung. »Ich dachte, es wären meine goldenen Haare und meine Saphiraugen, die Ihr begehrt.«

»Das natürlich auch.« Er nahm ihre Hände in die seinen und begann sie begeistert zu küssen.

Sie entriß ihm ihre Hände und lief zu ihrem Pferd. »Ihr müßt euch schon eine andere suchen, die Euch die Burgen wieder aufbaut. Ich habe beschlossen, den ältesten der Peregrines zu heiraten.«

Sir Robert ließ einen leisen Ausruf echten Entsetzens hören, während er ihr nachrannte und sie am Arm faßte. »Ihr könnt doch nicht ernsthaft daran denken, einen von diesen Leuten zu heiraten. Sie sind . . .«

Sie hob die Hand, um seinen Wortschwall zu unterbrechen. »Es ist nicht Eure Sache, das zu entscheiden. Ich werde jetzt in meine Wohnung zurückkehren, und Ihr könnt hierbleiben oder mich dorthin begleiten. Falls Ihr mit mir zurückreitet, würde ich Euch empfehlen, Eure Männer zu nehmen, das Land der Nevilles zu verlassen und Euch eine andere Erbin zu suchen, die Eure beschädigten Burgen wieder aufbaut. Und das nächste Mal solltet Ihr vielleicht besser auf Euren Besitz aufpassen und dafür sorgen, daß ein Feuer erst gar nicht ausbricht.« Damit ging sie zu ihrem Pferd und stieg in den Sattel.

Sir Robert blickte ihr einen Moment nach, während er seine Enttäuschung allmählich überwand. Vielleicht war er besser dran ohne diesen Drachen. Eine Ehe mit so einer Frau konnte die Hölle sein. Vielleicht sollte er lieber ein Stück Land opfern als sich für den Rest seines Lebens mit dieser Frau zu befrachten.

Einen Teufel würde er tun. Zum Henker mit diesen Peregrines! Frauen schienen sie trotz ihrer Verwahrlosung und ihres lebenslangen Kampfes um Ländereien und Titel, die ihnen gar nicht gehörten, zu mögen. Wenn Liana einen dieser Peregrines heiratete, würde sie binnen dreier Jahre alt und verbraucht sein, weil sie härter hergenommen würde als ein Ackergaul, dachte er mit einer gewissen Genugtuung.

Er bestieg sein Pferd und folgte ihr. Es war wohl ratsam, daß er gleich seine Männer zusammenrief und die Burg sofort wieder verließ. Er hätte es nicht ertragen können, Zeuge der Verlobung zu werden, die die liebreizende Lady Liana mit einem dieser Peregrines feierte. Er zuckte mit den Achseln. Das war nicht länger von Belang für ihn.

Liana stand vor ihrem Vater und ihrer Stiefmutter im Söller und gab ihnen ihre Absicht, Lord Rogan heiraten zu wollen, bekannt.

»Eine weise Entscheidung, Mädchen«, sagte Gilbert. »Der beste Falkenier in ganz England.«

Helens Gesicht lief purpurrot an. »Tu das nicht«, sagte sie keuchend. »Du versuchst doch nur, mich mit diesem Entschluß zu kränken.«

»Ich habe getan, was du von mir verlangt hast, und mir einen Mann als Gatten erwählt«, sagte Liana kalt. »Ich hatte eigentlich erwartet, daß du dich über meine Entscheidung freust.«

Helen versuchte, ihre Fassung zu bewahren, sank ächzend auf einen Stuhl und warf die Hände in die Luft zum Zeichen der Ergebung. »Du gewinnst. Meinetwegen kannst du hierbleiben, alle Güter verwalten und die Aufsicht über die Bediensteten behalten. Meinetwegen kannst du alles haben. Wenn ich meinem Schöpfer gegenübertreten muß, will ich mir nicht vorhalten lassen, daß ich die Tochter meines Gatten gezwungen hätte, in einer Hölle auf Erden zu leben. Du gewinnst, Liana. Freut dich das? Aber geh jetzt. Geh mir aus den Augen. Lasse mir wenigstens dieses Zimmer, das nicht von dir oder dem Schatten deiner toten Mutter regiert wird.«

Liana fand die Rede ihrer Stiefmutter verwirrend, und sie dachte darüber nach, während sie sich umdrehte und zur Tür ging. Sie war schon im Begriff, den Raum zu verlassen, als ihr klar wurde, was Helen damit hatte sagen wollen. Sie kehrte rasch wieder um.

»Nein«, sagte sie im dringlichen Ton, »ich *will* diesen Mann heiraten. Ich sah ihn hier nicht zum erstenmal, verstehst du? Ich bin ihm schon gestern begegnet. Wir waren eine Weile lang allein und . . .« Sie errötete und blickte auf ihre Hände hinunter.

»Oh, gütiger Himmel, er hat sie vergewaltigt«, sagte Helen. »Gilbert, du mußt diesen Mann hängen lassen.«

»Nein!« riefen Gilbert und Liana gleichzeitig.

»Die Falken . . .« begann Gilbert.

»Er hat nicht . . .« begann Liana.

Helen hob beide Hände, um sie zum Schweigen zu bringen, und faßte sich dann an den Unterleib. Ihr Kind würde zweifellos mit Klumpfüßen zur Welt kommen nach all dem Kummer, den ihre Stieftochter ihr während der Schwangerschaft bereitet hatte. »Liana, was hat dieses Biest mit dir angestellt?«

Er hat mich gezwungen, seine Kleider zu waschen, dachte Liana bei sich. Und mich geküßt. »Nichts«, sagte sie. »Er hat mich nicht angefaßt.« Sie glaubte, ein Sühnegebet zu sprechen während der Messe wegen dieser Lüge. »Ich bin ihm gestern, als ich ausritt, begegnet, und ich . . .« Was sollte sie sagen? Daß sie ihn mochte? Ihn liebte? Ihn haßte? Wahrscheinlich das alles auf einmal. Was sie auch immer für diesen Mann empfand, es war ein starkes Gefühl. »Und ich möchte seinen Heiratsantrag annehmen«, schloß sie.

»Eine gute Wahl«, sagte Gilbert. »Wenn ich in meinem

Leben einen richtigen Mann gesehen habe, dann diesen Jungen.«

»Du bist eine Närrin, Liana«, flüsterte Helen mit bleichem Gesicht. »Es kommt nur selten vor, daß ein Vater so sehr in seine Tochter vergafft ist, daß er ihr die Wahl ihres zukünftigen Gatten selbst überläßt, und nun begreife ich auch, warum. Ich wäre niemals auf die Idee gekommen, daß du so dumm sein könntest.« Sie seufzte. »Also gut. Das hast du nun allein zu verantworten. Wenn er dich schlägt — und du noch am Leben bist —, kannst du hierherkommen und deine Wunden versorgen lassen. Geh jetzt. Ich kann deinen Anblick nicht mehr ertragen.«

Liana rührte sich nicht von der Stelle. »Ich möchte ihn nicht vor der Trauung sehen«, sagte sie.

»Wenigstens ein bißchen Verstand ist dir geblieben«, sagte Helen sarkastisch. »Halte dich von ihm fern, solange du kannst.«

Gilbert verspeiste ein paar Weintrauben. »Er hat auch gar nicht darum gebeten, dich zu sehen. Ich schätze, das gestern reichte ihm bereits, wie?« Er grinste und blinzelte seiner Tochter zu. Er konnte sich nicht mehr daran erinnern, wann eine Frau ihm zuletzt so eine Freude gemacht hatte wie seine Tochter. Die Peregrines mochten zwar ein wenig rauhbeinig sein; aber das schien nur so, weil sie eben *Männer* waren und keine Fatzken, die von Frauen regiert wurden.

»Wahrscheinlich«, sagte Liana. Sie hatte Angst, daß Lord Rogan sich weigern würde, sie zu heiraten, wenn er sie sah und in ihr die Frau erkannte, die ihm gestern seine Kleider an den Kopf geworfen hatte. Er mochte keine bösen Weiber, hatte er gesagt. Und wenn Rogan nach einer sanften Ehefrau verlangte, dann würde sie eben eine sanftmütige Ehefrau *sein.*

»Nun, das läßt sich ja leicht arrangieren«, sagte Gilbert. »Ich werde ihm sagen, daß du die Pocken hättest, und er kann ja den Ring mit einer Stellvertreterin tauschen. Wir werden die Hochzeit festsetzen auf . . .« Er blickte Helen an, aber diese schwieg mit steinernem Gesicht. »In drei Monaten? Wäre dir das recht, Tochter?«

Liana blickte Helen an, und statt ihre Stiefmutter zu hassen, dachte sie daran, wie Helen sich bereitgefunden hatte, ihr als Jungfer im Haushalt der Nevilles das Zepter zu überlassen. Vielleicht haßte Helen sie also gar nicht. »Ich werde neue Kleider brauchen«, sagte Liana leise. »Und Einrichtungsgegenstände für einen Hausstand. Glaubst du, du könntest mir bei der Auswahl der nötigen Sachen helfen?«

Helen blickte sie düster an. »Ich kann dich nicht dazu bringen, deinen Entschluß zu ändern?«

»Nein«, erwiderte Liana, »das kannst du nicht.«

»Dann werde ich dir helfen«, sagte Helen. »Wenn du sterben willst, werde ich dir dabei helfen, deine Leiche zur Beerdigung vorzubereiten.«

»Vielen Dank«, sagte Liana lächelnd und verließ das Zimmer mit einem wunderbaren Gefühl der Erleichterung und des Glücks. Sie hatte eine Menge zu tun in den nächsten drei Monaten.

Das Banner der Peregrines, das einen weißen Falken auf rotem Grund zeigte mit drei Pferdeschädeln in einem Band, das quer über die Brust des Vogels hinlief, flatterte über dem Lagerplatz. Die Männer schliefen teils in Zelten, teils unter den Troßwagen; doch Rogan und Severn lagen auf Decken unter freiem Himmel, umgeben von ihren Waffen.

»Ich begreife nicht, warum sie beschlossen hat, dich zu heiraten«, sagte Severn zum zehnten Male. Darüber rätselte er von dem Augenblick an, als Gilbert Neville ihnen eröffnet hatte, seine Tochter nähme den Antrag seines Bruders an. Rogan hatte nur mit den Achseln gezuckt und dann begonnen, auszuhandeln, was zu ihrer Mitgift gehören sollte.

Weder Rogan noch Gilbert schienen sich darüber zu wundern, wie seltsam es doch war, daß die junge Frau, die fast alle Edelleute Englands verschmäht hatte, ausgerechnet Rogan erwählte, ohne ihn zuerst zu sehen.

»Sie hat alle anderen Freier abgewiesen«, sagte Severn laut. »Nicht, daß ich etwas dagegen einzuwenden habe, einem Mädchen zu gestatten, sich ihren Ehemann selbst auszusuchen — aber warum sollte sie wohl einem Mann wie Stephen Whitington einen Korb geben?«

Rogan drehte sich auf die andere Seite — weg von seinem Bruder — und schnaubte: »Das Mädchen hat eben einen Kopf auf ihren Schultern. Sie hat die richtige Wahl getroffen.«

Nun war Severn an der Reihe, zu schnauben: »Da steckt doch mehr dahinter, als du mir sagen willst. Du hast das Mädchen doch hoffentlich nicht in einem stillen Kämmerlein verführt, oder?«

»Ich habe es nie gesehen! Ich war viel zu sehr damit beschäftigt, den alten Neville dazu zu verführen, sich von einem möglichst großen Batzen seines Goldes zu trennen. Vielleicht hat er das Mädchen verprügelt und ihm gesagt, wen es zu heiraten habe, wie er das schon von Anfang an hätte tun sollen.«

»Vielleicht«, stimmte Severn ihm zu. »Aber ich denke trotzdem, daß du . . .«

Wieder drehte sich Rogan um und blickte seinen Bruder zornig an. »Ich sagte dir doch, daß ich das Mädchen nie gesehen habe. Ich war von morgens bis abends mit Neville zusammen!«

»Außer in den paar Stunden, die du allein unterwegs warst, ehe wir zu der Burg von Neville ritten.«

«Ich habe nicht . . .« begann Rogan, hielt dann aber inne, als er sich wieder auf das Mädchen besann, das sich über seine Kleider beschwert hatte. Sie war ihm erst in diesem Moment wieder eingefallen. Er durfte nicht vergessen, nach ihr zu suchen, wenn er in drei Monaten zu seiner Hochzeit wieder in diese Gegend kam. »Ich habe die Erbin nicht gesehen«, sagte Rogan leise. »Ihr Vater muß diese Ehe gestiftet haben. Er ist ein Narr, und mit einem Dutzend Falken könnte ich ihm seine Seele abkaufen.«

»Ich bezweifle, daß du ihm so viel dafür bezahlen müßtest«, meinte Severn verächtlich und schwieg dann einen Moment. »Warst du denn nicht wenigstens neugierig auf diese Frau? Ich würde ein Mädchen, das ich heiraten soll, jedenfalls sehen wollen, ehe ich mich mit ihm vermähle. Wie sollte ich sonst wissen, ob man mir nicht etwas Altes und Dickes andreht?«

»Was kümmert mich eine Ehefrau? Es war ihr Land, hinter dem ich her war. Und jetzt leg dich hin und schlafe, kleiner Bruder, denn morgen ist Mittwoch, und Mittwoch verlangt dir eine Menge Kraft ab.«

Severn lächelte im Dunklen. Morgen würde er Iolanthe wiedersehen, und alles würde wieder so sein wie sonst. Doch in drei Monaten würde Lady Liana Neville in ihr Leben treten, und trotzdem würde alles beim alten bleiben; denn wenn sie auch nur eine entfernte Ähnlichkeit mit ihrem Vater besaß, war sie nichts anderes als ein feiges kleines Ding.

Kapitel vier

»Nein, nein, nein, Mylady, gute Ehefrauen kreischen niemals. Gute Ehefrauen *gehorchen* ihren Ehemännern«, sagte Joice. Sie war müde und mit ihrem Latein am Ende. Lady Liana hatte sie gebeten, ihr Unterricht zu geben, wie man sich als gute Ehefrau zu verhalten habe; doch Lady Liana war zu lange in leitender Stellung gewesen, und es war fast unmöglich, ihr verständlich zu machen, wie eine Ehefrau sich betragen sollte.

»Selbst wenn er ein Narr ist?« fragte Liana.

»Besonders *dann,* wenn er ein Narr ist«, erwiderte Joice. »Männer glauben gern, daß sie alles wissen und immer recht haben. Sie wünschen sich von ihren Frauen absolute Loyalität. Gleichgültig, wie falsch das Urteil Eures Ehemannes sein mag — er erwartet von Euch, daß Ihr immer zu ihm haltet.«

Liana hörte ihr aufmerksam zu. Das war es nicht, was ihre Mutter unter einer Ehe verstanden hatte, und Helen war auch anderer Auffassung als Joice. Doch man konnte sie auch beide nicht als heißgeliebte Ehefrauen bezeichnen, dachte sie, eine Grimasse schneidend. In den letzten vier Wochen war sie zu der Erkenntnis gekommen, daß sie eine ganz andere Ehe zu führen wünschte als jene, die sie selbst als Zeugin miterlebt hatte. Sie wollte nicht den Rest ihres Lebens mit Haßgefühlen verbringen. Ihre Mutter hatte die Tatsache, daß sie ihren Ehemann verachtete, offenbar nicht sehr belastet. Das gleiche galt für Helen; doch sie, Liana, wollte ihr Leben anders einrichten. Sie hatte einmal eine Liebesverbindung bei einem Ehepaar erlebt, das noch nach vielen Ehejahren lange Blicke miteinander tauschte und stundenlang zusammensaß und miteinander plauschte. *Das* war die Ehe, die Liana haben wollte.

»Und er schätzt Gehorsam höher ein als Ehrlichkeit?« fragte Liana. »Wenn er sich irrt, soll ich es ihm nicht sagen?«

»Aber das dürft Ihr auf keinen Fall tun! Männern gefällt es zu glauben, daß ihre Frauen sie für beinahe so unfehlbar halten wie den Herrgott. Versorgt ihm das Haus, gebärt ihm Söhne, und wenn er Euch um Eure Meinung fragt, sagt zu ihm, daß er in solchen Dingen ja viel besser Bescheid wisse als Ihr, da Ihr doch nur eine Frau seid.«

»Nur eine . . .« sagte Liana in dem Versuch, zu begreifen. Der einzige Mann, den sie bisher wirklich gekannt hatte, war ihr Vater, und sie mochte gar nicht daran denken, was aus den Ländereien der Nevilles geworden wäre, wenn ihre Mutter sich geweigert hätte, diese zu verwalten. »Aber mein Vater . . .«

»Euer Vater ist mit den meisten Männern nicht zu vergleichen«, erwiderte Joice so taktvoll wie möglich. Sie war über alle Maßen verwundert gewesen, als Liana sie bat, ihre Beraterin in Sachen Männer zu werden; aber sie dachte, es wäre auch höchste Zeit dafür. Sie sollte lieber den wahren Charakter von Männern erfahren, ehe sie sich an so jemanden wie die Peregrines band. »Lord Rogan wird Euch nicht solche Freiheiten gestatten, wie das Euer Vater tut.«

»Nein, ich schätze, das wird er nicht«, sagte Liana leise. »Er hat gesagt, daß er kein böses Weib heiraten würde.«

»Kein Mann möchte ein böses Weib haben. Er will eine Frau, die ihn preist, für seine Bequemlichkeit sorgt und willig ist im Bett.«

Liana dachte, daß sie zwei von diesen Forderungen leicht erfüllen könne. »Ich bin mir nicht sicher, ob Lord Rogan die Bequemlichkeit schätzt. Seine Kleider sind schmutzig, und ich glaube, daß er sich nicht oft badet.«

»Ah, das ist eine Sache, wo eine Frau Macht ausüben kann. Alle Männer lieben die Bequemlichkeit. Sie mögen ein bestimmtes Gericht besonders gern, haben ihr Lieblingsgetränk, und ob Euer Lord Rogan es weiß oder nicht — er schätzt einen ordentlichen, ruhigen Haushalt. Seine Frau soll die Streitigkeiten unter den Dienstboten schlichten und dafür sorgen, daß sein Tisch immer mit köstlichen Speisen versorgt wird. Ihr könnt ja seine kratzenden, schmutzigen Kleider gegen weiche, neue austauschen. Das sind die Wege zum Herzen eines Mannes.«

»Und wenn seine Ländereien genauso verwahrlost sind wie seine Kleider, werde ich . . .«

»Dann ist das seine Angelegenheit und nicht die seiner Frau«, unterbrach Joice ihre Herrin scharf.

Liana dachte, daß es vielleicht leichter sein würde, hundert Güter zu verwalten, als einen Mann zu erfreuen. Sie war sich nicht sicher, ob sie alle Regeln im Kopf behalten konnte, was einem Mann gefallen würde und was nicht. »Und es ist deine feste Überzeugung, daß ich das Herz meines Gatten dadurch gewinnen kann, indem ich im Söller bleibe und mich nur um seinen Haushalt kümmere?«

»Ich bin mir dessen sicher, Mylady. Wollt Ihr jetzt dieses neue Gewand anprobieren?«

Drei Monate lang probierte Liana neue Kleider an. Sie bestellte Pelze, italienischen Brokat und Juwelen. Sie beschäftigte jede Frau, die eine Nadel halten konnte, damit, ihre Kleider mit Stickereien zu versehen. Und sie bestellte nicht nur ihre Garderobe, sondern ließ auch eine Reihe prächtiger Gewänder für Lord Rogan anfertigen. Ihr Vater nahm nur ein einziges Mal Kenntnis von diesen Vorbereitungen, indem er bemerkte, daß der Bräutigam für seine Kleidung schon selbst sorgen müsse. Doch Liana beachtete ihn nicht.

Wenn Liana nicht zusammen mit Helen an ihrer neuen Garderobe arbeitete, überwachte sie das Einpacken ihrer Mitgift. Alles Vermögen, was die Nevilles nicht in ihre Ländereien gesteckt hatten, bestand aus transportierbaren Gütern. Goldene Teller und Kannen wurden zusammen mit kostbaren Glasgefäßen in Stroh gepackt und auf die Wagen geladen. Liana nahm Wandteppiche, Leinwand, geschnitzte Eichenmöbel, Kerzen, Federkissen und Matratzen als Aussteuer mit. Da waren Fuhrwerke mit kostbaren Stoffen, Pelzen, eine dicke mit Eisen beschlagene Kiste voller Juwelen und eine zweite, die nur Silbermünzen enthielt.

»Du wirst von allem etwas brauchen«, sagte Helen. »Diese Männer haben nicht den geringsten Komfort in ihrem Leben gekannt.«

Liana lächelte über diese Bemerkung, weil der Komfort, den sie ihrem Mann brachte, ihr helfen würde, seine Liebe zu gewinnen.

Helen sah Lianas liebeskrankes Lächeln und stöhnte. Sie versuchte aber nicht mehr, Liana diesen Mann auszureden, da sie ja erlebt hatte, wie unmöglich jede Bemühung war, Liana zur Vernunft zu bringen. Helen half nur, die Burg der Nevilles ihrer Reichtümer zu berauben, und erteilte ihr keine Ratschläge mehr.

Die Hochzeit sollte nur im kleinsten Kreis gefeiert werden; denn die Nevilles hatten keinen großen Rückhalt bei der Aristokratie und den Vertretern des Königshauses im Land. Gilberts Vater hatte sich seinen Grafentitel erst ein paar Jahre vor seinem Tod vom König erkauft, und es gab noch viele Leute in England, die sich gut an die Zeit erinnern konnten, als die Nevilles lediglich reiche, rücksichtslose Kaufleute gewesen waren, die fünfmal so viel für eine Ware verlangten, wie sie selbst dafür bezahlt hatten. Liana war allerdings froh, daß sie einen Vorwand hatte, die enormen Kosten für eine große Hochzeitsfeier einsparen zu können! denn so konnte sie um so mehr Güter als Aussteuer mitnehmen in die Burg der Peregrines.

Liana schlief nicht viel in der Nacht vor ihrer Hochzeit. Sie ging im Geist immer wieder die Regeln durch, die sie befolgen mußte, wenn sie einen Ehemann erfreuen wollte, und sie versuchte sich ihr neues Leben als Vermählte vorzustellen. Sie malte sich aus, wie sie mit dem hübschen Lord Rogan zusammen im Bett lag — wie er sie streichelte, küßte und ihr zärtliche Worte zuflüsterte. Sie hatte beschlossen, nicht »in ihren Haaren« vermählt zu werden, sondern einen kostbaren Kopfschmuck zu tragen, weil sie wußte, daß ihr langes flachsfarbenes Haar ihr wichtigster Reiz war, und sie wollte diesen Reiz nur mit ihm — mit ihm allein — in ihrer Hochzeitsnacht teilen. Sie stellte sich vor, wie sie lange Spaziergänge miteinander unternahmen, lachten und sich bei den Händen hielten. Sie träumte davon, wie sie an einem kalten Winterabend vor dem Kaminfeuer saßen, sie ihm vorlas oder sie beide Dame spielten. Vielleicht würden sie um Küsse spielen.

Sie lächelte im Dunkeln, als sie daran dachte, was er wohl sagen würde, wenn er entdeckte, daß er das Mädchen vom See geheiratet hatte. Natürlich war *jene* Frau ein böses Weib gewesen; aber Rogans Frau würde eine ergebene, stille und liebevolle Lady Liana sein. Sie stellte sich seine Dankbarkeit vor, wenn sie seine schmutzigen rauhen Kleider durch feine seidene und wollene Gewänder ersetzte. Sie schloß einen Moment die Augen und malte sich aus, wie unglaublich hübsch er aussehen würde in einem von diesen dunklen Samtanzügen — einem grünen vielleicht? — und einer juwelengeschmückten Goldkette, die von einer breiten Schulter zur anderen verlief.

Sie würde ihn in die Badefreuden einführen mit ihrem nach Rosen duftenden Badeöl. Vielleicht würde er danach das Öl in ihre Haut reiben, vielleicht sogar zwischen den Zehen, dachte sie mit einem Wonneseufzer. Sie stellte sich vor, wie sie auf einem sauberen, weichen Federbett lagen und über ihre erste Begegnung lachten — wie kindisch sie gewesen waren, nicht schon auf dem ersten Blick zu erkennen, daß jeder für den anderen die Liebe seines Lebens war.

Kurz vor Einbruch der Dämmerung döste sie mit einem Lächeln auf den Lippen ein, um nur wenige Minuten später von einem heftigen Rumoren unten im Burghof wieder geweckt zu werden. Das Klirren von Waffen und das Gegröle aus männlichen Kehlen deutete darauf hin, daß die Burg angegriffen wurde. Wer hatte nur die Zugbrücke heruntergelassen?

»Oh, Gott, laß mich nicht sterben, ehe ich ihn geheiratet habe«, betete Liana, als sie aus dem Bett sprang und aus dem Zimmer hastete.

In der Vorhalle rannten Helen und die Hälfte der Dienerschaft, wie es schien, zusammen.

Liana bahnte sich durch das Gewühl einen Weg zu ihrer Stiefmutter. »Was ist da draußen los? Was ist passiert?« rief sie ihr zu.

»Dein Bräutigam ist endlich eingetroffen«, erwiderte Helen zornig. »Und er und alle seine Männer sind betrunken. Nun muß einer, der sein Leben nicht zu hoch einschätzt, hinausgehen und diesen Roten Falken, den du heiraten willst, vom Pferd heben, baden, anziehen und wenigstens so nüchtern machen, daß er das Heiratsgelübde ablegen kann.« Sie hielt inne und blickte ihre Stieftochter mitleidig an. »Du gibst heute dein Leben durch dein Gelübde in seine Hand«, sagte sie leise. »Möge Gott deiner Seele gnädig sein.« Damit drehte sich Helen um und ging die Treppe zum Söller hinunter.

»Mylady«, sagte Joice hinter Lianas Rücken. »Ihr müßt zurück auf Euer Zimmer. Keiner darf Euch an Eurem Hochzeitstag vor der Trauung sehen.«

Liana ließ sich in ihr Zimmer zurückbringen und erlaubte Joice sogar, sie wieder zu Bett zu bringen; aber sie konnte nicht mehr einschlafen. Wieder wohnte Rogan unter dem gleichen Dach wie sie, und bald . . . bald würde er hier in ihrem Bett bei ihr liegen. Nur sie beide. Allein und still und intim.

Worüber würden sie wohl reden? dachte sie bei sich. Sie wußten doch so wenig voneinander. Vielleicht würden sie zuerst davon sprechen, wie man das Reiten erlernt, oder möglicherweise würde er ihr erzählen, wo er wohnte. Die Burg der Peregrines würde ja Lianas neues Heim sein, und sie sehnte sich danach, es kennenzulernen. Sie mußte überlegen, wo sie die Wandteppiche ihrer Mutter aufhängen und wo sie die Goldteller aufstellen mußte, damit sie richtig zur Geltung kamen.

Sie war so glücklich mit ihren Gedanken, daß sie tatsächlich wieder einschlummerte, bis Joice sie wecken kam und vier kichernde Mägde anfingen, sie mit rotem Brokat zu bekleiden und einem Unterrock aus Goldtuch. Ihr doppelhörniger Kopfputz war rot, mit Golddraht durchwirkt und mit Hunderten kleiner Perlen bestickt. Ein langer durchsichtiger Schleier aus Seide hing ihr den Rücken hinunter.

»Wunderschön, Mylady«, sagte Joice mit Tränen in den

Augen. »Kein Mann wird den Blick von Euch abwenden können.«

Das hoffte Liana auch. Sie hoffte, daß sie körperlich so anziehend für ihren Gemahl war wie er für sie.

Sie ritt im Damensattel auf einem weißen Pferd zur Kirche und war so nervös, daß sie kaum die Menge der Leute sah, die die Straße säumten und ihr den Wunsch zuriefen, daß sie viele Kinder zur Welt bringen möge. Ihre Augen waren nach vorn gerichtet und suchten den Mann zu erkennen, der an der Kirchentür stand.

Ihre Handflächen wurden plötzlich naß, als sie näher herankam. Würde er jetzt einen Blick auf sie werfen, in ihr die Frau erkennen, die ihm seine mit Schlamm bedeckten Kleider an die Brust warf, und sich weigern, sie zu heiraten?

Als sie nahe genug heran war, um ihn deutlich sehen zu können, lächelte sie stolz; denn er sah so gut aus, wie sie ihn sich vorgestellt hatte in dem grünen Samtoberkleid, das sie für ihn genäht hatte. Das Oberkleid reichte ihm knapp bis zu den Schenkeln, und seine mächtigen, muskulösen Beine waren von einer dunklen, gestrickten Strumpfhose umhüllt wie von einer zweiten Haut. Auf dem Kopf trug er einen Pelzhut mit schmaler Krempe und einem Band, das mit einem großen Rubin geschmückt war.

Sein Anblick ließ sie vor Stolz anschwellen, daß ihr die Rippen unter den stählernen Stützen ihres Korsetts wehtaten. Dann hielt sie den Atem an, als er von der Kirchentreppe heruntersteig und auf sie zuschritt. Wollte er sie selbst vom Pferd heben und nicht darauf warten, bis ihr Vater, der vor ihr ritt, diese Aufgabe erledigte?

Ihr Pferd bewegte sich so langsam, daß sie fast verrückt wurde. Vielleicht konnte er jetzt sehen, daß sie die Frau vom See war, und freute sich. Vielleicht hatte er in den letzten drei Monaten so oft an sie denken müssen wie sie an ihn.

Doch Rogan kam nicht zu ihr, um sie vom Pferd zu heben. Tatsächlich warf er nicht einmal einen Blick in ihre Richtung, soweit sie das erkennen konnte. Statt dessen trat er an das Pferd ihres Vaters heran und faßte dieses am Zügel. Die ganze Prozession kam zum Stillstand, während Liana zusah, wie Rogan ernsthaft auf ihren Vater einredete. Liana beobachtete verwirrt die Szene, bis Helen ihr Pferd nach vorn drängte und dann neben ihrer Stieftochter wieder verhielt.

»Was hat dieser rote Teufel jetzt wieder im Sinn?« fauchte Helen. »Die beiden täuschen sich sehr, wenn sie glauben, wir würden warten, während sie über Falken reden.«

»Da er jetzt bald mein Mann sein wird, nehme ich an, daß wir warten müssen«, sagte Liana kühl. Sie hatte Helens ständige Klagen über Rogan satt.

Helen trieb ihr Pferd vorwärts und hielt dann neben ihrem Gatten wieder an. Liana vermochte bei dem Lärm, den die vor der Kirche versammelten Leute machten, nicht zu verstehen, was dort vorne gesprochen wurde; aber sie konnte sehen, wie zornig Helen geworden war. Gilbert machte ein ausdrucksloses Gesicht und lehnte sich sogar ein wenig im Sattel zurück, während Helen wütend auf Rogan einredete. Doch Rogan blickte nur kurz zu ihr hinüber, ohne sie wirklich zu sehen.

Liana hoffte, daß er sie niemals mit so leeren Augen ansehen würde. Nach einer Weile blickte Rogan um sich, als sähe er die Menge zum erstenmal, und dann, als fiele ihm erst jetzt ein, daß er heiraten sollte, blickte er zu Liana hin, die ruhig auf ihrem Pferd saß. Liana hielt den Atem an, als seine kalten Augen sie von Kopf bis Fuß musterten. Da war nichts in seinen Augen, was darauf hindeutete, daß er sie wiedererkannte, und sie war froh darüber; denn sie wollte nicht riskieren, daß er sich weigerte, sie zu heiraten. Als er die Augen hob, um ihrem Blick zu begegnen, senkte sie die Wimpern und hoffte, daß sie einen züchtigen und gehorsamen Eindruck machte.

Nach einigen Sekunden schlug sie die Augen wieder auf und sah, daß Rogan zur Kirchentreppe zurückging und Helen auf sie zuritt.

»Der Mann, den du zu heiraten gedenkst«, sagte Helen im verächtlichen Ton, »hat den Preis für zwölf weitere Ritter gefordert. Er sagte, er würde sofort wieder abreisen und dich hier stehenlassen, wenn er das Geld für die Ritter nicht bekäme.«

Lianas Augen weiteten sich vor Schrecken. »Hat mein Vater zugestimmt?«

Helen schloß einen Moment die Augen. »Er hat zugestimmt. Und nun laß uns die Sache hinter uns bringen.« Sie trieb ihr Pferd wieder an und ritt hinter Liana zur Kirche.

Gilbert half seiner Tochter vom Pferd, und sie ging die Kirchentreppe hinauf, um dort ihrem zukünftigen Mann zu begegnen. Die Trauungszeremonie war kurz, die Gelübde nicht anders, als sie nun schon seit Jahrhunderten Brauch waren in diesem Land. Liana hielt während der Trauung die Augen gesenkt; aber als sie gelobte, »demütig und gehorsam zu sein am Tisch und im Bett«, jubelte die Menge ihr zu. Zweimal warf sie einen verstohlenen Seitenblick auf Rogan, doch er schien nur ungeduldig zu sein, bald wieder von hier fortzukommen — so ungeduldig wie sie selbst, dachte sie mit einem Lächeln.

Als sie zu Mann und Frau erklärt wurden, jubelte die Menge abermals, und Bräutigam und Braut, deren Familien und Gäste, gingen in die Kirche zur Messe; denn die Trauung war Sache des Staates und fand deshalb vor der

Kirche statt, während die Messe eine Angelegenheit Gottes war. Der Priester segnete ihre Heirat und begann dann die Messe.

Liana saß still neben dem ihr eben angetrauten Mann und lauschte den lateinischen Gesängen, die stundenlang zu dauern schienen. Rogan blickte sie weder an noch suchte er einen Körperkontakt mit ihr. Er gähnte ein paarmal, kratzte sich ein paarmal und streckte seine langen Beine von sich. Einmal glaubte sie sogar ein Schnarchen von ihm zu hören; aber sein Bruder stieß ihn in die Rippen, und Rogan setzte sich auf der harten Bank wieder gerade.

Nach der Messe ritt die Hochzeitsgesellschaft wieder zurück zur Burg, während die Bauern sie mit Getreidekörnern bewarfen und riefen: »Reichlich, reichlich!« Drei Tage und drei Nächte lang würden jeder Mann, jede Frau und jedes Kind so viel zu essen und zu trinken bekommen, wie sie bei sich behalten konnten.

Nachdem die Gesellschaft über die Zugbrücke in den Innenhof der Burg geritten war, blieb Liana auf ihrem Pferd sitzen und wartete darauf, daß ihr Gatte sie aus dem Sattel hob. Statt dessen mußte sie zusehen, wie Rogan und sein Bruder Severn vom Pferd stiegen und zu den beladenen Wagen gingen, die entlang der Steinmauer aufgefahren waren.

»Ihm liegt deine Mitgift mehr am Herzen als du«, sagte Helen, als ein Diener Liana vom Pferd half.

»Du hast dich jetzt genug über ihn beschwert«, schnaubte Liana. »Du bist nicht allwissend. Vielleicht hat er Gründe für sein Verhalten.«

»Ja. Zum Beispiel der Grund, daß er ein Unmensch ist«, sagte Helen. »Es hat keinen Sinn, dich daran zu erinnern, was du dir selbst angetan hast. Dafür ist es nun zu spät. Sollen wir hineingehen und essen? Nach meiner Erfahrung kommen Männer immer nach Hause, wenn sie hungrig sind.«

Doch Helen irrte sich in diesem Punkt; denn weder Rogan noch seine Mannen kamen zu dem Fest, das Liana wochenlang vorbereitet hatte. Statt dessen blieben sie draußen und besichtigten die Wagen, die mit Lianas Mitgift beladen waren. Sie saß allein zur Rechten ihres Vaters, und der Platz des Bräutigams neben ihr blieb leer. Sie konnte das Flüstern der Gäste hören und spüren, wie sich mitleidige Blicke von allen Seiten auf sie richteten. Doch sie hielt den Kopf hoch und ließ sich nicht anmerken, wie verletzt sie sich fühlte. Sie redete sich ein, daß es ein gutes Zeichen sei, wenn ihr Gatte sich für seinen Besitz interessierte. Ein Mann, der so genau auf sein Geld achtete, würde es nicht leichtsinnig vergeuden.

Nach ungefähr zwei Stunden, als die meisten mit ihrer Mahlzeit schon fertig waren, kam Rogan mit seinen Männern in die Halle. Liana lächelte; denn jetzt würde er sicherlich zu ihr kommen, sich entschuldigen und ihr erklären, was ihn so lange aufgehalten hatte. Statt dessen blieb er neben Gilberts Stuhl stehen, angelte sich ein zwei Pfund schweres Stück Rinderbraten vom Tisch und begann daran zu nagen.

»Drei Wagen sind mit Federmatratzen und Kleidern beladen. Ich möchte, daß man diese Sachen gegen Gold austauscht«, sagte Rogan mit vollem Mund.

Gilbert hatte nichts mit dem Beladen der Wagen zu schaffen gehabt und konnte deshalb zu Rogans Forderung keine Stellung nehmen. Er öffnete zwar den Mund, um etwas zu sagen, brachte aber keinen Ton heraus.

Helen hatte in dieser Hinsicht keine Probleme. »Die Matratzen sind für die Wohlfahrt meiner Tochter bestimmt. Ich glaube nicht, daß Eure Burg auch nur über den geringsten Komfort verfügt.«

Rogan richtete nun seine kalten, harten Augen auf Helen, und diese hätte fast klein beigegeben. »Wenn ich die Meinung einer Frau hören möchte, werde ich Sie fragen.« Er blickte wieder Gilbert an. »Ich lasse gerade eine Aufstellung machen. Ihr werdet es bereuen, falls Ihr mich betrogen haben solltet.« Damit trat er wieder vom Tisch weg und wischte sich die fettigen Hände, nachdem er den Braten verschlungen hatte, an dem wunderschönen samtenen Umhang ab, den Liana für ihn hatte nähen lassen. »Ihr könnt Eure Federn behalten.«

Helen war im nächsten Moment auf den Beinen und baute sich vor Rogan auf. Er war viel größer als sie, überragte sie um mindestens einen Kopf; doch ihr Zorn gab ihr Mut. »Eure eigene Frau — die Frau, die Ihr zu übersehen geruht — hat das Beladen der Wagen überwacht und Euch nicht betrogen. Was die Einrichtungsgegenstände anbelangt, so werden diese die Braut in ihr neues Heim begleiten, oder sie wird hier im Haus ihres Vaters bleiben. Entscheidet Euch, Peregrine, oder ich werde die Heirat annullieren lassen. Meine Tochter geht nicht nackt aus meinem Haus.«

Es wurde ganz still im Saal. Nur das Schnüffeln eines Hundes in einer Ecke des Raumes konnte man noch hören, und auch dieses verstummte bald. Gäste, Akrobaten, Sänger, Musikanten und Gaukler — alle unterbrachen das, was sie gerade taten, und sahen zu dem hochgewachsenen hübschen Mann und der eleganten Frau hin, die sich da gegenüberstanden.

Einen Moment lang schien Rogan nicht zu wissen, was er sagen sollte. »Die Ehe ist geschlossen.«

»Und nicht vollzogen«, gab Helen scharf zurück. »Es wäre ein leichtes, sie für ungültig erklären zu lassen.«

Der Zorn in Rogans Augen nahm zu. »Ihr solltet mir nicht drohen, Frau. Der Besitz des Mädchens gehört mir, und ich werde mir davon nehmen, was ich will.« Er wich einen Schritt zurück und packte Liana beim Arm, sie von ihrem Stuhl hochziehend. »Wenn die Unschuld des Mädchens ein Problem ist, werde ich Euch dieses sogleich abnehmen.«

Diese Erklärung löste bei den halb betrunkenen Gästen ein Gelächter aus, das noch zunahm, als Rogan Liana mit sich die Treppe hinaufzog und aus dem Blickfeld der in der Halle versammelten Leute verschwand.

»Mein Zimmer . . .«, sagte Liana nervös, die sich nicht ganz sicher war, was nun passieren sollte. Sie wußte nur, daß sie endlich mit diesem großartigen Mann allein sein würde.

Rogan stieß die Tür eines Gästezimmers auf, das von dem Grafen von Arundel und dessen Frau belegt war. Die Magd der Gräfin faltete gerade Kleider zusammen. »Hinaus«, befahl Rogan dem Mädchen, und dieses beeilte sich, seiner Aufforderung nachzukommen.

»Aber mein Zimmer ist . . .«, begann Liana. So sollte die Sache eigentlich nicht verlaufen. Zuerst mußten ihre Mägde sie auskleiden und nackt zwischen weiße saubere Laken legen, und dann mußte er zu ihr kommen, sie küssen und liebkosen.

»Dieses Zimmer ist gut genug dafür«, sagte er und schob sie auf das Bett, packte dann den Saum ihrer Röcke und schleuderte sie ihr über den Kopf.

Liana suchte sich aus mehreren schweren Stoffbahnen herauszuwühlen und sog dann heftig die Luft ein, als sich Rogans beträchtliches Gewicht auf sie legte. Im nächsten Moment schrie sie auf vor Schmerz, als er in sie eindrang. Sie war auf einen solchen Schmerz nicht vorbereitet und wollte ihn von sich wegschieben; aber er schien das nicht zu bemerken, während er begann, sie mit langen, raschen Stößen zu traktieren. Liana knirschte mit den Zähnen, damit sie nicht in Tränen ausbrach, und ballte die Hände zu Fäusten, um den Schmerz besser ertragen zu können.

In wenigen Minuten war er fertig und sank auf ihr zusammen — schlaff und entspannt. Liana brauchte einen Moment, um sich von dieser schmerzvollen Attacke zu erholen; aber als sie die Augen aufschlug, konnte sie Rogans dunkle Haare sehen und deren Weichheit an ihrer Wange spüren. Sein Gesicht war von dem ihren weggedreht, doch seine dichten, sauberen Haare bedeckten ihre Wange und ihre Stirn. Wie schwer und leicht er sich doch anfühlte. Seine breiten Schultern bedeckten ihren zierlichen Körper; doch seine Hüften schienen nicht so ausladend zu sein wie die ihren.

Sie hob ihre rechte Hand und berührte seine Haare, schob ihre Finger hinein, dann ihre Nase, und sog deren Duft ein.

Langsam drehte er ihr das Gesicht zu. Seine Lider waren schwer vor Müdigkeit. »Ich habe einen Moment geschlafen«, sagte er leise.

Sie betrachtete lächelnd seine geschlossenen Augen und streichelte die Haare an seinen Schläfen. Er hatte dicke Wimpern, seine Nase war edel geformt, seine Haut war dunkel und warm und hatte so feine Poren wie die eines Babys. Seine Wangen waren mit dunklen Stoppeln bedeckt, die aber nicht die entspannte Weichheit seines Mundes verbergen konnten.

Ihre Finger bewegten sich von seinen Schläfen über die Wangen hinunter zu seinen Lippen. Als sie seine Unterlippe berührte, öffnete er plötzlich die Augen, und sie war überrascht, wie ungewöhnlich grün sie waren bei diesem Licht. Nun wird er mich küssen, dachte sie bei sich, und einen Moment lang hielt sie den Atem an, als er sie betrachtete.

»Eine Blondine«, murmelte er.

Liana lächelte, da die Farbe ihrer Haare ihm zu gefallen schien. Sie griff an ihren Kopfschmuck, um diesen abzunehmen, und die ganze Fülle ihrer Haare entrollte sich auf eine Länge von fast einem Meter. »Ich wollte es für dich aufsparen«, flüsterte sie. »Ich hoffte, daß meine Haare dich erfreuen würden.«

Er nahm eine Strähne ihrer feinen goldfarbenen Haare auf und wickelte sie um seine Finger. »Es ist . . .«

Er hielt mitten im Satz inne, und seine Züge verhärteten sich. Er stieg sofort von ihr herunter und funkelte sie an. »Bedecke dich und begebe dich zu diesem Satansbraten von Stiefmutter, um ihr mitzuteilen, daß die Ehe vollzogen ist. Sag ihr, daß aus der Annullierung nun nichts mehr wird. Und du kannst dich gleich reisefertig machen, denn wir verlassen noch heute abend die Burg.«

Liana schob ihre Röcke über ihre nackten Beine hinunter und setzte sich im Bett auf. »Heute abend? Aber die Hochzeitsfeier dauert doch noch zwei Tage. Für morgen habe ich einen Ball vorbereitet und . . .«

Rogan ordnete hastig seine Kleider. »Ich habe keine Zeit zum Tanzen und schon gar nicht für Frauen, die mir widersprechen. Wenn du so deine Ehe beginnen willst, kannst du gleich hier bei deinem Vater bleiben, und ich werde nur deine Mitgift mitnehmen. Meine Männer und ich werden in drei Stunden die Burg wieder verlassen. Sei pünktlich zur Stelle oder laß es sein — mir ist das egal.« Er drehte sich um, verließ das Zimmer und schloß die Tür ziemlich heftig hinter sich.

Liana war so verblüfft, daß sie sitzen blieb, wo sie war, und sich nicht rührte. Er würde sie hier bei ihrem Vater zurücklassen!

Dann hörte sie ein leises Klopfen an der Tür, und Joice trat ins Zimmer. »Mylady?« sagte sie.

Liana sah zu ihrer Magd hoch, und ihre Verwirrung

spiegelte sich in ihren Augen. »Er wird in drei Stunden abreisen und sagt, ich könnte ihn begleiten oder nicht. Es scheint ihm egal zu sein, ob ich mitkomme oder hierbleibe.«

Joice setzte sich aufs Bett und nahm Lians Hand. »Er glaubte, er brauche keine Ehefrau. Alle Männer glauben das. Es ist Eure Aufgabe, ihm zu beweisen, daß er durchaus eine Frau an seiner Seite benötigt.«

Liana bewegte sich von ihrer Magd fort; aber als sie die Beine anzog, schmerzte das. »Er hat mir wehgetan.«

»Das ist immer so beim ersten Mal.«

Liana stand vom Bett auf, und der Zorn ließ das Blut schneller durch ihren Körper kreisen. »So schnöde bin ich noch *nie* in meinem Leben behandelt worden. Er hatte nicht einmal so viel Anstand, zu seiner eigenen Hochzeitsfeier zu kommen. Ich mußte allein am Tisch sitzen und mir die Blicke und das mitleidige Lächeln der Gäste gefallen lassen. Und dann das!« Sie blickte auf ihre Röcke hinunter. »Ich hätte ebensogut vergewaltigt werden können. Ich werde ihm zeigen, mit wem er es zu tun hat!« Sie hatte ihre Hand bereits auf dem Türknauf, als Joice sie mit den Worten zurückhielt:

»Und er wird Euch mit dem gleichen Haß anblicken, mit dem er Lady Helen angesehen hat.«

Liana kam zum Bett zurück.

»Ihr habt doch gesehen, wie sehr er sie verabscheut«, fuhr Joice fort und fühlte sich plötzlich sehr mächtig. Ihr junger Schützling mochte schön sein und reich; aber sie hörte auf Joice und befolgte den Rat ihrer Magd. »Glaubt mir — ich weiß, was Männer wie Lord Rogan sich wünschen. Er wird Euch genauso hassen wie Eure Stiefmutter, wenn Ihr Euch ihm widersetzt.«

Liana rieb die Finger ihrer rechten Hand. Sie konnte noch immer seine Haare auf ihrer Haut spüren und erinnerte sich daran, daß sie — wenn auch nur einen Moment lang — Zärtlichkeit in seinen Augen gesehen hatte. Sie wollte sich das nicht verderben. »Was mache ich nur?« fragte sie flüsternd.

»Ihm gehorchen«, sagte Joice entschieden. »Seid in drei Stunden reisefertig. Lady Helen wird zweifellos Protest erheben, daß Ihr abreisen sollt; aber stellt Euch auf die Seite Eures Gatten. Ich habe Euch schon gesagt, daß Männer von ihren Ehefrauen Loyalität verlangen.«

»*Blinde* Ergebenheit?« fragte Liana. »Selbst in diesem Fall, wo er im Unrecht ist?«

»Besonders dann, wenn er im Unrecht ist.«

Liana hörte sich das zwar alles an, aber begreifen konnte sie es dennoch nicht.

Als Joice sah, daß ihre junge Herrin noch immer verwirrt war, fuhr sie fort: »Schluckt Euren Ärger hinunter. Alle verheirateten Frauen müssen ihren Ärger hinunterwürgen und ihn für sich behalten. Ihr werdet lernen, nicht daran zu ersticken, und eines Tages wird das sogar zu einer Lebensgewohnheit werden.«

Liana wollte etwas darauf erwidern, doch Joice kam ihr mit den Worten zuvor:

»Macht Euch jetzt reisefertig, oder er wird Euch verlassen.«

Mit einem Gefühl äußerster Konfusion eilte Liana aus dem Zimmer. Sie würde alles unternehmen, was in ihrer Macht stand, um diesem Mann eine gute Frau zu sein. Und wenn das bedeutete, daß sie ihren Zorn unterdrücken mußte, dann würde sie ihn eben hinunterwürgen. Sie würde ihm beweisen, daß sie die loyalste Frau der Welt sein konnte.

Als Lord Rogan mit einem finsteren Zug in seinem hübschen Gesicht die Stufen hinunterlief, war die erste Person, die ihm am Fuß der Treppe begegnete, Lady Helen. »Die Ehe ist vollzogen«, sagte er zu ihr. »Es wird keine Annullierung geben. Wenn noch etwas aufgeladen werden soll, erledigt das jetzt, denn wir werden in drei Stunden die Burg verlassen.« Er wollte an ihr vorbei, doch Lady Helen verstellte ihm den Weg.

»Ihr wollt meine Stieftochter von ihrem eigenen Hochzeitsfest wegholen?«

Rogan verstand nicht, warum diese Frauen ein solches Gezeter wegen der Hochzeitsfeier machten. Wenn ihnen so sehr an dem Essen lag, konnten sie doch so viel davon einpacken, wie sie wollten. »Ich werde das Mädchen schon nicht verhungern lassen«, sagte er in dem Bemühen, den Haß zu mildern, der ihm aus Helens Augen entgegensprühte. Er war nicht daran gewöhnt, daß Frauen ihn haßten. Größtenteils waren sie so wie das Mädchen, das er heute geheiratet hatte — sie himmelten ihn an.

»Ihr *werdet* sie verhungern lassen«, erwiderte Helen, »wie Euer Vater seine Ehefrauen an Mangel von Wärme und Freundschaft zugrunde gehen ließ.« Sie senkte die Stimme. »Wie Ihr Jeanne Howard habt verhungern lassen.«

Helen wich einen Schritt zurück, als sie den Ausdruck auf Rogans Gesicht sah. Seine Augen waren hart geworden, und er blickte sie so wütend an, daß sie zu zittern begann.

»Komm ja nicht mehr in meine Nähe, Frau«, sagte er kalt mit drohendem Unterton. Dann ging er an ihr vorbei, achtete nicht der Zurufe der Gäste, sich zu ihnen zu setzen und mit ihnen anzustoßen, und trat hinaus in den Burghof.

Jeanne Howard, dachte er. Er hätte dieser Frau den Hals umdrehen können, daß sie zu ihm von Jeanne gesprochen hatte; aber es erinnerte ihn zugleich daran, daß er auf der Hut sein mußte bei seiner neuen Frau, damit sie ihm nicht mit ihren hübschen blauen Augen und blonden Haaren den Kopf verdrehte.

»Du siehst so aus, als möchtest du jemanden mit der Lanze durchbohren«, sagte Severn mit aufgeräumter Stimme. Sein Gesicht war gerötet von den Speisen und Getränken, die er im überreichen Maße genossen hatte.

»Bist du reisefertig?« fauchte Rogan als Antwort. »Oder haben dich die Dirnen, mit denen du ins Heu gehen mußtest, so sehr abgelenkt, daß du darüber über meinen Auftrag vergessen hast?«

Severn war an die ständige Gereiztheit seines Bruders gewöhnt, und er hatte viel zu viel Wein getrunken, um sich nun über Rogans Worte aufzuregen. »Ich habe deinen Wunsch vorausgesehen und ein Fuhrwerk mit Nahrungsmitteln beladen lassen. Werfen wir nun die Federkissen aus den Wagen, oder nehmen wir sie mit?«

»Wir lassen sie zurück«, gab Rogan schroff zurück, zögerte dann aber. Im Geist hörte er wieder Helen Neville sagen: »Wie Ihr Jeanne Howard habt verhungern lassen.« Er hatte ein Gefühl dabei, als würde ihm ein Messer in den Leib gestoßen. Das Mädchen, das er geheiratet hatte — wie hieß es doch gleich? —, schien einfältig und harmlos zu sein. »Meinetwegen soll sie ihre Federmatratzen behalten«, meinte er dann grollend zu Severn und ging dann weiter, um die Reisevorbereitungen seiner Männer zu überprüfen.

Severn blickte seinem Bruder nach und fragte sich, was für ein Mensch wohl seine hübsche kleine Schwägerin sein mochte.

Kapitel fünf

Liana beeilte sich nun, zu der verabredeten Zeit fertig zu sein. Sie gab ihren Mägden Anweisungen, alle ihre neuen Kleider einzupacken, und achtete darauf, daß sie nicht vergaßen, ihre persönlichen Sachen aufzuladen. Drei Stunden waren eine so verflucht kurze Zeit, sich für ihr neues Leben vorzubereiten.

Und während sie hierhin und dorthin eilte, hielt Joice ihr ununterbrochen Vorträge.

»Beklagt Euch niemals«, sagte Joice. »Männer hassen Frauen, die sich beklagen. Ihr habt zu nehmen, was er Euch gibt, und dürft ihm niemals widersprechen. Sagt ihm, daß Ihr *froh* seid, Euer Hochzeitsfest verlassen zu können — froh, daß er Euch drei Stunden Zeit zur Vorbereitung gelassen hat. Männer mögen Ehefrauen, die immer bei guter Laune sind und lächeln.«

»Er hat mir bisher nicht gezeigt, daß er mich mag«, erwiderte Liana. »Er hat überhaupt keine Notiz von mir genommen. Außer in den wenigen Minuten, die er brauchte, um das Risiko einer Annullierung zu beseitigen«, setzte sie mit einiger Bitterkeit hinzu.

»Es kann Jahre dauern«, sagte Joice. »Männer verschenken nicht so leicht ihr Herz; aber wenn Ihr hartnäckig bleibt, wird die Liebe zu Euch kommen.«

Und das ist es, was ich mir wünsche, dachte Liana bei sich. Sie wollte, daß ihr schöner Ehemann sie liebte und sie brauchte. Wenn sie dafür hin und wieder ein bißchen Ärger hinunterschlucken mußte, damit er sie letztendlich liebte, nahm sie das gern in Kauf.

Sie war reisefertig, ehe die Frist von drei Stunden abgelaufen war, und ging hinunter, um ihrem Vater und ihrer Stiefmutter Lebewohl zu sagen. Gilbert war betrunken, redete mit einigen Männern über Falken und fand kaum ein Wort des Abschieds für seine einzige Tochter; aber Helen umarmte sie heftig und wünschte ihr das Allerbeste von der Welt.

Als die Ritter der Peregrines draußen im Burghof in den Sattel stiegen, das große weiße Falkenbanner entrollten und auf den Befehl zum Abmarsch warteten, empfand Liana einen Moment lang Panik. Sie ließ nun alle Leute, die sie kannte, hier in der Burg zurück und vertraute ihr Schicksal diesen fremden Männern an. Sie stand wie angewurzelt da und blickte sich suchend nach ihrem Gatten um.

Rogan, der auf einem mächtigen rotbraunen Hengst saß, ritt vor sie hin — so dicht, daß sie den Arm heben mußte, um ihr Gesicht vor herumfliegendem Kies zu schützen — und sagte: »Steig in den Sattel und reite, Frau.« Damit begab er sich wieder an die Spitze seiner Männer.

Liana barg ihre Fäuste in den Falten ihres Rocks. Den Ärger hinunterwürgen, ermahnte sie sich, und versuchte, trotz seiner Grobheit die Ruhe zu bewahren.

Aus der Staubwolke, die Rogan hinterlassen hatte, kam Rogans Bruder, Severn, heraus und lächelte sie an. »Darf ich Euch in den Sattel helfen, Mylady?« fragte er.

Liana entspannte sich sofort und lächelte diesen hübschen Mann an. Er war genauso schäbig gekleidet wie Rogan noch am Abend vor der Hochzeit, und seine dunkelblonden Haare waren zu lang und zu verfilzt an den

Rändern, aber er lächelte sie wenigstens an. Sie legte eine Hand auf seinen ausgestreckten Arm. »Ich fühle mich geehrt«, sagte sie und ging mit ihm zu ihrem wartenden Pferd.

Liana war gerade aufgesessen, als Rogan zu ihnen zurückritt. Er sah sie nicht an; musterte jedoch seinen Bruder mit finsterem Blick.

»Wenn du damit fertig bist, die Magd einer Lady zu spielen, kommst du an meine Seite«, sagte Rogan.

»Vielleicht würde deine Frau gern mit uns zusammen reiten«, sagte Severn ein wenig spitz über Lianas Kopf hinweg.

»Ich will dort keine Frau haben«, schnaubte Rogan und blickte Liana immer noch nicht an.

»Ich glaube nicht, daß sie . . .« begann Severn; aber Liana schnitt ihm das Wort ab.

Selbst sie wußte, daß es ihrem Mann unmöglich gefallen konnte, wenn sie zur Ursache eines Streites zwischen ihm und seinem Bruder wurde. »Ich möchte lieber hierbleiben«, sagte sie laut. »Ich werde mich sicherer fühlen, wenn ich von Männern umgeben bin«, sagte sie laut. »Und Ihr, Sir«, sagte sie, an Severn gewandt, »werdet da vorn bei meinem . . . meinem Gatten gebraucht.«

Severn blickte sie einen Moment lang stirnrunzelnd an. »Wie Ihr wünscht«, sagte er dann mit einer kleinen Verbeugung und ritt von ihr weg, um sich neben seinem Bruder an die Spitze der Kolonne zu setzen.

»Ausgezeichnet, Mylady«, sagte Joice, als sie ihr Pferd vorantrieb, um neben ihrer Herrin zu reiten. »Ihr habt ihn mit Euren Worten erfreut. Lord Rogan wird eine gehorsame Ehefrau schätzen.«

Nachdem sie über die Zugbrücke geritten waren und die staubige Landstraße erreichten, begann Liana zu niesen. »Ich bin eine gehorsame Frau gewesen, wie du es verlangtest; doch nun muß ich hinter zehn Männern und einem halben Dutzend Fuhrwerken herreiten und Staub schlucken«, murmelte sie.

»Aber Ihr werdet am Ende siegen«, erwiderte Joice. »Ihr werdet es erleben. Sobald er erkannt hat, daß Ihr gehorsam und loyal seid, wird er Euch lieben.«

Liana hustete und rieb sich die Nase. Es war nicht einfach, an Liebe und Treue zu denken, wenn man den Mund voller Staub hatte.

Sie ritten nun einige Stunden, wobei Liana blieb, wo sie von Anfang an gewesen war — in der Mitte des Zuges —, und von keinem der Männer ihres Mannes angesprochen wurde. Das einzige, was sie zu hören bekam, war die Stimme von Joice, die ihr auch während des Rittes Vorträge hielt über die Gehorsamspflicht der Frau und andere eheliche Tugenden. Und als Severn sie einmal fragte, wie denn ihr Befinden sei, antwortete Joice für ihre Herrin, wenn Lord Rogan wünschte, daß seine Frau sich dort aufhalten sollte, wo sie sich gerade befand, würde sich Lady Liana natürlich auch über ihr dortiges Befinden freuen.

Liana schenkte Severn ein schwaches Lächeln und hustete dann, weil sie wieder eine Portion Staub hatte schlucken müssen.

»Dieser Mann zeigt ein viel zu großes Interesse für Euch«, sagte Joice, als Severn sich wieder entfernt hatte. »Ihr solltet Ihn von Anfang an wissen lassen, daß er sich Euch gegenüber nichts herausnehmen darf.«

»Er ist doch nur freundlich zu mir«, erwiderte Liana.

»Wenn Ihr seine Freundlichkeit akzeptiert, werdet Ihr Unfrieden zwischen den Brüdern stiften. Euer Gatte wird sich wundern, ob Ihr nun ihm oder seinem Bruder zugeneigt seid.«

»Ich weiß nicht, ob er sich solche Gedanken macht, solange er mich nicht einmal anschaut«, murmelte Liana für sich.

Joice lächelte in der Staubwolke, die sie beide einhüllte. Mit jeder Stunde fühlte sie ihre Macht wachsen. Als Kind hatte Lady Liana nie auf sie gehört, und einige Male war Joice bestraft worden, weil sich Liana ihrer Aufsicht entzogen und irgend etwas angestellt hatte. Doch endlich hatte sie etwas, über das sie Bescheid wußte und ihre Herrin nicht.

Sie ritten bis in die Nacht hinein, und Liana wußte, daß Joice und ihre anderen sechs Mägde vor Erschöpfung fast aus dem Sattel fielen; aber sie wagte nicht, ihren Gatten zu bitten, eine Rast einzulegen. Zudem war Liana viel zu aufgeregt für eine Ruhepause. Heute würde ihre Hochzeitsnacht sein. Heute würde sie die ganze Nacht hindurch in den Armen ihres Gatten liegen. Heute nacht würde er sie liebkosen, ihr Haar streicheln, sie küssen. Für solchen Lohn konnte man ruhig einen Tag lang reiten und ein bißchen Staub schlucken.

Als sie dann anhielten, um ein Lager aufzuschlagen, waren alle ihre Sinne wach und in gespannter Erwartung. Einer der Ritter fand sich bereit, ihr vom Pferd zu helfen, und Liana gebot Joice, sich um die anderen Mägde zu kümmern, während sie sich nach ihrem Mann umblickte und ihn zwischen den Bäumen verschwinden sah.

Liana hörte nur mit halbem Ohr auf die Klagen ihrer Frauen in ihrem Rücken, die es nicht gewohnt waren, so weite Wege auf einem Pferderücken zurückzulegen. Sie hatte keine Zeit für sie. Sie mußte den richtigen Augenblick abpassen und versuchte, sich unbefangen zu geben, als sie ihrem Mann in den Wald folgte.

Rogan erledigte zuerst ein natürliches Bedürfnis unter den Bäumen, ehe er tiefer in die stille Dunkelheit des Waldes hineinging bis zu einem kleinen Fluß. Bei jedem Schritt, den er machte, verkrampften sich seine Muskeln noch mehr. Es hatte mit dem Wagentroß länger gedauert als sonst, die Strecke bis hierher zurückzulegen, und nun war die Dunkelheit so vollkommen, daß er sich am Flußufer förmlich entlangtasten mußte.

Es dauerte eine Weile, ehe er den Steinhügel wiederfand, diesen sechs Fuß hohen Kegel, den er zum Andenken an seinen ältesten Bruder Rowland errichtet hatte, der hier durch die Hand eines Howard den Tod fand. Rogan stand einen Moment regungslos da, bis sich seine Augen an das schwache Mondlicht gewöhnt hatten, das auf den grauen Steinen lag, und dabei hörte er wieder im Geist die Geräusche des Kampfes, der damals hier stattfand.

Rowland und seine Brüder waren hier auf der Jagd gewesen, und Rowland, der sich sicher gefühlt hatte, da diese Stelle zwei Tagesritte vom Gebiet der Howands entfernt lag — genau genommen, vom Gebiet der Peregrines —, hatte sich aus dem schützenden Ring seiner Männer entfernt, um hier am Flußufer allein zu sein und einen Becher Bier zu trinken.

Rogan wußte, weshalb sein ältester Bruder allein sein wollte und warum er sich so oft des Abends einen Rausch antrank. Ihm lag der Tod dreier Brüder und ihres Vaters schwer auf der Seele, die alle von den Howards umgebracht worden waren.

Rogan hatte beobachtet, wie sein geliebter Bruder in die Dunkelheit hineinging, und hatte nicht versucht, ihn aufzuhalten. Doch er hatte einem Ritter das Zeichen gegeben, ihm zu folgen und über ihn zu wachen — ihn zu beschützen, wenn er in trunkenem Vergessen auf der Erde schlief.

Rogan blickte auf die Steine, während er sich an das tragische Geschehen in jener Nacht erinnerte und sich abermals dafür verfluchte, daß er nicht selbst über seinen Bruder gewacht hatte. Er war eingeschlafen, und dann weckte ihn irgendein Geräusch, oder vielleicht war es auch nur eine Vorahnung gewesen. Er war von seinem Strohsack aufgesprungen, hatte sein Schwert gepackt und war in den Wald hineingerannt. Doch er war zu spät gekommen. Rowland hatte am Flußufer gelegen, von einem Howard-Schwert, das seinen Hals durchbohrte, an den Boden genagelt. Der Ritter, der über ihn wachen sollte, lag mit durchschnittener Kehle tot daneben.

Rogan hatte den Kopf zurückgeworfen und einen langen, lauten, durchdringenden Wehschrei ausgestoßen.

Seine Männer und Severn waren im Nu bei ihm gewesen und hatten den Wald nach den Howards durchkämmt. Sie hatten zwei Männer aufgestöbert — entfernte Vettern von Oliver Howard —, und Rogan hatte dafür gesorgt, daß sie einen langsamen Tod starben. Er hatte das Leben eines der beiden Männer beendet, als dieser Jeannes Namen ausgesprochen hatte.

Das Dahinscheiden der beiden Howards brachte ihm jedoch weder seinen Bruder zurück, noch verminderte es die Last der Verantwortung für Rogan, der nun der älteste der Peregrine-Brüder war. Es war nun seine Pflicht, Severn und den jungen Zared zu beschützen. Er mußte über ihr Leben wachen und sie ernähren; und vor allem mußte er die Ländereien der Peregrines zurückerobern — den Besitz, um den die Howards seinen Großvater betrogen hatten.

Seine Sinne waren stumpf geworden, während er diesen düsteren Erinnerungen nachhing; doch als er einen Zweig knacken hörte, wirbelte er herum und legte die Spitze seines Schwertes an den Hals einer Gestalt in seinem Rücken. Es war ein Mädchen, und einen Moment lang konnte er sich nicht darauf besinnen, wer sie war. Ach ja, das Mädchen, das er am Morgen geheiratet hatte. »Was suchst du hier?« knurrte er sie an. Er wollte allein sein mit seinen Gedanken und seinen Erinnerungen an seinen Bruder.

Liana blickte hinunter auf das Schwert, das auf ihre Kehle gerichtet war, und schluckte. »Ist das ein Grab?« fragte sie zögerlich, weil sie sich an jedes Wort erinnerte, das Helen ihr von der Gewalttätigkeit dieser Männer erzählt hatte. Er konnte sie jetzt töten, wo ihm ihre Mitgift gehörte, und alles, was er zu seiner Rechtfertigung sagen mußte, war, daß er sie zusammen mit einem anderen Mann ertappt habe, und er würde ungestraft davonkommen.

»Nein«, sagte Rogan schroff. Er hatte nicht die Absicht, ihr von seinem Bruder zu erzählen oder überhaupt etwas. »Geh zurück ins Lager und bleibe dort.«

Ihr lag die Antwort auf der Zunge, daß sie ginge, wohin es ihr beliebte; aber Joices Warnung, daß sie gehorsam sein müsse, hallte noch in ihren Ohren wider. »Ja, natürlich werde ich ins Lager zurückgehen«, sagte sie unterwürfig. »Werdet Ihr mich dorthin begleiten?«

Rogan wollte bleiben, wo er war; aber zugleich wollte er sie nicht allein durch den dunklen Wald gehen lassen. Obwohl er sich nicht mehr an ihren Namen erinnern konnte, war sie dennoch jetzt zu einer Peregrine und deshalb auch zu einer Feindin der Howards geworden. Die Howards würden zweifellos mit Vergnügen noch eine zweite Frau der Peregrines auf einen ihrer Burgen gefangenhalten. »Also gut«, sagte er widerstrebend, »ich gehe mit dir ins Lager zurück.«

Liana spürte, wie ein leiser Freudenschauer sie durchrieselte. Joice hatte recht, dachte sie bei sich. Sie hatte sich widerspruchslos der Anordnung ihres Gatten gefügt, und nun ging er mit ihr zurück ins Lager. Sie wartete darauf, daß er ihr seinen Arm anbot; aber das tat er nicht. Statt dessen drehte er ihr den Rücken zu und ging davon. Liana rannte ihm nach, doch nach ein paar Schritten blieb sie mit ihrem Rock an einem Baumstamm hängen. »Wartet!« rief sie, »mein Kleid ist irgendwo eingeklemmt.«

Rogan kam zu ihr zurück, und Lianas Herz schien ein bißchen schneller zu schlagen — wie immer, wenn er in ihrer Nähe war.

»Nimm deine Hände vom Kleid weg«, befahl er.

Liana blickte in seine Augen, sah, wie das Mondlicht in ihnen tanzte, und vergaß alles andere um sich her — bis er sein Schwert auf den Baumstamm niedersausen ließ und ein großes Stück von ihrem Rock abhackte. Sie blickte mit offenem Mund auf das Loch in ihrem Kleid und war vollkommen sprachlos. Dieser kostbar gewirkte Seidenstoff hatte sie die Vierteljahresmiete von sechs Farmen gekostet!

»Und jetzt komm«, befahl er und drehte ihr wieder den Rücken zu.

Schlucken! befahl sie sich. Würge deinen Zorn hinunter und zeige ihn nicht! Eine Ehefrau hat stets liebevoll und freundlich zu sein. Eine Ehefrau hält ihrem Mann niemals seine Fehler vor. Ihre Wut niederkämpfend, folgte sie ihm wieder durch den Wald und fragte sich dabei, ob er seiner Hochzeitsnacht mit der gleichen Erwartung entgegensah wie sie.

Mit jedem Schritt, den Rogan machte, wurde die Erinnerung an den Tod seines Bruders lebendiger. Zwei Jahre waren inzwischen vergangen; doch alles war noch so frisch, als wäre es erst gestern geschehen. Hier hatte Rowland mit ihm über den Kauf von Pferden geredet. Hier hatte Rowland den Tod von James und Basil erwähnt, die acht Jahre vorher umgekommen waren. Hier hatte Rowland davon gesprochen, daß Zared beschützt werden mußte. Hier . . .

»Könntet Ihr mir etwas über Eure Burg erzählen? Ich muß wissen, wo ich meine Wandteppiche aufhängen soll.«

Rogan hatte schon wieder vergessen, daß das Mädchen bei ihm war. William, sein um drei Jahre älterer Bruder, war schon als Junge von achtzehn Jahren umgekommen. Seine letzten Worte lauteten, daß sie das Land der Peregrines zurückerobern müßten — dann wäre er wenigstens nicht umsonst gestorben.

»Ist es ein großes Gebäude?« fragte das Mädchen.

»Nein«, antwortete er barsch. »Es ist sehr klein. Es ist der verschmähte Überrest von dieser Howard-Hure.« Er hielt am Waldrand an und starrte mit offenem Mund auf den Lagerplatz, wo sich eine See aus Federmatratzen auf dem Boden ausbreitete. Ebensogut hätten sie Fackeln anzünden und Trompeten blasen lassen können, um den Howards ihre Anwesenheit anzukündigen.

Wütend schritt Rogan über den Lagerplatz zu der Stelle, wo sein Bruder sich lächelnd mit einer der Neville-Mägde unterhielt. Er gab Severn einen Rippenstoß und schwenkte ihn dann herum.

»Was ist das hier für ein Blödsinn?« forschte er. »Warum schicken wir nicht gleich eine Einladung an die Howards, daß sie uns überfallen sollen?«

Severn boxte Rogan gegen die Schulter. »Wir sind hier gut bewacht, und außerdem werden nur ein paar Matratzen an die Frauen verteilt.«

Rogan stieß Severn mit der Faust vor die Brust. »Ich verlange, daß du mir die Dinger wieder aus den Augen schaffst. Die Frauen können auf der Erde schlafen oder wieder nach Neville zurückreiten.«

Severn schlug nun mit beiden Fäusten gegen Rogans

Brust, brachte damit aber seinen größeren Bruder nicht ins Wanken. »Ein paar von den Männern wollen mit den Frauen schlafen.«

»Um so besser, wenn sie nicht zu gut schlafen. Wenn ein Howard sich anschleicht, werden sie bereit sein — wie wir nicht in der Nacht bereit waren, als Rowland abgeschlachtet wurde.«

Da nickte Severn und ging zu den Männern, um ihnen zu befehlen, die Federmatratzen wieder auf die Wagen zu laden. Liana blieb am Waldrand stehen und beobachtete, wie ihr Mann und ihr Schwager sich boxten, als wären sie verschworene Feinde. Sie hielt den Atem an aus Angst, ihr Kampf könnte in Blutvergießen ausarten; aber nach ein paar Minuten eines leisen, gutturalen Wortwechsels trennten die beiden Kämpen sich wieder, und Liana stieß die angehaltene Luft aus. Sie blickte um sich und bemerkte, wie ein paar von ihren Frauen mit offenem Mund zu den Peregrine-Brüdern hinüberschauten; doch die Ritter der Peregrines schienen von dem rauhen Wortwechsel ihrer beiden Herren keine Notiz zu nehmen. Aber Liana wußte, daß jeder von diesen Boxhieben gereicht hätte, um die meisten Männer zu Boden zu schicken.

In diesem Moment kam Joice zu ihr gerannt. Ihr Gesicht war ganz verzerrt vor Aufregung. »Mylady, sie haben keine Zelte bei sich! Wir sollen auf der *nackten Erde schlafen.*« Sie sprach die letzten drei Worte voller Entsetzen aus.

Wenn Liana, ihr Vater und ihre Stiefmutter oder Frauen überhaupt auf Reisen waren, schliefen sie, falls sie nicht die Gäste eines anderen Grundeigentümers waren, in reich ausgestatteten Zelten. Da sie auch zumeist ihre Möbel von einer Burg zur anderen transportierten, wurden die Betten und sogar die Tische in den Zelten aufgestellt.

»Und es gibt kein heißes Essen«, fuhr Joice fort. »Wir haben nur kaltes Fleisch, das wir von Eurer Hochzeitsfeier mitgenommen haben. Zwei von den Frauen sind in Tränen aufgelöst.«

»Dann wirst du ihre Tränen trocknen müssen«, gab Liana ungehalten zurück. »Du hast zu mir gesagt, daß eine gute Ehefrau sich niemals beklagt. Das gilt genauso für ihre Mägde.« Liana war viel zu sehr in Gedanken mit ihrer bevorstehenden Hochzeitsnacht beschäftigt, um sich jetzt über kaltes Fleisch oder fehlende Zelte aufregen zu können.

Als sie ein Getöse in ihrer Nähe hörten, drehten sich beide Frauen um und sahen, wie die Ritter der Peregrines die Matratzen, die auf dem Boden ausgebreitet waren, wieder einsammelten und in die Wagen zurücklegten.

»Nein!« jammerte Joice laut und lief zu den Männern hin.

In der nächsten Stunde herrschte das absolute Chaos, bis Liana ihre Mägde dazu gebracht hatte, unter dem Sternenhimmel auf dem Boden zu schlafen. Sie befahl, die Säcke mit den Pelzen aus den Wagen zu holen und mit der Haut nach unten auf den Boden zu legen, was half, den Tränenfluß ein wenig einzudämmen. Ein paar von den Peregrine-Rittern legten die Arme um die Frauen, um diese zu trösten.

Liana ließ auch ein paar Pelze außerhalb des Lagers im Schatten einer Eiche für sich selbst ausbreiten. Joice half ihr beim Ausziehen ihres verstümmelten Gewandes und beim Anziehen eines sauberen Leinennachthemds. Dann legte sich Liana nieder und wartete. Und wartete. Und wartete. Aber Rogan kam nicht zu ihr. Sie hatte in der Nacht zuvor nicht geschlafen, und dieser Umstand und der lange Ritt heute sorgten dafür, daß sie doch einschlief, obwohl sie sich so sehr bemühte, wach zu bleiben, um ihren Gatten auf ihrem Lager begrüßen zu können. Sie schlief schließlich mit einem Lächeln auf den Lippen ein — mit der Gewißheit, daß ihr Gatte sie wecken würde.

Rogan legte sich auf der groben Wolldecke neben Severn zum Schlafen nieder — sein üblicher Schlafplatz, wenn er auf Reisen war.

Müde drehte sich Severn zu ihm um. »Ich dachte, du hättest jetzt eine Frau.«

»Die Howards greifen das Lager an, und ich hopse gerade auf einem Mädchen herum«, erwiderte Rogan sarkastisch.

»Sie ist ein hübsches kleines Ding«, sagte Severn.

»Wenn du Kaninchen magst. Die einzige Möglichkeit, sie von anderen Kaninchen zu unterscheiden, wäre die Farbe ihres Kleides. Haben wir heute Donnerstag?«

»Ja«, erwiderte Severn. »Und wir werden Samstag abend zu Hause sein.«

»Ah, dann«, sagte Rogan leise, »werde ich am Samstag kein Kaninchen zum Nachtisch serviert bekommen.«

Severn drehte sich wieder auf die andere Seite und schlief ein, während Rogan noch eine Stunde wach lag. Die Erinnerungen, die sich für ihn mit diesem Lagerplatz verbanden, waren zu stark, um ihn schlafen zu lassen. Sein Kopf steckte voller Pläne, was er mit dem Gold der Nevilles, das ihm jetzt gehörte, alles anstellen würde. Da mußten Kriegsmaschinen gebaut, Ritter angeheuert und ausgerüstet und Nahrungsmittel eingekauft werden für die lange Belagerung, die vor ihm lag; denn er wußte, daß der Krieg, den er führen mußte, um das Land der Peregrines wieder zurückzuerobern, sehr lange dauern würde.

Nicht ein einziges Mal dachte er an seine neue Frau, die an der anderen Seite des Lagers auf ihn wartete.

Am nächsten Morgen war Lianas Laune nicht die beste von der Welt. Joice kam zu ihrer Herrin mit einer Fülle von Beschwerden. Die Peregrine-Ritter waren keine sehr sanften Liebhaber gewesen, und einige der Mägde waren wund und voller blauer Flecke.

»Besser wund und voller Beulen als gesund und ungeküßt«, schnaubte Liana. »Bring mir das blaue Gewand und den dazugehörigen Kopfschmuck und sag den Frauen, sie sollen aufhören, sich zu beschweren, sonst gebe ich ihnen einen Grund dazu.«

Liana sah ihren Gatten zwischen den Bäumen und würgte abermals ihren Zorn hinunter. Waren alle Ehen wie diese? Mußten alle Frauen eine Ungerechtigkeit nach der anderen erleiden und sich die Zungen abbeißen? War das die wahre Liebe?

Sie trug an diesem Tag ein blaues Satingewand mit einem goldenen Gürtel, der mit Diamanten besetzt war. Auch der hohe, ausgepolsterte Kopfschmuck, den sie aufsetzte, war mit kleinen Diamenten geschmückt.

Vielleicht würde er sie heute voller Begehren ansehen. Vielleicht war er letzte Nacht einfach zu schüchtern gewesen, sich zu ihr zu legen, weil seine Männer in der Nähe schliefen. Ja, vielleicht war das der Grund für sein Verhalten.

Er begrüßte sie nicht an diesem Morgen. Tatsächlich ging er einmal sogar an ihr vorüber, ohne sie zu sehen. Es war so, als erkenne er sie nicht wieder.

Liana stieg mit der Hilfe eines Ritters in den Sattel und ritt abermals in der Mitte des Zuges, hinter Staub und Pferdedung her.

Gegen Mittag wurde sie unruhig. Sie konnte sehen, daß Severn und Rogan an der Spitze der Kolonne ritten und ernsthaft miteinander sprachen. Sie wollte wissen, was die beiden so sehr interessierte. Sie lenkte ihr Pferd aus der Kolonne.

»Mylady!« rief Joice bestürzt. »Wo wollt Ihr hin?«

»Da mein Mann nicht zu mir kommt, werde ich zu ihm gehen.«

»Das könnt Ihr nicht tun!« sagte Joice mit geweiteten Augen. »Männer mögen keine zudringlichen Frauen. Ihr *müßt* warten, bis er zu Euch kommt!«

Liana zögerte, aber ihre Langmut war fürs erste erschöpft. »Ich werde schon sehen, was passiert«, sagte sie und trieb ihr Pferd voran, bis sie neben ihrem Schwager ritt, der sich an Rogans Seite befand. Severn warf einen Blick zu ihr hin, Rogan nicht. Keiner der beiden Männer fand ein Wort der Begrüßung für sie.

»Wir werden alles Getreide brauchen, das wir bekommen können«, sagte Rogan gerade. »Wir müssen es einlagern und uns bereit machen.«

»Und was geschieht mit den fünfzig Hektar entlang der Nordstraße? Die Bauern sagen, die Felder wären unfruchtbar und die Schafe, die dort weiden, stürben.«

»Stürben, ha!« schnaubte Rogan. »Diese Halunken verkaufen sie zweifellos an vorüberziehende Kaufleute und behalten das Geld für sich. Schicke Männer aus, die ein paar Häuser niederbrennen und einige Bauern auspeitschen, und dann wollen wir doch sehen, ob die Schafe auch weiterhin sterben.«

Hier war ein Thema, in dem Liana sich zu Hause fühlte. Diskussionen über Bauern und Schafe hatten ihr Leben seit Jahren bestimmt. Sie dachte nun nicht daran, zu »gehorchen« oder ihren Rat für sich zu behalten. »Die Einschüchterung von Bauern hat noch nie Segen gebracht«, sagte sie laut, ohne die beiden Männer dabei anzusehen. »Zuerst müssen wir herausfinden, ob sie nicht die Wahrheit sagen. Es gibt da eine Reihe von Ursachen. Der Boden könnte erschöpft, das Wasser verdorben sein; oder ein Fluch lastet auf den Schafen. Wenn keine dieser Ursachen zutrifft und die Bauern uns betrügen, dann verbannen wir sie. Ich habe festgestellt, daß Verbannung genauso gut wirkt wie die Folter, und eine Verbannung ist weitaus weniger . . . unerfreulich. Sobald wir zu Hause sind, werde ich mich darum kümmern.« Sie drehte nun den Kopf zur Seite und warf den beiden Männern einen lächelnden Blick zu.

Beide starrten sie mit offenem Mund an.

Liana verstand diese Reaktion überhaupt nicht. »Es könnte auch an der Saat liegen«, sagte sie. »Einmal hat der Schimmel das Saatgut eines ganzen Jahres verdorben und . . .«

»Zurück!« sagte Rogan mit drohender leiser Stimme. »Geh zurück zu den Frauen. Wenn ich die Meinung einer Frau hören will, werde ich sie danach fragen«, sagte er in einem Ton, als würde er erst sein Pferd bitten, ihm über den Zustand des Getreides zu berichten, ehe er eine Frau danach fragen würde.

»Ich wollte nur . . .« begann Liana.

»Ich werde dich in einem Wagen festbinden, wenn du noch ein Wort sagst«, unterbrach Rogan sie mit harten, zornigen Augen.

Liana schluckte noch mehr Ärger hinunter, ehe sie ihr Pferd wendete und zu den Frauen zurückkehrte.

Severn ergriff zuerst wieder das Wort, nachdem die beiden Brüder wieder unter sich waren. »Das Wasser? Was könnte mit dem Wasser verkehrt sein? Und ein Fluch? Glaubst du, die Howards haben unsere Schafe verhext? Wie könnten wir diesen Fluch wieder loswerden?«

Rogan blickte starr geradeaus. Verfluchte Frauen, dachte er bei sich. Was hatte sie vor? Wollte sie sich in die Arbeit der Männer einmischen? Nur einmal hatte er einer Frau erlaubt, sich in seine Angelegenheiten einzumischen. Ein einziges Mal hatte er auf eine Frau gehört, und sie hatte ihm das mit Verrat gelohnt. »Da gibt es keinen

Fluch. Nur habgierige Bauern«, meinte Rogan mit fester Stimme. »Ich werde ihnen zeigen, wessen Land sie bearbeiten.«

Severn blickte einen Moment lang nachdenklich vor sich hin. Er war nicht von dem gleichen Haß auf Frauen besessen wie sein Bruder. Da gab es vieles, was er mit Iolanthe besprach, und er hatte oft festgestellt, daß sie kluge und nützliche Antworten gab. Vielleicht steckte mehr in dieser Neville-Erbin, als er auf den ersten Blick in ihr gesehen hatte.

Er drehte sich im Sattel um und sah zu ihr zurück. Sie saß kerzengerade auf ihrem Pferd, und ihre Augen blitzten vor Wut. Severn wandte ihr wieder den Rücken zu und grinste seinen Bruder an. »Jetzt hast du sie beleidigt«, sagte er gemütlich. »Sie wird heute abend nicht gerade bei guter Laune sein. Ich habe herausgefunden, daß ein Geschenk in der Regel die Stimmung von Frauen verbessert. Auch mit Komplimenten erzielt man zuweilen die gleiche Wirkung. Sag ihr, daß ihre Haare aussehen wie Gold und ihre Schönheit deinen Seelenfrieden raubt.«

»Das einzige, was mich reizt, ist das Gold in den Wagen, nicht ihre Haare. Und ich denke, daß du heute abend lieber mit einer von den Mägden schlafen solltest, damit du nicht ständig an Frauenhaare denken mußt.«

Und Severn antwortete, immer noch lächelnd: »Während du bei deiner hübschen Frau schläfst und ihr ein paar Söhne machst?«

Söhne, dachte Rogan. Söhne, die ihm halfen, die Howards zu bekriegen. Söhne, die auf dem Land der Peregrines wohnten, sobald er dieses zurückerobert hatte. Söhne, die neben ihm ritten. Söhne, denen er das Kämpfen, Reiten und Jagen beibringen könnte. »Ja. Ich werde ihr Söhne machen«, sagte Rogan schließlich.

Liana war nach ihrer Konfrontation mit Rogan überzeugt, daß Joice recht hatte. Es würde allerdings eine Weile dauern, bis sie gelernt hatte, gehorsam zu sein, zuzuhören und ihre Ideen für sich zu behalten.

An diesem Abend kampierten sie wieder im Freien, und abermals breitete Liana in einiger Entfernung vom Lager Pelze unter einem Baum aus. Doch wieder kam Rogan nicht zu ihr. Er sprach nicht mit ihr und blickte sie nicht einmal an.

Lina weigerte sich, an Helens warnende Worte zu denken. Statt dessen erinnerte sie sich an die Minute am kleinen See, als er sie geküßt hatte. Damals schien er sie begehrenswert gefunden zu haben; aber nicht jetzt. Sie schlief sehr unruhig und wachte noch vor der Dämmerung auf, ehe die Männer im Lager geweckt wurden. Sie erhob sich, legte eine Hand auf ihren steifen Rücken und ging in den Wald hinein.

Als sie sich an einer kleinen Quelle niederbeugte, um daraus zu trinken, spürte sie, daß jemand sie beobachtete. Sie drehte sich rasch um und sah einen Mann im Schatten eines Baumes stehen. Sie holte geräuschvoll Luft und griff sich mit beiden Händen an den Hals.

»Verlasse niemals ohne einen Wächter das Lager«, hörte sie Rogans leise Stimme.

Sie war sich nur zu sehr bewußt, daß sie nur eine dünne seidene Robe auf dem Leib trug, die Haare ihr lose den Rücken hinunterhingen, und er nur eine Strumpfhose trug, die ihn von der Taille bis zu den Zehen hinunter bedeckte; jedoch seinen breiten Oberkörper nackt ließ. »Ich konnte nicht schlafen«, erwiderte sie leise. Sie wünschte, er würde nach ihr greifen und sie in seine Arme ziehen. »Hattet Ihr denn eine gute Nachtruhe?«

Er blickte sie stirnrunzelnd an. Irgendwie kam sie ihm bekannt vor, als habe er sie früher schon mal irgendwo gesehen. Sie sah verführerisch genug aus im frühen Morgenlicht; aber er spürte kein verzehrendes Verlangen nach ihr. »Geh zurück ins Lager«, sagte er und drehte ihr dann den Rücken zu.

»Hat man so etwas schon erlebt . . .« hauchte sie, fing sich dann aber wieder. Gab es etwa einen Grund, warum dieser Mann sie ignorierte? Joice behauptete, sie könne sich ihrem Gatten unentbehrlich machen, sobald sie erst einmal in seinem Haus wohnte. Dort könnte sie ihm ein behagliches Heim schaffen und seine vielen Bedürfnisse stillen.

Und dort würden sie sich auch ein Bett teilen, dachte sie voller Vergnügen.

Sie eilte ihm nach, um ihn einzuholen. »Erreichen wir heute die Burg der Peregrines?«

»Es ist die Burg der Morays«, sagte er mit gepreßter Stimme. »Die Howards halten das Land der Peregrines besetzt.«

Sie mußte laufen, um mit ihm Schritt halten zu können, und ihre lange Robe brachte sie immer wieder zum Stolpern. »Ich habe von ihnen gehört. Sie haben Euer Land und Euren Titel gestohlen, nicht wahr? Ihr würdet jetzt ein Herzog sein, wenn es diese Howards nicht gäbe.«

Er blieb abrupt vor ihr stehen und drehte sich mit zornigen Augen zu ihr um. »Ist es das, was du dir erhoffst, Mädchen? Daß du mit einem Herzog verheiratet bist? Ist das der Grund, weshalb du alle anderen Freier abgewiesen und mich erwählt hast?«

»Aber das war doch gar nicht der Grund«, erwiderte sie erstaunt. »Ich habe Euch geheiratet, weil . . .«

»Ja?« drängte er.

Liana konnte doch unmöglich sagen, daß sie ihn begehrte, daß ihr selbst jetzt, wo sie ihm so nahe war, das Herz bis in den Hals hinauf schlug und es sie heftig danach verlangte, die Haut auf seiner nackten Brust zu berühren.

»Da seid ihr ja«, sagte Severn hinter ihnen und befreite Liana damit von dem Zwang, ihm zu antworten. »Die Männer sind reisefertig. Mylady«, setzte er hinzu, Liana zunickend. Seine Augen studierten sie so eindringlich, daß sie errötete, und sie blickte durch den Vorhang ihrer Haare zu Rogan hinauf, ob er das Interesse seines Bruders an ihr bemerkt hatte. Er hatte nicht. Er hatte sich bereits wieder in Bewegung gesetzt und Liana einfach stehenlassen. So mußte sie hinter den beiden Brüdern hertrotten und allein den Weg ins Lager zurücklegen.

»Sie ist hübscher, als ich zunächst glaubte«, sagte Severn zu seinem Bruder, während sie wieder an der Spitze der Kolonne ritten.

»Sie interessiert mich überhaupt nicht«, sagte Rogan. »Keine Frau, die mit dem Prädikat 'Gattin' versehen ist, interessiert mich.«

»Ich könnte mir vorstellen, daß du zähen Widerstand leisten würdest, wenn jemand versuchte, sie dir wegzunehmen.« Severn wollte sich mit seinem Bruder nur einen Scherz erlauben; aber sobald ihm diese Worte entschlüpft waren, bereute er sie sofort wieder. Vor zehn Jahren hatte jemand tatsächlich versucht, Rogan eine Ehefrau wegzunehmen, und er hatte so heftig darum gekämpft, sie zurückzuholen, daß dabei zwei seiner Brüder ums Leben gekommen waren.

»Nein, ich würde nicht um sie kämpfen«, sagte Rogan leise. »Wenn du diese Frau haben möchtest, dann nimm sie dir. Das Gold, das sie mir in die Ehe brachte, ist alles, was ich von ihr verlange.«

Severn runzelte die Stirn bei dieser Antwort seines Bruders; aber er sagte nichts mehr.

Kapitel sechs

Die Burg Moray kam gegen Mittag in Sicht, und einen so niederschmetternden Eindruck von einem Gebäude hatte Liana bisher noch nie bekommen. Es war eine Burg vom alten Typ, zum Schutz der Leute erbaut und seit über hundertfünfzig Jahren unverändert geblieben. Die Fenster waren Schlitze für Armbrustschützen, der Turm ein dickes, unbezwingbar wirkendes Monster. Männer zeigten sich auf den Zinnen, die an manchen Stellen zusammengebrochen waren. Es sah so aus, als wäre die Burg mehrmals angegriffen und niemals repariert worden.

Als sie näher an das Gebäude herankamen, konnte sie es riechen. Der Gestank der Burg setzte sich sogar gegen den Geruch der Pferde und der ungewaschenen Körper der Peregrine-Ritter durch.

»Mylady«, flüsterte Joice.

Liana starrte geradeaus, vermied es, ihre Dienerin anzusehen. Helen hatte ihr zwar von dem Schmutz der Burg erzählt; aber auf das hier war sie nicht vorbereitet.

Sie erreichten zuerst den Burggraben. Alle Latrinen der Burg entleerten sich in diese schützende Anlage, und das Wasser war breiig von den Exkrementen, den Küchenabfällen und den verfaulenden Tierkadavern. Liana hielt den Kopf hoch und den Blick geradeaus, während ihre Dienerinnen ringsum husteten und sich erbrachen aus Ekel vor diesem Gestank.

Sie ritten in einer Reihe durch einen langen, langen Tunnel, und über sich sah Liana die Öffnungen für schwere mit Spitzen bewehrte eiserne Fallgatter, die man auf Eindringlinge herunterlassen konnte. Am Ende des Tunnels befand sich ein Burghof, der halb so groß war wie der Außenhof der Burg ihres Vaters; aber er war mit dreimal so vielen Leuten gefüllt wie jener. Hatte der Geruch bisher ihre Nase beleidigt, so waren nun ihre Ohren an der Reihe. Männer bearbeiteten glühende Eisen auf Ambossen; Hunde bellten; Zimmerleute hämmerten; Männer brüllten sich gegenseitig etwas zu.

Liana mochte kaum glauben, daß man so viel Lärm und Gestank erzeugen konnte, der nun noch aus den Ställen und Schweinekoben kam, die offenbar seit Jahren nicht mehr gesäubert worden waren.

Zu ihrer Rechten stieß eine ihrer Mägde einen Schrei aus, und ihr Pferd schrammte gegen Lianas Reittier. Liana blickte hoch, um zu sehen, was das Mädchen denn so erschreckt haben konnte. Ein Urinablauf im zweiten Stock öffnete sich auf den Burghof, und ein dicker Schwall gelber Flüssigkeit plätscherte über die Mauer herunter und sammelte sich dann in einer tiefen übelriechenden Lache am Boden.

Nach diesem Aufschrei ihrer Dienerin sagten Liana und ihre Frauen kein Wort mehr. Sie waren sprachlos geworden vor Entsetzen.

Rechter Hand erblickte Liana zwei Steintreppen, von denen eine in den einzigen Turm der Burg hinaufführte, der andere in das niedrige zweistöckige, schiefergedeckte Gebäude daneben. In dieser kleinen Burg gab es keine Innen- und Außenhöfe, keine Trennung zwischen Herrschaft und Bediensteten, sondern sie lebten alle zusammen auf engstem Raum.

Am Kopfende der einen Treppe entdeckte Liana zwei

Frauen, die mit den Augen offenbar die Ankömmlinge absuchten, bis sie Liana entdeckten. Eine der beiden deutete auf sie, und dann lachten sie beide. Liana konnte sehen, daß es sich um Mägde handelte; aber der Schmutz dieser Anlage deutete darauf hin, daß sie offenbar nicht arbeiteten. Sie würde sich die beiden vornehmen und ihnen beibringen, daß sie nicht zu lachen hatten über ihre Herrschaft.

Die beiden Mägde kamen nun die Treppe herunter und als sie die kurze Mauer umrundet hatten, konnte Liana sich die beiden genauer ansehen. Sie waren beide kleinwüchsig mit prallem Busen, schmalen Taillen und breiten Hüften und üppigen schmutzigen braunen Haaren, die ihnen in langen Zöpfen über den Rücken hingen. Ihre Kleider lagen eng am Körper und betonten ihre Reize, und sie schwenkten beim Gehen auf eine übertriebene, herausfordernde Weise ihre Hüften. So stolzierten sie langsam über den Burghof, daß ihre großen Brüste unter dem Kleid hüpften, und fast alle Männer unterbrachen ihre Arbeit, um die beiden zu beobachten.

Als ein Ritter Liana vom Pferd herunterhalf, sah sie, wie die beiden Mägde sich auf Rogan zubewegten. Er brüllte ein paar Männern etwas zu, was sich auf die Wagen der Neville-Mitgift bezog; doch Liana sah, daß er dabei zu den beiden Mädchen hinschielte. Eine der beiden drehte sich um und warf Liana einen so triumphierenden Blick zu, daß es Liana in den Fingern juckte, ihr eine Ohrfeige zu geben.

»Sollen wir hineingehen, Mylady?« sagte Joice kleinlaut. Vielleicht sieht es im Innern etwas besser . . .« Ihre Stimme verlor sich.

Es war offensichtlich, daß ihr Gatte ihr nicht ihr neues Heim zeigen wollte, und inzwischen erwartete Liana das auch nicht mehr von ihm. In der Annahme, daß die Treppe, auf der diese beiden unverschämten Mägde gestanden hatten, in das Quartier des Burgherrn führte, hob sie ihre Röcke an und ging die Stufen hinauf, wobei sie mit dem Fuß hier und dort einen abgenagten Knochen beiseiteschleuderte und einmal etwas, das nach einem toten Vogel aussah.

Am Kopfende der Treppe gelangte sie in einen großen Raum, hinter dessen Eingang sich eine Trennwand befand, die einmal ein herrlich geschnitzter hölzerner Wandschirm gewesen sein mußte. Doch nun waren Äxte mit der Schneide und Nägel hineingeschlagen worden, an denen Morgensterne und Lanzen hingen. Durch die breiten Holztüren in diesem Wandschirm, von denen eine nur noch an einer Angel hing, gelangte man in einen Raum, der ungefähr fünfzehn Meter lang und acht Meter breit sein mochte, mit einer Decke, die so hoch war wie der Raum breit.

Liana und ihre Dienerinnen blickten sich stumm in diesem Raum um, denn keine Worte konnten beschreiben, was sie hier sahen.

Schmutz war ein viel zu gelinder Ausdruck dafür. Der Boden sah aus, als hätte man jeden Knochen von jeder Mahlzeit, die in mehr als hundert Jahren hier stattgefunden hatte, dort abgelegt und liegenlassen. Fliegen schwärmten über den von Maden wimmelnden Gebeinen, und Liana konnte Dinger — sie weigerte sich, darüber nachzudenken, was für »Dinger« — unter der dicken Schicht von Abfällen herumkriechen sehen.

Spinnweben mit fetten Insassen hingen von der Decke bis fast zum Boden hinunter. Die doppelte Feuerstelle am Ostende der Halle beherbergte einen Aschenhaufen von einem Meter Höhe. Das Mobiliar in diesem Raum bestand lediglich aus einem schweren Tisch mit einer dicken, geschwärzten Eichenplatte und acht mit Narben bedeckten, teilweise zerbrochenen Stühlen, die mit dem Fett der Mahlzeiten vieler Jahre bedeckt waren.

Es gab mehrere Fenster im Raum, einige davon fünf Meter über dem Boden; aber es befand sich kein Glas mehr darin, und die Läden, wenn es welche gegeben hatte, waren ebenfalls verschwunden, so daß der Gestank des Burggrabens und des Burghofes sich mit jenem in diesem Raum vermischte.

Als eine der Mägde hinter Lianas Rücken in Ohnmacht zu fallen drohte, wunderte das Liana nicht. »Steh auf!« befahl sie, »oder wir müssen dich auf den Boden legen!« Sofort stand das Mädchen wieder kerzengerade.

Liana nahm ihr Herz und ihren seidenen Rock in beide Hände und ging durch den Raum zu der Treppe in dessen Nordwestecke. Auch diese war mit Knochen und zu Pulver zertretenem Stroh bedeckt, in dem sie auch etwas entdeckte, was vermutlich eine tote Ratte war. »Joice, komm mit mir!« rief Liana über die Schulter; »und ihr anderen bleibt hier.«

Acht Stufen über der Halle befand sich linker Hand ein Zimmer und rechter Hand eine Toilette. Liana warf nur einen Blick ins Zimmer, betrat es aber nicht. Es enthielt einen kleinen runden Tisch, zwei Stühle und nach Hunderten zählende Waffen.

Liana setzte ihren Weg nach oben auf der Wendeltreppe fort, gefolgt von einer furchtsamen Joice, bis sie den zweiten Stock des Turmes erreichte. Vor ihr lag ein kurzer, niedriger Raum mit gewölbter Decke, und ein paar Schritte weiter sah sie rechts eine Tür. Sie öffnete sich in eine Schlafkammer mit einer schmutzigen Strohmatratze auf dem Boden. Das Stroh war so alt, daß der Sack nur noch ein flaches Stück Gewebe auf dem Boden war. Von diesem Raum ging eine Latrine ab.

Joice trat an den Sack heran und streckte die Hand aus,

als wollte sie die Decken anfassen, die am Fuß der Matratze einen kleinen Hügel bildeten.

»Läuse«, sagte da Liana nur und ging weiter.

Sie betrat den Söller, ein großer, luftiger Raum mit vielen Fenstern. An der Südseite befand sich eine hölzerne Treppe, die in das dritte Stockwerk hinaufführte. Ein Rascheln über Lianas Kopf ließ sie hochblicken. Auf den beschnitzten Konsolen, die als Balkenlager dienten, waren Sitzstangen befestigt, auf denen alle Arten von Greifvögeln saßen, die mit Riemen und Hauben versehen waren. Da sah sie Peregrines, Turmfalken, Zwergfalken, Hühnerhabichte und Sperber. Die Wände waren bedeckt mit dem Kot der Vögel, der auf dem Boden kleine harte Hügel gebildet hatte.

Liana hob ihre Röcke noch mehr an und ging über den schmutzigen Boden zur Ostseite des Söllers. Hier befanden sich drei Gewölbe, und das mittlere davon war breit genug für ein kleines Zimmer, zu dem zwei hölzerne Türen gehörten, von dem die eine noch schief an einer Angel hing, die andere gänzlich fehlte. In die steinerne Wand war eine Piscina eingelassen — das Spülbecken, das der Priester nach der Messe zur Waschung benützte.

»Das ist ein Sakrileg«, flüsterte Joice; denn dieses Gewölbe war eine Privatkapelle — eine heilige Stätte, wo die Messe für die Familie gelesen wurde.

»Ja, aber von hier aus haben wir einen herrlichen Ausblick auf den Burggraben«, sagte Liana, die aus dem Fenster blickte und versuchte, das niederschmetternde Ergebnis ihres Rundgangs mit etwas Humor zu würzen. Doch Joice lachte nicht, lächelte nicht einmal.

»Was sollen wir tun, Mylady?«

»Meinem Gatten ein behagliches Heim schaffen«, sagte Liana entschlossen. »Zuerst einmal werden wir zwei Schlafzimmer für heute abend vorbereiten, eines für meinen Mann und mich« — sie konnte nicht verhindern, daß sie bei diesen Worten errötete — »und eines für dich und meine Mägde. Morgen werden wir uns dann die übrigen Räume vornehmen. Und hör jetzt auf damit, dazustehen und mich anzustarren. Geh und hole mir diese beiden Frauen, die ich unten im Burghof gesehen habe. Ein bißchen Arbeit wird ihnen sicherlich guttun und ihnen etwas von ihrer Unverschämtheit nehmen.«

Joice fürchtete sich, allein durch die Burg zu gehen; aber die Unerschrockenheit ihrer Herrin machte ihr Mut. Sie hatte Angst, was da alles in den dunklen Ecken und Winkeln der Burg lauern konnte. Wie lange würde es wohl dauern, bis man ihre Gebeine unter den anderen Knochen fand, wenn sie überfallen wurde?

Liana betrat nun die anderen beiden Gewölbe, die sich links und rechts an die Kapelle anschlossen. Hier war der Boden nicht gar so schmutzig vom Kot der Vögel, und sie konnte unter der Schmutzschicht auf den Wänden Malereien erkennen. Sobald diese Räume gereinigt waren, würde sie die Fresken auffrischen lassen, und dort drüben an der Westseite konnte einer ihrer Wandteppiche Platz finden. Einen Moment lang vermochte sie sich sogar den Gestank aus dem Burggraben wegdenken, das unheimliche Geraschel der Raubvogelschwingen und die Geräusche der Wesen, die unter den Abfällen auf dem Boden umherhuschten.

»Sie wollen nicht kommen, Mylady«, verkündete Joice atemlos unter der Tür.

Liana kehrte in die Gegenwart zurück. »Wer will nicht hierherkommen? Mein Gatte?«

»Die Mägde!« gab Joice entrüstet zurück. »Lord Rogans Mägde weigern sich, Eurer Aufforderung nachzukommen. Als ich ihnen sagte, daß sie die Zimmer saubermachen sollen, lachten sie mich aus.«

»Tatsächlich?« gab Liana zurück. »Wir wollen doch mal sehen, was sie zu mir sagen!« Sie war bereit zu einem tüchtigen Streit. Sie war so gehorsam gewesen und hatte so viel Ärger in den letzten paar Tagen hinuntergeschluckt, daß sie ihn wieder auswürgen mußte, ehe sie daran erstickte, und übermütige Mägde, die mit dem Finger auf sie zeigten und sie auslachten, waren ein ideales Mittel dafür.

Liana stürmte die steile Treppe hinunter, durch die Schlafkammer des Burgherrn, die Außentreppe hinab und in den lärmenden, schmutzigen Burghof hinaus. Die beiden Mägde lungerten an der Nähe des Ziehbrunnens herum, ließen sich von drei jungen Knappen Eimer voller Wasser hochziehen und streiften mit ihren prallen Brüsten dabei deren Arme.

»Du!« sagte Liana zu der ersten Magd. »Komm mit mir!«

Liana schwenkte auf den Fersen herum und bewegte sich wieder auf die Burgtreppe zu, merkte jedoch, daß keiner der beiden Mägde ihr folgte. Sie blickte über die Schulter zurück und sah, daß die Mägde nur lächelten, als wüßten sie etwas, das sie, Liana, nicht wußte. Liana hatte bisher noch nie erlebt, daß eine Magd ihr den Gehorsam verweigerte. Bisher hatte ihr immer die Autorität ihres Vaters Rückhalt gegeben, der jede ihrer Anweisungen unterstützte.

Rogan befand sich am entfernten Ende des Burghofes, wo er die Entladung eines Fuhrwerks überwachte, das mehrere Rüstungen enthielt, die ebenfalls zu Lianas Mitgift gehörten. Wütend überquerte sie den Burghof, wich drei miteinander kämpfenden Hunden aus und stieg über einen kleinen Berg verrottender Schafsgedärme hinweg.

Sie wußte genau, was sie ihm jetzt sagen wollte — welche Forderung sie an ihn stellen mußte —; aber als Rogan sich ihr zudrehte, verärgert darüber, daß sie ihn bei seiner Arbeit störte, verließ sie wieder der Mut. Sie wollte ihm so gern gefällig sein, wollte, daß sein Blick weich wurde, wenn er sie ansah. Nun schien er wieder Mühe zu haben, sich daran zu erinnern, wer sie war.

»Die Mägde wollen mir nicht gehorchen«, sagte sie leise.

Er sah sie nur verdrossen an, als habe ihr Problem nicht das geringste mit ihm zu tun.

»Ich möchte, daß die Mägde mit dem Saubermachen in der Burg beginnen; aber sie wollen mir nicht gehorchen«, erklärte sie sich deutlicher.

Das schien ihn von einer leichten Verwirrung zu befreien. Er drehte sich wieder zu den Fuhrwerken um. »Sie säubern, was sauber gemacht werden muß. Ich dachte, du hättest deine eigenen Mägde mitgebracht.«

Sie schob sich zwischen ihn und den Wagen. »Drei meiner Dienerinnen sind *Ladies,* und die anderen . . . nun, es gibt hier einfach zu viel Arbeit für sie.«

»Wenn du eine von den Rüstungen verbeulst, verbeule ich dir den Schädel!« rief Rogan einem Knecht zu, der gerade das Fuhrwerk entlud. Er blickte auf Liana hinunter. »Ich habe keine Zeit für Mägde. Die Burg ist sauber genug. Nun geh, und laß mich meine Fuhrwerke entladen.«

Er ließ sie stehen, als würde sie nicht mehr für ihn existieren, und Liana starrte seinen Rücken an und spürte, wie die Augen aller Männer im Burghof auf sie gerichtet waren. Vor allem die Augen der beiden Mägde am Brunnen spürte sie. Das war es also, wovor Helen sie gewarnt hatte. So sah also eine Ehe aus. Ein Mann hofiert dich, bis er dich hat, und dann bedeutest du ihm weniger als . . . als ein Stück Eisen. Wobei sie natürlich von Rogan nicht einmal hofiert worden war.

Nun wußte sie, daß sie um jeden Preis ihre Würde verteidigen mußte. Sie blickte weder links noch rechts; sondern ging direkt auf die Burgtreppe zu und dann in das Gebäude hinein. Hinter ihr begann wieder das lärmende Treiben auf dem Burghof, und sie glaubte sogar das schrille Lachen einer Frau zu vernehmen.

Lianas Herz schien zu rasen ob der Demütigung, die sie vor allen Leuten hatte hinnehmen müssen. Helen hatte zu ihr gesagt, sie sei durch die Macht verdorben worden, die sie als Verwalterin des Neville-Besitzes ausübte; aber Liana hatte nie begriffen, was sie damit eigentlich meinte. Sie vermutete, daß nur wenige erkannten, wie sehr sich ihr Leben von jenem der meisten Menschen unterschied. Sie hatte erwartet, daß ihr Leben als Ehefrau sich ein bißchen anders gestalten würde; aber dieses Gefühl der Ohnmacht, als würde sie gar nicht existieren, war für sie eine gänzlich neue Erfahrung.

So mußte sich Helen gefühlt haben, als sie erkennen mußte, daß die Dienerschaft Liana gehorchte und nicht ihr. »Sie hat unter dieser Ohnmacht gelitten und ist dennoch gut zu mir gewesen«, flüsterte Liana.

»Mylady«, sagte Joice leise.

Liana bewegte ein paarmal die Lider und sah dann die Angst auf dem Gesicht der älteren Frau. Liana hatte offenbar einen großen Teil ihres Selbstbewußtseins verloren, die sie vor ihrer Hochzeit gezeigt hatte. Im Augenblick war sie zu müde, um darüber nachzudenken, wie sie sich in Zukunft verhalten sollte. Zunächst mußte sie dafür sorgen, daß ihre Mägde mit Essen versorgt wurden und einen Platz zum Schlafen hatten.

»Schick Bess los. Sie soll erkunden, wo es hier eine Küche gibt, und schicke mir dann etwas zu essen hinauf — ich möchte heute abend nicht in Gesellschaft speisen. Und dann schicke mir mein Bettzeug hinauf in den Söller.« Sie hob die Hand, als Joice etwas sagen wollte. »Ich weiß nicht, wie ich das hier alles bewältigen soll. Offenbar habe ich im Haus meines Mannes nichts zu sagen.« Sie versuchte, sich nicht anmerken zu lassen, wie sehr sie sich selbst bedauerte; aber das gelang ihr nicht ganz. »Und sieh zu, ob du ein paar Schaufeln auftreiben kannst. Heute abend wollen wir wenigstens zwei Räume so weit säubern, daß man darin schlafen kann. Und morgen werden wir . . .« Sie hielt inne, weil sie nicht an den nächsten Tag denken mochte. Wenn sie hier nicht einmal einer Magd etwas anschaffen konnte, war sie nicht besser gestellt als eine Gefangene. Da hätte man sie ebensogut gleich ins Burgverlies werfen können.

»Schau dich um und halte die Ohren offen«, sagte Liana. »Suche zu erfahren, wo Lord Severn sein Quartier hat. Vielleicht könnte er uns . . . helfen.« Lianas Stimme klang nicht sehr zuversichtlich.

»Ja, Mylady«, antwortete Joice kleinlaut und verließ den Raum.

Langsam stieg Liana die Wendeltreppe zum Söller hinauf. Die Greifvögel erhoben sich unruhig von ihren Sitzstangen, als sie in den Söller kam, und falteten dann ihre Schwingen wieder zusammen. Hätte es nicht überall diesen Unrat gegeben, der auf peinliche Weise bezeugte, daß hier Menschen hausten, hätte man glauben können, die Burg sei unbewohnt. Sie war so gar nicht mit dem Heim ihres Vaters zu vergleichen, wo Menschen aus- und eingingen und viel gelacht und gescherzt wurde. Hier gab es nur Männer — hartgesichtige Männer mit Narben am Körper und Waffen in den Händen, die selbst das Lachen verlernt zu haben schienen. Da gab es keine Kinder und keine Frauen bis auf die beiden Dirnen, die sie ausgelacht hatten und ihr den Gehorsam verweigerten.

Sie blickte hinunter in den Burggraben und sah im verblassenden Licht des Tages den Kopf einer Kuh in der schwarzen zähen Brühe. Dieser Ort sollte nun ihr Heim sein. Hier sollte sie Kinder gebären und aufziehen, und ihr Anspruch auf Liebe und Zärtlichkeit sollte von einem Ehemann erfüllt werden, der sie von einer Stunde zur anderen vergessen zu haben schien.

Wie konnte sie ihn nur dazu bringen, daß er sie liebte? Wenn sie und ihre Mägde die Burg säuberten, wenn sie diese Feste zu einer menschenwürdigen Wohnstätte machten, würde er vielleicht froh sein, daß er sie geheiratet hatte. Dann würde er vielleicht mehr in ihr sehen als nur ein Anhängsel einer reichen Mitgift.

Und wenn sie für ein gutes Essen sorgte? dachte sie. Vielleicht sollte sie ein paar gute Köche anheuern und ihm schmackhafte Gerichte auf den Tisch bringen. Sicherlich würde ein Mann, der gut speiste, auf sauberen Laken schlief und saubere Kleider trug, sich über die Frau freuen, die ihm das möglich machte.

Und dann war da noch das Bett. Liana hatte von den Mägden gehört, daß eine Frau, die einen Mann im Bett erfreute, ihn auch außerhalb des Bettes beherrschen könne. Sie würde bis zum Abend eine Schlafkammer gesäubert haben, und dort würde er sie dann aufsuchen, denn jetzt, wo sie ein ungestörtes Intimleben führen konnten, würde er sicherlich seine Frau in seine Arme nehmen wollen. Sie lächelte zum erstenmal, seit sie die Moray-Burg aus der Ferne erblickt hatte. Sie mußte nur Geduld haben, und dann würden ihre Wünsche auch mit der Zeit in Erfüllung gehen.

Ein paar Minuten später kamen ihre sieben Dienerinnen, beladen mit Speisen, Kissen und Decken, in den Söller und redeten alle auf einmal.

Es dauerte eine Weile, bis Liana verstand, was ihre Frauen ihr mitteilen wollten. Lord Severn weilte bei einer Person, die Lady genannt wurde, und würde wahrscheinlich in den nächsten drei, vier Tagen nicht zu sprechen sein. Neben der Lady und ihren Dienerinnen gab es nur noch acht Frauen in der ganzen Burg.

»Sie arbeiten nicht«, sagte Bess, »und niemand wollte mir verraten, was sie hier überhaupt tun.«

»Sie heißen wie die Tage der Woche — Sonntag, Montag, Dienstag und so fort — bis auf eine, die man 'Springerin' nennt. Sie scheinen keine anderen Namen zu haben«, sagte Alice.

»Und das Essen ist grauenhaft. Das Mehl ist voller Maden und Sand. Der Bäcker bäckt die Maden einfach mit ein.«

Bess lehnte sich vor. »Sie pflegten das Mehl von einem Bäcker in der Stadt zu kaufen; aber er hat einen Antrag gestellt, daß man die Peregrines wegen Nichtbezahlung von Lieferungen ächten soll, und . . .«

»Und was?« forschte Liana, die ein Stück Fleisch zu essen versuchte, das so hart war wie Sattelleder.

»Die Ritter der Peregrines rissen die Türen des Backhauses ein . . . und benützten seine Mehlfässer als Toiletten.«

Liana legte ihr ungenießbares Stück Fleisch wieder weg.

Die Frauen hatten eine Sitzbank unter einem Fenster gesäubert und saßen nun dort beisammen. Von unten drang das Klirren von Stahl auf Stahl herauf, das Gejohle von Männern, das schmatzende Geräusch von Speisenden. Offenbar »tafelte« ihr Gatte mit seinen Rittern im Saal unter dem Söller; doch keiner hatte daran gedacht, die Frau des Burgherren zu ihrer Mahlzeit einzuladen.

»Hat eine von euch vielleicht erfahren, welches Zimmer Lord Rogan als Schlafgemach benützt?« fragte sie in dem Bemühen, ihre Würde zu bewahren.

Die Frauen sahen sich gegenseitig voller Mitgefühl an.

»Nein«, murmelte Joice. »Aber sicherlich ist das eine dort — das große Zimmer oben — sein Schlafgemach.«

Liana nickte. Sie hatte sich noch nicht stark genug gefühlt, die hölzerne Treppe des Söllers zu erklimmen und die Räume darüber zu besichtigen — vielmehr den üblen Zustand, in dem sie sich vermutlich befanden. Wenn schon Greifvögel im Söller gehalten wurden, hatte man dann die oberen Schlafgemächer etwa in Schweineställe verwandelt?

Zwei Stunden harter Arbeit waren nötig, um zwei Bettkammern mit Schaufeln von schlimmstem Schmutz zu befreien. Liana wollte mithelfen; aber Joice weigerte sich, ihr das zu erlauben, und Liana verstand das. Im Augenblick waren ihre Mägde ihr fast gleichgestellt, da sie sich alle in dieser seltsamen, übelriechenden Behausung verloren und verlassen vorkamen; aber Joice wollte nicht, daß sie ihre Befehlsgewalt über diese Frauen verlor. Also setzte sich Liana auf die Fensterbank im Söller und hielt sich eine mit Nelken gespickte Orange an die Nase, damit ihr nicht übel wurde von dem Gestank des Burggrabens.

Als ihr Zimmer endlich bezugsfertig war — nicht sauber, aber doch so weit gereinigt, daß sie darin herumgehen konnte, ohne über Knochen oder Abfälle zu stolpern —, überredete eine ihrer Mägde einen Hufschmied, zwei Matratzen heraufzubringen, und Liana entkleidete sich mit Joicens Hilfe und legte sich zur Ruhe. Sie lag eine Weile wach, auf ihren Gatten wartend. Aber er kam nicht zu ihr.

Am Morgen wachte sie von dem Lärm im Burghof auf, und üble Gerüche attackierten ihre Nase. Was sie für einen Alptraum gehalten hatte, war die Wirklichkeit.

Am Morgen betrat Rogan die Kammer des Burgherrn und sah dort Severn am Tisch sitzen, den Kopf müde in eine Hand gestützt, während er mit der anderen Brot und Käse zum Mund führte. »Ich hatte eigentlich damit gerechnet, daß du dich ein paar Tage lang nicht sehen läßt. Willst du mit mir auf die Jagd gehen?«

»Ja«, antwortete Severn. »Ich brauche nach der letzten Nacht mit Jo ein wenig Ruhe. Du siehst mir allerdings erholt aus. Deine Frau hat dich wohl nicht sehr beschäftigt in der vergangenen Nacht, wie?«

»Letzte Nacht war Samstag«, erwiderte Rogan.

»Und du hast sie nicht mit deiner Frau verbracht?«

»Nicht am Samstag.«

Severn kratzte sich am Arm. »So wirst du niemals Söhne bekommen.«

»Bist du soweit, daß wir aufbrechen können? Ich werde schon noch zu ihr gehen. Vielleicht am nächsten . . . Ich weiß nicht, wann. Sie ist keine, die das Blut eines Mannes in Wallung bringen könnte.«

»Wo ist sie jetzt?«

Rogan zuckte mit den Achseln. »Vielleicht oben. Wer weiß das schon?«

Severn spülte den Rest des Brotes mit saurem Wein hinunter und spuckte Sand auf den Boden. Was sein Bruder mit seiner Frau machte, war dessen Sache.

Drei Tage lang arbeitete Liana mit ihren Mägden im Söller, um ihn zu säubern. Und drei Tage lang hatte sie Angst, nach unten zu gehen. Sie konnte es nicht ertragen, den Bewohnern von Moray-Castle ihr Gesicht zu zeigen. Sie wußten ja alle, daß er sich nicht nur weigerte, mit ihr zu schlafen, sondern ihr auch die Befehlsgewalt über seine Dienerschaft nicht zugestehen wollte.

Also blieb Liana für sich, sah weder ihren Gatten, noch kam sie in Berührung mit den anderen Bewohnern der Burg. Bisher, überlegte sie, hatte sie mit ihrer Unterwürfigkeit nicht nur nicht die Liebe ihres Mannes gewonnen, sondern er beachtete sie überhaupt nicht, ob unterwürfig oder nicht.

Es war am Nachmittag des vierten Tages, daß sie es wagte, die hölzerne Treppe im Söller hinaufzusteigen. Das Stockwerk darüber war so schmutzig wie der Söller noch vor Tagen, nur daß die Räume hier oben seit Jahren offenbar nicht mehr benützt worden waren. Sie fragte sich, wo denn die Bewohner der Burg nachts schliefen, und sogleich sah sie diese vor ihrem inneren Auge alle auf einem Haufen beisammenliegen.

Sie ging den Flur hinunter, blickte in eine Kammer nach der anderen, scheuchte Ratten aus ihrer Ruhe auf und ließ Staubwolken hinter sich. Als sie wieder umkehren wollte, glaubte sie das Surren eines Spinnrades zu hören. Sie hob die Röcke an, rannte zum letzten Zimmer am Korridor und schob die schwere Tür auf.

In einer hellen Flut von Sonnenlicht saß eine sehr hübsche ältere Frau mit dunklen Haaren und Brauen am Flachsrad. Das Zimmer war sauber, mit Polstermöbeln ausgestattet, und die Fenster hatten sogar in Blei gefaßte Gläser. Dies mußte die Lady sein, die Lord Severn besuchte. Vielleicht war sie eine Tante oder irgendeine andere Verwandte.

»Komm herein, meine Liebe, und schließ die Tür, ehe wir beide am Staub ersticken.«

Liana tat, was die Frau ihr anschaffte, und lächelte. »Ich wußte nicht, daß hier jemand wohnt. Ich meine, wenn man den Zustand sieht, in dem sich dieses Stockwerk befindet.« Sie fühlte sich sofort wohl in der Gesellschaft dieser reizenden Lady, und als diese mit dem Kopf auf einen Stuhl deutete, ließ sie sich sogleich darauf nieder.

»Es ist schrecklich, nicht wahr?« sagte die Lady. »Rogan würde den Schmutz nicht sehen, selbst wenn er bis zum Hals darin watete.«

Liana hörte auf zu lächeln. »Er würde mich nicht sehen, wenn ich darin ertränke«, sagte sie leise zu sich, weil sie das die Lady nicht hören lassen wollte.

Aber die hörte es trotzdem. »Natürlich würde er dich nicht beachten. Männer beachten niemals die guten Frauen, die dafür sorgen, daß ihre Kleider sauber sind, daß ihr Essen schmackhaft ist, und die ihnen schweigend Kinder gebären.«

Lianas Kopf ruckte in die Höhe. »Welche Frauen beachten sie *dann?*»

»Frauen wie Iolanthe.« Sie lächelte Liana zu. »Du bist ihr noch nicht begegnet. Iolanthe ist Severns Herzblatt. Nun, nicht sein Herzblatt, sondern eigentlich die Ehefrau eines sehr vermögenden, sehr alten, sehr dummen Mannes. Iolanthe gibt sein Geld aus und lebt hier mit Severn, der weder alt noch vermögend ist und alles andere als dumm.«

»Sie lebt *hier?* Sie zieht es vor, in diesem . . . diesem . . . diesem . . .«

»Sie hat eine eigene Wohnung über der Küche — tatsächlich in den besten Räumen der Burg. Iolanthe würde immer nur das Beste für sich verlangen.«

»Ich verlangte Hilfe von den Dienstboten«, sagte Liana bitter, »aber ich bekam sie nicht.«

»Verlangen und Verlangen sind eben zweierlei Paar Stiefel«, erwiderte die Lady, die den Flachs zu einem feinen ebenmäßigen Faden spann. »Du liebst Rogan wohl sehr, wie?«

Liana blickte zur Seite und fragte sich erst gar nicht, ob es schicklich sei, mit dieser Dame so intime Dinge zu besprechen. Sie war es leid, immer nur Mägde als Gesprächspartner zu haben. »Ich glaube, ich hätte ihn lieben können. Ich willigte ein, ihn zu heiraten, weil er der einzige Mann war, der mir nichts vormachte. Der nicht meine Schönheit pries und dabei auf das Gold meines Vaters schielte.«

»Rogan ist immer ehrlich. Er schützt niemals vor, was er nicht ist. Und er tut nicht so, als läge ihm etwas am Herzen, was ihm tatsächlich nichts bedeutet.«

»Wie wahr. Und ich bedeute ihm nichts«, sagte Liana traurig.

»Aber dann belügst du ihn ja auch, nicht wahr, meine Liebe? Die Liana, die sich vor dem Gelächter der Mägde versteckt, ist nicht die Liana, die den Besitz ihres Vaters verwaltete — die Liana, die einst furchtlos einer Horde wütender Bauern die Stirn bot.«

Liana fragte nicht erst, woher diese Frau das alles wußte; aber sie spürte, wie ihr die Tränen in die Augen schossen. »Ich glaube nicht, daß ein Mann diese Liana lieben könnte. Joice sagt, Männer mögen . . .«

»Und wer ist Joice?«

»Meine Kammerdienerin. Tatsächlich ist sie so etwas wie eine Mutter für mich. Sie sagt . . .«

»Und sie weiß alles über Männer, wie? Sie wurde von einem Mann großgezogen, mit einem Mann verheiratet, und ist nun die Mutter vieler Männer, wie?«

»Nein, eigentlich nicht. Sie ist mit mir aufgewachsen. Vorher war sie Vollwaise und lebte im Frauenquartier. Sie ist allerdings verheiratet, hat jedoch keine Kinder. Aber sie sieht ihren Mann ja auch nur ungefähr dreimal im Jahr . . . Oh, ich verstehe, was Ihr meint. Joice hat nicht so gar viel Erfahrung mit Männern gehabt.«

»Nein, das dachte ich mir schon. Also denk daran, meine Liebe — es ist nicht die Frau, die das Haus eines Mannes säubert, deretwegen ein Mann bereit ist, im Turnier sein Leben einzusetzen. Es ist die Frau, die zuweilen die Peitsche schwingt.«

Das brachte Liana zum Lachen. »Ich kann mir nicht vorstellen, daß ich wegen Lord Rogan die Peitsche schwingen würde.«

»Nur ein schmutziges Hemd«, erwiderte die Frau augenzwinkernd und hob dann den Kopf. »Jemand kommt die Treppe herauf. Geh jetzt, bitte. Ich möchte nicht gestört werden.«

»Ja, natürlich«, sagte Liana, verließ das Zimmer und zog die Tür hinter sich zu. Um ein Haar wäre sie wieder umgekehrt und hätte die Frau gefragt, woher sie das mit dem schmutzigen Hemd wußte; aber Joice erschien am Kopfende der Treppe und sagte, daß Liana gebraucht würde.

Den Rest des Tages verbrachte Liana in Isolation, auf ihren Söller und die Gesellschaft ihrer Mägde beschränkt, während ihr immer wieder die Worte der Frau im oberen Stockwerk durch den Kopf gingen. Sie war schrecklich verwirrt und wußte nicht, was sie tun sollte. Sie überlegte, ob sie zu Rogan gehen und von ihm den Gehorsam seiner Dienerschaft verlangen sollte; aber dieser Gedanke kam ihr lächerlich vor. Er würde ihr nur den Rücken zukehren, und sie schätzte ihn nicht so ein, daß er ihr mehr Gehör schenkte, wenn sie ihn anbrüllte. Natürlich konnte sie jederzeit ein Schwert gegen ihn ziehen. Aber bei dieser Vorstellung mußte sie fast kichern. Ihr blieb also nichts anderes übrig als zu warten. Vielleicht würde er eines Tages in den Söller kommen, vermutlich in der Absicht, sich einen seiner Jagdvögel zu holen, und wenn er dann sah, wie reinlich es inzwischen hier war, würde er vielleicht bleiben wollen und sich dann mit liebevollen Augen ihr zudrehen und . . .

»Mylady,« sagte Joice. »Es ist schon später Abend.«

»Ja«, sagte Liana seufzend. Sie würde nun wieder in ihr leeres, kaltes Bett gehen.

Es war viele Stunden später, als sie von einem seltsamen Geräusch erwachte und ein Licht sah. »Rogan!« rief sie erschrocken, drehte sich auf die andere Seite und erblickte nicht ihren Gatten, sondern einen groß gewachsenen Jüngling — einen sehr hübschen Jüngling mit schmutzigen schulterlangen Haaren und einer zerlumpten Samttunika über einer ausgebeulten gestrickten Strumpfhose. Er stand an der Wand, einen Fuß auf einen Schemel gestellt, einen Ellenbogen auf ein Knie gestützt, verzehrte einen Apfel und betrachtete sie dabei im Licht einer dicken Kerze.

Liana setzte sich auf. »Wer bist du, und was suchst du in meinem Zimmer?«

»Ich bin gekommen, um dich in Augenschein zu nehmen«, sagte der Jüngling.

Er mußte jünger sein, als seine Größe vermuten ließ; denn er hatte noch keinen Stimmbruch, überlegte Liana. »Nun, wo du mich gesehen hast, kannst du wieder verschwinden.« Sie brauchte sich solche Unverschämtheiten nicht in dem Zimmer gefallen zu lassen, das sie zu ihrem Privatquartier gemacht hatte.

Er mampfte geräuschvoll seinen Apfel und machte keine Anstalten, ihrer Aufforderung nachzukommen. »Ich schätze, du hast hier ziemlich lange auf meinen Bruder gewartet.«

»Deinen Bruder?« Liana erinnerte sich daran, daß Helen gesagt hatte, sie wüßte nicht, wie viele von Peregrines Söhnen noch am Leben seien.

»Ich bin Zared«, sagte der Jüngling, stellte den zweiten Fuß wieder auf den Boden und warf das Kerngehäuse des Apfels zum Fenster hinaus. »Ich habe dich jetzt gesehen. Du bist genauso, wie man dich mir beschrieben hat, und Rogan wird heute nacht nicht zu dir kommen.« Damit bewegte sich Zared zur Tür hin.

»Warte einen Moment!« sagte Liana mit einer Stimme, die den Jungen zwang, wieder anzuhalten und sich umzudrehen. »Was meinst du damit, daß ich so wäre, wie man es dir erzählt hat, und daß mein Mann heute nacht nicht zu mir käme?« Liana hoffte, der Jüngling würde antworten, daß Rogan in einer geheimen Mission für den König unterwegs sei oder ein befristetes Keuschheitsgelübde abgelegt hätte.

»Heute ist Mittwoch«, antwortete Zared.

»Was hat der Wochentag mit meinem Mann zu tun?«

»Wie ich hörte, bist du ihnen ja bereits begegnet. Es sind ihrer acht. Eine für jeden Wochentag und eine als Ersatz, wenn eine von den Wochentagen gerade ihre Regel hat. Zuweilen haben gleich zwei auf einmal die Regel, und dann ist es mit Rogan nicht auszuhalten. Vielleicht kommt er dann zu dir.«

Liana war sich nicht ganz sicher; aber allmählich begriff sie, was es mit den Wochentagen auf sich hatte. »Diese Mägde«, sagte sie leise. »Willst du damit sagen, daß mein Mann jede Nacht mit einer anderen schläft? Daß sie ein . . . ein *Kalender* sind?«

»Er hat einmal versucht, sich für jeden Tag des Monats eine zuzulegen; aber dann sagte er, das brächte ihm auf die Dauer zu viele Weiber und Unruhe ins Haus. Und deshalb schränkte er sich ein und begnügte sich mit acht. Severn ist da ganz anders. Er sagt, ihm würde Iolanthe reichen. Natürlich ist Io auch . . .«

»Wo ist er?« Der Zorn begann sich in Liana zu regen. Der Zorn, den sie vom ersten Augenblick an, als sie Rogan kennenlernte, hinunterschlucken mußte, kreiste nun durch ihre Adern. Sie würgte ihn wieder aus wie etwas Verdorbenes, das unten im Burggraben schwamm. »Wo *ist* er?«

»Rogan? Er schläft jede Nacht woanders. Er geht in

die Zimmer der Wochentage. Er sagte, sie würden eifersüchtig, wenn er sie in sein Zimmer kommen läßt. Diese Nacht, da wir heute Mittwoch haben, schläft er vermutlich im oberen Stockwerk des Küchentrakts — erste Tür links.«

Liana stand bereits im Zimmer. Ihr ganzer Körper bebte vor Zorn. Jede Muskel war angespannt.

»Du wirst doch wohl nicht dort hingehen, oder? Rogan mag es nicht, wenn er nachts gestört wird, und ich kann dir versichern, daß er ein sehr stürmisches Temperament besitzt. Als eine Frau einmal versuchte . . .«

»Er hat *mein* Temperament noch nicht erlebt«, stieß Liana durch die zusammengebissenen Zähne hervor. »Niemand behandelt mich so und bleibt am Leben, um es jemandem zu erzählen. *Niemand!*« Sie schob sich an Zared vorbei und ging hinaus in den Vorraum, wo sie eine brennende Fackel von der Wand riß. Sie trug nur ihre Robe, und ihre Füße waren nackt; aber sie achtete nicht auf die Knochen, auf die sie trat. Und als ein Hund sich ihr mit gefletschten Zähnen in den Weg stellen wollte, benützte sie die Fackel wie ein Schwert, und der Hund lief jaulend davon.

»Ich hörte, du seist ein Kaninchen«, sagte Zared, der ihr verwundert gefolgt war, hinter ihr. Aber diese Frau sah gar nicht aus wie ein Kaninchen, als sie die Treppe hinuntermarschierte und dann durch die Halle. Was würde Rogans Frau jetzt wohl unternehmen? Was sie auch immer vorhatte — Zared wußte, daß Severn herbeigeholt werden mußte.

Kapitel sieben

Liana wußte natürlich nicht genau, wo sich der Küchentrakt befand; aber ihr Instinkt schien sie zu leiten. Sie mußte sich auch gänzlich auf ihren Instinkt verlassen, weil ihr Gehirn überflutet wurde von den Erinnerungen an die Demütigungen, die sie seit ihrer Hochzeit erlitten hatte. Er hatte nicht darum gebeten, sie vor der Trauung zu sehen. Er hatte an der Kirchentür noch mehr Geld verlangt. Er hatte sie nach der Trauung *vergewaltigt* — und das nicht einmal aus Verlangen, sondern lediglich, um die Ehe zu vollziehen. Tagelang hatte er sie ignoriert und sie in einer Müllgrube untergebracht, die sich Burg schimpfte. Und dabei hatte er es nicht einmal für nötig befunden, sie seinen Bediensteten als seine Ehefrau vorzustellen.

Sie ging die Vortreppe in den Hof hinunter und dann eine schmale Treppe hinauf, die nur in die Küche führen konnte, und anschließend wieder eine steile Wendeltreppe hinauf. Etwas Schleimiges quietschte unter ihren nackten Sohlen, doch sie achtete nicht darauf. Noch achtete sie der Leute, die sich aus ihren Betten erhoben und ihr zu folgen begannen, während sie voller Interesse auf dieses unterwürfige und sanfte Kaninchen von einer Frau blickten, die ihr Herr mit nach Hause gebracht hatte.

Liana erklomm eine Treppe nach der anderen und stieß mit dem Fuß nach einer übereifrigen Ratte, die versuchte, aus einer ihrer Zehen eine Mahlzeit zu machen, bis sie das oberste Stockwerk erreichte. Dort, auf seinen Bauch hingestreckt, seinen schönen Körper entblößt — der Körper, nach dem es sie einmal gelüstet hatte —, fand sie ihren Gatten. Und sein rechter Arm war über den plumpen nackten Körper einer der Mägde gelegt, die sich geweigert hatten, ihr zu gehorchen.

Liana überlegte nicht lange, was sie da tat; sondern hielt die Fackel an eine Ecke der Matratze — eine der Matratzen, die zu ihrer Aussteuer gehört hatten — und setzte dann eine zweite Ecke in Brand.

Rogan erwachte fast sofort, und er reagierte geistesgegenwärtig, indem er die schlafende Magd aus dem brennenden Bett riß und dann auf die Beine sprang. Das Mädchen erwachte und begann zu schreien. Sie schrie auch noch weiter, als Rogan sie am entfernten Ende des Zimmers fallen ließ. Dann riß er die schon glimmende Decke an sich und begann damit die Flammen zu ersticken, die sich im Zimmer ausbreiten wollten. Die Tür sprang auf, Severn kam herein und half seinem Bruder, das Feuer zu löschen, ehe es das Dachgebälk erreichte. Als der Brand endlich gelöscht war, schoben die Brüder die verkohlten Überreste der Matratze zum Fenster hinaus, von wo aus sie in den Burggraben hinunterfielen.

Die Magd hatte inzwischen aufgehört zu schreien; aber sie stand noch immer geduckt in einer Ecke des Zimmers und starrte entsetzt vor sich hin, während sie leise wimmernde Laute von sich gab.

»Hör auf!« befahl Rogan. »Das war doch nur ein kleines Feuer«, sagte er und folgte dann dem Blick des Mädchens zu der Stelle, wo Liana stand, immer noch die Fackel wie ein Schwert in der Hand haltend. Es dauerte ein paar Sekunden, ehe Rogan begriff, was da passiert war, und dann mochte er nicht glauben, was ihm sein Verstand sagte. »Du hast das Bett angezündet. Du hast versucht, mich zu töten«, stellte er fest und wandte sich dann Severn zu. »Sie steht mit den Howards im Bunde. Ergreife sie und verbrenne sie morgen früh auf dem Scheiterhaufen.«

Ehe Severn etwas sagen konnte — ehe jemand von den vielen Leuten, Zared inbegriffen, die sich draußen im Flur drängten, etwas erwidern konnte — brach die Wut aus Liana heraus.

»Ja, ich versuchte, dich zu töten«, sagte sie und rückte mit der brennenden Fackel gegen ihn vor, »und ich wünschte, es wäre mir auch gelungen. Du hast mich gedemütigt, entehrt, mich lächerlich gemacht . . .«

»Ich?« erwiderte Rogan, vollkommen verdattert. Er hätte ihr mühelos die Fackel wegnehmen können; aber sie sah gar nicht so übel aus mit all diesen blonden Haaren und der dünnen Robe im Licht des Feuers. Und dieses Gesicht! War sie das Mädchen, das er für hausbacken gehalten hatte? »Ich habe dich sehr rücksichtsvoll behandelt. Tatsächlich bin ich dir kaum nahe gekommen.«

»Wie wahr!« fauchte sie ihn an und rückte noch einen Schritt auf ihn zu. »Du hast mich bei meiner eigenen Hochzeitsfeier alleingelassen. Du hast mich in meiner Hochzeitsnacht alleingelassen!«

Rogan machte das Gesicht eines zu Unrecht beschuldigten Mannes. »Du bist keine Jungfrau mehr. Dafür habe ich gesorgt.«

»Du hast mich *vergewaltigt!*« schrie sie ihn förmlich an.

Nun begann sich auch in Rogan der Zorn zu regen. Seiner Ansicht nach hatte er noch nie in seinem Leben eine Frau vergewaltigt. Nicht weil er das für moralisch verwerflich fand, sondern weil er das mit seinem Gesicht und seiner Figur nie nötig gehabt hatte. »Das habe ich nicht«, sagte er leise und beobachtete dabei, wie ihre Brüste unter dem dünnen Stoff der Robe auf- und niederwogten.

»Wie ich sehe, werden wir hier nicht mehr gebraucht«, sagte Severn laut. Aber Rogan und Liana waren so sehr aufeinander fixiert, daß sie seine Worte nicht hörten. Severn schob die anderen Leute aus dem Zimmer und schloß dann die Tür hinter sich.

»Aber sie muß bestraft werden«, sagte Zared. »Sie hätte Rogan beinahe umgebracht!«

»Nicht uninteressant, diese Kleine«, meinte Severn nachdenklich.

»Sie hat mein Zimmer!« jammerte Mittwoch, die versuchte, hinter einer halb verkohlten Decke ihre Blöße zu verstecken.

Severn lächelte. »Sie hätte dir doch mehr wegnehmen können als nur dein Zimmer. Geh und schlafe bei Sonntag. Und du«, sagte er, an Zared gewendet, »gehst ins Bett.«

Im Zimmer standen sich Liana und Rogan noch immer gegenüber. Rogan wußte, daß er sie eigentlich bestrafen sollte — sie hätte ihn ja tatsächlich umbringen können —, aber da sie nur in einem Anfall weiblicher Eifersucht gehandelt hatte, brauchte er sich ihrer Motive wegen keine Sorgen mehr zu machen. »Ich sollte dich auspeitschen lassen.«

»Wenn du Hand an mich legst, werde ich das nächste Mal deine *Haare* in Brand setzen.«

»Nun hör aber mal zu . . .« sagte er. Das ging zu weit. Er war ja bereit, sich mit den kleinen weiblichen Launen abzufinden — schließlich waren es ja Frauen —; aber das war zu viel.

Liana machte wieder einen Ausfall mit der brennenden Fackel. Er schien überhaupt nicht zu bemerken, daß er keinen Faden auf dem Leib trug. »Nein, jetzt hörst *du* mir mal zu. Ich habe schweigend dabeigestanden, als du mich einfach ignoriert und heruntergesetzt hast. Du gestattest diesen . . . diesen Wochentagen, mich auszulachen. Mich! Die Herrin in diesem Schloß. Ich bin deine Ehefrau, und ich will so behandelt werden, wie es mir zusteht. So helfe mir Gott: du wirst mich mit Höflichkeit und Respekt behandeln — ich verlange ja keine Liebe —; oder du schläfst lieber nicht, wenn ich in der Nähe bin, weil du sonst vielleicht nie mehr aufwachen könntest.«

Rogan war sprachlos. Es war eine Sache, wenn ein Feind Drohungen ausstieß; aber diese Frau war sein *Weib!* »Keine Frau droht mir«, sagte er leise.

Liana stieß mit der Fackel nach ihm, und mit einer raschen Bewegung riß er sie ihr aus der Hand und umfing dann ihre Taille. Er wollte sie aus dem Zimmer zerren, sie nach unten bringen und im Keller einsperren; aber als ihr Gesicht dem seinen ganz nahe war, verwandelte sich sein Zorn in Verlangen. Noch nie hatte er eine Frau so sehr begehrt wie diese. Er würde sterben, wenn er sie nicht haben konnte.

»Nein«, flüsterte sie, ihre Lippen an den seinen, »du vergewaltigst mich nicht ein zweites Mal. Du magst mich die ganze Nacht hindurch lieben; aber du nimmst mich nicht mehr mit Gewalt.«

Rogan starrte sie verblüfft an. Frauen gaben sich ihm hin; Frauen hatten ihn verführt; aber er hatte noch nie eine Frau gehabt, die Forderungen an ihn stellte. Und plötzlich wollte er ihr gefällig sein. Noch nie hatte er einen Gedanken daran verschwendet, ob eine Frau Vergnügen daran fand, daß er seine Lust an ihr stillte; doch bei dieser Frau wünschte er sich, daß sie Freude daran hatte.

Der Griff seiner Hände an ihren Schultern lockerte sich, bis seine Finger nur noch behutsam ihre Haut festhielten. Sacht zog er sie an sich. Er gab sich in der Regel nicht lange damit ab, eine Frau zu küssen, mit der er schlafen wollte, da sie stets willig und bereit waren und er Küsse deshalb nur als Zeitverschwendung betrachtete. Doch diese Frau wollte er küssen.

Liana legte den Kopf in den Nacken und gab sich seinem Kuß hin, spürte, wie weich seine Lippen waren, und seine Hände, die durch ihre Haare strichen. Seine Lippen bewegten sich über ihren Mund, deckten ihn zu. Dann berührte seine Zungenspitze die ihre, und Liana stöhnte und wölbte ihren Körper gegen den seinen.

Rogan konnte nun nicht länger auf sie warten. Seine Arme spannten sich um ihren Rücken, und dann griff er mit einer Hand fest in das Fleisch ihres Schenkels, während er ihr rechtes Bein hochhob und um seine Taille legte. Dann hob er mit der anderen Hand ihr linkes Bein vom Boden.

Liana, die so wenig Erfahrung hatte in der Liebe, wußte nicht, was da geschah; aber sie fand seine Küsse und das Gefühl ihres bloßen Hinterteils auf seiner Haut sehr angenehm.

Sie war nicht darauf vorbereitet, als er ihren Rücken gegen die Steinmauer rammte und sie mit all der Gewalt eines Mannes, der mit einem Rammbock ein verschlossenes Tor aufbrechen will, in sie hineinstieß. Sie protestierte, schrie laut auf vor Schmerz; aber ihr Gesicht war in dem Muskel seiner Brust vergraben, und so konnte er sie nicht hören.

Es schien, als würde er seine tiefen, harten Stöße stundenlang fortsetzen, und zuerst haßte Liana diesen Akt, den Mann — überhaupt alles, was mit ihr jetzt gemacht wurde. Aber nach einer Weile öffneten sich ihre Augen weit, denn sie spürte ein tiefes inneres Wonnegefühl, das sich über ihren ganzen Körper auszubreiten begann.

Sie schrie überrascht auf, griff mit beiden Händen in

Rogans Haare und zog heftig daran, während sie ihren Mund auf den seinen preßte.

Ihre plötzliche Leidenschaft trieb Rogan nun rasch zum Höhepunkt, und nach einem letzten heftigen Stoß wurde er schlaff und drückte ihren Rücken unsanft gegen die Steinwand, als er sich mit laut klopfendem Herzen gegen sie lehnte.

Liana verlangte mehr. Sie war sich nicht ganz sicher, was sie verlangte; aber was sie bekommen hatte, genügte ihr nicht. Ihre Nägel gruben sich in seine Schultern.

Rogan nahm den Kopf von ihrer Schulter und blickte sie betroffen an. Er konnte ihr ansehen, daß er ihr mit dieser Rammelei keine Freude gemacht hatte. Sofort ließ er ihre Beine los, trat von ihr weg und fing an, in den Abfällen auf dem Boden nach seiner Strumpfhose zu suchen. »Du kannst jetzt gehen«, murmelte er, während er spürte, wie der Zorn in ihm aufstieg.

Liana war von dem viel zu kurzen Liebesakt mit Energie aufgeladen. »Ich habe ein Schlafzimmer für uns neben dem Söller vorbereiten lassen.«

»Dann kannst du dort hingehen und schlafen«, sagte er gereizt; aber als er sich umdrehte, um sie anzublicken, verflog sein Zorn wieder. Ihre Augen glänzten und waren überaus lebendig, und ihre aufgelösten Haare schienen frei und wild um ihren Kopf herum zu schweben. Fast hätte er wieder nach ihr gegriffen; aber er zwang seine Hände dazu, an seiner Seite zu bleiben. Alle Frauen, mit denen man zum erstenmal pennte, waren aufregend, sagte er sich.

Liana versuchte gar nicht erst, den Zorn hinunterzuschlucken, den sie empfand. Das Bild von ihm mit einer anderen Frau im Bett war noch zu frisch, die Wunde zu schmerzhaft. »Damit du zu einer anderen Frau gehen kannst, wie?« fauchte sie ihn an.

»Wieso? Nein«, erwiderte er überrascht. »Damit ich schlafen kann. Es gibt ja kein Bett mehr in diesem Zimmer.«

Bei dieser in einem so ernsthaften Ton vorgetragenen Erklärung mußte Liana lächeln. »Komm mit mir«, sagte sie weich und hielt ihm ihre Hand hin. »Auf uns wartet ein sauberes, herrlich duftendes Bett.«

Rogan wollte ihre Hand nicht nehmen, und er wußte auch aus Erfahrung, daß er nicht bei ihr schlafen durfte, weil Frauen, mit denen man eine ganze Nacht im Bett verbrachte, sich einbildeten, sie besäßen einen auch. Er hatte einmal einer Frau »gehört« und sie hatte . . . Doch seine vernünftigen Überlegungen hielten ihn nicht davon ab, ihr seine Hand zu überlassen, und das Lächeln auf ihrem Gesicht wurde strahlend.

»Komm«, flüsterte sie, und er folgte ihr wie ein kleiner Hund an einer Leine, als sie ihn die Treppe zur Küche hinunterführte und dann hinaus in den Burghof. Es herrschte nun wieder Ruhe in der Burg, und sie hielt an, um zu den Sternen hinaufzusehen. »Sie sind schön, nicht wahr?«

Zunächst wußte Rogan nicht, was sie meinte. Sterne waren dazu da, einem den Weg zu weisen, wenn man nachts unterwegs war. »Ich schätze, das sind sie«, murmelte er. Das Mondlicht, das auf ihren Haaren lag, verwandelte sie in gesponnenes Silber.

Sie wich einen Schritt zurück, bis ihr Rücken an seiner Brust lag. Das war es, was sie sich unter einer Ehe vorgestellt hatte — daß ihr Mann sie im Mondlicht an seiner Brust hielt. Doch Rogan machte keine Anstalten, die Arme um sie zu legen; und so nahm Liana seine Handgelenke und zog sie in die Höhe, bis seine Arme auf ihren Schultern lagen.

Rogan blickte einen Moment lang betroffen auf sie

hinunter. Was für eine Zeitverschwendung, hier mitten in der Nacht im Freien zu stehen, so eine kleine Portion von einem Mädchen festzuhalten und zu den Sternen hinaufzusehen! Morgen erwartete ihn so viel Arbeit! Aber dann steckte er die Nase in ihre Haare, sog ihren sauberen Duft ein und konnte sich nicht mehr daran erinnern, was er am nächsten Tag alles tun mußte. »Wie heißt du gleich wieder?« flüsterte er in ihre Haare hinein. Er konnte sich nur schwer den Namen von Frauen merken, und so hatte er ihnen ein Datum zuerkannt, damit er nicht dauernd ihre Namen verwechselte.

Liana ließ diesmal diese kleine Blase voller Ärger, die in ihr aufstieg, nicht an die Oberfläche kommen. »Ich bin Lady Liana, deine Ehefrau«, sagte sie, drehte sich dann in seinen Armen um und hob das Gesicht zu ihm empor, damit er sie küssen sollte. Als er sie nicht küßte, küßte sie ihn und streichelte dabei mit beiden Händen seinen Nacken. Dann legte sie den Kopf an seine Schulter und schmiegte sich an ihn.

Rogan ertappte sich dabei, wie er sie festhielt — nur so dastand und ihren Körper an den seinen drückte. So etwas war ihm bisher noch nie passiert. Frauen waren dazu da, die Lust eines Mannes zu stillen; ihm Sachen zu bringen, die er brauchte; alles zu tun, was ein Mann von ihr wollte. Sie waren jedenfalls nicht dafür erschaffen worden, daß sie sich mitten auf den Hof stellten und einen Mann festhielten. Das war ein sinnloses Verhalten, aber er war diesem Akt ohnmächtig ausgeliefert.

Liana hörte, daß sich da etwas hinter ihr bewegte — vermutlich jemand, der nicht schlafen konnte. Sie war noch nicht daran gewöhnt, eine verheiratete Frau zu sein, und deshalb empfand sie es sogleich als unschicklich, in so intimer Berührung mit einem Mann ertappt zu werden. »Komm — laß uns gehen, ehe sie uns hier finden.«

Abermals folgte er ihr, als sie ihn die Treppe hinaufführte, durch die Halle und dann die Treppe zum Söller hinauf. Hier war das Schlafzimmer, das einmal seinem Vater und dessen Frauen gehört hatte. Er war schon seit Jahren nicht mehr hier gewesen. Dieses Mädchen, diese Liana, hatte an einer Wand einen Teppich aufgehängt. Und eine dicke duftende Kerze brannte darin. Da stand ein Bett an einer Wand und darüber hing ein heiliges Kreuz.

Rogan wich einen Schritt zurück; aber das Mädchen zog an seiner Hand.

«Komm, ich habe Wein, guten Wein aus Italien. Ich schenke dir ein Glas davon ein.«

Rogan wußte nicht, wie sie es angestellt hatte; aber eine kurze Weile später befand er sich nackt in ihrem weichen, sauberen Bett, einen silbernen Becher voll Wein in der Hand, und sie an seine Schulter gepreßt, während er sie mit seinem Arm an sich drückte und seine Finger mit ihren Haaren spielten.

Liana schmiegte sich an seinen Körper, als versuchte sie, mit seiner Haut zu verschmelzen. Da waren so viele Fragen, die sie an ihn richten wollte, die Burg und die Leute betreffend, die sie bewohnten. Wer war die Lady, die im Stockwerk darüber den Flachs gesponnen hatte? Sie wollte mehr über Severns Iolanthe erfahren. Und warum war Zared nicht als Knappe einem Ritter zugewiesen, der ihn standesgemäß ausbildete und ihm das Waffenhandwerk beibrachte?

Doch sie hatte heute abend schon zu viel Aufregendes erlebt, daß sie nun zu müde war zum Reden. Sie legte die Hand auf die Haare an seiner Brust, spürte seinen kräftigen, muskulösen Körper an ihrer Seite und schlummerte zufrieden ein.

Rogan hörte ihre sanften, regelmäßigen Atemzüge und

dachte, daß er nun wieder fortgehen sollte. Er sollte sie hier alleinlassen und sich eine andere Schlafstelle suchen. Er dachte daran, wie sie sein Bett angezündet hatte. Wenn er nicht aufgewacht wäre, hätte er in den Flammen umkommen können. Eigentlich mußte sie nun unten im Verlies angekettet sein, und morgen früh sollte er sie an einen Pfahl binden und verbrennen lassen — wie sie versucht hatte, ihn zu verbrennen. Aber er bewegte sich nicht. Statt dessen hob er ihre Hand von seiner Brust und betrachtete sie neugierig. Es war eine so zierliche, schwache, nutzlose Hand, dachte er, ehe auch er einschlief, sie immer noch in seinen Armen haltend.

Als er erwachte, war es schon heller Morgen, und er konnte den Lärm der Männer unten im Burghof hören. Mit dem Tageslicht kam auch seine Vernunft zurück. Er hatte die Beine und Arme um das Mädchen gewickelt, als wären sie die miteinander verflochtenen Wurzeln eines Baumes. Er schob sie von sich, rollte sich aus dem Bett und ging hinüber in den Ankleideraum. Im kleinen Flur dazwischen war ein Urinal mit einer Sitzfläche, und er blieb davor stehen, um seine Blase zu entleeren.

Liana erwachte und streckte sich wohlig im Bett. Sie hatte sich noch nie so gut in ihrem Leben gefühlt wie jetzt. So sollte eine Ehe sein — nachts, an deinen Mann gelehnt, seine Arme um sich gelegt, im Hof stehen und die Sterne betrachten; in seinen Armen schlafen; beim Erwachen wissen, daß er in deiner Nähe ist; ihn drüben im Nebenzimmer beim Ankleiden hören. Er kam aus der Latrine, sich die nackte Brust kratzend und gähnend.

»Guten Morgen«, sagte sie, die Beine unter der Decke bewegend.

Rogan war mit seinen Gedanken bereits bei der Arbeit dieses Tages. Nun, wo er das Gold der Nevilles besaß, konnte er damit beginnen, Ritter anzuheuern, die ihn beim Kampf gegen die Howards unterstützen sollten. Natürlich mußte er sie dafür erst richtig ausbilden. Die meisten Männer waren Faulpelze mit der Kraft von Kindern. Apropos Faulpelze — er sollte Severn wohl besser aus dem Bett dieser Hexe holen, ehe er seine ganze Kraft an sie verschwendete. Er verließ das Zimmer, ohne ein einzigesmal zu seiner Frau hinzusehen oder sich gar an sie zu erinnern.

Liana setzte sich betroffen im Bett auf, als er aus dem Zimmer ging, ohne von ihr Notiz zu nehmen. Sie spielte mit dem Gedanken, ihm nachzulaufen und . . . Und was? fragte sie sich. Sie legte sich in die Kissen zurück und lächelte. Sie war sanft gewesen, hatte sich gefügig und gehorsam gezeigt, und Rogan hatte sie ignoriert. Dann versuchte sie, ihn zu verbrennen, und er verbrachte die Nacht mit ihr. Die Lady, die im Stockwerk über ihr den Flachs spann, hatte zu ihr gesagt, daß Männer niemals Turniere um Frauen ausfochten, die fügsam waren und sanft. Würde Rogan vielleicht um eine Frau kämpfen, die versuchte, ihn anzuzünden?

»Mylady!« rief Joice, die jetzt ins Zimmer stürmte und aufgeregt losplapperte.

Liana war in Gedanken so sehr mit ihrem Mann beschäftigt, daß sie ihr zunächst gar nicht zuhörte. »Was? Feuerlady? Wovon redest du eigentlich?« Als Liana endlich den Zusammenhang begriff, lachte sie. Offenbar hatte sich die Geschichte von Liana, die Rogans Bett mit der Fackel anzündete, in der Burg und im ganzen Dorf herumgesprochen, und die Leute hatten ihr daraufhin den Namen »Feuerlady« gegeben.

»Zwei von den Wochentagen sind bereits zu ihren Eltern im Dorf zurückgekehrt«, sagte Joice, »und die anderen sechs haben Angst vor Euch.«

Da sprach Stolz aus Joicens Stimme, und Liana dachte

an die Ironie, daß das Lob aus dem Mund der Frau kam, die ihr tagtäglich Unterwürfigkeit in der Ehe gepredigt hatte. Hätte sie auch weiterhin Joices Rat befolgt, wäre es nie zu der vergangenen Nacht gekommen.

»Gut!« sagte Liana in entschiedenem Ton, die Bettdecke zurückschlagend. »Wir werden die Furcht ausnützen, solange sie anhält. Vielleicht solltest du zu den anderen sechs Wochentagen von Gift reden und . . . Schlangen. Ja, das ist gut. Wenn eine Magd ihre Arbeit nicht macht, könnte ich versucht sein, ihr Schlangen ins Bett zu legen.«

»Mylady, ich glaube nicht, daß . . .«

Liana sprang aus dem Bett und drehte sich rasch zu ihrer Kammerdienerin um. »Du glaubst was nicht, Joice? Daß ich meinen eigenen Verstand gebrauchen soll? Glaubst du, ich sollte lieber deinen Rat befolgen?«

Joice wußte, daß sie die Macht über ihre Herrin verloren hatte. »Nein, Mylady«, flüsterte sie, »Ich meinte . . .« Sie konnte den Satz nicht beenden.

»Hole mir mein grünes Seidenkleid, und dann kommst du und richtest mir die Haare«, befahl Liana. »Heute fange ich damit an, mein Haus zu säubern.«

Die Leute von Moray Castle fanden, daß das blasse Kaninchen sich tatsächlich in die Feuerlady verwandelt hatte. Sie waren daran gewöhnt, für die Peregrine- Brüder zu arbeiten, die von jedem gleich fünf Dinge auf einmal verlangten; aber diese kleine Frau in dem schimmernden grünen Kleid und mit den dicken blonden Zöpfen auf dem Rücken verlangte ihnen zehnmal mehr Arbeit ab als ihre männliche Herrschaft. Sie rief jeden Ritter und jeden Mann von seiner täglichen Verrichtung ab und ließ sie alle Müll und Abfälle beseitigen. Sie gab ihnen Schaufeln, damit sie die Asche aus den Kaminen entfernten. Eimer für Eimer wurde, mit Knochen und Schmutz gefüllt, aus der Burg getragen und in die nun leeren Neville-Fuhrwerke gekippt, die diesen Unrat anschließend abtransportierten.

Liana beauftragte Zared, sich noch drei Jünglinge zu suchen, und die vier begannen nun die Ratten zu töten. Sie schickte Männer ins Dorf, die Frauen anheuerten, damit sie die Wände, Fußböden und Möbel in der Burg schrubben sollten. Sie heuerte auch Männer an, denen sie befahl, mit gewichtbeladenen Netzen den Burggraben zu reinigen; aber als die Netze in der Jauche nicht untergehen wollten, sondern obenauf schwammen, gab sie den Männern den Befehl, die Jauche abfließen zu lassen — wenn sie überhaupt noch so flüssig war, dachte sie bei sich.

Aber die Männer weigerten sich, ihren Befehl auszuführen, weil sie Lord Rogans Schwert mehr fürchteten als ihr Feuer.

»Mein Mann wird die Erlaubnis dazu geben«, sagte sie zu den beiden Männern, die vor ihr standen und um ihr Leben bangten.

»Aber, Mylady, der Graben ist zur Verteidigung der Burg da und . . .«

»Verteidigung«, schnaubte Liana. »Ein Feind könnte *über* diese Brühe *gehen,* so dick ist sie inzwischen geworden!«

Doch sie konnte sagen, was sie wollte — die Männer weigerten sich, die Jauche mit Hilfe eines Grabens abzuleiten.

Liana knirschte mit den Zähnen. »Wo ist mein Gatte jetzt? Ich werde zu ihm gehen und die Sache zwischen uns klären.«

»Er peitscht gerade Bauern aus, Mylady!«

Liana brauchte einen Moment, ehe sie begriff, was die beiden sagten. »Was macht er?« flüsterte sie.

»Wenn jemand stiehlt, peitscht Lord Rogan die Männer aus, bis ihm einer verrät, wer der Dieb ist.«

Liana hob ihre Röcke an und lief in den Burgfrieden hinein. Während ihr Pferd gesattelt wurde, ließ sie sich die Richtung angeben, in die ihr Mann und dessen Bruder geritten waren, und einige Minuten später galoppierte sie, von sechs bewaffneten Rittern begleitet, in das Land hinaus.

Der Anblick, der sich ihr dann bot, war schrecklich. Ein Mann war an einen Baum gebunden, sein Rücken blutüberströmt von den Peitschenhieben, die er erhalten hatte. Drei weitere Männer standen beisammen und schlotterten vor Angst, während ein Ritter die blutige Peitsche über ihnen schwang. Vier Frauen und sechs Kinder standen weinend dabei, und zwei Frauen lagen vor Rogan auf den Knien und flehten um Gnade. Sechs Peregrine-Ritter waren bei Rogan und Severn versammelt, die beide offenbar so sehr in ein Gespräch vertieft waren, daß sie darüber ihre Umgebung vergaßen.

»Aufhören!« schrie Liana und sprang von ihrem Pferd herunter, ehe dieses zum Stehen kam. Sie stellte sich vor die um Gnade winselnden Farmer. »Tötet sie nicht«, sagte sie, Rogan in die harten grünen Augen sehend.

Rogan und seine Männer waren so schockiert — und der Ritter mit der Peitsche ebenfalls —, daß sie einen Moment wie versteinert dastanden. »Severn, schaff sie weg«, befahl Rogan dann.

»*Ich* werde herausfinden, wer dich bestiehlt«, rief Liana und wich behende zur Seite, als Severn sie ergreifen wollte. »Ich werde dir die Diebe ausliefern, und dann magst du sie bestrafen; aber nicht diese Leute, die gar nichts dafür können.«

Ihre Handlungsweise und ihre Worte brachte jedermann zum Verstummen — angefangen bei Rogan bis hinunter zu den Kindern, deren Vater an den Baum gefesselt war.

«Du?« sagte Rogan, fassungslos und überrascht.

«Gib mir zwei Wochen Zeit«, sagte Liana atemlos, »und ich werde deinen Dieb finden. Terrorisierte Bauern bringen keine gute Ernte.«

«Terrorisierte . . .« begann Rogan, und erholte sich jetzt von seinem Schock. »Schaff sie mir endlich aus den Augen!« schnaubte er seinen Bruder an.

Severns kräftiger Arm legte sich um Lianas Taille und zog sie von den drei verurteilten Männern weg. Liana überlegte blitzschnell und rief: »Ich gehe jede Wette ein, daß ich in zwei Wochen deine Diebe finde. Ich habe eine Truhe voller Edelsteine, die du noch nicht gesehen hast. Smaragde, Rubine, Diamanten. Ich gebe sie dir, wenn ich dir nicht binnen zweier Wochen die Diebe ausliefere.«

Wieder wurde es still unter den Bäumen, während die hier versammelten Leute sie anstarrten und sich alle fragten, was für eine Gattung von Frau sie wohl sei. Rogan fragte sich das am allermeisten.

Severns Griff um Lianas Taille lockerte sich, und sie trat an ihren Gatten heran, blickte zu ihm hoch und legte ihre Hand auf seine Brust. »Ich habe herausgefunden, daß Schrecken nur Schrecken erzeugt. Es ist nicht das erstemal, daß ich mich mit Dieben auseinandersetzen muß. Laß mich das jetzt auf meine Art tun. Wenn ich mich irren sollte, magst du sie meinetwegen in zwei Wochen töten, und du bekommst meine Juwelen.«

Rogan konnte sie nur mit offenem Mund anstarren. In der letzten Nacht hätte sie ihn fast mit einem Feuer im Bett getötet, und nun schloß sie wie ein Mann eine Wette mit ihm ab und mischte sich in seine Angelegenheiten ein. Es juckte ihn, sie doch noch ins Burgverlies werfen zu lassen.

»Ich könnte dir die Juwelen auch so wegnehmen«, hörte er sich sagen, während er sie betrachtete und sich daran erinnerte, wie lebendig sie in der letzten Nacht gewesen war. Ein heftiges Verlangen nach ihr überkam ihn plötzlich, und er drehte sich von ihr weg, ehe er sie vor seinen Männern ins Gras warf.

»Sie sind gut versteckt«, sagte sie leise und legte ihm die Hand auf den Arm. Sie war von dem gleichen Verlangen ergriffen worden wie er.

Rogan schüttelte ihre Hand ab. »Schafft mir diese stehlenden Halunken aus den Augen«, sagte er barsch, da er so rasch wie möglich aus ihrer Nähe wegkommen wollte. »In zwei Wochen werde ich einer Frau eine Lektion erteilt haben und die Juwelen bekommen«, sagte er, bemüht, die Sache herunterzuspielen, um in den Augen seiner Ritter nicht unmännlich zu erscheinen. Doch ein Blick auf seinen Bruder und seine bewaffneten Männer belehrte ihn, daß sie die Angelegenheit gar nicht lächerlich fanden, sondern Liana mit großem Interesse musterten.

Rogan fluchte in Gedanken. »Wir reiten«, knurrte er dann, auf sein Pferd zugehend.

»Warte«, sagte Liana und lief ihm nach. Ihr Herz klopfte ihr bis in den Hals hinauf, denn sie wußte, daß das, was sie jetzt sagen wollte, ein großes Wagnis darstellte. »Was bekomme ich, wenn ich die Wette gewinne?«

»Was?« erwiderte Rogan, sie anfunkelnd. »Du bekommst die verdammten Diebe. Was willst du noch?«

»Dich«, sagte sie, die Hände auf die Hüften gelegt, und lächelte zu ihm hinauf. »Wenn ich die Wette gewinne, möchte ich dich einen ganzen Tag lang als Sklaven haben.«

Rogan gaffte sie nun abermals mit offenem Mund an. Er sollte diesem Weib ein paar Streifen Haut vom Rücken fetzen, um ihr beizubringen, wie man sich als Frau zu benehmen hatte. Er sagte kein Wort und stellte den rechten Fuß in den hölzernen Steigbügel.

»Moment noch, Bruder«, rief Severn grinsend. Er hatte sich von diesem neuerlichen Schock rascher erholt als die anderen. Niemand — er eingeschlossen — hatte bisher erlebt, daß Rogan auf solche Weise herausgefordert wurde. Das hatten bisher nur wenige Männer und noch weniger Frauen gewagt. »Ich denke, du solltest die Wette der Lady annehmen. Schließlich kannst du sie unmöglich verlieren. Sie wird die Diebe niemals finden. Haben wir nicht schon Monate vergeblich nach ihnen gesucht? Du riskierst also nichts.«

Rogan blickte mit kalten Augen und eisenhartem Kiefer erst seine Ritter und dann die Bauern an. Er würde diese blödsinnige Wette gewinnen und sie dann fortschicken, bevor sie sich noch einmal in seine Angelegenheiten einmischte. »Angenommen«, knurrte er, und ohne Liana noch eines Blickes zu würdigen, bestieg er sein Pferd und sprengte davon. Diese verdammte Luder — sie hatte ihn vor seinen Männern zum Narren gemacht!

Sein Zorn war noch nicht verraucht, als er die Burg erreichte. Und als er das Tor passiert hatte, blieb er sprachlos auf seinem Pferd sitzen und starrte auf seine Männer, seine Fronknechte und seine Frauen, die alle Abfälle und Dung schaufelten, den Hof fegten, die Fußböden scheuerten.

Rogan hatte so ein Gefühl, als würde er von seinen eigenen Leuten verraten. Er warf den Kopf in den Nacken und stieß einen lauten, langen und scheußlichen Kriegsschrei aus — und sogleich hörten die Leute im Hof zu schaufeln und zu kehren auf. »An die Arbeit!« brüllte er seinen Männern zu. »Ihr seid keine Frauen! An die Arbeit!«

Er wartete nicht erst ab, ob die Leute auch seinen Befehl befolgten, sondern stieg vom Pferd und lief wütend die Treppe zur großen Halle hinauf und dann weiter in sein Privatzimmer, das an die Halle grenzte. Dieser Raum gehörte ihm und ihm allein. Er warf wütend die Tür hinter sich zu und setzte sich in den alten Eichenholzsessel, der dem Familienoberhaupt der Peregrines seit drei Generationen gedient hatte.

Er setzte sich, stand dann wieder abrupt auf und musterte finster die Sitzfläche. Da war ein kleine Lache kalten Wassers in der Wölbung des Holzes, wo jemand das Möbelstück geschrubbt haben mußte. So wütend, daß er fast rot sah, blickte er sich im Raum um und stellte fest, daß er sauber war. Die Abfälle, in denen man bisher bis zum Knöchel versunken war, waren verschwunden, desgleichen die Spinnweben, welche die Waffen an den Wänden miteinander verbunden hatten. Auch sah er keine Ratte mehr im Zimmer, und die Fettschicht, die noch tags zuvor Sessel und Tisch klebrig machte, war ebenfalls entfernt worden.

»Ich werde sie umbringen«, preßte er durch die zusammengebissenen Zähne. »Ich werde sie aufs Rad flechten und vierteilen lassen. Ich werde sie lehren, wem das Land der Peregrines gehört und wer über die Peregrine-Männer herrscht!«

Doch als er die Hand auf die Tür legte, bemerkte er einen kleinen Tisch an der Wand. Er erinnerte sich, daß Zareds Mutter ihn benützt hatte; aber er hatte ihn seit vielen Jahren nicht mehr gesehen. Er fragte sich, ob er nicht die ganze Zeit über in diesem Raum gestanden und er ihn nur nicht wahrgenommen hatte. Auf dem Tisch befand sich, säuberlich übereinandergeschlichtet, ein Stoß kostbarer, teurer Blätter aus Papier und daneben ein Tintenfaß aus Silber nebst einem halben Dutzend Federn, deren Kiele angespitzt waren. Das Papier und die Federn zogen ihn an wie das Licht die Motten. Seit Monaten trug er sich schon mit einer Idee für eine hölzerne Kriegsmaschine, eine Schleuder, die große Steine mit beträchtlicher Wucht werfen konnte. Er hatte sich überlegt, wenn er das Gerät mit zwei Winden statt einer ausrüstete, konnte er den Wurfarm viel länger machen und den Steinen größere Durchschlagskraft verleihen. Er hatte mehrmals versucht, seine Idee im Dreck zu skizzieren; aber es war ihm nicht gelungen, feine Linien zu ziehen.

»Die Dirne kann warten«, murmelte er, ging zum Tisch und begann langsam und unbeholfen seine Idee als Entwurf zu Papier zu bringen. Es fiel ihm leichter, mit einem Schwert umzugehen als mit einer Feder. Als die Sonne unterging, schlug er Funken aus einem Feuerstein und zündete dann eine Kerze an, um fleißig an seinem Entwurf weiterarbeiten zu können.

Kapitel acht

Nachdem Rogan die Bauern auf der Wiese zurückgelassen hatte, dauerte es eine Weile, bis Lianas Herz sich wieder beruhigte. Sie tat ja nun wirklich alles, um ihrem Gatten statt Freude Mißvergnügen zu bereiten — oder etwa nicht? Sie konnte noch schattenhaft seine Gestalt erkennen, die auf die Burg zusprengte, bekleidet mit dem Hochzeitsanzug, den sie für ihn hatte nähen lassen und der jeden Tag speckiger wurde. Sie wollte ihm nachrennen und sich entschuldigen. Es hatte ihr weh getan, als sie die Wut in seinen Augen sah. Vielleicht war es besser, wenn er sie ignorierte. Vielleicht war es besser . . .

»Vielen Dank, Mylady.«

Liana blickte nach unten und sah eine magere, verhärmte Bauersfrau, den Kopf unter der zerlumpten Kapuze gebeugt, die nun den Saum von Lianas Kleid ergriff und diesen küßte.

»Vielen Dank«, wiederholte sie.

Die anderen Bauern kamen jetzt herbei und verneigten sich tief vor ihr, und ihre Unterwürfigkeit machte Liana fast krank. Sie haßte es, Leute in solchem Elend zu sehen wie diese. Die Bauern auf dem Land ihres Vaters waren gesund und gut genährt; während diese grau waren im Gesicht vor Erschöpfung, Krankheit und Angst.

»Steht auf — steht alle auf«, befahl sie, und wartete dann, während sie ihr langsam gehorchten und die Angst in ihren Augen noch zunahm. »Ich möchte, daß ihr mir jetzt zuhört. Ihr habt vernommen, was mein Mann gesagt hat: Er möchte den Dieb haben, und *ihr* werdet ihn mir liefern.« Sie sah, wie bei ihren Worten die Gesichter ihrer Zuhörer sich verhärteten. Da steckte noch Stolz in diesen Leuten — ein Stolz, der sie veranlaßte, Diebe vor einem unbarmherzigen Grundherrn zu beschützen.

Ihre Stimme wurde weicher: »Aber zuerst werdet ihr essen. Du —« sie deutete auf einen Mann, der jetzt einen blutigen Rücken gehabt hätte, wenn sie nicht dazugekommen wäre — »du gehst hin und schlachtest die fetteste Kuh, die du auf den Weiden der Peregrines finden kannst, und dazu noch zwei Schafe, bringst dann alles hierher und röstest das Fleisch. Ihr sollt essen; denn ihr werdet in den nächsten Wochen viel Arbeit haben.«

Keiner der Bauern rührte sich von der Stelle.

»Es wird bald Abend sein. Also geh!«

Einer der Männer sank auf die Knie, und sein Gesicht spiegelte eine fast tödliche Angst wider: »Mylady, Lord Rogan bestraft jeden, der sein Eigentum anfaßt. Wir dürfen weder seine Tiere schlachten noch sein Korn essen. Er behält das alles für sich und verkauft es.«

»So war es, ehe ich hierherkam«, sagte Liana geduldig. »Lord Rogan hat Geld nicht mehr so nötig wie früher. Geh und schlachte die Tiere, wie ich es dir angeschafft habe. Ich werde den Zorn des Grundherrn auf mich lenken.« Sie schluckte bei diesen Worten; aber sie durfte den Bauern nicht zeigen, daß sie Angst hatte. »Nun sagt mir, wo der Bäckerladen ist — der Bäcker, der eine Fehde mit meinem Mann hat.«

Es dauerte Stunden, bis Liana ihre Pläne in Gang setzen konnte. Zwei Wochen waren eine sehr knappe Frist. Die sechs Ritter in ihrer Begleitung, die zunächst schweigend dabeigestanden und ihr mit dieser herablassenden

Belustigung zugesehen hatten, wie sie Männer immer zur Schau tragen, wenn Frauen etwas tun, das sie selbst nicht fertigbringen, wurden von ihr ebenfalls eingespannt.

Sie ließ ein Weizenfeld abmähen, gab das geerntete Korn dem Bäcker und das Stroh den Bauern, damit sie ihre schadhaften Dächer damit flicken konnten. Sie befahl einem Ritter, eine Generalreinigung der Straßen im Dorf, die mit menschlichen und tierischen Exkrementen überlaufenden Kloaken glichen, zu überwachen. Ein anderer Ritter beaufsichtigte eine Waschung der Bauern, die genauso schmutzig waren wie ihre Straßen. Zuerst war sie empört darüber, daß die Kaufleute sich nicht auf ihr Wort, daß alles bezahlt würde, verlassen wollten; aber als sie sich an die Geschichte erinnerte, wie die Gefolgsleute ihres Mannes mit dem Bäcker umgesprungen waren, verzieh sie den Kaufleuten und gab ihnen Silbermünzen aus dem Säckchen, das sie auf ihrem Pferd festgebunden hatte.

Die Sonne ging unter, als sie nach Moray Castle zurückkehrte, und sie lächelte, weil zwei Ritter todmüde in ihren Sätteln hingen. Ihr PLan ging dahin, die Lebensverhältnisse der Bauern so weit aufzubessern, daß ihre Loyalität dem Grundherrn galt und nicht den paar Dieben, die vermutlich ihre Beute mit den hungrigen Bauern teilten. Es war nicht leicht, in zwei Wochen ein heruntergekommenes Dorf wieder in eine gesunde Kommune zu verwandeln; aber sie wollte es jedenfalls versuchen.

Der Gestank des Burggrabens beleidigte noch immer ihre Nase, als sie sich mit ihrem Gefolge der Burg näherte, und sie wußte, daß sie sich Rogans Erlaubnis holen mußte, diese Jauchengrube abzulassen, ehe die Männer sich an diese Aufgabe heranwagten. Aber innerhalb der Burgmauern sah es schon viel besser aus als am Morgen. Da lag nicht mehr so viel Unrat umher, waren die Dunghaufen in den Ställen kleiner geworden und vor den flachen Gebäuden, die sich an der Burgmauern entlangzogen. Als sie in den Burghof ritt, blickten die Arbeiter zu ihr auf, und so mancher Mann griff sich an die Stirnlocke, um ihr seinen Respekt zu zeigen. Liana lächelte in sich hinein. Sie begannen sie nun zu beachten.

Sie stieg die Treppe zur großen Halle hinauf. Auf sie hatten die Frauen besondere Mühe verwendet. Sie war noch nicht sauber, nicht nach den Maßstäben, die Liana anlegte — die Wände mußten unbedingt neu gekalkt werden —, aber sie konnte über den gefliesten Boden gehen, ohne über einen Knochen zu stolpern.

In der Halle, auf den nun sauberen Stühlen am sauberen Tisch, saßen Severn und Zared, die Köpfe auf die Tischplatte gelegt. Und vor ihnen war eine Strecke von so fetten Ratten, wie sie Liana bisher noch nie gesehen hatte — drei Reihen tief und die ganze Länge des Tisches einnehmend. Man hätte glauben können, es handelte sich um Kriegstrophäen.

»Was ist denn das?« fragte Liana scharf und schreckte Severn und Zared aus dem Schlaf.

Zared lächelte sie an, und wieder dachte Liana, was für ein hübscher bartloser Jüngling er doch war.

»Wir haben sie alle getötet«, verkündete Zared stolz. »Wäre es vielleicht möglich, daß du sie auch zählen kannst? Rogan kann zählen; aber nicht so weit wie diese Menge.«

Liana wollte sich nicht in die Nähe dieser Ratten begeben; doch Zared war so stolz, daß sie sich dazu verpflichtet fühlte. Sie deutete auf jede Ratte, die sie zählte, und Zared warf sie anschließend zum Fenster hinaus in den Burggraben. Liana wollte erst dagegen protestieren; aber noch schlimmer konnte der Zustand der ekelhaften Brühe dort unten durch ein paar Ratten auch nicht mehr werden. Eines von den Biestern lebte noch, und Liana sprang vom Tisch weg, während Zared mit der Faust dem Tier den Kopf zerschmetterte. Severn grinste stolz.

Liana zählte achtundfünfzig Ratten, und als sie alle vom Tisch waren, setzte sie sich erschöpft neben Severn auf einen leeren Stuhl und blickte sich im Raum um.

»Achtundfünfzig!« rief Zared. »Was wird Rogan dazu sagen, wenn ich ihm das erzähle!«

»Jemand hat vergessen, die Knochen dort drüben wegzuschaffen«, sagte Liana mit müder Stimme, während sie auf die Wand über dem doppelten Kamin blickte. Dort hingen sechs Pferdeschädel. Sie hatte sie bisher nicht bemerkt, weil sie vermutlich hinter Spinnweben versteckt gewesen waren, dachte sie bei sich.

Plötzlich starrten Severn und Zared sie an, als wären ihr plötzlich Hörner über den Ohren gewachsen. Sie sah an ihrem Gewand hinunter. Es war nach diesem langen Tag nicht mehr ganz sauber; aber so schmutzig war es nun auch wieder nicht. »Stimmt etwas nicht?« fragte sie.

»Das dort sind die Peregrine-Pferde«, flüsterte Zared rauh.

Liana hatte keine Ahnung, was der Junge damit meinte, und blickte deshalb Severn fragend an. Dessen hübsches Gesicht hatte inzwischen einen Ausdruck kalter Wut angenommen — einer Wut, die sie bisher nur Rogan zugetraut hätte, dachte Liana.

Doch seine Stimme blieb ruhig, als er ihr nun die Geschichte dieser Schädel erzählte: »Die Howards belagerten die Burg Bevan und hungerten unsere Familie aus. Mein Vater, Zareds Mutter und mein Bruder William kamen bei dieser Belagerung um. Mein Vater stieg auf die Mauer und bat die Howards, seine Frau abziehen zu lassen; aber die Howards waren damit nicht einverstanden.« Severns Stimme wurde sehr leise. »Ehe sie starben, aßen sie noch die Pferde.« Er drehte sich zu den Schädeln an der Wand um. »Diese Pferde dort.« Dann sah er mit flammenden Augen auf Liana zurück. »Wir vergessen das nicht, und die Schädel bleiben dort hängen.«

Liana blickte schaudernd zu den Schädeln hinüber. Wie schlimm mußte der Hunger gewesen sein, daß sie sich am Ende von den Pferden ernähren mußten. Beinahe hätte sie gesagt, daß die Bauern der Peregrines zu einer lebenslangen Belagerung verurteilt waren und froh wären, wenn sie Pferdefleisch essen könnten; aber sie unterdrückte lieber so eine Bemerkung.

»Wo ist mein Mann?« fragte sie schließlich.

»In seinem Brütezimmer«, erwiderte Zared munter, während Severn dem Jungen einen warnenden Blick zuwarf.

Liana drang nicht weiter in den Jungen, weil sie nun Rogan besser zu verstehen glaubte als früher. Vielleicht gab es gute Gründe für den Zorn ihres Mannes, für seine Gier nach Geld.

Sie stand vom Tisch auf. »Wenn ihr mich entschuldigen wollt — ich muß jetzt baden. Sagt meinem Mann, ich . . .«

»Baden?« rief Zared. Er hörte sich so an, als hätte Liana angekündigt, daß sie sich vom Turm herunterstürzen wollte.

»Das ist eine angenehme Beschäftigung. Du solltest es einmal versuchen«, sagte Liana, zumal Severn und Zared nun die schmutzigsten Objekte in diesem Raum waren.

Zared lehnte sich in seinem Stuhl zurück. »Ich denke, ich werde darauf verzichten. Hast du tatsächlich den Wochentagen befohlen, in Zukunft zu Hause zu übernachten?«

Liana lächelte. »Ja, das sagte ich ihnen. Gute Nacht, Severn — gute Nacht, Zared.« Sie stieg die Treppe zum

Söller hinauf, blieb aber auf halben Weg stehen, als sie die Stimmen der beiden vernahm.

»Die Frau hat Mut«, hörte sie Zared sagen.

»Oder sie ist eine komplette Närrin«, gab Severn zur Antwort.

Liana setzte ihren Weg nach oben fort, und eine Stunde später saß sie in ihrem Schlafgemach in einem hölzernen Zuber voll duftendem heißem Wasser und beobachtete das Spiel der Flammen auf den Scheiten im Kamin.

Zu ihrer rechten wurde die Tür aufgestoßen, und Rogan kam ins Zimmer wie ein unerwarteter Gewittersturm nach einem heiteren Tag. »Du bist zu weitgegangen, Weib!« brüllte er. »Du hattest keine Erlaubnis von mir, meine Frauen zu entlassen!«

Liana drehte den Kopf zur Seite, um ihn zu betrachten. Er trug nur sein großes weißes Hemd, das ihm bis zu den Oberschenkeln ging, einen breiten Ledergürtel um die Taille und seine Strickhose. Die Ärmel waren bis zu den Ellenbogen hochgerollt und legten seine muskulösen, narbenbedeckten Unterarme frei.

Liana spürte, wie ihr der Schweiß auf die Stirn trat. Er brüllte sie noch immer an; aber sie hörte nicht, was er sagte. Sie erhob sich aus dem Wasser und stand jetzt im Zuber, ihr schlanker, fester Körper mit den vollen Brüsten rosig und warm vom Bad. »Würdest du mir bitte das Tuch zum Abtrocknen reichen?« sagte sie sanft in die Stille hinein; denn Rogan hatte plötzlich aufgehört zu brüllen.

Rogan konnte sie nur mit offenem Mund anstarren. Denn trotz all der vielen Frauen, die er bisher gehabt hatte, hatte er doch nie Muße gefunden, sie anzusehen — eine Frau *wirklich* anzusehen —, und nun meinte er noch nie etwas so Hübsches gesehen zu haben wie diese rosenhäutige Schönheit mit diesem Vorhang blonder Haare, die ihr fast bis zu den Knien hinunterhingen.

Ich werde nicht zulassen, daß sie ihren Körper dazu benützt, mich vergessen zu lassen, was sie mir heute angetan hat, dachte er; aber seine Füße brachten ihn einen Schritt näher an sie heran, und eine seiner Hände bewegte sich nach vorn, um die Rundung einer ihrer Brüste nachzuzeichnen.

Du darfst jetzt nicht den Kopf verlieren, dachte Liana. Sie begehrte diesen Mann — o ja, sie begehrte ihn so sehr, aber sie verlangte mehr als ein paar Minuten Gerammel. Sie streckte die Hand nach seinem Hals aus und löste dort die Schnüre an seinem Hemd, fuhr dann mit den Fingerspitzen über die bloßgelegte Haut. »Das Wasser ist noch heiß«, sagte sie leise. »Vielleicht erlaubst du mir, dich zu waschen.«

Ein Bad war eine große Verschwendung in Rogans Augen; aber der Gedanke, von einer nackten Frau gewaschen zu werden . . .

Binnen Sekunden war er seiner Kleider ledig, und als er nackt vor ihr stand — alles an ihm aufrecht stand —, griff er mit beiden Armen nach ihr. Doch sie wich ihm lachend aus.

»Euer Bad, Sir«, sagte sie, und Rogan sah sich zu seinem Erstaunen in den Zuber steigen.

Das heiße Wasser fühlte sich gut an auf seiner schmutzigen Haut, und die Kräuter, die auf dem Wasser schwammen, verbreiteten Wohlgerüche; aber am besten war diese Frau, seine Frau, diese schöne . . . »Leah?« fragte er, sie betrachtend, als sie sich am Fußende des Zubers niederkniete und ihre prächtigen, mit rosigen Spitzen versehenen Brüste über den Rand des Zubers streiften.

»Liana«, antwortete sie, ihn anlächelnd.

Sie fing an ihn zu waschen, strich mit ihren seifigen Händen über seine Arme, seine Brust, seinen Rücken, sein Gesicht. Er lehnte sich im Zuber zurück und schloß die Augen. »Liana«, sagte er leise. Er schien sich vage daran zu erinnern, daß diese Frau ihm heute Unannehmlichkeiten bereitet hatte; doch er konnte sich im Augenblick nicht daran erinnern, welcher Art und wo. Sie war so zierlich und engelgleich, so rosig und weiß, daß er ihr unmöglich etwas zutrauen konnte, was er mißbilligte.

Er hob die Beine an, damit sie diese waschen konnte, und gehorchte ihr dann, als sie ihm befahl, aufzustehen, und ihre kleinen warmen, seifigen Hände wuschen ihn nun zwischen den Beinen. Das Lustgefühl, das er dabei empfand, war so überwältigend, daß sich sein Samen über diese kleinen Hände ergoß. Er riß bestürzt die Augen auf, und in der Absicht, seine Verlegenheit vor ihr zu verbergen, stieß er sie grob gegen die Schulter, daß sie gegen die Wand taumelte.

»Du hast mir weh getan!« jammerte sie laut.

Rogan hatte schon viele Menschen getötet und nie etwas dabei empfunden; aber der Aufschrei dieses Mädchens rührte eine Saite in ihm an. Er hatte ihr weh tun wollen; hatte sich nur vor ihren Augen unmännlich benommen.

Und so sah er sich aus dem Zuber steigen und — wie kam er nur dazu? — sich vor ihr hinknien. »Laß mich mal sehen«, sagte er und beugte sich vor. An der Stelle, wo sie mit der Schulter gegen die Wand geprallt war, zeigte sich eine rötliche Schürfwunde; aber die Haut war nicht aufgeplatzt.

»Es ist nichts«, sagte er. »Deine Haut ist zu empfindlich; das ist alles.« Er fuhr mit seiner breiten schwieligen Hand über ihren schmalen, schlanken Rücken hin. »Du hast eine Haut wie der Bauch eines neugeborenen Füllens«, sagte er.

Liana blickte zu ihm hin und hätte fast gekichert, unterdrückte aber diesen Impuls, drehte sich in seinen Armen und legte den Kopf an seine Schulter. »Du hast dein Bad genossen, nicht wahr?«

Rogan spürte, wie ihm das Blut ins Gesicht schoß bei der Erinnerung an die peinliche Sache, die ihm da vorhin passiert war. Und als er sie dann anblickte, ihr Augenzwinkern sah, begriff er, daß sie ihn nur *necken* wollte. Er hatte miterlebt, wie seine Brüder mit Frauen schäkerten und lachten; aber Rogan hatte bisher sehr wenig an Frauen entdecken können, was ihn amüsierte. Doch diese Frau schien ihn irgendwie zu verwandeln. »Ich habe das Bad viel zu sehr genossen«, hörte er sich zu seiner Verblüffung sagen.

Liana kicherte an seiner Schulter. »Kann dieser Genuß wiederholt werden?« fragte sie listig. »Oder ist das Vermögen dazu jetzt erschöpft?«

Einen Augenblick lang überlegte Rogan, ob er sie für diese Dreistigkeit schlagen sollte; doch dann glitt seine Hand an ihrer nackten Kehrseite hinunter. »Ich glaube, ein bißchen mehr schaffe ich wohl noch.« Und dann tat er etwas, was er bisher noch nie gemacht hatte: Er hob sie auf seine Arme, trug sie zum Bett, legte sie sacht darauf nieder.

Als er über ihr stand auf sie hinuntersah, wollte er sie nicht bespringen, in sie hineinstoßen und dann schlafen, wie er das sonst immer tat. Vielleicht lag es an dem 'Badegenuß' eben oder an seinem Wunsch, sie genauso zu berühren, wie sie das bei ihm gemacht hatte, daß er sich nun neben sie auf das Bett legte, sich auf einen Ellenbogen stützte und die Hand ausstreckte, um die Haut ihres Bauches zu befühlen.

Liana ahnte nicht, wie neu das alles für Rogan war; doch genauso hatte sie sich die Zweisamkeit mit einem Mann im Bett vorgestellt. Er erforschte ihren Körper mit der Hand, wie er das noch nie bei einer Frau gemacht hatte. Liana schloß die Augen, als seine Hand ihre Beine streichelte und sich dann zu ihren Schenkeln hinaufbewegte, wo seine Finger sich um die feste, glatte Rundung spannten und seine Fingerspitzen sacht in ihren Schamhaaren wühlten. Seine Hand glitt an ihrem Bauch hinauf, während sein Daumen am Rand ihres Nabels hinstreifte, und langsam, ganz langsam bewegte sie sich nun zur Unterseite ihrer Brust hin. Er wölbte die Hand erst über die eine und dann über die andere, wobei sein Daumen die empfindliche, steil aufgerichtete Brustwarze nur behutsam antippte.

Sie öffnete die Augen. Plötzlich wußte sie, warum sie eingewilligt hatte, ihn zu heiraten. Sie hatte gespürt, daß unter seiner Rauheit, unter seiner harten äußeren Schale eine Herzensgüte steckte, die er nur vor jedem versteckt hatte. Ein Schauer durchlief ihren Körper, als sie daran dachte, welche Seelenqualen dieser Mann in seinem Leben hatte erdulden müssen, um zu so einem kalten, gefühllosen Menschen zu werden, der er nach außen hin war. Doch irgendwie spürte sie, daß dieser Mann seinem Wesen nach ganz anders war, als er sich der Welt darstellte.

Ich liebe ihn, dachte sie. Ich liebe ihn von ganzer Seele und mit allen Fasern meines Seins. Und so wahr mir Gott helfe — ich werde ihn dazu bringen, daß er mich ebenfalls liebt.

Sie legte die Hand auf seine Wange und spürte die Barthaare unter den Fingerspitzen, die jetzt weich waren, nachdem er sich ein paar Tage nicht rasiert hatte — offenbar rasierte er sich nur einmal in der Woche. Ich werde dich dazu bringen, daß du mich brauchst, sagte sie sich. Und ich werde dafür sorgen, daß du dich bei mir so frei und sicher fühlst, daß ich diese Zärtlichkeit in deinen Augen auch dann sehen kann, wenn ich Kleider trage.

Sie mußte lächeln, als sie sich letzteres vornahm, und rollte sich mit dem Körper zu ihm hin. Er hielt sie an seiner Brust, und sie konnte seine wachsende Erregung spüren, als seine Hände ihren Rücken streichelten, sich seine Lippen um ihren Mund schlossen und er sie tief und innig küßte. Seine Lippen wanderten dann an ihrem Hals hinunter und schließlich zu ihrer Brust. Liana wölbte den Rücken nach hinten und schrie leise auf vor Lust.

Rogan merkte, wie stark sie auf seine Berührung reagierte, und vermutlich dieser Geschichte wegen vorhin im Zuber vermochte er sein Verlangen nach ihr besser im Zaum zu halten. Die Frauen, die er bisher gehabt hatte, waren entweder furchtsame unschuldige Mädchen oder sehr willige, erfahrene Weiber gewesen, und alle hatten sie ihm stets gefällig sein wollen. Natürlich hatte sich keine von ihnen erboten, ihn zu baden, noch hatte eine von ihnen Papier und angespitzte Federn in seinem Zimmer für ihn bereitgelegt. Vielleicht hatte er jetzt nur den Wunsch, eine Schuld zu bezahlen; aber dennoch war es für ihn auch ein angenehmes Gefühl, zu erleben, wie diese Frau sich unter seinen forschenden Händen wand vor Lust. Ihre Wonneempfindungen bereiteten auch ihm Freude.

Seine Lippen folgten seinen Händen auf dem Weg an ihrem Körper hinunter, und er fand ihren Duft und Geschmack frisch und süß — so ganz anders als bei den Zufallsbekanntschaften, die zuweilen so übel rochen, daß er sie aus dem Bett geworfen hatte. Dieses Mädchen roch nach Holzrauch und Kräutern.

Als sein Kopf wieder zu ihren Lippen hinaufging, staunte er über die Heftigkeit, mit der er nach ihr verlangte. Ihre Hände packten seine Schultern, und als er in sie eindrang, begegnete sie seinem Verlangen mit einer so großen Leidenschaft, wie er sie selbst empfand.

Noch nie hatte er so viel Zeit mit einer Frau im Bett

verbracht! Sie war unglaublich wonnereich, und einmal drückte sie ihn mit dem Rücken auf das Lager nieder und bestieg ihn, wobei ihre langen Haare sie umschlossen wie ein sanftes, aber starkes Gefängnis.

Bisher hatte Rogan nie darauf geachtet, ob eine Frau, der er beischlief, Lust dabei empfand; aber diese Frau mit ihrem Stöhnen und Jauchzen, ihren Bewegungen hier und Bewegungen dort, brachte seine eigene Lust zu so einer fieberhaften Höhe, daß er schließlich glaubte, vor Wonne vergehen zu müssen. Als er sich dann endlich in sie ergoß, war das für ihn ein erderschütterndes Erlebnis, das ihn von den Zehen bis zum Scheitel erschauern ließ.

Er sank auf das Mädchen hin, und statt sie wegzuschieben, wie er das gewöhnlich tat mit den Frauen, mit denen er sich gepaart hatte, umfaßte er sie wie ein Ertrinkender, der sich an einen auf dem Wasser treibenden Baumstamm klammert.

Liana schmiegte sich an ihn. Sie hatte sich noch nie so wohl gefühlt in ihrem Leben. »Das war herrlich«, flüsterte sie. »Das war das Schönste, was ich jemals erlebt hatte. Ich wußte, daß eine Ehe mit dir so sein würde.«

Rogan ließ sie los und bewegte sich zur entfernten Seite des Bettes hin, doch Liana bewegte sich mit ihm, ihren Kopf an seiner Schulter, ihren Arm auf seiner Brust, ihre Schenkel über den seinen. Sie war so glücklich wie noch nie — glücklicher, als sie das für möglich gehalten hätte.

Sie ahnte nicht, welchen Aufruhr sie in ihm ausgelöst hatte mit ihren Worten. Er wollte weg von ihr, konnte sich aber nicht rühren.

»Wie sah dein Bruder William aus? Hatte er rote Haare wie du?« fragte sie.

»Ich habe keine roten Haare«, erwiderte er ungehalten.

»In der Sonne sieht dein Kopf aus, als würde er brennen«, erwiderte Liana. »Sah William dir ähnlich?«

»Unser Vater hatte rote Haare; aber ich habe die schwarzen Haare meiner Mutter geerbt.«

»Also hattet ihr beide rote Haare.«

»Ich habe keine . . .« sagte Rogan, hielt dann jedoch mitten im Satz inne und lächelte. »Feuer auf dem Kopf, wie?«

Jede andere Frau, mit der er bisher ins Bett gegangen war, hatte ihm gesagt, er habe schwarze Haare ohne eine Spur von Rot darin. Das wollte er von ihnen hören, und deshalb hatten sie es auch gesagt.

»Und deine anderen Brüder — waren das auch Rotschöpfe gewesen?«

Er dachte an seine nun toten Brüder, erinnerte sich daran, wie jung sie gewesen waren, wie stark und was für gute Kämpfer. Damals hätte er niemals gedacht, daß er eines Tages der älteste Peregrine sein würde mit der ganzen Last der Verantwortung. »Rowland, Basil und James hatten alle eine dunkelhaarige Mutter und daher auch schwarze Haare.«

»Und wie steht es mit Severn und Zared?«

»Severns Mutter war blond wie . . .« Seine Stimme verlor sich. Sie hatte seine Hand in ihre genommen, lag nun da und betrachtete seine Finger, verschränkte die ihren mit seinen. Was für ein seltsames Verhalten, dachte er bei sich. Er sollte sie lieber aus dem Bett schmeißen und schlafen, statt sich mit ihr über schmerzliche Erinnerungen zu unterhalten. Aber wenn er von der Zeit sprach, als seine Brüder noch lebten, tat es nicht weh.

». . . ich«, ergänzte sie mit einem Lächeln. »Und sie war auch Zareds Mutter? Aber Zared ist so ein dunkler junger Mann.«

Liana sah im Dunkeln das Lächeln auf Rogans Gesicht nicht.

»Ja, richtig. Zared hat schwarze Haare, weil er von einer dunkelhaarigen Mutter stammt. Severns Mutter starb bei seiner Geburt.«

»Also hatte dein Vater vier Frauen und sieben Söhne?«

Rogan zögerte etwas, ehe er antwortete. »Ja.«

»Es muß ein gutes Gefühl gewesen sein, Brüder zu haben. Ich habe mir oft gewünscht, daß meine Mutter noch ein Kind bekommen hätte. Habt ihr häufig zusammen gespielt, oder hat man euch Pflegeeltern zugeteilt?« Sie fühlte, wie er jählings die Muskeln anspannte, und fragte sich, ob sie etwas Falsches gesagt hatte.

»Spiele haben wir nie gekannt, und Pflegeeltern hat es für uns auch nicht gegeben.« Seine Stimme klang kalt. »Wir wurden von dem Moment an, wo wir auf unseren Beinen stehen konnten, auf das Waffenhandwerk vorbereitet. Die Howards töteten William, als er achtzehn war, James und Basil mit zwanzig und einundzwanzig, und Rowland haben sie vor zwei Jahren ermordet, kurz vor seinem dreißigsten Lebensjahr. Nun muß ich Severn und Zared beschützen.« Er packte sie bei den Schultern und hob sie an, damit er ihr in die Augen blicken konnte. »*Ich* habe James und Basil getötet. Ich habe sie wegen einer Frau in den Tod gejagt, und lieber sterbe ich, als daß ich so etwas noch einmal geschehen lasse. Nun laß mich in Ruhe und halte dich von mir fern.«

Er schob sie zurück auf die Federmatratze, stieg aus dem Bett und begann rasch seine Kleider anzuziehen.

»Rogan, ich hatte nicht die Absicht . . .« begann Liana, aber er war schon aus dem Zimmer. »Verdammt, verdammt, verdammt«, sagte sie und schlug mit der Faust in das Kissen, drehte sich dann auf den Rücken und starrte hinauf zur gekalkten Decke. Was hatte er damit gemeint, daß *er* seine Brüder getötet habe? Und wegen welcher Frau? »*Welche* Frau?« sagte sie laut. »Ich werde sie zum Frühstück verspeisen.«

Dieser Gedanke tröstete sie, und auch der Gedanke, daß es ja morgen wieder eine Nacht gab, wirkte beruhigend. Doch am meisten dachte sie daran, daß sie unbedingt ihre Wette gewinnen mußte.

Wenn die Bauern ihr die Diebe auslieferten, würde Rogan einen ganzen Tag lang ihr Sklave sein. Was würde sie dann mit ihm machen? Einen ganzen Tag lang mit ihm turteln? Vielleicht reichte es schon, wenn er einen ganzen Tag mit ihr zusammen verbrachte, vielleicht bei ihr blieb und ihre Fragen beantwortete. So sank sie in den Schlaf hinüber.

Am nächsten Morgen stand Liana schon zeitig auf in der Absicht, ihren Gatten zu suchen; aber der Anblick, der sich ihr unten in der Halle bot, ließ sie einen Moment lang Rogan vergessen. Die »Kammer des Burgherrn« war leer, und so stieg sie die Treppe zum Hof hinunter und suchte dann die Halle der Bediensteten auf. Sie war in diesem Bereich der Burg noch nie gewesen, und es überraschte sie nicht, dort genauso viel Unrat vorzufinden wie früher in der Lord's Chamber. Dieser Raum war doppelt so groß wie jene, und etwa zweihundert Männer saßen an schmutzigen Tischen auf klebrigen Bänken, aßen mit Sand vermengtes Brot und tranken sauren Wein dazu. Niemand beachtete sie, als sie in die Halle kam, sondern sie fuhren fort, sich zu kratzen, zu rülpsen, sich lärmend zu unterhalten und zu furzen.

Lianas Frohsinn und dieses gute Gefühl, etwas erreicht zu haben, wichen einer großen Ernüchterung. Still ging sie wieder aus dem Raum und trat hinaus in die Sonne.

Severn stand in der Nähe der Südmauer und streichelte einem großen Peregrine-Falken die Brust.

»Wo ist mein Mann?« fragte Liana.

»Er ist heute morgen nach Bevan geritten«, erwiderte Severn, ohne sie anzusehen.

»Bevan? Wo eure Familie belagert wurde und den Hungertod starb?«

Severn warf ihr einen raschen Blick zu und setzte den Falken zurück auf seine Sitzstange. »Ja, das ist die Burg.«

»Wann wird er wieder zurück sein?«

Severn zuckte nur mit den Achseln und ging davon.

Liana folgte ihm und hob die Röcke an, damit sie schneller laufen konnte. »Er ist einfach losgeritten? Ohne jemandem ein Wort zu sagen? Er hinterließ keine Nachricht, wann er wieder zurück sein will? Ich möchte, daß du den Männern die Erlaubnis gibst, den Burggraben abzulassen.«

Severn blieb abrupt stehen, drehte sich um und starrte sie an. »Den Burggraben ablassen? Bist du verrückt, Weib? Die Howards könnten . . .«

». . . ihn als Brücke benützen, so dick ist die Brühe, die darin schwimmt«, unterbrach ihn Liana und funkelte ihn dabei an. »Wann wird mein Mann zurückkommen?«

Der strenge Blick, mit dem Severn sie musterte, wurde zu einem Augenzwinkern. »Mein Bruder hat noch vor Anbruch der Morgendämmerung die Burg verlassen und mir nur gesagt, daß er nach Bevan Castle reiten wolle. Wenn du ihn darum gebeten hast, daß er den Burggraben ablassen soll, war das vermutlich ein Grund seiner Abreise.«

Liana sagte darauf kein Wort.

»Jetzt hast du Angst, wie?« meinte Severn, während ein Lächeln um seinen Mund spielte.

Liana konnte nicht verhindern, daß ihr das Blut ins Gesicht stieg, weil er ihr Schweigen richtig gedeutet hatte.

»Ich werde keine Erlaubnis geben, den Burggraben abzulassen, so daß Rogan ihn bei seiner Rückkehr leer vorfindet«, sagte Severn und drehte ihr wieder den Rücken zu.

Liana blieb stehen und starrte ihm nach. Es beunruhigte sie sehr, daß Rogan fortgeritten war; doch sie konnte auch die Burg und das Dorf leichter in Ordnung bringen, wenn Rogan nicht zugegen war, überlegte sie. Severn war ein viel weicherer Charakter als Rogan, wie sich soeben wieder bestätigt hatte, und sie überlegte, ob sie Severn nicht zu dieser Erlaubnis überreden könne, so wie sie ihren Vater immer zu überreden pflegte, wenn sie etwas durchsetzen wollte — mit einer guten Mahlzeit.

Liana schickte Joice los, um ihr kostbares Rezeptbuch zu holen, richtete dann ihre Haube gerade und ging die Treppe zu den Küchenräumen hinauf.

Es war schon sehr spät am Abend, als Liana allein ins Bett stieg. Sie war erschöpft; aber auch glücklich, denn sie hatte nun die Erlaubnis, die Brühe, welche die Burg umgab, mit einem Graben abzuleiten.

Es hatte einen ganzen Tag gedauert, bis sie die Halle der Bediensteten und die Küchenräume einigermaßen säubern konnte, und dann hatte sie Severn und den Peregrine-Rittern ein Festmahl bereitet, das eines Königs würdig gewesen wäre. Sie hatte ihnen Roastbeef vorgesetzt — rosiges, saftiges Fleisch —, Kapaun in Orangensoße, in Zwiebeln und Rosinen gekochtes Kaninchen, Spinat mit Käsetörtchen, Eier in Senfsoße, mit Nelken gewürzte Birnen, Waldmeistertorte und Apfelschaum.

Nachdem sich Severn und seine Mannen mit dieser Mahlzeit die Bäuche vollgeschlagen hatten, wußte Liana, daß sie alles von ihnen haben konnte, was sie wünschte. Sich über den Bauch streichend, gab Severn nicht nur ihrer Bitte statt, sondern bot sogar seine Hilfe beim Graben an. Liana hatte gelächelt und gemeint, das wäre nicht nötig und reichte ihm dann einen Teller mit süßen gelierten Milchwürfeln.

Wenn doch nur mein Mann so leicht zu überzeugen wäre, dachte Liana, als sie müde auf die Federmatratze zurücksank. Sie versuchte, sich nicht auszumalen, was ihr Mann in Bevan Castle machte. Lag er dort in den Armen einer anderen Frau?

Rogan saß in Bevan Castle vor dem Kamin, den Schmutz und die Verwahrlosung, die ihn umgab, so wenig beachtend wie zuvor in der Burg von Moray. Er hatte nur Augen für das hübsche junge Bauernmädchen vor ihm.

Als er am frühen Morgen von der Burg Moray losritt, war er sich nicht sicher gewesen, warum er das tat. Er wußte nur, daß sein erster Gedanke, als er erwachte, dieser blondhaarige Satansbraten war, den er geheiratet hatte.

Er hatte sich gekratzt, weil die Flöhe nur zu gern die alte Strohmatratze, auf der er schlief, mit seinem Körper vertauscht hatten, war auf die Beine gesprungen und hatte sich gesagt, daß er eine räumliche und zeitliche Distanz zwischen sich und diesen Satansbraten zu legen wünschte.

Er hatte einigen seiner Mannen befohlen, sich reisefertig zu machen, war dann losgeritten und hatte kurz im Dorf angehalten, um Donnerstag nach Bevan Castle mitzunehmen. Doch Donnerstag hatte sich gewunden, geweint und ihn angefleht, sie nicht zu dieser Reise zu zwingen, weil die Feuerlady sie sonst umbringen würde. Rogan hatte das Mädchen verärgert stehenlassen. Die gleichen Antworten hatte er dann von Sonntag und Dienstag erhalten, und so war er ohne Frau nach Bevan geritten.

Die Burg Bevan stand isoliert auf der Kuppe eines hohen steilen Hügels, und ehe er diesen erklomm, hatte er in dem Dorf am Fuß des Hügels kurz angehalten und das erste hübsche, gesund aussehende Mädchen, das ihm vor die Augen kam, ergriffen und vor sich auf den Sattel gezogen. Nun stand das Mädchen bebend vor ihm.

»Hör auf zu zittern«, befahl er ihr mit finsterem Blick. Sie war jünger, als er zunächst geglaubt hatte. Er sah, daß sie nun vor Angst schlotterte, und seine Stirn umwölkte sich noch mehr. »Komm her und gib mir einen Kuß«, befahl er.

Nun schossen dem Mädchen die Tränen aus den Augen; aber sie trat zu ihm und gab ihm rasch einen Kuß auf die Wange. Rogan packte sie bei den fettigen Haaren, zog ihren Kopf herunter und küßte sie wütend auf den Mund. Er spürte, wie das Mädchen zu wimmern begann, ließ es wieder los und gab ihm einen Stoß, daß es zu Boden fiel.

»Tut mir bitte nichts, Mylord«, flehte das Mädchen. »Ich werde tun, was Ihr mir sagt; aber, bitte, tut mir nicht weh.«

Da verlor Rogan jede Lust auf sie. Er erinnerte sich nur zu sehr einer Frau, die ihn begehrte — einer Frau, die nicht nach Fett roch und Schweinekot. »Verschwinde«, sagte er leise. »Verschwinde, ehe ich anderen Sinnes werde!« hatte er gebrüllt, als sich das Mädchen vor Angst nicht zu bewegen vermochte. Er drehte sich von ihr weg, und das Mädchen huschte davon.

Rogan trat zu einem der Fässer, die an der Wand standen, und ließ dunkles, bitteres Bier in einen schmutzigen Krug aus Holz laufen. Einer seiner Ritter lag schlafend in der Nähe. Rogan trat ihn gegen die Rippen. »Steh auf«, befahl er, »und besorge uns Würfel. Ich brauche etwas, das mir heute abend hilft, einzuschlafen.«

Kapitel neun

Liana legte die Hand auf ihren schmerzenden Rücken. Zwei lange Wochen war Rogan nun schon fort, und in diesen beiden Wochen hatte sie in der Burg und im Dorf Wunder bewirkt. Zuerst hatten die Bauern Angst, ihr zu gehorchen — Angst vor Lord Rogans Zorn. Aber als einige von ihnen Lianas Anweisungen befolgten und dafür nicht bestraft wurden, begannen auch die anderen an sie zu glauben.

Schäden an den Häusern wurden ausgebessert, neue Kleider gekauft und Tiere geschlachtet, um den Hunger der Leute zu stillen. Am Ende der ersten zwei Wochen blickten die Bauern sie mit so frommen Augen an, als wäre sie ein Engel.

Die Reinigung des Dorfes und der Burg erfüllte Liana mit großer Genugtuung. Nur etwas empfand sie als störend — die vielen rothaarigen Kinder, die im Dorf herumliefen. Zuerst hielt sie es für einen Zufall, daß Rogan den gleichen Rotton in seinen dunklen Haaren hatte wie etliche Dorfbewohner. Aber als ein kleiner Junge, der ungefähr acht Jahre sein mochte, Liana mit den gleichen harten Augen anblickte wie ihr Gatte, wollte sie wissen, wer sein Vater sei.

Die Bauern in ihrer Nähe hörten zu arbeiten auf und sahen schweigend zu Boden. Liana wiederholte ihre Frage und wartete. Endlich trat eine junge Frau vor. Liana erkannte in ihr eine von den Wochentagen — eine der Frauen, mit denen Rogan zu schlafen pflegte.

»Lord Rogan ist sein Vater«, sagte sie trotzig.

Liana spürte, wie die Bauern ringsum zusammenzuckten, als erwarteten sie nun, geschlagen zu werden. »Wie viele Kinder, die mein Mann gezeugt hat, gibt es hier im Dorf?«

»Ungefähr ein Dutzend.« Das Mädchen hob ihr Kinn noch ein wenig höher. »Dazu noch das, womit ich gerade schwanger bin.«

Liana stand einen Augenblick sprachlos da. Sie wußte nicht, ob sie ihrem Mann nun mehr grollte, weil er so viele Bastarde gezeugt hatte oder weil er seine eigenen Kinder in Armut verkommen ließ. Sie wußte, daß die Bauern sie beobachteten und gespannt waren, was sie nun tun würde. Liana holte tief Luft. »Sammelt die Kinder ein und schickt sie zu mir hinauf in die Burg. Ich werde für sie sorgen lassen.«

»Mit ihren Müttern?« sagte die Schwangere, die zu den Wochentagen gehörte, und ihre Stimme und Haltung verrieten einen heimlichen Triumph.

Liana funkelte das Mädchen an. »Du kannst wählen, ob du später dein entwöhntes Kind meiner Obhut anvertrauen oder die Verantwortung übernehmen willst, es großzuziehen. Doch nein — ich nehme nicht die Mütter der Kinder in Pflege.«

»Jawohl, Mylady«, sagte das Mädchen nun gehorsam und verneigte sich vor ihr.

Ein paar Frauen in Lianas Nähe begannen zustimmend zu kichern.

Es war schon spät, als sie das Dorf wieder verließ, und sie wünschte sich, sie könnte neben Rogan unter die Decke kriechen. Wie gewöhnlich begann sie nun davon zu träumen, was sie von ihm verlangen würde, wenn er einen

Tag lang ihr Sklave war. Vielleicht würde sie eine Mahlzeit vorbereiten, die ihnen am Ufer des Flusses serviert wurde — ein Mahl nur für sie beide. Vielleicht würde sie ihn dazu zwingen, mit ihr zu *reden.* Wenn sie ihn nur dazu bringen konnte, einen Tag — eine *Stunde* — mit ihr zu verbringen, wenn sie beide bekleidet waren, würde das schon ein Erfolg sein. Er schien sie in die gleiche Kategorie einzuordnen wie die Wochentage — daß sie gut sei zum Schlafen und zu nichts sonst.

Das laute Hämmern der Pferdehufe auf der Zugbrücke über dem nun leeren Burggraben holte sie in die Wirklichkeit zurück. Hinter ihr ritten die sie stets begleitenden, stummen Peregrine-Ritter.

Burg und Hof waren inzwischen fast sauber, und Liana konnte die Treppe zur Lord's Chamber hinaufsteigen, ohne über Abfälle zu stolpern.

Oben wich sie Joice aus, die eine Liste mit Klagen und Fragen für sie vorbereitet hatte, und stieg zur Schlafkammer darüber hinauf. In den letzten Wochen hatte Liana ein paarmal die Lady aufsuchen wollen — die Dame, die sie in der ersten Woche hier in der Burg kennengelernt und die ihr bedeutet hatte, daß Männer nie wegen einer unterwürfigen, sich immer still verhaltenden Frau ein Turnier ausfechten würden; doch jedesmal war die Tür ihres Zimmers verschlossen gewesen.

Die Zimmer oben waren nun durchweg sauber, und ein paar von ihnen wurden von ihren Dienerinnen bewohnt; doch die meisten waren leer in Erwartung von Gästen. Die verschlossene Tür befand sich am Ende des Korridors; doch diesmal stand sie offen. Liana hielt einen Moment an, um die Frau zu beobachten, auf deren Zöpfen das späte Sonnenlicht lag, als sie sich über einen Stickrahmen beugte.

»Guten Abend, meine Liebe«, sagte die Frau, sich umdrehend, und lächelte liebenswürdig. »Komm doch bitte herein und schließ die Tür. Es zieht sonst.«

Liana kam der Aufforderung nach. »Ich bin schon öfter hiergewesen, um mit Euch zu sprechen; aber Ihr wart nicht da. Rogan ist nach Bevan Castle gezogen.« Abermals hatte Liana das Gefühl, als würde sie diese Frau schon eine Ewigkeit kennen.

Die Frau trennte Docken scharlachroter Seide voneinander. »Ja, und du hast eine Wette mit ihm abgeschlossen. Er soll einen Tag lang dein Sklave sein.«

Liana lächelte, trat zu der Frau und blickte ihr über die Schulter auf das Tuch im Strickrahmen. Es war ein fast fertig gesticktes Bild von einer schlanken blonden Dame, die die Hand auf den Kopf eines Einhorns legte.

»Die könntest du sein«, sagte die Lady lächelnd. »Was hast du dir für jenen Tag mit Rogan vorgenommen?«

Liana lächelte verträumt. »Einen langen Spaziergang im Wald vielleicht. Einen Tag, der nur uns beiden gehören soll. Keine Brüder, keine Burg, keine Pflichten, keinen Ritter — nur wir zwei. Ich möchte, daß er mir . . . mir seine volle Aufmerksamkeit schenkt.« Als die Lady nichts darauf sagte, blickte Liana sie an und bemerkte, daß sie nicht mehr lächelte. »Ihr seid nicht damit einverstanden?«

»Es steht mir nicht zu, etwas dagegen einzuwenden«, sagte die Lady leise. »Aber soweit ich weiß, pflegten auch Jeanne und er miteinander spazierenzugehen.«

»Jeanne?«

»Jeanne Howard.«

»Howard?« wiederholte Liana entsetzt. »Dieselben Howards, die als Todfeinde der Peregrines gelten? Ich habe seit meiner Heirat kaum etwas anderes gehört als die Howards, die den Peregrines das Land stahlen, die Peregrines ermordeten, die Peregrines Hungers sterben ließen.

Wollt Ihr damit sagen, daß Rogan einmal einer Howard den *Hof gemacht* hat?«

»Rogan war einmal mit Jeanne verheiratet, ehe sie zu einer Howard wurde.«

Liana setzte sich auf die Bank unter dem Fenster, den warmen Sonnenschein auf dem Rücken. »Erzählt mir alles davon«, flüsterte sie.

»Rogan wurde mit Jeanne Randel verheiratet, als er erst sechzehn war und sie fünfzehn. Seine Eltern und sein Bruder William waren im Jahre zuvor auf der Burg Bevan belagert worden, bis sie dort den Hungertod starben, und die drei ältesten Peregrine-Söhne wurden so sehr von ihrem Krieg gegen die Howards in Beschlag genommen, daß sie keine Zeit zum Heiraten fanden. Daher beschlossen sie, daß Rogan heiraten sollte, damit er die Mitgift des Mädchens einbringen und ihnen ein paar Söhne zeugen konnte, die ihnen später bei ihrem Krieg gegen die Howards halfen. Rogan wehrte sich gegen die Heirat; aber seine Brüder drangen so lange in ihn, bis er zustimmte.«

Die Lady drehte sich zu Liana um und blickte sie an. »Rogan hat in seinem Leben nur Entbehrungen und Schmerzen gekannt. Nicht alle Narben an seinem Körper rühren von Kämpfen her. Auch seine Brüder und sein Vater haben daran mitgewirkt.«

»Und so haben sie Rogan zu dieser Heirat 'überredet', wie?« sagte Liana leise.

»Ja! aber er sträubte sich nicht länger, nachdem er sie gesehen hatte. Sie war ein hübsches kleines Ding, so freundlich und fügsam. Ihre Mutter war gestorben, als sie noch sehr jung war, und sie wurde als Mündel des Königs von Nonnen in einem Stift aufgezogen. Vielleicht war es nicht gerade eine leichte Sache für so ein Kind, ein Kloster gegen das Ehebett eines Peregrine zu vertauschen.«

Die Lady blickte Liana an, aber Liana sagte nichts. Am Morgen erst hatte sie entdecken müssen, daß ein Dutzend unehelicher Kinder ihres Mannes im Dorf lebten, und am Abend des gleichen Tages erfuhr sie, daß er schon einmal verheiratet gewesen war.«

Die Lady fuhr fort: »Ich glaube, Rogan hat sich dann in dieses Mädchen verliebt. Er hatte noch nie in seinem Leben Zärtlichkeit erfahren, und ich vermute, er war verzaubert von Jeannes gütigem Wesen. Ich erinnere mich daran, wie sie einmal von einem Spaziergang zurückkamen, und sie trugen beide Blumen im Haar.«

Liana blickte zur Seite, damit die Lady nicht den Schmerz darauf sah. Für seine erste Frau hatte er Blumen gepflückt, und bei seiner zweiten Frau konnte er sich nicht mal an deren Namen erinnern.

»Sie waren ungefähr vier Monate lang verheiratet, als die Howards Jeanne gefangennahmen. Sie war mit Rogan allein im Wald gewesen. Rowland hatte Rogan gewarnt, niemals ohne bewaffnete Begleitung die Burg zu verlassen; aber Rogan dachte, er wäre unsterblich und daß ihm nichts passieren könne, solange er mit Jeanne zusammen war. Ich glaube, sie hatten im Fluß gebadet und . . .« — die Lady sah Lianas bekümmertes Gesicht — ». . . und hielten gerade einen Mittagsschlaf, als Oliver Howards Männer über sie herfielen und Jeanne ergriffen. Rogan konnte nicht mehr an sein Schwert herankommen; aber es gelang ihm, zwei von Howards Männern vom Pferd zu ziehen und einen von ihnen zu erwürgen, ehe die anderen ihn von dem Mann fortreißen konnten. Ich fürchte, daß ein Peregrine gerade einen von Olivers jüngeren Brüdern getötet hatte, und Oliver war deshalb in keiner sehr gnädigen Stimmung. Er befahl seinen Männern, Rogan festzuhalten, während er drei Pfeile in dessen Körper schoß, nicht um Rogan zu töten, sondern um ihm seine Macht zu zeigen. Dann ritten Oliver mit seinen Männern und Jeanne davon.«

Liana starrte die Frau an, während sie sich diese grauenvolle Szene ausmalte. »Und was hat Rogan dann getan?« flüsterte sie.

»Er ging zur Burg zurück«, erwiderte die Lady. »Vier Meilen ging er mit seinen blutenden Wunden zu seinen Brüdern zurück. Und er ritt mit ihnen, als sie am nächsten die Howards angriffen. Er kämpfte mit ihnen, bis er am dritten Tag, glühend heiß vom Wundfieber, von seinem Pferd fiel. Als er wieder zu sich kam, waren zwei Wochen inzwischen vergangen, und seine beiden Brüder Basil und James waren tot.«

»Er behauptete mir gegenüber, er habe seine Brüder getötet«, sagte Liana leise.

»Rogan hat seine Verantwortung immer sehr ernst genommen. Er, Rowland und der junge Severn kämpften noch über ein Jahr lang mit den Howards. Die Peregrines hatten nicht genügend Männer und Geld, um die Burg der Howards angemessen angreifen zu können; denn diese Burg ist eine mächtige und starke Feste. Und so taten sie eben alles, was in ihren Kräften stand — stahlen den Howards Vorräte, brannten die Häuser von deren Bauern nieder und vergifteten alles Wasser, das sie erreichen konnten. Es war ein blutiges Jahr, und dann . . .« Die Stimme der Lady verlor sich.

»Und was geschah dann?« ermunterte Liana die Frau zum Weiterreden.

»Und dann kehrte Jeanne zu Rogan zurück.«

Liana wartete; aber die Lady sagte nichts mehr. Ihre Nadel fuhr mit der Geschwindigkeit eines Blitzes durch die Seide des Wandteppichs. »Was geschah, als Jeanne zu Rogan zurückkehrte?«

»Sie war seit sechs Monaten schwanger mit Oliver Howards Kind und sehr in ihn verliebt. Sie kam zu Rogan, um ihn um eine Annullierung ihrer Ehe zu bitten, damit sie Oliver heiraten konnte.«

»Der arme Junge«, sagte Liana endlich. »Wie konnte sie ihm das nur antun? Oder hat Oliver Howard sie gezwungen, zu Rogan zu gehen?«

»Niemand hat Jeanne gezwungen. Sie liebte Oliver, und er liebte sie. Oliver hatte ihr sogar verboten, zu Rogan zu gehen. Oliver hatte vor, den Ehemann der Frau zu töten, die er liebte. Ich denke, Jeanne muß schon etwas für Rogan empfunden haben, weil ich glaube, daß ihr Besuch bei Rogan diesem das Leben rettete. Rogan kam nach seinem Zusammentreffen mit Jeanne nach Hause, und während Rogan ein Gesuch machte, seine Ehe mit ihr für ungültig zu erklären, herrschte zwischen den Peregrines und den Howards ein Waffenstillstand.«

Liana stand von der Fensterbank auf und ging zur entfernten Wand des Zimmers. Sie schwieg eine ganze Weile, ehe sie sich wieder umdrehte und die Lady anseh. »Also pflegten Rogan und Jeanne immer im Wald spazierenzugehen, wie? Dann werde ich eine Feier vorbereiten. Wir werden tanzen. Ich werde Sänger und Akrobaten einladen und . . .«

»Wie du das bei deiner Hochzeit gemacht hast?«

Liana stockte und erinnerte sich wieder an ihren Hochzeitstag, an dem Rogan sie vollkommen ignoriert hatte. »Ich möchte, daß er etwas von seiner Zeit mit mir verbringt«, sagte sie. »Er betrachtet mich nie, außer im Bett. Ich möchte mehr für ihn sein als nur . . . ein Wochentag. Ich möchte, daß er . . .«

»Was möchtest du von ihm?«

»Ich möchte das, was diese Schlampe Jeanne Howard besaß und wegwarf!« sagte Liana heftig. »Ich möchte, daß Rogan mich liebt.«

»Und was willst du damit erreichen, daß du mit ihm im Wald spazierengehst?« Die Lady schien das zu belustigen.

Liana fühlte sich plötzlich sehr müde. Ihr Traum von einem Ehemann, der Hand in Hand mit ihr durch den Wald ging, paßte nicht zu dem Mann, der — von drei Pfeilen durchbohrt — noch drei Tage lang weiterkämpfte. Sie erinnerte sich daran, wie Zared zu ihr sagte, Rogan befände sich in seinem Brütezimmer. Nun — es war kein Wunder, daß er brütete; kein Wunder, daß er niemals lächelte; kein Wunder, daß er nichts zu tun haben wollte mit einer zweiten Ehefrau.

»Was soll ich tun?« flüsterte sie laut. »Wie kann ich ihm zeigen, daß ich keine Jeanne Howard bin? Wie bringe ich einen Mann wie Rogan dazu, mich zu lieben?« Sie sah die Lady an und wartete.

Doch die Lady schüttelte den Kopf. »Darauf weiß ich keine Antwort. Vielleicht ist es eine unmögliche Aufgabe. Die meisten Frauen wären mit einem Ehemann zufrieden, der sie nicht schlägt und den Körper anderer Frauen für seine Lust benützt. Rogan wird dir Kinder schenken, und Kinder können für eine Frau ein großer Trost sein.«

Lianas Mund wurde zu einem Strich. »Kinder, die dafür aufwachsen sollen, daß sie gegen die Howards kämpfen und dabei den Tod finden? Soll ich ruhig dabeistehen und zusehen, wie mein Mann auf die Pferdeschädel deutet und meine Kinder das Hassen lehrt? Rogan verwendet all mein Einkommen, das der Bauern — jeden Heller, den er bekommen kann —, für den Bau von Kriegsmaschinen. Sein Haß bedeutet ihm mehr als jedes Leben auf Erden. Er zeugt Kinder mit den Bauernmädchen und überläßt sie dann dem Hunger. Wenn er doch nur einen Tag lang die Howards vergessen könnte — vergessen könnte, daß er jetzt der älteste Peregrine ist. Wenn er doch nur *sehen* könnte, wie sein Haß für seine Leute den langsamen

Tod bedeutet, dann könnte er . . .« Sie hielt inne, während ihre Augen ganz groß wurden.

»Dann könnte er was?«

Mit leiser Stimme fuhr Liana fort: »Vor Wochen baten mich die Bauern um Erlaubnis, den Tag des heiligen Eustachus feiern zu dürfen. Ich gab ihnen die Erlaubnis. Wenn Rogan diese Leute erleben, mit ihnen sprechen könnte . . . Wenn er vielleicht seine eigenen Kinder sehen könnte . . .«

Die Lady lächelte jetzt. »Rogan hat sich bisher nur selten von seiner Familie getrennt, und ich bezweifle, daß er einwilligen wird, den Tag allein mit dir zu verbringen. Denn als er sich schon einmal mit einer Frau allein in den Wald begab, wurde ihm diese geraubt, und das führte schließlich zum Tod seiner beiden Brüder. Nein, er wird nicht so einfach in etwas einwilligen, das du von ihm verlangst.«

Die Lady blickte zur Tür hin und lauschte. »Ich höre, daß deine Dienerin nach dir sucht. Du mußt jetzt gehen.«

»Ja«, erwiderte Liana zerstreut, da sie mit ihren Gedanken noch bei dem Thema ihres Gesprächs war. Sie ging zur Tür, drehte sich dort noch einmal um und sagte: »Darf ich Euch denn wieder besuchen? Eure Tür ist oft versperrt.«

Die Lady lächelte. »Wann immer du mich brauchst, werde ich hier sein.«

Liana erwiderte das Lächeln und verließ das Zimmer. Sie hörte, wie sich der Schlüssel innen im Schloß drehte, sobald sie die Tür zugemacht hatte. Sie wollte noch einmal an diese klopfen. Da waren so viele Fragen, die sie der Lady stellen wollte; aber sie schien sie jedesmal zu vergessen, sobald sie über die Schwelle trat.

So zog sie ihre Hand wieder zurück, stieg hinunter in

die Halle und ging zum Eingang über der Vortreppe. Joice suchte tatsächlich nach ihr. Lord Rogan war zurückgekommen, und dicht hinter ihm zog fast das ganze Dorf in den Burghof ein, einen Leiterwagen in ihrer Mitte. Auf dem Wagen lagen zwei tote Männer — Vater und Sohn.

»Das sind Eure Diebe«, rief Joice staunend. »Genauso, wie Ihr es vorausgesagt habt. Die Bauern haben sie gehängt. Ein paar von den Rittern meinten, sie hätten es getan, damit Lord Rogan die Schuldigen nicht foltern lassen könnte. Sie sagen, die Diebe wären Robin Hoods gewesen, die alles, was sie stahlen, mit den Bauern teilten, und die Bauern hatten die beiden gern. Trotzdem haben sie sie für Euch gehängt, Mylady.«

Liana schnitt eine Grimasse, als sie von dieser zweifelhaften Ehre hörte, glättete dann die Röcke und trat hinaus auf die Vortreppe, um ihren Gatten zu begrüßen. Das Herz klopfte ihr bis zum Hals hinauf.

Rogan saß immer noch auf seinem Pferd. Die letzten Strahlen der untergehenden Sonne ließen seine Haare erglühen, und der große braune Hengst zwischen seinen kräftigen Schenkeln tänzelte gefährlich, als er den Zorn seines Herrn spürte. Rogan blickte finster im Hof umher, der vor Sauberkeit glänzte, und musterte stirnrunzelnd die sauberen Bauern, die ihr hageres, halbverhungertes Aussehen verloren hatten.

Liana spürte, daß es Ärger geben würde. Sie konnte die Anzeichen des Sturms auf seinem Gesicht erkennen. »Ich habe die Wette gewonnen«, sagte sie so laut, wie sie konnte, und versuchte damit seine Aufmerksamkeit von den Bauern auf sich zu lenken. Da sie am Kopfende der Treppe über der Menge stand, trug ihre Stimme auch weit, so daß jeder verstehen konnte, was sie sagte. Sie beobachtete mit angehaltenem Atem, wie Rogan sein Pferd zügelte und sich zu ihr umdrehte. Er erinnert sich an mich, dachte sie glücklich. Und mehr noch — er begehrt mich. Ihr Herz begann laut zu hämmern.

Doch dann wollte ihr das Atmen wieder vergehen, als sie in seine Augen sah. Er schien wütend auf sie zu sein — nicht nur wütend, sondern wutentbrannt. Zweifellos war das der Ausdruck, mit dem er einen Howard betrachtete. Aber ich bin nicht deine erste Frau, dachte sie, während sie ihr Kinn vorschob und versuchte, sich nicht anmerken zu lassen, daß sie am ganzen Leib zitterte. Am liebsten wäre sie jetzt die Treppe zu ihrem Schlafzimmer hinaufgerannt und hätte sich dort unter der Decke vor dem flammenden Blick dieses Mannes versteckt.

»Ich habe gewonnen«, zwang sie sich dazu, laut zu sagen. »Komm ins Haus und sei mein Sklave.« Sie drehte sich um, da sie diesen Zorn in seinen Augen nicht länger ertragen konnte, und stieg hinauf in den Söller. Vielleicht würden ein paar Minuten Andacht in der Kapelle sie wieder beruhigen.

Rogan sah der Frau nach, als sie durch die Halle zur Treppe ging, stieg dann vom Pferd und gab den Zügel einem rothaarigen Stallburschen. Er sah nun dem Jungen nach, der sich mit dem Pferd entfernte, und irgendwo kam er ihm bekannt vor.

»Einen Tag lang der Sklave einer Frau?« drang Severns Stimme zu ihm, der nun mit einem leisen Lachen an seine Seite kam.

Rogan lenkte seinen finsteren Blick auf seinen Bruder. »Hast du die Erlaubnis dazu gegeben, das Wasser aus dem Graben abzulassen? Und auch dazu?« Er bewegte den Arm über den Burghof hin, der nun ganz anders aussah als früher, und über die toten Männer auf dem Wagen. »Ist das alles deine Idee? Ich brauche euch nur den Rücken zuzukehren, und schon . . .«

»Deine Frau hat das alles bewirkt, nicht ich«, sagte Severn, der seine gute Laune nicht verlor. »Sie hat in diesen wenigen Wochen mehr geleistet als du und ich in . . .« Er hielt inne, als Rogan sich an ihm vorbeidrängte und die Treppe zur Halle hinauflief.

»Wird das Töten nun aufhören?« wagte einer der Bauern zu fragen.

Severn war ja kein geringerer Heißsporn als sein älterer Bruder, und so nahm er jetzt gleich zwei Stufen auf einmal, als er die Treppe zur Halle hinaufstürmte. Nur Zared hielt sich in der Lord's Chamber auf. »Wo ist er?« schnaubte Severn Zared an.

»Dort.« Zared deutete auf die Tür des Raumes, den sie Brütezimmer nannten. Es gehörte nach der Tradition der Peregrines immer dem Oberhaupt der Familie — zuerst ihrem Vater, dann Rowland und nun Rogan. Dieser Raum war für jeden Unbefugten tabu. Wenn ein Mann sich darin aufhielt, durfte er nur gestört werden, wenn ein Angriff auf die Burg drohte.

Severn durchmaß rasch die kurze Strecke bis zur Tür und stieß sie dann auf, ohne anzuklopfen.

»Mach, daß du verschwindest!« brüllte Rogan, und seine Stimme verriet seinen Schock über diese Autoritätsverletzung.

»Und soll mir von den Männern sagen lassen, daß mein Bruder ein Feigling ist? Mir anhören, daß sie sagen, er würde die Ehrenschuld einer Wette nicht einlösen?«

»Die Wette einer *Frau*», höhnte Rogan.

»Aber eine Wette, die in aller Öffentlichkeit abgeschlossen wurde — vor mir, deinen Rittern, sogar vor den Bauern.« Severn beruhigte sich ein wenig. »Warum gibst du der Frau nicht, was sie wünscht? Sie wird dich vermutlich auffordern, mit ihr ein Duett zu singen oder daß du ihr Blumen ins Haus bringst. Wie schlimm kann es wohl sein, wenn du einen Tag lang der Sklave einer Frau bist?

Zumal der Sklave dieser Frau. Ihre ganze Sorge scheint zu sein, daß dein Haus sauber ist . . . und du. Der Himmel weiß, warum. Sie stellt Zared und mit hunderterlei Fragen, die sich alle um dich drehen.«

»Und du hast ihr zweifellos alles über mich erzählt. Dir scheint das Schwätzen mit Frauen ja Spaß zu machen. Du und deine verheiratete Herzogin . . .«

»Sag jetzt bloß nichts, was du bereuen wirst«, schnaubte Severn. »Ja, ich rede mit Iolanthe. Sie hat einen Kopf auf ihren Schultern, und das scheint auf deine Frau ebenfalls zuzutreffen. Sie hatte recht, als sie sagte, sie würde die Bauern dazu bringen, dir die Diebe auszuliefern. Zwei Jahre lang haben wir die Leute ausgepeitscht und geschlagen, und dennoch haben sie uns nach Strich und Faden ausgeplündert. Doch sie hat sie nur gefüttert und dazu gebracht, ein Bad zu nehmen, und schon küssen sie ihr die Füße.«

»Sie werden sich so sehr daran gewöhnen, unsere Kühe zu essen, daß sie aufhören zu arbeiten und von uns erwarten, daß wir sie mit allem versorgen. Was werden sie als nächstes von uns verlangen? Seidene Kleider? Pelze, damit sie im Winter nicht frieren müssen? Pfauenzungen zum Dinner?«

»Ich weiß es nicht«, antwortete Severn aufrichtig; »aber die Frau hat die Wette mit dir gewonnen.«

»Sie ist so wie diese Bauern. Wenn ich ihr heute gebe, was sie von mir verlangt — welche Forderung wird sie dann morgen an mich stellen? Daß ich ihr die Verwaltung unserer Ländereien überlasse? Daß sie auch über die Leute zu Gericht sitzen darf? Vielleicht soll ich ihr sogar die Ausbildung der Ritter anvertrauen.«

Severn blickte seinen Bruder eine lange Sekunde an. »Warum hast du Angst vor ihr?«

»*Angst* vor ihr?« schrie Rogan. »Ich könnte sie mit

meinen bloßen Händen in zwei Stücke zerreißen. Ich könnte sie ins Verlies werfen lassen. Ich könnte sie und ihre schnippischen Dienerinnen nach Bevan schicken und sie nie wieder sehen. Ich könnte . . .« Er stockte und ließ sich schwer auf einen Stuhl fallen.

Severn blickte Rogan verblüfft an. Hier saß sein großer, starker, unbezwingbarer Bruder — der Mann, der vor keiner Schlacht zurückzuckte — und sah um sich wie ein verängstigtes Kind. Ihm gefiel dieser Anblick gar nicht. Rogan war doch immer so selbstsicher, wußte stets, was zu tun war. Er zögerte niemals, wenn es galt, eine Entscheidung zu treffen, und wankte niemals, wenn er sich zu etwas entschlossen hatte. Nein, verbesserte Severn im stillen, Rogan traf keine Entscheidungen — er *wußte,* was getan werden mußte.

Severn ging zurück zur Tür. »Ich werde irgendeine Ausrede für die Männer erfinden. Natürlich kann ein Peregrine niemals der Sklave einer Frau werden. Schon der Gedanke daran ist absurd.«

»Nein, warte«, sagte Rogan. Er blickte nicht vom Boden auf. »Ich war ein Narr, daß ich diese Wette eingegangen bin. Ich hatte keine Ahnung, daß sie die Diebe wirklich herbeischaffen würde. Geh zu ihr und frage sie, was sie von mir verlangt. Vielleicht möchte sie ein oder zwei neue Kleider haben. Ich wollte das Geld nicht für so etwas ausgeben; aber ich werde es tun, wenn es sein muß.«

Als Severn ihm keine Antwort gab, blickte Rogan hoch. »Nun? Hast du etwa noch etwas anderes zu erledigen? Geh zu ihr.«

Severn spürte, wie ihm das Blut in den Nacken stieg. »Sie könnte etwas . . . äh . . . Persönliches von dir haben wollen. Wenn Io mich für einen Tag als Sklaven gewinnen würde, würde sie mich vermutlich an ein Bett fesseln oder

. . .« Er brach ab, als er in den Augen seines Bruders diesen Funken von Neugierde aufglimmen sah. »Wer weiß schon, was deine Frau von dir verlangen wird? Vielleicht möchte sie dir einen Eselsschwanz anbinden und dich die Fußböden schrubben lassen. Wer weiß? Diese Frau hört mehr zu, als sie redet. Ich vermute, daß sie besser über uns Bescheid weiß, als wir von ihr wissen.«

»Wie es sich für ein gute Spionin gehört«, sagte Rogan dumpf.

Severn warf die Hände in die Luft. »Ob Spionin oder nicht — mir gefällt die saubere Luft, die ich jetzt hier atme, besser als der Gestank früher. Geh zu ihr und sieh zu, was sie von dir will. Sie scheint mir ein schlichtes Gemüt zu haben.« Damit verließ Severn das Zimmer und machte die Tür hinter sich zu.

Wenige Sekunden darauf verließ Rogan sein Brütezimmer und stieg die Treppe zum Söller hinauf. Er war in den letzten paar Jahren nur hier gewesen, wenn er einen Falken brauchte. Doch die Falken waren nun verschwunden, und die Wände sahen fast feucht aus von dem neuen Kalkanstrich. Drei große Wandteppiche hingen dort, und sein erster Gedanke war, daß er sie für gutes Geld verkaufen konnte. Da waren Sessel, Tische, Schemel und Nährahmen über den Raum verteilt.

Die Frauen im Raum hörten zu schwatzen auf, als sie ihn erblickten, und starrten ihn an, als wäre er ein aus der Hölle entwischter Dämon. An der gegenüberliegenden Wand saß seine Frau auf einer Bank unter einem Fenster. Er erinnerte sich gut an diesen ruhigen, forschenden Blick; aber am meisten erinnerte er sich an ihren Körper.

»Hinaus«, war alles, was er sagte, und dann stand er da und wartete, bis die verängstigten Frauen an ihm vorbeigehuscht waren.

Als er schließlich mit seiner Frau allein war im Söller,

bewegte er sich keinen Zoll auf sie zu. Die dreißig Schritte, die ihn von ihr trennen mochten, waren nach seiner Meinung genau der richtige Abstand. »Was verlangst du von mir?« fragte er, seine dunklen Brauen dräuend zusammengezogen. »Ich werde mich nicht vor meinen Männern zum Narren machen lassen. Ich werde keine Fußboden schrubben oder einen Eselsschwanz tragen.«

Liana blinzelte erst erstaunt und lächelte dann. »Ich habe noch nie Gefallen daran gefunden, einen anderen Menschen wie einen Narren aussehen zu lassen.« Langsam — ganz langsam — griff sie sich an den Kopf und entfernte ihre Haube, so daß ihre langen blonden Haare über die Schultern und den Rücken hinunter rollten. Sie schüttelte kurz den Kopf. »Du mußt müde sein von der Reise. Komm hierher und setz dich zu mir. Ich habe Wein und Süßigkeiten hier.«

Er blieb stehen, wo er war, und funkelte sie an. »Versuchst du mich etwa zu verführen?«

Liana erwiderte mit einem ärgerlichen Blick zur Decke. »Ja, das tue ich. Und was ist daran so falsch? Du bist mein Gatte, und ich habe dich seit Wochen nicht mehr gesehen. Komm, erzähle mir, was du alles während deiner Abwesenheit gemacht hast, und ich werde dir erzählen, was wir im Burggraben gefunden haben.« Sie nahm einen Silberbecher von einem Tisch, füllte ihn mit Wein und trug ihn zu ihm. »Koste mal — er stammt aus Spanien.«

Rogan nahm den Becher mit Wein und trank daraus, während seine Augen die ihren keinen Moment losließen. Dann blickte er erstaunt in den Becher. Der Wein schmeckte köstlich.

Liana lachte. »Ich brachte ein paar Rezepte mit nach Moray und überredete deine Köchinnen dazu, sie auszuprobieren.« Sie legte die Hand auf seinen Arm und zog ihn sacht mit sich zur Fensterbank. »Oh, Rogan, ich hätte deine Hilfe so gut gebrauchen können. Deine Leute sind so stur — es war, als würde ich zu Felsen reden. Hier, versuch das mal. Es ist ein kandierter Pfirsich, und vielleicht wird dir auch das Brot schmecken. Es ist kein Sand darin.«

Ehe Rogan wußte, was er tat, lag er schon halb auf der gepolsterten Fensterbank, aß eine Köstlichkeit nach der anderen und vergeudete den Tag damit, daß er sich einen Haufen Unsinn über die Reinigung der Burg anhörte. Er sollte jetzt natürlich bei seinen Männern sein und mit ihnen das Waffenhandwerk üben. »Wie viele Goldstücke?« hörte er sich sagen.

»Wir fanden sechs Goldstücke, zwölf Silbertaler und über hundert Kupferpfennige im Burggraben. Auch entdeckten wir acht Leichen in der Schlammbrühe, die wir begruben.« Sie bekreuzigte sich. »Warte, du liegst nicht bequem. Strecke dich aus und lege deinen Kopf in meinen Schoß.«

Rogan wußte, daß er den Söller verlassen sollte, und er hatte sie noch nicht einmal nach der Wette gefragt; aber er war müde, und der Wein entspannte ihn. Er streckte seine Beine auf der langen Bank aus und legte den Kopf in ihren weichen Schoß. Die Seide ihres Rockes fühlte sich gut an auf der Wange, und sie massierte seine Schläfen und seine Kopfhaut sanft mit den Fingerspitzen. Als sie zu summen begann, schloß er die Augen.

Liana blickte auf den schönen Mann hinunter, der in ihrem Schoß schlief, und sie wünschte, daß dieser Augenblick nie enden möge.

Er sah so viel jünger aus, wenn er schlief. Da beeinträchtigte kein finsteres Stirnrunzeln seine Hübschheit, und das Gewicht seiner Verantwortung lastete nicht so schwer auf seinen breiten Schultern.

Er schlief fast eine Stunde lang friedlich in ihrem

Schoß, bis Severn, befrachtet mit fünfzig Pfund klirrendem Harnisch und Beinschienen, in den Söller kam.

Der kriegsgeübte Rogan setzte sich blitzschnell auf. »Was ist passiert?« fragte er, und alle Weichheit war von ihm gewichen.

Severn blickte zwischen seinem Bruder und seiner Schwägerin hin und her. Er hatte noch nie erlebt, daß Rogan vor Sonnenuntergang auch nur einen Blick an eine Frau verschwendete, geschweige denn seinen Kopf in ihren Schoß legte. Es war ein Schock für ihn, so einen weichen Zug in seinem harten älteren Bruder entdecken zu müssen. Er spürte, wie sich seine Brauen zusammenschoben.

Severn hatte die Partei seiner Schwägerin ergriffen; aber es war eher Rogans Starrköpfigkeit, die Severn veranlaßte, einen gegensätzlichen Standpunkt einzunehmen, wenn er sich mit seinem älteren Bruder stritt. Doch dieser Anblick gefiel ihm nicht. Es behagte ihm nicht, wenn diese Frau Rogan vergessen ließ, wo er jetzt eigentlich sein sollte. Erst vor ein paar Stunden hatte Rogan sich davor gefürchtet, seine Frau nach wochenlanger Abwesenheit wiederzusehen. Severn war ein wenig amüsiert gewesen über die Verzagtheit seines Bruders; aber vielleicht hatte Rogan Grund, die Macht dieser Frau zu fürchten. Konnte sie ihn etwa seine Pflichten vergessen lassen? Seine Ehre? Sie liebte, es, Frieden zwischen den Bauern und der Herrschaft zu stiften; aber ging ihre friedliebende Art so weit, daß sie Rogan vergessen lassen wollte, daß die Peregrines mit den Howards in Fehde lagen?

Severn wollte nicht erleben, daß sein älterer Bruder sich veränderte. Er wollte nicht, daß sich Rogans harte Kanten abschliffen. Wenn er kindische Spiele mit einer Frau trieb, war das eine Sache; aber nicht, wenn er darüber seine Pflichten am hellen Tag vergaß.

»Ich hatte ja keine Ahnung, daß wir heute Feiertag haben und unserem Vergnügen frönen können«, meinte Severn sarkastisch. »Ich bitte um Entschuldigung. Ich werde den Männern sagen, daß sie ohne mich üben sollen, und werde dann Recht sprechen über die Bauern, die mit ihren Streitfällen zu mir kommen wollten, weil du zu . . . beschäftigt bist.«

»Geh und trainiere die Männer«, fauchte Rogan. »Ich werde Gericht halten, und wenn du nicht erleben willst, wie du deine eigene Zunge ißt, halte sie lieber still.«

Severn drehte sich noch rechtzeitig um, daß Rogan sein Lächeln nicht sah. Das war sein Bruder — der Mann mit der polternden Stimme und dem finsteren Blick, der Mann, der ihn so behandelte, als wäre er noch ein kleiner Junge. Es war in Ordnung, wenn eine Frau eine Burg umkrempelte; aber Severn gefiel es nicht, wenn sie auch noch Rogan umzukrempeln versuchte. Als ob ihr das gelingen könnte! dachte er grinsend. Nichts und niemand konnte Rogan verändern.

Liana hätte Severn am liebsten seine Beinschienen an den Kopf geworfen. Sie erkannte sehr wohl, was er da tat — sah das ungläubige Staunen in seinen Augen, als er Zeuge wurde, wie Rogan im Schoß einer Frau schlief. Es schien, als hätten sich alle dagegen verschworen, daß auch nur ein Hauch von Menschenfreundlichkeit in Rogan aufkam. Sie hob den Arm und legte die Hand auf Rogans Schulter. »Vielleicht könnte ich dich bei der Rechtsprechung unterstützen. Ich habe meinem Vater oft an Gerichtstagen geholfen«, sagte sie. Tatsächlich hatte sie seit dem Tod ihrer Mutter die Gerichtsbarkeit über die Bauern ganz allein wahrnehmen müssen, weil ihr Vater sich einen feuchten Staub darum kümmerte.

Rogan war sofort auf den Beinen und blickte mit gerunzelten Brauen auf sie hinunter. »Du gehst zu weit,

Frau. *Ich* werde die Urteile fällen. *Ich* werde über meine Bauern zu Gericht sitzen.«

Auch sie war nun von der Bank hochgeschnellt. »Und was für eine gute Arbeit du bis jetzt als Richter geleistet hast!«, sagte sie verärgert. »Ist das deine Vorstellung von Gerechtigkeit, wenn du sie hungern läßt? Glaubst du, du könntest ihre Bedürfnisse dadurch befriedigen, daß du ihre Häuser über ihren Köpfen zusammenbrechen läßt? Wenn zwei Männer mit einem Streitfall zu dir kommen, was tust du dann? Läßt du sie beide hängen? Gerechtigkeit! Du hast keine Ahnung, was dieses Wort überhaupt bedeutet. Du weißt nur, wie man bestrafen kann.«

Als Liana die Wut auf seinem Gesicht sah, war sie sicher, daß er sie der langen Liste von Leuten anfügen würde, die er bereits hatte töten lassen. Fast wäre sie vor ihm zurückgewichen, als sie die Hitze seiner Wut spürte; aber da war eine Macht in ihr, eine Willenskraft, die sie zwang, dort auszuharren, wo sie stand.

Plötzlich änderte sich der Ausdruck seiner Augen. »Und was würdest du mit einem Mann tun, der die Kuh eines anderen Mannes gestohlen hat? Sie zusammen baden lassen? Sie vielleicht damit bestrafen, daß sie sich zweimal am Tag die Fingernägel reinigen müssen?«

»Wieso, nein, ich würde . . .« begann Liana. ehe sie begriff, daß er sie *neckte.* Sie zwinkerte ihm zu. »Ich würde sie damit bestrafen, daß sie einen Tag lang deine schlimmen Launen ertragen müssen. Das und der üble Geruch, den du verströmst, nachdem du dich wochenlang nicht gewaschen hast, sollte genügen.«

»So?« sagte er leise und trat näher an sie heran. »Dich scheint dieser Geruch aber nicht zu stören.«

Er zog sie mit einem Arm an sich, und Liana schmolz bei dieser Berührung dahin. Nein, sie schien sich nicht an diesem Geruch zu stören, auch nicht an seiner üblen Laune, seinen finsteren Blicken oder seinem wochenlangen Verschwinden. Er küßte sie erst sacht, dann immer heftiger, bis er ihr ganzes Gewicht mit seinem kräftigen Körper stützen mußte.

Er löste seine Lippen von ihrem Mund, sie immer noch im Arm haltend. »Und was verlangst du von mir als Sklaven? Sollen wir den ganzen Tag im Bett verbringen? Wirst du über mir stehen, nur mit meinem Helm bekleidet, und Liebesdienste von mir fordern?«

Liana öffnete die Augen. Was für eine interessante Idee, dachte sie bei sich, und fast hätte sie diesem Vorschlag zugestimmt. Aber sie beherrschte ihre Lust. »Ich möchte, daß du in Bauernkleidern mit mir einen Jahrmarkt besuchst.«

Rogan blinzelte ein paarmal und ließ sie dann so abrupt los, daß sie gegen die Fensterbank fiel. »Das kommt nicht in Frage«, sagte er, nun wieder mit zornrotem Gesicht. »Du verlangst von mir, daß ich in den Tod gehen soll. Du *bist* eine Spionin. Die Howards . . .«

»Zum *Teufel* mit den Howards!« gab sie ihm heftig zur Antwort. »Was schert mich diese Sippschaft! Ich möchte lediglich, daß du einen Tag mit mir verbringst. Mit mir allein! Ohne einen Wächter, der uns beobachtet — ohne einen Bruder, der dich verhöhnt, weil du es wagst, eine Stunde mit deiner Frau zu verbringen. Ich möchte einen ganzen Tag mit dir verleben — *mit* meinen Kleidern auf dem Leib. Das kann hier nicht sein, weil sie dich hier nicht in Ruhe lassen. Deshalb bitte ich dich, einen ganzen Tag lang aufzuhören, Lord Rogan zu sein, und mit mir einen gewöhnlichen Tag auf einem Bauernfest zu verbringen.« Sie mäßigte nun ihre Stimme, legte ihre Hände auf seine Unterarme. »Bitte«, sagte sie. »Es sind so einfache Leute, und ihre Vergnügungen sind so schlicht. Es wird ein Tag sein, den wir mit Tanzen, Trinken und Essen verbringen. Ich glaube, daß sie sogar vorhaben, ein Stück aufzuführen. Kannst du denn nicht *einen* Tag für mich erübrigen?«

Rogans Gesicht verriet nicht, wie sehr ihr Vorschlag ihm zusagte. Ein Tag mit Fröhlichkeit verbringen . . . »Ich kann mich nicht unbewaffnet unter die Bauern mischen«, sagte er. »Sie . . .«

». . . würden dich nicht erkennen. Die Hälfte der Männer des Dorfes sind Nachkommen deines Vaters — oder deine eigenen.« Letzteres sprach sie mit einigem Abscheu und Widerwillen aus.

Rogan war schockiert über die Unverschämtheit ihrer Worte. Er hätte sie sofort einsperren sollen, nachdem er sich mit ihr hatte trauen lassen. »Und du glaubst, sie würden dich ebenfalls nicht erkennen?«

»Ich werde eine Klappe über einem Auge tragen. Ich weiß noch nicht, wie ich mich verkleiden werde. Die Bauern werden niemals glauben, daß sich ihr Herr und ihre Herrin unter sie mischen. Nur einen Tag, Rogan, bitte.« Sie lehnte sich an ihn, und er konnte den Lavendelduft ihrer Kleider riechen.

Er hörte sich »ja« sagen, und glaubte nicht, daß das seine Stimme sein könne.

Liana warf die Arme um seinen Hals und küßte jedes Fleckchen Haut, das sie zu erreichen vermochte. Sie konnte nicht den schockierten Ausdruck seines Gesichts sehen, der sich nur langsam wieder verlor. Doch einen Moment, einen kurzen, flüchtigen Augenblick lang, drückte er sie ebenfalls — nicht einem sexuellen Verlangen folgend, sondern aus Freude.

Dann ließ er sie sofort wieder los. »Ich muß gehen«, murmelte er und trat von ihr weg. »Und du bleibst hier und mischst dich nicht in meine Rechtsprechung ein.«

Sie versuchte, verletzt auszusehen; aber sie fühlte sich

viel zu glücklich, um diesen Versuch erfolgreich durchstehen zu können. »So etwas würde ich natürlich niemals tun. Ich bin eine gute und pflichtbewußte Ehefrau, die ihrem Mann in allen Dingen gehorcht. Ich versuche nur, dir das Leben angenehmer zu machen.«

Rogan war sich nicht sicher, ob sie sich nicht schon wieder über ihn lustig machte. Ja, er mußte ihren Unverschämtheiten einen Riegel vorschieben. »Ich muß gehen«, wiederholte er, und nachdem sie ihm die Hand hinstreckte und er sie fast ergriffen hätte, rannte er förmlich aus dem Zimmer. Er würde mit ihr zum Jahrmarkt gehen, dachte er, als er die Treppe hinunterlief, und danach würde er sie für immer nach Bevan verbannen. Und er würde seine Wochentage in die Burg zurückholen. Ja, das würde er tun. Diese Frau entglitt immer mehr seiner Kontrolle und mischte sich in sein Leben ein.

Doch während er daran dachte, sie wegzuschicken, merkte er sich vor, seinen Helm mitzunehmen, wenn er heute nacht in ihr gemeinsames Schlafzimmer ging.

Kapitel zehn

Liana blickte im frühen Morgenlicht auf das Profil ihres schlafenden Mannes und lächelte. Sie sollte eigentlich nicht über ihn lächeln, tat es aber dennoch. Letzte Nacht hatte sie stundenlang im Bett auf ihn gewartet; aber er war nicht zu ihr gekommen. Endlich ging sie, das Kinn energisch vorschiebend und mit einer Fackel in der Hand nach unten, um ihn zu suchen.

Sie hatte nicht weit gehen müssen. Sie fand ihn gleich unter ihrem Schlafgemach in der Lord's Chamber — zusammen mit Severn —, und beide waren sie sinnlos betrunken.

Severn hob den Kopf vom Tisch und blickte Liana an. »Wir haben uns immer betrunken«, lallte er mit schwerer Zunge. »Mein Bruder ist immer den ganzen Tag mit mir zusammen gewesen; aber nun hat er ja eine Frau.«

»Aber das *Betrinken* erledigt ihr immer noch gemeinsam«, sagte Liana spitz. »Hier«, sagte sie zu ihrem Gatten, »lege deinen Arm um meine Schultern, und dann laß uns nach oben gehen.«

»Weiber ändern alles«, murmelte Severn hinter ihrem Rücken.

Liana mußte all ihre Kraft aufbieten, um Rogan die Treppe hinaufzuhelfen. »Dein Bruder braucht eine Frau«, sagte sie zu Rogan. »Vielleicht läßt er uns beide in Ruhe, wenn er selbst eine Frau hat.«

»Die muß aber sehr viel Geld haben«, sagte Rogan, sich schwer auf ihre Schulter stützend, während er langsam und mühsam die Stufen der engen Wendeltreppe erklomm. »Eine Menge Geld und eine Menge Haare.«

Liana lächelte bei seinen Worten und schob die Tür des Schlafzimmers auf. Rogan wankte zum Bett, fiel darauf und war schon im nächsten Moment eingeschlafen. Das war also die Liebesnacht, die sie sich versprochen hatten, dachte Liana bei sich und schmiegte sich dann an seinen schmutzigen Leib.

Er hatte recht. Sie schien sich nicht an dem Geruch seines ungewaschenen Körpers zu stören.

Doch als sie ihn nun lächelnd im frühen Morgenlicht betrachtete, wurde sie von einer freudigen Erwartung erfüllt, denn heute war der Tag, den er mit ihr verbringen sollte. Einen ganzen Tag lang gehörte er ihr.

»Mylady?« sagte Joice von der Tür her.

»Ja«, rief Liana, und Joice kam ins Zimmer, sorgfältig darauf achtend, daß die Tür nicht knarrte.

Joice warf nur einen Blick auf den schlafenden Rogan und runzelte die Stirn. »Ihr seid noch nicht bereit? Die anderen werden bald auf sein und Euch sehen.« Man hörte ihr an, wie sehr sie den Plan ihrer Herrin mißbilligte.

»Rogan«, sagte Liana, sich über ihren Gatten beugend. »Rogan, mein Geliebter, du mußt aufwachen. Heute findet der Jahrmarkt statt.«

Er hob die Hand und berührte ihre Wange. »Ah, Donnerstag«, murmelte er, »heute mußt du die Oberlage übernehmen.«

»Donnerstag!« schnaubte Liana und schlug ihn dann mit der Faust gegen die Rippen. »Wach auf, du betrunkener Düngerhaufen! Ich bin deine *Frau,* nicht eine von deinen Dirnen!«

Rogan hielt sich mit der Hand ein Ohr zu, drehte sich

dann auf die andere Seite und blickte Liana blinzelnd an. »Was schreist du denn so! Stimmt etwas nicht?«

»Du hast mich eben mit dem Namen einer anderen Frau angeredet.« Als er sie verständnislos ansah, weil er offenbar nicht einsah, warum sie das stören sollte, setzte sie seufzend hinzu: »Du mußt aufstehen. Heute findet der Jahrmarkt statt.«

»Welcher Jahrmarkt?«

»Männer!« preßte Liana durch die zusammengebissenen Zähne. »Der Jahrmarkt, den du mit mir besuchen willst, wie du es mir versprochen hast. Die Wette. Erinnerst du dich? Ich habe Bauernkleider für uns bereitgelegt, und wir müssen die Burg verlassen, sobald die Tore geöffnet werden. Meine Dienerin wird sich heute den ganzen Tag in diesem Zimmer einschließen, und ich habe das Gerücht verbreiten lassen, daß ich von dir verlangt hätte, den ganzen Tag mit mir im Bett zu verbringen. Niemand wird also wissen, daß wir die Burg verlassen haben.«

Rogan setzte sich auf. »Da hast du aber eine Menge auf deine eigene Kappe genommen«, sagte er, die Brauen zusammenziehend. »Meine Männer sollten immer wissen, wo ich mich aufhalte.«

»Wenn sie es wissen, folgen sie uns wie ein Rattenschwanz, und alle Bauern sind sofort im Bilde, wer du bist. Willst du etwa wortbrüchig werden?«

Rogan dachte, daß Frauen, die von Ehre redeten und daß man sein Wort halten müsse, in die gleiche Kategorie gehörten wie fliegende Schweine. Sie sollten gar nicht existieren, und falls doch, waren sie eine verdammte Plage, denn sie würden niemals in dem Pferch bleiben, in den man sie einsperrte. Liana beugte sich zu ihm, während sich ihre wunderschönen Haare über ihre Arme ergossen. »Ein Tag der Freude«, sagte sie leise, »den du nur mit Essen, Trinken und Tanzen verbringst. Ein Tag, an dem du einmal deine Sorgen vergessen kannst.« Sie lächelte, weil sie eine Eingebung hatte. »Und du könntest vielleicht dabei erfahren, ob die Bauern etwas von den Absichten der Howards wissen.«

Rogan dachte über ihre letzten Worte nach. »Wo sind die Kleider?«

Sobald Rogen seinen Entschluß gefaßt hatte, konnte Liana ihn auch zur Eile antreiben. Als sie sich beide angekleidet hatten, war sich Liana sicher, daß niemand sie erkennen würde — solange Rogan nicht vergaß, seine Schultern hängen zu lassen und den Kopf etwas zu beugen. Die Bauern kamen nicht erhobenen Hauptes daher wie ihre Herrschaft.

Sie verließen das Schlafzimmer und kamen genau im richtigen Augenblick zum Burgtor, wo Rogans Männer die Fallgatter hochzogen. Sobald sie die Zugbrücke über dem nun leeren Burggraben überquert hatten, blieb Rogan stehen. »Wo sind die Pferde?«

»Bauern reiten nicht auf Pferden. Sie gehen zu Fuß.«

Rogan sträubte sich, ihr weiter zu folgen. Er stand da und rührte sich nicht von der Stelle.

Da hätte sie ihn beinahe daran erinnert, daß er Jeanne stets zu Fuß begleitet hatte; aber sie beherrschte sich im letzten Moment. »Komm«, sagte sie im schmeichelnden Ton, »wir werden das Stück versäumen, wenn wir uns nicht beeilen. Oder vielleicht könnten wir den alten Esel dort drüben kaufen. Für ein paar Kupfermünzen werde ich ihn sicherlich . . .«

»Es besteht keine Notwendigkeit zu einer Geldausgabe. Ich bin ebensogut zu Fuß wie irgendeiner.«

So legten sie zusammen die vier Meilen bis zum Dorf zurück, und um sie her schwärmten viele Leute, kamen Fremde des Weges, die ihre Waren verkaufen wollten, Reisende und Verwandte aus anderen Dörfern. Als sie sich dem Dorf näherten, konnte Liana spüren, wie Rogan sich an ihrer Seite zu entspannen begann. Seine Augen blickten zwar noch wachsam umher, denn er war ein Soldat und betrachtete jeden mißtrauisch; aber als sie alle nur zu lachen und sich auf die Ereignisse dieses Tages zu freuen schienen, spähte er nicht mehr so argwöhnisch umher.

»Sieh mal dort«, rief Liana und deutete auf die Standarten, die über dem von reisenden Kaufleuten aufgeschlagenen Zelt wehten. »Was sollen wir zum Frühstück essen?«

»Wir hätten essen sollen, ehe wir die Burg verließen«, erwiderte Rogan streng.

Liana verzog das Gesicht und hoffte, er würde nicht den ganzen Tag hungern, um ein paar lumpige Pfennige zu sparen. Der Jahrmarkt fand auf einem brachliegenden Feld vor den Mauern des Dorfes statt.

»Auf diesem Feld wird nie mehr Korn wachsen«, schnaubte Rogan. »Nicht, nachdem es so viele Füße plattgetrampelt haben.«

Liana knirschte mit den Zähnen und fragte sich, ob es wirklich so eine gute Idee war, Rogan auf den Jahrmarkt mitzunehmen. Wenn er den ganzen Tag damit verbrachte, nur darauf zu achten, was die Bauern alles falsch machten, würde er später eine Menge zu bestrafen haben.

»Das Stück!« sagte Liana und deutete auf eine große aus Holz errichtete Bühne, die an einem Ende des Feldes aufgebaut war. »Ein paar von den Schauspielern kamen sogar aus London hierher, und das ganze Dorf hat in der letzten Woche bei den Vorbereitungen mitgewirkt. Komm, oder wir werden keinen Platz mehr ergattern können.« Sie nahm Rogans Hand, zog ihn mit sich fort und führte ihn zu einem Platz auf einer der Bänke in der Mitte der Zuschauerreihen. In ihrer Nähe saß eine Frau mit einem Korb voll verdorbenem Gemüse, mit dem sie die Darsteller bewerfen konnte, falls ihr nicht gefiel, was sie taten.

Liana stieß Rogan sachte gegen die Rippen und deuete auf den Gemüsekorb. »Wir hätten auch so etwas mitbringen sollen.«

»Eine Vergeudung von Nahrungsmitteln«, meinte Rogan grollend, und wieder fragte sich Liana, ob ihre Idee wirklich so gut gewesen war.

Da hing ein schmutziger und oft geflickter Vorhang vor der Bühne, und nun trat ein Mann in Harlekinkleidern daraus hervor, das eine Bein rot, das andere schwarz, dann der gegenüberliegende Arm wieder rot, der andere schwarz, mit einer schwarzen und roten Tunika und verkündete, daß der Namen des Stückes »Die Zähmung von Lord Bussard« hieße.

Aus irgendeinem Grund brach bei dieser Ankündigung ein brüllendes Gelächter unter den Zuhörern aus.

»Es ist vermutlich eine Komödie«, sagte Liana, und als sie dann Rogans saures Gesicht sah, meinte sie: »Ich *hoffe*, es ist eine Komödie.«

Der Vorhang wurde aufgezogen und enthüllte eine düstere Szenerie: Kahle Bäume in Töpfen standen am hinteren Rand der Bühne, und im Vordergrund hockte ein alter häßlicher Mann vor einem Haufen rotgefärbten Strohs, das offenbar ein Feuer darstellen sollte. Er hielt einen Stock darüber, auf den drei Ratten aufgespießt waren.

»Komm, Tochter, das Mittagessen ist fast fertig«, rief der Mann.

Hinter dem Vorhang an der rechten Seite trat eine Frau hervor — oder etwas, das einer Frau ähnelte. Sie drehte sich den Zuschauern zu, und sie war in Wahrheit ein sehr häßlicher Mann. Die Zuschauer krähten vor Vergnügen. In ihren Armen hielt sie eine fette Strohpuppe, und als sie sich vorbeugte, um das »Baby« abzusetzen, und sich dann wieder aufrichtete, sahen die Zuschauer, daß sie einen enormen Busen besaß — so gewaltig, daß sein Gewicht den Träger dieses »Körperteils« nach vorn zogen. Sie betrachtete die Ratten. »Sie sehen köstlich aus, Vater«, sagte sie mit einer hohen Kopfstimme, als sie sich ihm gegenüber am rotgefärbten Strohhaufen niederließ.

Liana lächelte zu Rogan hinauf und bemerkte, daß er das Stück kaum beachtete. Er betrachtete die Leute ringsum, als versuchte er, unter ihnen Feinde zu entdecken.

Von der linken Seite der Bühne kam nun ein weiterer Darsteller, ein großer Mann mit nach hinten gedrückten Schultern, der den Kopf sehr hoch hielt. Auf dem Kopf trug er eine rote Wollperücke und auf seiner Nase war ein gebogener Aufsatz aus Papier befestigt, der einem Habichtsschnabel ähnelte.

»Was geht hier vor sich?« fragte der großgewachsene Schauspieler. »Ich bin Lord Bussard, und ihr eßt meine Herdentiere.«

»Aber, Mylord«, wimmerte der Vater, »das sind doch nur Ratten.«

»Aber es sind *meine* Ratten«, erwiderte Lord Bussard hochfahrend.

Liana begann ein wenig nervös zu werden. Dieses Stück konnte doch unmöglich eine Parodie von Rogan sein, oder doch?

Auf der Bühne packte Lord Bussard den alten Mann im Genick und stieß ihn mit dem Gesicht nach unten in das Strohfeuer.

»Nicht doch, Mylord«, schrie die häßliche Tochter, und als sie aufstand, glitt ihr das zerlumpte Gewand vom gewaltigen Busen.

»Ah-ha!« sagte Lord Bussard mit lüsternem Blick, »komm hierher, meine Schöne.«

Daß ein als Frau verkleideter Mann als Schönheit bezeichnet wurde, brachte das Publikum wieder zum Lachen.

Die Tochter wich nun einen Schritt zurück, als Lord Bussard auf sie zukam. Er schleuderte das Strohbaby mit dem Fuß zur Seite, daß es über die ganze Bühne hinweg flog.

Und in diesem Moment schlug Lord Bussard seinen langen Umhang auseinander. Unter der Taille und mit Riemen an seinen Schenkeln befestigt trug er ein gewaltiges Geschlechtsteil. Es war aus geflochtenem Stroh gefertigt, zwei Fuß lang, hatte einen Umfang von acht Zoll, und darunter pendelten zwei große runde Kürbisse.

Liana rutschte das Herz bis unter die Kniekehlen. »Laß uns wieder gehen«, sagte sie zu Rogan, sagte es wirklich sehr laut, weil die Zuschauer vor Lachen brüllten.

Rogans Blick war nun auf die Bühne geheftet. Er legte eine Hand fest auf Lianas Schulter und drückte sie auf die Bank nieder, so daß ihr gar keine andere Wahl blieb, als dem Stück auch weiterhin zuzusehen.

Auf der Bühne verfolgte Lord Bussard mit geöffnetem Umhang die häßliche Frau quer über die Bühne, bis sie nicht mehr zu sehen waren. Sogleich kam einer von Rogans rothaarigen Söhnen auf die Bühne und verneigte sich. Er war offensichtlich das Produkt von Lord Bussards Vereinigung mit der Frau.

Von der linken Seite trat nun eine alte Frau auf, die ein dunkles Bündel mit sich trug, das sie in der Mitte der Bühne unweit des Vaters absetzte, der noch mit dem Gesicht nach unten im Strohfeuer lag.

»Nun, Tochter, werden wir es wenigstens warm haben«, sagte sie, und von rechts kam ein zweiter sehr häßlicher Mann, der als Frau verkleidet war. Nur daß dieser Mann hinten eine Ausbuchtung trug statt vorn. Er hatte eine gepolsterte Kehrseite, die man als Tisch hätte benützen können, und eine absolut flache Brust.

Während das Publikum diese neuen Personen betrachtete, rannte wieder einer von Bussards rothaarigen Söhnen über die Bühne und rief bei den Zuschauern neue Lachsalven hervor.

Liana wagte Rogan nicht anzusehen. Morgen würde er vermutlich das ganze Dorf aufs Rad flechten und vierteilen lassen.

Auf der Bühne kauerten nun die Mutter und die mit einem enormen Gesäß behaftete Tochter über dem schwarzen Bündel und wärmten daran ihre Hände. Lord Bussard stolzierte abermals auf die Bühne, und sein Papierschnabel wirkte diesmal sogar noch größer.

»Ihr stehlt mein Brennholz«, rief Lord Bussard.

»Aber es ist doch nur Kuhdünger«, jammerte die alte Frau. »Wir frieren uns zu Tode.«

»Wenn du Feuer brauchst, gebe ich dir Feuer«, sagte Lord Bussard. »Ergreift sie und verbrennt sie.«

Von der linken Seite kamen nun zwei Männer — große, wild aussehende Kerle, das Gesicht voller aufgemalter Narben, so daß sie eher wie Ungeheuer statt wie Menschen aussahen. Sie packten die alte Frau bei den Armen, die wimmerte und schrie, und schleppten sie zur Rückseite der Bühne, wo sie sie an einen der kahlen Bäume banden und rotgefärbte Strohbündel um ihre Füße verteilten.

Inzwischen beäugte Lord Bussard die Tochter. »Ah, komm zu mir, meine Schöne«, sagte er.

Der häßliche Mann, der die Tochter spielte, drehte sich den Zuschauern zu und schnitt eine so häßliche Grimasse — er schob seine Unterlippe über seine Nasenspitze hinauf —, daß sogar Liana ein bißchen lachen mußte. Abermals öffnete Lord Bussard vorn seinen Umhang, entblößte seine enormen Geschlechtsteile und jagte das »Mädchen« von der Bühne herunter, während hinter ihnen die Mutter schrie. Zwei rothaarigen Jungen kamen nun aus entgegengesetzten Richtungen der Bühne und prallten in deren Mitte zusammen.

»Da gibt es noch mehr von dieser Sorte, wo wir herkommen«, verkündete einer der Jungen fröhlich dem Publikum.

Lina wollte nun darauf bestehen, daß Rogan mit ihr das Theater verließ, als sie einen noch viel größeren Schock erlebte. Von links her kam ein junges Mädchen, das einen langen weißen Umhang trug und eine blonde Wollperücke, die bis zu ihren Füßen hinunterreichte. Liana wußte, daß diese Darstellerin sie selbst sein sollte. Und wie würden diese grausamen Leute sie porträtieren?

Von rechts traten nun Lord Bussard und ein Mann auf, der als Priester verkleidet war. Der Priester begann eine Trauungszeremonie vorzutragen. Lord Bussard, der offensichtlich gelangweilt war, beachtete das hübsche Mädchen in Weiß überhaupt nicht. Statt dessen tat er dem Publikum schön, warf den Mädchen auf den Zuschauerbänken, die Lippen spitzend, Küsse zu, kniff ein Auge zusammen und schlug immer wieder seinen Umhang auf, um den Mädchen zu zeigen, wie gut bestückt er war. Das Mädchen in Weiß hielt den Kopf gesenkt und die Hände verschränkt.

Als der Priester das Mädchen und den Lord zum Ehepaar erklärte, packte Lord Bussard das Mädchen bei den Schultern, hob es hoch und begann, es zu schütteln. Münzen regneten aus ihrem Gewand auf die Bühne hinunter, und Lord Bussards Männer rannten herbei und beeilten sich, die Münzen aufzusammeln. Als kein Geld mehr aus dem Gewand des blonden Mädchens herausfiel, setzte er es wieder auf der Bühne ab, drehte ihm den Rücken zu und stolzierte von der Bühne, wobei er wieder mit dem Publikum flirtete und seinen Umhang öffnete und schloß. Das Mädchen ging mit gesenktem Kopf zum Hintergrund der Bühne.

Sogleich trat ein Mann auf, der eine Kuh mit sich führte. Lord Bussard kam ihm in der Mitte der Bühne entgegen.

»Was ist das?« forschte Lord Bussard.

»Mylord«, sagte der Mann, »diese Kuh aß Euer Gemüse.«

Lord Bussard tätschelte der Kuh den Kopf. »Kühe müssen essen.« Er wollte wieder abtreten, drehte sich aber nach zwei Schritten um und funkelte den Mann an: »Hast *du* etwa auch von meinem Gemüse gegessen?«

»Ich habe mir ein Stück Rübe genommen, das der Kuh aus dem Maul fiel«, erwiderte der Mann.

»Hängt ihn auf!« befahl Lord Bussard, und seine narbenbedeckten Ritter eilten herbei, um seinen Befehl auszuführen.

Der Mann sank auf die Knie. »Aber, Mylord, ich habe zu Hause sechs Kinder zu füttern. Bitte, habt Erbarmen mit mir.«

Lord Bussard blickte seine Männer an. »Hängt die ganze Familie auf. Dann haben wir weniger Mäuler zu stopfen.«

Die Ritter schleppten den Mann zur Hinterbühne und legten ihm ein Seil um den Hals. Er stand nun neben dem Mann im Feuer, der alten Frau am Pfahl und der Dame in Weiß.

Die Dame in Weiß betrachtete diese Leute und schüttelte betrübt den Kopf.

Auf die Bühne scharwenzelten nun zwei hübsche pummelige, junge Frauen, in denen Liana zwei von den Wochentagen erkannte. Das Publikum, besonders die Männer, johlten und pfiffen, und die Wochentage streckten sich und beugten sich vor — kurzum, taten alles, um ihre körperlichen Reize zur Geltung zu bringen. Liana warf Rogan einen verstohlenen Blick zu. Er saß so regungslos da wie eine Statue und verfolgte offenbar konzentriert das Geschehen auf der Bühne.

Einer instinktiven Regung folgend, streckte sie den Arm aus und ergriff seine Rechte, und zu ihrer Überraschung klammerte er sich an ihre Hand.

Sie blickte zur Bühne zurück, wo soeben Lord Bussard wieder auftrat, beim Anblick der beiden Wochentage stehenblieb und dann auf sie zusprang, während sich sein Umhang vorne teilte. Die drei wälzten sich im nächsten Moment auf den Bühnenbrettern.

Es war bei diesem Anblick, daß die Lady in Weiß plötzlich lebendig wurde. Sie hatte sich nicht daran gestört, daß ihr Mann sie bei der Hochzeit ignorierte, hatte sich ruhig die Münzen aus ihren Gewändern schütteln lassen und auch nicht protestiert, als der Mann gehängt wurde, der eine Rübe gegessen hatte, die von der Kuh ausgespuckt worden war. Aber als die beiden Frauen sich mit ihrem Mann auf dem Boden wälzen sah, wurde sie plötzlich aktiv.

Sie riß sich den weißen Umhang vom Leib, und darunter kam ein rotes Gewand zum Vorschein. Hinter einem Topf, in dem ein kahler Baum steckte, holte sie einen roten Kopfschmuck hervor, an dem große züngelnde, rote Flammen aus Papier befestigt waren, und drückte diesen auf ihre blonde Perücke.

»Die Feuerlady!« jubelte das Publikum entzückt.

Die rotgewandete Feuerlady nahm nun die Bündel rotgefärbten Strohs von den Füßen der alten Frau weg, die an einen der Bäume gebunden war, und begann sie auf die drei Leute zu werfen, die sich vorne auf der Bühne wälzten. Die Wochentage sprangen kreischend in die

Höhe, schrien und taten so, als würden sie ihre brennenden Kleider und Haare zu löschen versuchen. Dann rannten sie von der Bühne.

Die Feuerlady blickte auf Lord Bussard hinunter und zog nun ein gewaltiges Halsband aus ihrer Tasche, wie man es tückischen Hunden umzulegen pflegte. Sie band es Lord Bussard um den Hals, nahm eine daran befestigte Leine und führte ihn daran von der Bühne herunter.

Das Publikum johlte, jubelte, sprang auf die Bänke und tanzte darauf, während auf der Bühne alle toten Personen wieder lebendig wurden. Sechs von Rogans Söhnen kamen heraus und warfen mit Blumen bedeckte Netze über die kahlen Bäume, so daß es aussah, als erwachten die abgestorbenen Bäume ebenfalls wieder zum Leben. Die Leute auf der Bühne begannen zu singen, und alle Darsteller kamen wieder auf die Bretter, wobei die Feuerlady nun Lord Bussard auf allen vieren kriechend an der Leine führte. Er versuchte seinen Umhang zu öffnen, um seine Bestückung zu zeigen; aber die Feuerlady schlug ihm die Leine über den Kopf, und sofort verhielt er sich wieder still.

Endlich wurden die Vorhänge zugezogen, und als das Publikum zu jubeln und zu lachen aufgehört hatte, begann es die Bänke zu räumen.

Rogan und Liana saßen still nebeneinander, rührten sich beide nicht von der Stelle, und ihre verschränkten Hände ruhten in Rogans Schoß.

»Ich glaube, die Bauern sind doch nicht so simpel, wie ich dachte«, gelang es Liana schließlich zu sagen.

Rogan drehte ihr den Kopf zu, um sie anzublicken, und seine Augen verrieten ihr, was für eine gewaltige Untertreibung ihre Worte darstellten.

Kapitel elf

Das Publikum schob sich aus den Bänken heraus, lachend und sich gegenseitig auf die Schultern schlagend, wobei einer den anderen an Szenen des Stückes erinnerte: »Hast du gesehen, wie . . .?« — »Mir gefiel der Teil besonders, wo . . .«

Liana und Rogan blieben sitzen, wo sie waren, die Hände ineinander verschränkt, bis der letzte Zuschauer seinen Platz geräumt hatte.

Als die Wirkung des Schocks allmählich nachließ, spürte Liana, wie die Wut in ihrem Körper hochstieg. In den letzten Wochen hatte sie für diese Leute den Zorn ihres Mannes herausgefordert. Sie hatte bis zur Erschöpfung gearbeitet, damit sie neue Kleider und zu essen bekamen, und diese entlohnten sie dafür mit dieser . . . dieser lächerlichen Farce.

Sie drückte Rogans Hand. »Wir kehren in die Burg zurück und holen deine Männer«, sagte sie mit vor Zorn heißen Schläfen. »Wir wollen doch mal sehen, ob diese Leute noch immer so undankbar sind, wenn deine Männer sich mit ihnen befaßt haben. Sie glauben, sie hätten den Zorn der Peregrines bereits erlebt. Aber sie irren sich gewaltig.«

Rogan sagte nichts; aber als sie ihn ansah, schien er eher nachdenklich als wütend zu sein.

»Also?« sagte sie. »Du wolltest nicht hierherkommen,

und du hattest recht. Wir werden in die Burg zurückkehren und . . .«

»Wer hat denn eigentlich den Lord Bussard gespielt?« fragte er, sie unterbrechend.

»Er scheint mir einer von deines Vaters Bastarden zu sein«, gab Liana barsch zur Antwort. »Soll ich nun allein zurückgehen?« Sie stand auf und wollte sich an ihm vorbeidrängen; aber er hielt immer noch ihre Hand fest, so daß ihr das nicht gelang.

»Ich habe Hunger«, sagte er. »Glaubst du, daß hier auch etwas zu essen verkauft wird?«

Liana sah ihn mit offenem Mund an. Vorhin noch hatte er sich geweigert, ein paar Pfennige für eine Mahlzeit zu opfern.

»Das Stück hat dich nicht zornig gemacht?«

Er zuckte mit den Achseln, als hätte das Stück ihn überhaupt nicht berührt; aber da war etwas in seinen Augen — etwas Tiefsitzendes, das Liana aufzuklären gedachte. »Ich habe niemals einen Menschen töten lassen, weil er meine Ratten verspeiste«, sagte er ein wenig beleidigt. »Sie können so viele Ratten haben, wie sie wollen.«

»Und wie steht es damit, daß sie deine Kuhfladen als Brennmaterial benützten?« fragte sie leise. Sie stand nun zwischen seinen kräftigen Beinen, und er hielt noch immer ihre Hand fest. Irgendwie war dieses Händehalten weitaus intimer als ihre wenigen Paarungen. Er sagte, daß Stück berühre ihn nicht; aber die Art, wie er sie nun festhielt, erzählte eine andere Geschichte.

»Ich habe niemals jemanden deswegen *getötet*», sagte er und blickte dabei zur Seite. »Aber die Kuhfladen düngen meine Felder.«

»Ich verstehe«, sagte Liana. »Du hast sie dafür auspeitschen lassen?«

Rogan gab ihr keine Antwort; aber seine dunkle Haut

schien sich leicht zu röten. Sie empfand in diesem Augenblick ein starkes mütterliches Gefühl für ihn. Er war kein heimtückischer Mann — kein Mann, der gern tötete und sich an den Qualen anderer weidete. Er hatte versucht, seine Familie zu beschützen und sie auf die ihm am besten erscheinende Weise zu ernähren.

»Ich sterbe fast vor Hunger«, sagte sie, ihn anlächelnd, »und ich habe eine Bude gesehen, wo es Berge von Sahnetörtchen gibt. Vielleicht werden ein paar Kuchen und ein Becher Buttermilch uns beide in bessere Laune versetzen.«

Er erlaubte ihr, ihn wegzuführen, und sie wollte doch zu gern wissen, was er dachte. Als er in die Tasche seines groben wollenen Bauerngewandes griff, einen kleinen Lederbeutel hervorholte und dem Verkäufer der Sahnetörtchen einige Pfennige gab, war sie überglücklich. Sie konnte sich dessen nicht sicher sein; aber sie bezweifelte, daß er jemals zuvor für eine Frau Geld ausgegeben hatte.

Er kaufte für sie beide einen Becher Buttermilch, aus dem sie abwechselnd tranken, während der Verkäufer darauf wartete, daß sie ihm den hölzernen Becher zurückgaben.

Nachdem Lianas Hungergefühle einigermaßen gestillt waren, konnte sie etwas weniger zornig an das Stück zurückdenken. Tatsächlich war es sogar fast humorvoll gewesen, wenn sie sich die einzelnen Szenen noch einmal vergegenwärtigte. Sie hätte niemals vermutet, daß die Bauern so mutig sein würden — oder so ehrlich.

Sie blickte in den Becher und versuchte ein Lächeln zu unterdrücken. »Sie mögen sich hinsichtlich der Ratten getäuscht haben; aber sie hatten recht, was gewisse körperliche Merkmale ihres Herrn betrifft«, sagte sie.

Rogan hörte sie zwar, verstand aber zunächst nicht, was sie meinte. Als er sich dann an die empörend übertriebenen Strohgenitalien von Lord Bussard erinnerte, spürte er, wie ihm das Blut in die Wangen schoß. »Du hast eine scharfe Zunge«, sagte er und nahm sich vor, sie ob dieser Unverschämtheit zu züchtigen.

»Wenn ich mich recht entsinne, hat dir meine Zunge aber gefallen.«

»Frauen sollten nicht von solchen Dingen reden«, sagte er streng, aber seine Augen verrieten ihn.

Liana erkannte an der Art, wie er sie ansah, daß sie sein Interesse an solchen Dingen geweckt hatte. »Hast du wirklich mit *häßlichen* Frauen geschlafen? Häßlich, weil sie vorn oder hinten zu weit ausgeladen hatten?«

Er sah sie an, als wollte er sie abermals zurechtweisen; doch statt dessen wurden seine Augen weich. »Dein Vater hätte ein paar Manieren in dich hineinprügeln sollen«, sagte er, während er ihr den leeren Becher aus der Hand nahm. »Und wenn du damit fertig bist, mich arm zu essen, dann wollen wir uns dort drüben die Wettkämpfe ansehen.«

Ihre Neckereien hatten ihm wohl gefallen, und wenn er sich freute, machte sie das glücklich. Sie schob ihre Hand in die seine, als sie über das Feld gingen, und er ließ sich das gefallen.

»Wird es wieder so, wie es war?« fragte er, geradeaus blickend, während sie nebeneinander hergingen.

Sie hatte keine Ahnung, wovon er sprach.

»Dein Haar«, sagte er.

Liana drückte seine Hand und lachte entzückt. Joice hatte ihre blonden Haare und Brauen schwarz gefärbt, so daß die Bauern sie nicht an so einem auffallenden Merkmal, wie ihre Haare es waren, erkennen konnten. Doch nun war nicht viel davon zu sehen unter dem groben Leinentuch, das sie über ihren Zöpfen festgesteckt hatte. »Es läßt sich herauswaschen«, sagte sie und blickte dann zu ihm hoch. »Vielleicht hilfst du mir, die Farbe herauszuwaschen?«

Er blickte mit verlangenden Augen auf sie hinunter. »Vielleicht.«

Sie gingen weiter, sagten nichts mehr, hielten sich an den Händen, und Liana jubelte innerlich.

Rogan hielt am Rand einer Menschenmenge an. Er vermochte über die Köpfe der Leute hinwegzuschauen; aber Liana konnte das nicht. Sie stellte sich auf die Zehenspitzen, kauerte sich dann auf die Fersen; aber die lebendige Wand der Zuschauer vor ihr war für ihre Augen undurchdringlich. Sie zupfte Rogan am Ärmel. »Ich kann nichts sehen«, sagte sie, als er sie anblickte. Sie hatte eine romantische Vision, wie er sie nun auf seine Schultern hob und dort festhielt; aber statt dessen benahm er sich so, als gehörte ihm dieser Platz — was ja auch stimmte —, und schob sich durch die Menge bis in die vorderste Reihe. »Du darfst kein Aufsehen erregen«, zischelte sie ihm zu; aber er achtete nicht auf ihre Warnung. Sie blickte die Leute mit einem schwachen Lächeln entschuldigend an, während sie von Rogan durch die Zuschauermenge nach vorn gezogen wurde.

Tatsächlich blickten die Leute Rogan neugierig an, besonders sein Haar, das sich im Nacken unter seiner wollenen Kapuze ringelte. Liana wurde ganz steif vor Angst. Wenn diese Leute, die doch so von Haß auf die Peregrines erfüllt waren, wie das Stück es vorhin bewies, herausfanden, daß ihr Herr allein und ohne Schutz unter ihnen weilte, würden sie ihn zweifellos umbringen.

»Noch so einer von den Bastarden des alten Lords«, hörte sie einen Mann in ihrer Nähe flüstern. »Den habe ich bisher noch nie gesehen.«

Sie entkrampfte sich wieder ein wenig und dankte zum erstenmal Gott für die Fruchtbarkeit der Peregrines. Immer noch Rogans Hand festhaltend, blickte sie dorthin, wohin er seine Augen richtete. Auf einem flachen grasbewachsenen Stück des Feldes inmitten eines großen Kreises waren zwei Männer, beide nackt von der Taille aufwärts, und kämpften mit langen Holzstangen, die sie mit beiden Händen hielten. Der eine Kämpfer, gedrungen, muskulös, mit kurzen Armen, schien ein Förster oder Holzfäller zu sein. Er sah sehr gewöhnlich aus.

Lianas Blick ging zu dem anderen Kämpfer — wie die Blicke aller anderen Frauen in der Zuschauerschar außerhalb des Kreises.

Das war der Mann, der vorhin Lord Bussard dargestellt hatte. Er hatte schon auf der Bühne gut ausgesehen; doch nun, halbnackt, mit vor Schweiß glänzender Haut, bot er einen prächtigen Anblick.

Nicht ganz so prächtig wie Rogan, ermahnte sich Liana, während sie näher an ihren Mann heranrückte.

Rogan verfolgte gespannt den Kampf, wollte erfahren, wie sein Halbbruder sich gegen seinen Gegner behauptete. Er kämpfte auf primitive Weise, war im Waffenhandwerk ungeübt; aber er war schnell und behende. Der kleine Holzfäller hatte ihm wenig entgegenzusetzen.

Als seine Frau näher an ihn herantrat, wurde er dadurch vom Kampf abgelenkt. Er blickte auf sie hinunter. Sie beobachtete seinen Halbbruder mit geweiteten Augen. Offenbar interessierte sie sich für ihn. Rogan runzelte die Stirn. Es sah fast so aus, als fände sie diesen Peregrine-Bastard begehrenswert.

Rogan war noch nie in seinem Leben eifersüchtig gewesen. Er hatte die Wochentage oder auch jede andere von seinen Frauen mit seinen Brüdern geteilt, auch mit seinen Männern. Solang die Frauen ihm keine Scherereien machten, war es ihm egal, was sie trieben. Doch in diesem Moment gefiel ihm die Art nicht, wie seine Frau auf seinen mageren, schwächlichen, tapsigen, total unbegabten, rothaarigen . . .

»Glaubst du, du könntest ihn besiegen?« sagte ein zahnloser alter Mann, der neben Rogan stand.

Rogan blickte den alten Mann sehr von oben herab an.

Der alte Mann lachte keckernd, und sein schlimmer Atem erfüllte die Luft. »Diese Peregrines sind sich doch alle gleich«, sagte er laut. »Der alte Herr hat allen seinen Söhnen die gleiche Arroganz vererbt.«

Rogans Halbbruder im Ring blickte zu dem alten Mann hin, dann auf Rogan, und er schien so überrascht, daß er vergaß, auf seinen Gegner zu achten. Der Holzfäller schlug mit seiner Stange den jungen Mann seitlich gegen den Kopf. Der taumelte ein paar Schritt nach hinten, griff sich mit der Hand an die Schläfe und betrachtete das Blut auf seinen Fingerspitzen. Mit einem entrüsteten Gesicht drehte er sich nun wieder dem Holzfäller zu und schickte ihn mit drei harten Schlägen zu Boden.

Und im nächsten Moment befand er sich am Rand des Kampfplatzes und baute sich vor Rogan auf.

Liana sah, daß die beiden Männer ungefähr im gleichen Alter waren; doch Rogan wirkte etwas schwerer und war ihrer Meinung nach weitaus hübscher. Neben ihr seufzte eine junge Frau vor Verlangen. Liana nahm Rogans Hand ganz fest in die ihre und klebte nun förmlich an seiner Seite.

»Also habe ich noch einen Bruder«, sagte der junge Mann zu Rogan.

Seine Augen hatten denselben scharfen Blick, der auch Rogan eigen war, und etwas in diesen Augen gab Liana die Gewißheit, daß dieser Mann sehr genau wußte, vor wem er da stand. »Nicht doch . . .« begann Liana; doch der Mann fiel ihr ins Wort.

»Sollen wir nun vor diesen Leuten miteinander kämpfen oder nicht?« forderte der Mann Rogan mit lauter Stimme heraus. »Oder wirst du etwa von einer Frau regiert?« Er senkte die Stimme. »Wie Lord Rogan?«

Liana spürte, wie ihr das Herz wieder in die Kniekehlen rutschte; denn sie wußte genau, daß Rogan so eine Herausforderung unbedingt annehmen mußte. Sie hatten sich beide bisher höflich über die letzte Szene des Stückes ausgeschwiegen, in der die Feuerlady Lord Bussard ein Hundehalsband umgelegt hatte; aber sie wußte sehr genau, daß Rogan dieses Bild vor Augen stand. Er würde sich diese Beleidigung nicht zweimal gefallen lassen.

Rogan ließ Lianas Hand sofort los und trat aus dem Kreis der Zuschauer heraus. Liana wußte, daß sie Rogan nicht warnen durfte, weil jedes Wort von ihr ihrer beider Leben in Gefahr brachte. So konnte sie nur mit angehaltenem Atem zusehen, wie die beiden Männer den Kampfplatz betraten und sich in der Mitte des Kreises aufstellten. Sie waren sich beide so unglaublich ähnlich — die gleichen Haare, die gleichen Augen, das gleiche kantige, entschlossene Kinn.

Rogan blickte auf die Stange hinunter, die im Gras lag, nahm dann zu Lianas Entsetzen seine Kapuze ab und streifte sein Hemd über den Kopf. Da gab es einen kurzen Moment der Freude für sie, als er ihr sein Hemd zuwarf und sie es auffing; aber dann stand sie wieder Todesängste aus. Sicherlich würde ihn jemand jetzt erkennen. Sie mochte nicht daran denken, *wer* ihn erkennen würde: gewiß eine von den Frauen — oder alle zugleich —, mit denen er zu schlafen pflegte. »Das halbe Dorf«, sagte sie sich seufzend.

Ihr Blick wanderte rasch über die Zuschauer hin, und da entdeckte sie zwei von den Wochentagen auf der anderen Seite des Kampfplatzes. Die beiden schienen zu stutzen, leicht verwirrt zu sein; aber es konnte nicht lange dauern, bis sie erkannt hatten, wer der Mann war, der sich da als Bauer verkleidet hatte.

Liana ging jetzt rasch auf die beiden Wochentage zu.

»Wenn ihr auch nur ein falsches Wort sagt, werdet ihr es beide bereuen müssen«, zischelte Liana, als sie die beiden Frauen erreicht hatte. Die eine von ihnen zuckte bei ihren Worten zusammen und nickte ängstlich; doch die andere war beherzter und gerissen genug, die Gefahr zu erkennen, in der Rogan und Liana schwebten.

»Ich möchte, daß mein Sohn zum Ritter ausgebildet wird«, sagte sie.

Liana öffnete den Mund, um diese empörende und unglaublich freche Forderung zurückzuweisen. Doch sie besann sich anders und konterte mit den Worten: »Du wirst dafür sorgen, daß es kein anderer erfährt.«

Die Frau blickte Liana in die Augen. »Ich werde den Leuten erzählen, daß er aus einem Dorf unten im Süden stammt und daß ich ihm dort schon früher begegnet bin. Was wird aus meinem Sohn?«

Da mußte Liana diese Frau sogar bewundern, weil sie so viel für ihr Kind riskierte. »Eure Söhne werden in der Burg aufgezogen und ausgebildet werden. Schickt sie morgen zu mir.« Damit entfernte sich Liana wieder von den beiden Frauen und kehrte zu der Stelle zurück, wo sie zuerst gestanden hatte.

Rogan und sein Halbbruder bewegten sich nun, die langen Stangen waagerecht in den Händen haltend, im Kreis herum, während einer den anderen lauernd beobachtete. Sie waren beide imposante Gestalten — beide jung und kräftig, breitschultrig, schmalhüftig und mit prächtig entwickelten Muskeln.

Doch man brauchte nicht viel Verstand, um alsbald zu erkennen, wer von den beiden der bessere Kämpfer war. Rogan stellte offensichtlich seinen Halbbruder auf die

Probe, forderte ihn spielerisch zu Ausfällen heraus, um die Grenzen seiner Möglichkeiten zu erkennen, während sein Halbbruder ihn immer wieder wütend attackierte. Aber Rogan wich bei jedem dieser Angriffe behende zur Seite und schlug seinem Halbbruder mit der langen Stange in die Kniekehlen.

»Bist du nur darin geübt, mit Frauen zu kämpfen?« verspottete Rogan seinen Gegner.

Da wurde sein Halbbruder fast rasend vor Wut, die ihn zu plumpen Fehlern verleitete.

»Niemand hat bisher Baudoin im Kampf besiegen können«, sagte der zahnlose alte Mann, der neben Liana stand. »Es wird ihm nicht gefallen, wenn er jetzt seinen Meister findet.«

»Baudoin«, sagte Liana laut und runzelte die Stirn. Sie hielt es nicht für eine gute Idee, wenn Rogan sich mit seinem Verhalten seinen Bruder zum Feind machte. Rogan hatte den größten Teil seines Lebens mit den Waffenübungen verbracht, während sein Halbbruder zweifellos die meiste Zeit hinter einem Pflug hatte hergehen müssen.

Nach einer Weile wurde es allen, die diesen Zweikampf verfolgten, klar, daß Rogan dieses Duell, das keine echte Herausforderung für ihn darstellte, leid wurde. Er stellte sich vor seinem Halbbruder auf, nahm seine Stange in eine Hand, stellte sie senkrecht auf den Boden und . . . gähnte.

Das war eine beleidigende Geste, und in diesem Moment galten Lianas Sympathien Baudoin, der von seinem Halbbruder öffentlich gedemütigt wurde.

Baudoins Augen färbten sich schwarz vor Wut, und er griff nun Rogan mit der Absicht an, ihn zu töten. Die Menge erkannte das, und ein Stöhnen lief durch ihre Reihen.

Seinen Halbbruder kaum ansehend, machte Rogan nur

einen raschen Schritt zur Seite und schlug ihn dann wuchtig mit seiner Stange auf den Hinterkopf. Der junge Mann taumelte, fiel dann mit dem Gesicht nach unten ins Gras und blieb ohnmächtig am Rand des Kampfplatzes liegen.

Ohne sich weiter um seinen Halbbruder zu kümmern, stieg Rogan über dessen leblosen Körper hinweg, ging zu Liana, nahm seine Kleider von ihr in Empfang und streifte sich das Hemd wieder über den Kopf. Dann bahnte er sich mit hoch erhobenem Haupt einen Weg durch die Menge, ohne Liana vorher anzusehen, aber offensichtlich erwartend, daß sie ihm folgte. Er beachtete auch die Bauern in seiner Nähe nicht, die ihm auf die Schulter schlugen, ihn beglückwünschten und ihn baten, mit ihnen zu trinken.

Rogan war sehr stolz auf sich. Er hatte den Mann besiegt, den seine Frau mit begehrlichen Blicken gemustert hatte. Er hatte ihr gezeigt, daß er der bessere Mann war. Und er war stolz darauf, wie er das gemacht hatte. Sie würde nun keinen Zweifel mehr haben, wie sehr er dem anderen Mann überlegen war. Er hätte seinen so von sich überzeugten Halbbruder mühelos mit einer Hand besiegen können.

Er war sich nun *sehr* bewußt, daß Liana ihm folgte, und lenkte seine Schritte auf den Wald zu. Wenn sie ihm zeigte, wie zufrieden sie mit ihm war, wollte er mit ihr allein sein. Einmal, nachdem er ein Turnier gewonnen hatte, waren zwei junge Ladies in sein Zelt gekommen, um ihn zu beglückwünschen. Was für eine denkwürdige Nacht war das gewesen!

Doch alles, was er sich nun wünschte, war das Lob seiner Frau. Vielleicht würde sie ihn genauso küssen wie in jenem Moment, als er sagte, er würde mit ihr den Jahrmarkt besuchen. Er hörte nicht auf zu gehen, bis sie sich tief im Wald befanden, und dann drehte er sich um und blickte sie an.

Sie warf ihm nicht die Arme um den Hals, noch schenkte sie ihm das Lächeln, das er inzwischen so gut kannte — ein Lächeln, das ihn an Zärtlichkeit, Lachen und Lebensfreude denken ließ.

»Ich habe gewonnen«, sagte er mit blitzenden Augen.

»Ja, du hast gewonnen«, sagte sie dumpf.

Er verstand diesen Ton nicht. Es war fast so, als wäre sie wütend auf ihn. »Ich habe diesen Mann mit Leichtigkeit besiegt.«

»O ja, es war zu leicht für dich. Leicht, ihn so zu demütigen, daß die Leute ihn auslachten.«

Rogan verstand sie nicht und versuchte auch erst gar nicht, sie zu verstehen. Sie war diesmal zu weit gegangen. Er hob die Hand, um sie zu schlagen.

»Willst du mich jetzt ebenfalls demütigen? Willst du jemanden schlagen, der schwächer ist als du? Willst du *alle* deine Verwandten schlagen. Mich, deine Frau, deine Brüder? Warum treibst du nicht alle deine Kinder zusammen, bindest sie an einen Baum und peitschst sie aus?«

Rogan wußte jetzt, daß diese Frau verrückt war. Was sie sagte, ergab keinen Sinn. Er ließ die Hand wieder sinken, drehte sich um und wollte zurückgehen ins Dorf.

Liana verstellte ihm den Weg. »Was hast du dir dabei gedacht, daß du dem Jungen eine so schlimme Niederlage bereitet hast? Du hast ihn wie einen Narren aussehen lassen.«

Rogans Temperament kam nun an die Oberfläche. Er packte sie bei den Schultern und schrie ihr ins Gesicht: »Es paßte dir wohl nicht, daß ich ihn zum Narren machte, wie? Wäre es dir lieber gewesen, wenn *ich* auf der Erde gelegen hätte. Hättest du *ihn* damit belohnt, daß du deinen Kopf in seinen Schoß legtest?« Er ließ die Hände von ihren Schultern fallen. Er hatte zu viel von sich verraten. Er ging an ihr vorbei.

Liana stand einen Moment da, starrte auf den Boden und dachte über seine Worte nach. Langsam wurde ihr die Bedeutung seiner Rede klar, und sie rannte los, um ihn einzuholen. »Du warst eifersüchtig«, sagte sie staunend, während sie zu ihm aufsah.

Er antwortete nicht, sondern ging um sie herum.

Sie trat wieder vor ihn hin und legte ihm die Hände auf die Brust. »Hast du wirklich diesen Jungen so schlimm behandelt, um mich zu beeindrucken?«

Rogan blickte über ihren Scheitel hinweg auf irgendeinen entfernten Punkt. »Ich wollte seine Kraft und Schnelligkeit prüfen, und als ich wußte, was ich wissen wollte, machte ich dem Kampf ein Ende.« Er blickte sie kurz an und dann wieder zur Seite. »Er ist kein Junge mehr. Er ist in meinem Alter oder sogar älter.«

Liana begann zu lächeln. Es gefiel ihr nicht, was er mit seinem Halbbruder gemacht hatte; aber wie gut das tat, daran zu denken, daß ihr Gatte eifersüchtig war auf einen anderen Mann, weil sie ihn mit einer gewissen Neugier betrachtet hatte. »Er mag ja in deinem Alter sein; aber er ist weder so stark noch so geschickt oder auch nur annähernd so hübsch wie du.« Sie nahm seinen Arm und versuchte, ihn wieder tiefer in den Wald hineinzuführen; aber er blieb dort stehen, wo er war.

»Ich bin zu lange von meinen Männern getrennt gewesen. Wir sollten jetzt in die Burg zurückkehren.« Sein Körper war so steif wie ein Baum.

»Aber die Wette verlangt, daß du einen ganzen Tag lang mein Sklave sein mußt«, sagte Liana und konnte nicht verhindern, daß sich ein klagender Ton in ihre Stimme einschlich. »Komm, wir lassen uns hier im Wald nieder. Wir müssen nicht zum Jahrmarkt zurückgehen.«

Rogan erlebte nun, wie er dieser Frau folgte. Irgendwie brachte sie es fertig, daß er seine Pflichten und seine Verantwortung vergaß. Seit er sie geheiratet hatte, hatte er seine Arbeit mehr vernachlässigt als je zuvor in seinem Leben.

»Komm, setz dich zu mir«, sagte sie und klopfte mit der Hand auf eine mit Gras und Blumen bewachsene Stelle neben einem Bach.

Sie konnte seinem Gesicht ansehen, daß er immer noch wütend war, und sie begann zu lächeln, als eine Bewegung zwischen den Bäumen unter ihm ihren Blick auf diese Stelle lenkte. »Paß auf!« gelang es ihr noch zu schreien.

Rogan sprang instinktiv zur Seite, und so traf der Messerstoß, der auf seinen Rücken gerichtet war, nicht sein Herz.

Liana blieb dort stehen, wo sie war, und sah entsetzt zu, wie Baudoin Rogan mit einem Messer angriff. Sie sah Blut an Rogans Arm; aber in dem Getümmel des Kampfes vermochte sie nicht zu erkennen, wie schlimm die Wunde war.

Diesmal gelang es Rogan nicht so leicht, seinen Halbbruder zu überwältigen. Baudoin war wutentbrannt und trachtete seinem Halbbruder nach dem Leben.

Liana konnte nicht viel mehr tun, als den beiden Männern zuzusehen, die miteinander rangen und über den grasigen Waldboden hinrollten, während das Messer hin und wieder zwischen ihnen aufblitzte. Die Wut verlieh Baudoin fast übermenschliche Kräfte, und Liana erkannte, daß Rogan um sein Leben kämpfen mußte.

Sie blickte um sich und sah einen kurzen, kräftigen Ast in ihrer Nähe. Sie hob ihn auf und balancierte ihn auf der Handfläche. Dann ging sie näher an die beiden kämpfenden Männer heran. Sie mußte einen Satz zur Seite machen, als die Männer auf sie zurollten, und wieder nach vorne gehen, wenn sie sich von ihr wegwälzten. Die beiden Köpfe, deren Gesichter vom Körper des anderen verdeckt waren, sahen sich so ähnlich, daß sie fürchtete, den falschen Mann zu treffen.

Dann sah sie eine Chance, als Baudoin seinen rechten Arm aus der Umklammerung befreien konnte und das Messer über Rogans Kehle hob.

Im nächsten Moment sank er hilflos zusammen, als Liana ihn wuchtig mit dem Ast auf den Kopf schlug.

Einen Moment lang bewegte sich Rogan nicht. Er lag da, den schlaffen Körper seines Halbbruders auf seiner Brust. Er mochte sich nicht gern eingestehen, daß er möglicherweise sein Leben verloren hätte, wenn da nicht . . . eine Frau eingegriffen hätte.

Er schob Baudoin nun von seiner Brust herunter und stand auf. Er brachte es nicht fertig, seine Frau anzusehen. »Wir werden in die Burg zurückgehen und meine Männer nach ihm ausschicken«, murmelte er.

»Und was werden deine Männer mit ihm machen?« fragte Liana, während sie die Wunde an Rogans Arm untersuchte. Das Messer hatte dort nur die Haut geritzt.

»Ihn hinrichten.«

»Deinen eigenen *Bruder*?« gab Liana zurück.

Rogan runzelte die Stirn. »Es wird ein rascher Tod sein. Kein Scheiterhaufen oder eine Folter.«

Liana sah einen Moment nachdenklich vor sich hin. »Du gehst und holst deine Männer. Ich werde nachkommen.«

Rogan blickte sie an und spürte, wie das Blut heftig in seinen Schläfen pochte. »Du gedenkst hier bei diesem Mann zu bleiben?«

Ihr Blick begegnete dem seinen. »Ich gedenke, ihm zu helfen, sich deiner ungerechten Strafe zu entziehen.«

»Meiner . . .?« erwiderte Rogan, wie vom Donner gerührt. »Er hat gerade versucht, mich zu *töten.* Wenn dir das nichts bedeutet, ist es jedenfalls für mich von erheblicher Wichtigkeit.«

Sie ging zu ihm und legte ihm die Hände auf die Arme. »Du hast schon so viele Brüder verloren, und es waren zum größten Teil deine Halbbrüder. Kannst du es wirklich ertragen, noch einen zu verlieren? Nimm diesen Mann mit auf die Burg und trainiere ihn. Bilde ihn zu einem deiner Ritter aus.«

Er trat von ihr weg und starrte sie mit offenem Mund an. »Willst du mir sagen, wie ich meine Männer zu führen habe? Bittest du mich darum, mit einem Mann zusammenzuleben, der mich ermorden wollte? Hoffst du mich loszuwerden, damit du diesen Mann haben kannst?«

Liana warf in einer Geste der Hilflosigkeit die Hände in die Luft. »Was bist du doch für ein Narr! Ich habe *dich* erwählt. Hast du überhaupt eine Ahnung, wie viele Männer um meine Hand anhielten? Sie suchten verzweifelt das Geld meines Vaters in ihren Besitz zu nehmen, und sie machten mir auf jede nur erdenkliche Weise den Hof. Sie schrieben Gedichte für mich und priesen in Liedern meine Schönheit und mein liebliches Wesen. Aber *du!* Du hast mich in den Sumpf gestoßen und mich dazu gezwungen, deine Kleider zu waschen. Und ich war so dumm, deinen Antrag anzunehmen und dich zu heiraten. Und was habe ich für meine Dummheit bekommen? Andere Frauen in deinem Bett, während du mich mit Nichtachtung straftest. Den Gestank deines ungewaschenen Körpers. Und nun wagst du es, mich zu beschuldigen, daß ich Gefallen an einem anderen Mann gefunden hätte! Ich habe diese Jauchegrube gereinigt, die du als dein Heim bezeichnet hast. Ich habe dir besseres Essen auf den Tisch gebracht, war deine begeisterte Bettpartnerin, und du wagst es, mich eine Ehebrecherin zu schelten. Geh hin und töte diesen Mann. Was kümmert es mich? Ich werde zu meinem Vater zurückkehren, und du kannst all das Gold behalten und bist eine lästige Frau los.«

Ihr Zorn verrauchte, und sie fühlte sich müde, ausgelaugt und den Tränen nahe. Sie hatte versagt. Wie Helen es ihr prophezeit hatte, war sie gescheitert bei diesem Mann.

»Was für ein Sumpf?« war alles, was Rogan nach einer Weile sagte.

Liana schluckte ihre Tränen hinunter. »Am kleinen See beim Fluß«, sagte sie müde. »Du hast mich gezwungen, deine Kleider zu waschen. Sollen wir jetzt gehen? Er wird bald aufwachen.«

Rogan trat auf sie zu, legte die Fingerspitzen unter ihr Kinn und hob es an, daß sie ihm in die Augen sehen mußte. »Ich hatte das vollkommen vergessen. Also du warst dieser Satansbraten, der Löcher in meine Kleider klopfte?«

Sie riß sich von ihm los. »Ich habe dir die Kleider ersetzt. Sollen wir jetzt gehen? Oder vielleicht möchtest du hierbleiben, damit du dich hinter deinen Bruder stellen und ihn töten kannst. Vielleicht hat er Schwestern, die du entführen kannst, damit du einen neuen Satz Wochentage bekommst.«

Rogan faßte sie am Arm und schwenkte sie herum. Ja, sie war das Mädchen vom kleinen See. Er erinnerte sich wieder daran, wie er dort in der Sonne gelegen hatte, sich bewußt, daß er beobachtet wurde. Und wie er sich gefreut hatte, daß es eine hübsche Frau war, die ihn betrachtete. Sie hatte damals Feuer gezeigt, und noch mehr Feuer in jener Nacht, als sie mit einer Fackel sein Bett in Brand setzte.

Und nun schenkte er ihr etwas, das er seit Jahren keiner Frau mehr geschenkt hatte: Er lächelte sie an.

Liana spürte, wie ihr die Knie weich wurden bei seinem Lächeln. Sein hübsches Gesicht verwandelte sich, bekam ein jungenhaft strahlendes Aussehen, wenn er lächelte. War das der Mann, den seine erste Frau täglich vor sich sah? Wenn ja — wie hatte sie ihn jemals verlassen können?

»Soso«, sagte er, »du hast also eingewilligt, mich zu heiraten, weil ich dich in einen Sumpf geworfen habe?«

Egal, wie gut er aussah — sie würde ihm darauf keine Antwort geben, nicht, wenn er in so einem Ton mit ihr redete. Das hörte sich ja so an, als wäre sie ein hirnloses, lustvoll-begieriges Bauernmädchen gewesen — nicht besser als eine von seinen Wochentagen. Sie drehte sich um, und marschierte mit steifem Rücken und hoch erhobenem Kopf in die Richtung, wo sich das Dorf befand.

Er lief ihr nach, faßte sie von hinten und hob sie — sie wollte es nicht glauben — wie ein Baby auf seine Arme und warf sie in die Luft. »Was hast du jetzt mit mir vor? Wieder mein Bett anzuzünden? Oder vielleicht setzt du diesmal gleich die ganze Burg in Brand?« Er warf sie abermals in die Luft. »Für so ein kleines Leichtgewicht hast du aber einen mächtig großen Willen, dir zu verschaffen, was du dir wünschst.«

Ihre Arme hingen um seinen Hals, damit sie nicht zu Boden stürzte.

»Das ist schon besser«, sagte er und küßte ihren Hals.

Lianas Zorn schmolz dahin, und Rogan wußte das auch, denn sie konnte sein leises Lachen an ihrem Hals spüren. »Du!« sagte sie und trommelte mit den Fäusten gegen seine Schulter. »Stelle mich sofort auf den Boden zurück. Wirst du jetzt deinen Bruder töten?«

Er sah sie an und schüttelte den Kopf. »Du gibst nicht auf, bis du erreichst, was du willst, nicht wahr?«

Sie hob die Hand und streichelte seine Wange. »Nein«,

sagte sie leise. »Wenn ich weiß, daß ich etwas will, gebe ich nicht eher Ruhe, bis ich es erreicht habe.«

Sein Blick wurde ernst, während er sie jetzt betrachtete, als habe ihn etwas stutzig gemacht an ihrer Antwort, und er wollte ihr gerade etwas darauf erwidern, als ein Stöhnen von Baudoin, der hinter ihm auf dem Boden lag, ihn ablenkte. Rogan setzte Liana so rasch ab, daß sie gegen einen Baum taumelte.

Als sie ihr Gleichgewicht wiederfand, sah sie Rogan über seinem Halbbruder stehen, das Messer stoßbereit in der Hand.

Liana begann zu beten. Sie schickte ein glühendes Stoßgebet gen Himmel, daß ihr Gatte diesem jungen Mann Gnade erwies.

»Und wie willst du mich töten?«

Sie öffnete die Augen und sah Baudoin gerade und stolz vor Rogan stehen. Er zeigte nicht eine Spur von Angst.

»Mich verbrennen?« fuhr Baudoin fort. »Oder mich foltern lassen? Sind deine Männer hier im Wald versteckt und können uns jetzt heimlich beobachten? Werden sie das Dorf niederbrennen — des Stückes wegen, in dem ich deine Rolle spielte?«

Liana blickte auf die beiden Männer, von denen Rogan ihr den Rücken zukehrte, und hielt den Atem an. Sie wußte, daß ihr Mann Baudoin ohne weiteres töten konnte, wenn er das wollte; aber sie betete, daß er das nicht tat. Rogan warf das Messer von einer Hand in die andere und schwieg still.

»Was tust du, um deinen Lebensunterhalt zu verdienen?« fragte Rogan schließlich.

Diese Frage schien Baudoin zu verblüffen. »Ich kaufe und verkaufe Wolle.«

»Bist du ein ehrlicher Mann?«

Baudoins Gesicht verriet seinen Zorn. »Ehrlicher als der Mann, der uns beide zeugte. Ehrlicher als meine illustren Brüder. *Ich* lasse meine Kinder nicht im Elend verkommen.«

Liana konnte Rogans Gesicht nicht sehen; aber sie fürchtete, daß Baudoin mit dem Hohn, den er über Rogan ausgoß, sein eigenes Todesurteil unterschrieb.

Als Rogan nun das Wort ergriff, geschah es leise und ein wenig ärgerlich. »Ich habe in den letzten Jahren eine Reihe von Brüdern verloren. Ich kann nicht noch mehr von ihnen verlieren. Wenn ich dich in meiner Burg unterbrächte, würdest du mir einen Eid der Treue schwören? Würdest du deinen Eid auch halten?«

Baudoin schien wie vom Donner gerührt zu sein — schien so erstaunt, daß er kein Wort hervorzubringen vermochte. Er hatte sein Leben lang seine Halbbrüder in ihrer Burg auf dem Hügel gehaßt. Er hatte in Armut gelebt, während sie alles hatten, was das Herz begehrte.

Liana bemerkte nun auch Baudoins Zögern und erriet dessen Ursache. Sie vermochte sich auch auszurechnen, daß Rogans Großzügigkeit sich rasch in Zorn verwandeln konnte, wenn sie nicht willig angenommen wurde. Rasch trat sie zwischen die beiden Männer.

»Hast du Kinder?« fragte sie Baudoin. »Wie viele? In welchem Alter? Wenn du bei uns leben möchtest, werde ich für ihre Erziehung sorgen. Sie können zusammen mit Rogans Söhnen in die Schule gehen.«

»Welche Söhne?« sagte Rogan und funkelte sie dabei an. Dieser Wollkaufmann weigerte sich, ihm die Gefolgschaft zu leisten, die er seinem Lord schuldig war. Er hätte ihn schon vor einer Stunde töten sollen, hatte es aber unterlassen, weil seine Frau sich einmischte. Er trat auf sie zu.

Liana nahm Baudoins Arm auf eine Weise, daß sie ihn

und sich zugleich schützte. »Alle deine kleinen rothaarigen Söhne natürlich«, sagte sie mit einem breiten Lächeln. »Kann deine Frau nähen?« fragte sie dann Baudoin. »Ich brauche ein paar Frauen, die nähen können. Oder spinnen. Oder weben. Wenn du mit Rogan zur Waffenübung ausziehst, kann sie bei mir bleiben. Rogan, warum sagst du nicht deinem *Bruder*» — sie betonte dieses Wort — »wie hart du mit ihm trainieren wirst? Vielleicht würde er dann lieber Kaufmann bleiben und weiterhin Wolle kaufen und verkaufen.«

»Soll ich etwa versuchen, ihn zu *überreden*?« sagte Rogan ungläubig. »Soll ich ihm vielleicht sagen, wie bequem ein Bett ist? Oder ihm mit der Aussicht, daß täglich Fleisch auf den Tisch kommt, den Mund wäßrig machen?«

Baudoin erholte sich jetzt von seinem Schock. Er hatte die Intelligenz ihres Vaters geerbt, und keiner hatte ihn bisher einen Narren nennen können. »Verzeiht mein Zögern, Mylord«, sagte er laut und lenkte nun Rogans Aufmerksamkeit von dessen Frau auf sich zurück. »Ich bin Euch überaus dankbar für Euer Angebot und ich . . .«, er hielt kurz inne, und seine Augen wurden hart, ». . . werde den Namen der Peregrines mit meinem Leben verteidigen.«

Rogan blickte den Mann einen langen Moment an, und Liana konnte erkennen, daß er mit sich rang. Bitte, betete sie, bitte glaube ihm.

»Komm zu mir morgen auf die Burg«, sagte Rogan schließlich. »Und jetzt geh.«

Als Baudoin gegangen war, traten Liana Tränen in die Augen — so erleichtert war sie. Sie ging zu Rogan, legte ihm die Arme um den Hals und küßte ihn. »Danke«, sagte sie. »Vielen Dank.«

»Wirst du mir auch noch so dankbar sein, wenn man

mich zurückbringt in die Burg, mit dem Schwert dieses Mannes im Herzen?«

«Ich glaube nicht . . .«, begann sie; aber sie *wußte* ja nicht, ob Rogan mit seiner Befürchtung nicht recht behalten würde. »Vielleicht habe ich einen Fehler gemacht. Vielleicht solltest du ihn lieber zum Schreiber machen oder ihn auf deine andere Burg versetzen oder . . .«

»Bist du jetzt plötzlich feige und nimmst deine Worte von vorhin zurück?«

»Wenn es um deine Sicherheit geht, werde ich nichts riskieren.«

»Frauen haben das schon früher zu mir gesagt«, erwiderte er, »und später stellte sich dann heraus, daß man ihnen nicht trauen durfte.«

Sie brachte ihre Lippen ganz dicht an die seinen heran. »Wer hat das zu dir gesagt? Jeanne Howard etwa?«

Sie lag in seinen Armen, und im nächsten Moment lag sie auf dem Boden und blickte hinauf in ein Gesicht, das schon erwachsene Männer zum Zittern gebracht hatte.

Kapitel zwölf

Er schwang herum und begann rasch durch den Wald zu gehen — weg von ihr und dem Dorf.

Liana rannte ihm nach. Sie war froh, daß sie einen kurzen Bauernrock trug, so daß sie über umgestürzte Bäume springen und dicken Stämmen ausweichen konnte. Aber es gelang ihr nicht, Rogan einzuholen. Binnen weniger Minuten hatte sie ihn aus den Augen verloren.

»Zum Henker mit ihm und seiner Launenhaftigkeit«, sagte sie laut vor sich hin und stampfte dabei zornig mit dem Fuß auf.

Sie hatte nicht gemerkt, daß sie ganz dicht vor dem Rand einer steilen Böschung stand, die zum Fluß hinunterfiel. Ein Stück der Böschung gab unter ihr nach, und sie rutschte auf dem Rücken ungefähr zwanzig Fuß in die Tiefe und schrie dabei laut um Hilfe.

Als sie am Fuß der Böschung wieder auf festem Boden landete, stand Rogan vor ihr, ein kurzes Schwert in der Hand, das er irgendwo unter seiner Tunika verborgen gehalten haben mußte.

»Wer ist das gewesen?« forschte er.

Liana hatte keine Zeit, ihrem Glück zu danken, daß sie ihn so schnell wiedergefunden hatte. »Ich bin gestürzt«, erklärte sie ihm. »Ich wollte dir folgen und bin dabei gefallen.«

»O«, sagte er dazu nur und schob dann mit gleichgültiger Miene sein Schwert wieder unter sein grobgewebtes Obergewand.

Er stand da und sah so aus, als hätte er keine Ahnung, was er als nächstes tun sollte. »Trage mich zum Wasser, Sklave«, befahl Liana und streckte ihm mit hochmütigem Gesicht ihre Hand hin. Als er sich nicht bewegte, sagte sie: »Bitte.«

Er bückte sich, hob sie auf seine Arme und ging mit seiner Last zum Fluß. Sie legte ihm die Arme um den Hals, knabberte an seinem Ohrläppchen und fragte: »War Jeanne hübsch?«

Er ließ sie in das eiskalte Wasser fallen.

Spuckend und prustend kam Liana wieder an die Oberfläche. Rogan wanderte bereits wieder vom Flußufer fort. »Du bist der schlimmste Sklave, den es jemals gegeben hat!« rief sie ihm nach. »Und wo bleibt deine Ehrenpflicht, Wettschulden zu bezahlen?«

Als sie sich im Wasser aufstellte, kam er zum Fluß zurück, und fast wünschte sie, er hätte es nicht getan, als sie sein Gesicht sah.

»Ich bin dir nichts schuldig, Frau«, sagte er im bissigen Ton. »Es gibt einige Dinge in meinem Leben, die niemanden etwas angehen und . . . und . . .«

»Dazu gehört Jeanne Howard«, sagte sie mit klappernden Zähnen.

»Ja, diese Frau ist schuld an dem Tod von . . .«

»Basil und James«, ergänzte sie.

Er funkelte sie wütend an. »Willst du dich etwa über mich lustig machen?« sagte er im Flüsterton.

Sie sah ihn nun fast flehend an. »Rogan, es käme mir niemals in den Sinn, mich über eine so schreckliche Sache wie den Tod eines Menschen leichtfertig zu äußern oder gar lustig zu machen. Ich habe meinen Gatten lediglich nach seiner Gattin gefragt. Jede Ehefrau ist neugierig, etwas über die andere Frau im Leben ihres Mannes zu erfahren. Ich habe nur so viel über Jeanne gehört, daß ich . . .«

»Wer hat dir von ihr erzählt?«

»Die Lady.« Als Rogan offensichtlich nicht wußte, wen er meinte, sagte sie: »Ich glaube, sie ist Severns Lady, obwohl sie etwas älter ist als er.«

Rogans Gesicht verlor seinen harten Ausdruck. »Wenn ich du wäre, würde ich es nicht wagen, Iolanthe daran zu erinnern, daß sie älter ist als Severn.« Er schwieg einen Moment. »Io erzählte dir also von . . .«

Er schien den Namen seiner ersten Frau nicht aussprechen zu können, und das fand Liana sehr beunruhigend. Liebte er sie etwa immer noch so sehr? »Ich bin Iolanthe bisher noch nicht begegnet; aber die Lady hat sie erwähnt. Rogan, ich friere entsetzlich. Könnten wir nicht dort drüben weiterreden? In der Sonne?«

Zweimal war er von ihr weggelaufen, als sie den Namen dieser Frau aussprach, und beide Male war er wieder zurückgekommen; und nun überlegte er sogar, ob er bleiben und mit ihr »reden« sollte. Er packte Lianas Hand und zog sie aus der Strömung heraus.

Als sie dann in der Sonne saßen, verschränkte er die Arme vor der Brust und preßte die Zähne aufeinander. Er würde niemals mehr in seinem Leben seine Zustimmung dazu geben, einen Tag mit einer Frau zu verbringen — besonders nicht mit dieser da. Sie hatte ein Talent, ihn an seinen empfindlichsten Stellen zu treffen. »Was willst du jetzt von mir wissen?« fragte er.

»War sie hübsch? Warst du sehr in sie verliebt? Ist das der Grund, weshalb die Burg so verwahrlost war? Hast du geschworen, nie mehr eine andere Frau zu lieben, weil sie dir so weh getan hat? Warum hat sie Oliver Howard dir vorgezogen? Wie war sie? Hat sie dich zum Lachen gebracht? Ist Jeanne der Grund, daß du niemals lächelst? Glaubst du, daß ich jemals ihren Platz in deinem Herzen einnehmen könnte?«

Als die Kette der Fragen endlich abriß, stand Rogan nur da und starrte sie an. Seine Arme hingen ihm lose an den Seiten, und sein Mund war leicht geöffnet — so verdattert war er.

»Nun?« drängte Liana ungeduldig. »Wie ist sie?« Wie war sie? Nun sag' doch was!«

Rogan war sich nicht sicher gewesen, was sie ihn fragen würde, als er sich bereit fand, ihr Auskunft zu geben — aber solche idiotischen, unwichtigen, hysterischen Fragen hatte er nicht erwartet. In seinen Augen irrlichterte es verdächtig, als er sagte: »Schön? Der Mond hatte Angst, über Moray Castle aufzugehen, weil er nicht wetteifern konnte mit der Schönheit von . . . von . . .«

». . . Jeanne«, sagte Liana gedankenverloren. »Dann war sie also viel hübscher als ich?«

Er mochte nicht glauben, daß sie seine Worte für bare Münze nahm. Tatsächlich konnte er sich an das Aussehen seiner ersten Frau gar nicht mehr erinnern. So viele Jahre waren vergangen, seit er sie zuletzt gesehen hatte. »Viel hübscher«, sagte er mit übertrieben feierlicher Stimme. »Sie war so schön, daß . . .« Er suchte nach einem Vergleich . . . »daß ein Schlachtroß mitten in der Attacke anhielt und ihr aus der Hand fraß.«

»Oh«, murmelte Liana und setzte sich auf einen Felsblock. Ihre nassen Kleider machten leise quietschende Geräusche. »Oh.«

Rogan verdrehte die Augen, als er auf ihren Scheitel hinuntersah. »Sie konnte es sich nicht leisten, hübsche Kleider zu tragen, weil sonst die Männer bei ihrem Anblick blind geworden wären. Sie mußte deshalb immer in Bauernkleidern erscheinen, damit meine Ritter nicht ihr

Augenlicht verloren. Wenn sie ins Dorf ritt, mußte sie sogar eine Maske tragen, weil sich sonst die Männer unter die Hufe ihres Pferdes geworfen hätten. Diamanten sahen aus wie trübe Kieselsteine, wenn man sie mit ihren Augen verglich . . .«

Lianas Kopf ruckte jetzt in die Höhe. »Du willst mich wohl auf den Arm nehmen, wie?« rief sie im Ton aufkeimender Hoffnung. »Wie sah sie nun *wirklich* aus?«

»Ich weiß es nicht mehr. Sie war jung und hatte braune Haare, glaube ich.«

Liana spürte, daß er ihr nun die Wahrheit sagte — daß er sich kaum noch an Jeannes Aussehen erinnern konnte. »Wie kannst du jemanden vergessen, den du so sehr geliebt hast?«

Er setzte sich, mit dem Rücken zu ihr, ins Gras und blickte auf den Fluß hinaus. »Ich war doch noch gar nicht erwachsen, und meine Brüder befahlen mir, zu heiraten. Sie . . . hat mich verraten. Uns alle. James und Basil fanden den Tod, als sie versuchten, sie zurückzuholen.«

Sie ging zu ihm und setzte sich neben ihn, ihre kalte nasse Seite an seine warme, trockene legend. »Sie ist der Grund, warum du immer so traurig bist, nicht wahr?«

»Traurig?« sagte er. »Der Tod meiner Brüder hat mich traurig gemacht. Daß ich sie nacheinander sterben sah und daran denken mußte, daß die Howards mir alles genommen hatten, was ich mir vom Leben wünschte.«

»Selbst deine Frau«, flüsterte sie.

Er drehte den Kopf zur Seite und blickte sie an. Er hatte seit vielen Jahren nicht mehr auf eine persönliche Weise an seine erste Frau gedacht. Er konnte sich nicht mehr an ihr Gesicht, ihren Körper, an irgendeine ihrer Eigenschaften erinnern. Aber als er nun Liana ansah, überlegte er, daß er sich sehr wohl an vieles von ihr erinnern würde, wenn sie ihn verließe — und zwar nicht nur an ihre körperlichen Eigenschaften, setzte er in Gedanken erstaunt hinzu. Er würde sich an manches erinnern, was sie zu ihm *gesagt* hatte.

Er streckte die Hand aus und berührte ihre feuchte Wange. »Bist du wirklich so simpel, wic du zu sein scheinst?« fragte er leise. »Ist für dich das Wichtigste im Leben, ob dich jemand liebt oder meint, daß du schön bist?«

Liana wollte sich nicht gar so oberflächlich dargestellt wissen. »Ich kann über die Ausgaben und Einnahmen von Gütern wachen. Ich kann Diebe überführen. Ich kann Gerichtsurteile fällen. Ich kann . . .«

»Den Richter spielen?« fragte Rogan erstaunt und bog sich zur Seite, um ihr ins Gesicht sehen zu können. »Wie sollte eine Frau ein vernünftiges Urteil fällen können? Da geht es nicht um Liebe und wer den saubersten Fußboden hat — da geht es um wichtige Dinge.«

»Gib mir ein Beispiel«, sagte Liana nüchtern.

Rogan hielt es nicht für klug, wenn man den Verstand einer Frau mit zu vielen ernsthaften Angelegenheiten befrachtete; aber er wollte ihr auch eine Lektion erteilen. »Gestern kamen ein Mann und drei Zeugen zu mir mit einem Dokument, das mit einem Siegel unterzeichnet war. Das Dokument besagte, daß der Mann der Besitzer eines Bauernhofes war; aber der frühere Eigentümer dieser Farm wollte diese nicht räumen. Jener Mann hatte als Sicherheit für eine Schuld das Siegel auf das Dokument gesetzt. Nun war die Schuld nicht bezahlt worden; aber der erste Eigentümer wollte auch nicht die Farm dem neuen Eigentümer übergeben. Wie hättest du in diesem Fall entschieden?« fragte er selbstgefällig.

»Ich würde kein Urteil fällen, ehe ich nicht den ersten Eigentümer in dieser Sache gehört hätte. Die Gerichte des

Königs haben entschieden, daß man ein Siegel viel zu leicht fälschen könne. Wenn der angebliche Schuldner so gebildet war, daß er ein Siegel besaß, konnte er möglicherweise auch seinen eigenen Namen schreiben. Er würde also das Siegel *und* sein persönliches Handzeichen auf das Dokument gesetzt haben. Ich würde ihn auch fragen, ob die Zeugen mit dem Kläger befreundet sind oder nicht. Alles in allem scheint mir der Fall nicht so einfach zu sein, wie es zunächst den Anschein hat.«

Rogan sah sie wieder mit offenem Mund an. Das Dokument hatte sich tatsächlich als Fälschung erwiesen, die von einem Mann produziert worden war, der gesehen hatte, wie seine junge Frau mit dem Sohn des Eigentümers der Farm geschäkert hatte.

»Also?« sagte Liana. »Ich hoffe doch, du hast nicht deine Ritter ausgeschickt, um den armen Farmer von Haus und Hof jagen zu lassen.«

»Das habe ich nicht getan«, schnaubte Rogan. »Noch habe ich jemanden verbrennen lassen, weil er Ratten gegessen hat.«

»Oder eine Tochter schwängerte?« sagte sie schelmisch.

»Nein; aber die Frau des Farmers war eine Schönheit. Mit einem solchen Vorgarten . . .« Er deutete mit den Händen die Größe ihres Busens an.

»Du!« sagte Liana und warf sich gegen ihn.

Er fing sie auf, tat so, als habe ihr Gewicht ihn von den Beinen gerissen, und zog sie dann fest an sich. Er küßte sie.

»Ich habe meine Sache als Richter nicht ganz übel gemacht, wie? Das Dokument war gefälscht, nicht wahr?« Sie lag auf ihm, spürte seinen kräftigen, harten Körper unter ihrem.

»Deine Kleider sind naß«, sagte er. »Vielleicht solltest du sie ausziehen und trocknen lassen.«

»Du lenkst mich jetzt nicht ab. War das Dokument falsch oder nicht?«

Er hob den Kopf, um sie abermals zu küssen; aber sie drehte das Gesicht von ihm weg.

»War es falsch?«

»Ja, es war falsch«, sagte er verdrossen.

Liana lachte und begann seinen Hals zu küssen.

Rogan schloß die Augen.

Er hatte so wenige Frauen in seinem Leben gehabt, die keine Angst vor ihm hatten. Die hochgeborenen Ladies an den Höfen des Hochadels rümpften in der Regel die Nase über ihn, und so hatte sich Rogan eben eingeredet, daß er eine Vorliebe für die Mädchen des gemeinen Volkes habe. Und die fürchteten sich vor seinen finsteren Blicken und barschen Reden. Doch diese Frau lachte über ihn, schrie ihn an — und weigerte sich, ihm zu gehorchen.

». . . und ich kann helfen«, sagte sie.

»Helfen wobei?« murmelte er.

»Bei der Rechtsprechung.« Sie fuhr mit der Zungenspitze an seinem Schlüsselbein entlang.

»Nur über meine Leiche«, rief er.

Sie scheuerte ihre Hüften an den seinen. »Ich bin doch jetzt über ihr, nur scheint mir die Leiche sehr lebendig zu sein.«

»Du bist ein unverschämtes Stück«, sagte er, sie küssend.

»Wie wirst du mich bestrafen?«

Er legte seine Hand hinter ihren Kopf, rollte sie auf den Rücken und warf seine mächtigen Beine über die ihren. »Ich werde es so lange mit dir machen, bis dir die Lust daran vergeht.«

»Unmöglich!« rief sie, ehe er mit seinen Lippen ihren Mund verschloß.

Da näherten sich Schritte zwischen den Bäumen, die das Liebespaar zunächst nicht hörte.

»Gaby, ich sage dir, das ist eine schlechte Idee«, sagte eine Männerstimme.

»Wer nicht wagt, der nicht gewinnt, sage ich immer«, antwortete eine Frauenstimme.

Liana spürte, wie Rogan plötzlich erstarrte, rasch sein Kurzschwert unter seiner Tunika hervorholte und dann über ihr kniete, um sie mit seinem Körper zu schützen.

Unter den Bäumen traten Baudoin, eine kleine dralle Frau mit einem kleinen Mädchen auf dem Arm und einem Henkelkorb in der Hand und ein Knabe hervor, der zwischen den beiden ging.

Liana und Rogan starrten die vier an, wußten nicht, was sie von dieser Störung halten sollten.

»Da seid Ihr ja«, sagte die Frau und trat nun näher. »Baudoin hat mir alles erzählt. Ihr müßt ihm sein hitziges Temperament verzeihen. Ich bin seine Frau, Gabriel, aber jeder nennt mich Gaby; und das sind meine Kinder, Sarah und Joseph. Ich sagte zu Baudoin, wenn wir bei Euch wohnen sollen, sollten wir Euch auch kennenlernen. Mein Vater war Ritter — natürlich nicht so etwas Hochwohlgeborenes wie ein Graf, aber immerhin ein Mann von Respekt. Ich wußte, daß Baudoin der Sohn eines Lords war, und ich bettelte so lange, bis mein Vater mir erlaubte, ihn zu heiraten.« Sie warf dem hochgewachsenen, hübschen jungen Mann einen liebevollen Blick zu. »Und ich habe meinen Entschluß nicht einen Augenblick bereut. Ist Euch denn nicht kalt, Mylady, in diesen nassen Kleidern? Die Farbe in Euren Haaren löst sich auf und läuft Euch übers Gesicht. Laßt mich Euch helfen, Euer Haar von den Resten der Farbe zu befreien.«

Rogan und Liana hatten sich inzwischen nicht bewegt. Rogan kniete noch mit gezogenem Kurzschwert über Liana, um sie mit seinem Körper zu schützen, und als Gaby Liana ihre freie Hand hinstreckte, reagierte sie nicht.

Baudoin brach das Schweigen. »Geht nur mit ihr«, sagte er. »Jeder tut, was sie sagt.« Das waren nicht gerade schmeichelhafte Worte; aber der Ton, in dem sie gesprochen wurden, verriet eine große Zuneigung zu seiner Frau. Die beiden sahen eigentlich gar nicht so aus, als würden sie zusammengehören. Baudoin war groß, schlank, ungewöhnlich gutaussehend; Gaby hingegen klein, eher plump, hübsch; aber keineswegs eine Schönheit. Und während ihr Mann trotzig, fast zornig um sich blickte, sah sie so aus, als wäre sie mit einem Lächeln auf dem Gesicht geboren.

Liana ergriff nun die Hand, die ihr die Frau entgegenstreckte, und folgte ihr hinunter zum Fluß. Liana war es gewöhnt, daß Frauen aus Gabys Stand Angst vor ihr hatten; aber seit sie in das Land der Peregrines gekommen war, schien nichts mehr so zu sein, wie sie es früher gekannt hatte.

»Du bleibst hier sitzen und bist artig«, sagte Gaby zu ihrer kleinen Tochter, nachdem sie diese auf dem Boden abgesetzt hatte. Dann blickte sie Liana an. »Ich habe gehört, was heute morgen geschehen ist. Brüder sollten sich niemals bekämpfen. Ich habe immer zu Baudoin gesagt: ‘Deinen Brüdern auf der Burg wird eines Tages schon noch ein Licht aufgehen.’ Und ich habe recht behalten. Er ist ein guter Mann, mein Baudoin, und wenn man ihn braucht, ist er stets zur Stelle. Schaut Sie euch an. Wie zwei Erbsen aus einer Schote.«

Liana sah zu den beiden Männern hinüber, die sich jetzt stumm gegenüberstanden, zwischen ihnen der Junge, der ebenfalls schwieg.

»Lehnt Euch nach vorn, damit ich Euch die Haare waschen kann«, befahl Gaby.

Liana tat, was die Frau ihr anschaffte.

»Redet Eurer auch so wenig wie meiner?« fragte Gaby.

Liana wußte nicht recht, wie sie sich verhalten sollte — ob sie sich mit dieser Frau anfreunden durfte oder nicht. Es war schon seltsam, welchen Einfluß Kleider auch auf die geistige Verfassung eines Menschen hatten. Wenn sie ihr bestes blaues Seidengewand getragen hätte, hätte sie wohl erwartet, daß diese Frau sich vor ihr verbeugte, ehe sie mit ihr sprach. Doch in dieser groben wollenen Bauernkleidung hatte sie irgendwie das Gefühl, als wäre diese Frau . . . nun, als wären sie ebenbürtig.

»Wenn ich ihn irgendwo festketten kann, wird er mit mir reden; aber nicht viel«, sagte Liana schließlich.

»Gebt den Kampf nicht auf. Er wird sich vollkommen in sich selbst zurückziehen, wenn Ihr das zulaßt. Und bringt ihn zum Lachen. Kitzelt ihn.«

»Ihn kitzeln?« Schwarz gefärbtes Wasser strudelte an Lianas Gesicht vorbei.

»Hmmm«, sagte Gaby. »Zwischen den Rippen. Trotzdem sind es gute Männer. Sie sind nicht wankelmütig, was Gefühle anlangt. Wenn er Euch heute liebt, liebt er Euch bis in alle Ewigkeit. Nicht so wie manche Männer, die Euch heute lieben, morgen wieder eine andere, und übermorgen eine dritte. Da — das sollte genügen. Euer Haar ist wieder blond.«

Liana setzte sich auf und wrang ihre nassen Haare aus. »Aber nun können wir nicht mehr zum Jahrmarkt zurückkehren. Jemand könnte mich dort erkennen.«

»Nein«, erwiderte Gaby ernst. »Ihr werdet nicht dorthin zurückkehren wollen. Es wurde heute morgen davon geredet, wer dieser geheimnisvolle Mann, der Baudoin besiegte, gewesen sein müsse. Ihr solltet den Jahrmarkt nicht mehr besuchen.« Und dann hellte sich ihre Miene wieder auf. »Aber ich habe etwas zu essen mitgebracht, und wir könnten hier an diesem schönen Platz bleiben.«

Gabriel erzählte Liana nicht, daß sie die Ersparnisse eines Jahres ausgegeben hatte, um Speisen für ein Festmahl einzukaufen. Hinter Gabys Frohnatur verbarg sich eine sehr ehrgeizige Frau; aber der Ehrgeiz galt nicht ihr, sondern ihrem Mann, den sie mehr liebte als das Leben.

Sie war zwölf Jahre alt gewesen, als sie diesen hübschen Mann mit den kalten Augen zum erstenmal sah und beschloß, Baudoin für sich zu erobern — egal, was es kosten würde, um dieses Ziel zu erreichen. Ihr Vater wollte, daß sie eine gute Partie machen und nicht den unehelichen Sohn eines Lords ohne Zukunftsaussichten heiraten sollte. Aber Gaby hatte ihren Vater so lange bekniet, gebettelt, beschworen und becirct, bis er schließlich Baudoins Stiefvater ein Angebot gemacht hatte.

Baudoin hatte sie ihrer Mitgift wegen geheiratet, und die ersten Ehejahre waren hart gewesen. Er hatte viele Frauen nebenher gehabt; aber Gabys Liebe war stärker gewesen als seine Lust. Und mit der Zeit hatte er sie immer mehr beachtet, war zu ihr gekommen, um bei ihr Liebe und Trost zu suchen, und als die Kinder zur Welt kamen, hatte er an ihnen ebensolche Freude wie die Mutter.

In den sechs Jahren ihrer Ehe hatte sich Baudoin von einem Frauenheld und Schürzenjäger, der von einem Bett ins andere sprang, zu einem erfolgreichen Kaufmann gemausert, der seine Frau und seine Kinder als sein kostbarstes Gut betrachtete.

Als er heute morgern Lord Rogan in der Zuschauermenge entdeckte, hatte er sofort in ihm seinen Halbbruder erkannt. Zum erstenmal seit vielen Jahren war sein alter Zorn wieder an die Oberfläche gekommen. Stunden danach hatte er Gaby gefunden, und nach langem hin und her hatte sie ihm endlich die Würmer aus der Nase gezogen und erfahren, was da im Wald passiert war. Er schämte sich, weil er einen Mann von hinten angegriffen hatte, und er erzählte Gaby auch von dem Angebot, das er angenommen habe. Und dann hatte er gesagt, daß sie sofort die Gegend verlassen und woanders von vorne anfangen müßten, denn er könne es nicht ertragen, Rogan noch einmal unter die Augen zu treten.

Gaby hatt ein rasches Dankgebet gesprochen, daß er ihnen endlich eine lang ersehnte Chance gegeben habe, und hatte sich nun daran gemacht, Baudoin umzustimmen. Sie hatte alle Mittel dafür eingesetzt, die ihr einfallen wollten, um Baudoins Widerstand zu brechen. Sobald sie das erreicht hatte, wußte sie, daß sie nun den Lord und seine gütige, vergebende Frau bearbeiten mußte. Und sie wußte, daß sich auch nur heute, wo sich ihre Herrschaft in Bauernkleidern unter das Volk gemischt hatte, eine Gelegenheit dazu bot. Morgen, wenn die Herrschaft wieder in Seide und sie in Wolle einhergingen, würde die Kluft zwischen ihnen zu groß sein.

So hatte sie das Geld aus seinem Versteck geholt, Roastbeef, Schinken, gebratene Hühner, Brot, Orangen, Käse, Datteln, Feigen und Bier gekauft, das alles in einen Korb getan und sich dann auf den Weg gemacht, um ihre illustren Verwandten zu suchen. Sie verbannte jeden Gedanken an Rogans Ruf, der so treffend in dem Stück dargestellt worden war (und sie weigerte sich auch, daran zu denken, daß Lord Rogan zugesehen hatte, wie Baudoin ihn auf der Bühne verkörperte), sondern konzentrierte sich darauf, ihre Herrschaft gleichsam als Gleichberechtigte zu erfreuen.

Liana konnte kaum etwas sagen, solange Gaby in ihrer Nähe war — was allerdings für alle galt, denn Gaby redete so viel, daß es für eine ganze Armee reichte. Zuerst war Liana reserviert. Sie mochte Gabys anmaßende Art nicht und daß sich diese Frau ihnen aufgedrängt hatte, als sie die Gelegenheit, endlich mit Rogan allein sein zu können, ausnutzen wollte.

Doch nach einer Weile begann Liana aufzutauen. Es tat so gut, jemand *reden* zu hören. Rogan mußte sie jedes Wort abringen, und Gäste gab es auf Moray Castle nie — niemand, mit dem sie reden konnte, außer ihren Dienerinnen und der Lady, die sich viel zu oft in ihrem Zimmer einschloß.

Und Liana gefiel auch die Art, wie sie Baudoin anhimmelte. Ihre Augen glitten in einer besitzergreifenden Weise über ihn hin, die ihr teils eheweiblich, teils mütterlich, teils vampirhaft erschien, als habe sie vor, ihm das Leben auszusaugen. Sie fragte sich, ob sie Rogan etwa genauso anblickte.

Die Männer saßen sich zunächst ebenfalls reserviert gegenüber, da sie nicht wußten, was sie miteinander reden oder wie sie sich zueinander verhalten sollten, bis Gaby vorschlug, Rogan sollte Baudoin doch im Kampf mit langen Stangen unterweisen.

Die Frauen saßen auf dem Boden und aßen Käse und Brot, während sie den Männern beim Training zusahen. Rogan war ein guter Lehrer, wenn er auch unnachsichtig Fehler ahndete. Dreimaß stieß er Baudoin in den kalten Fluß. Aber Baudoin war nicht umsonst der Sohn seines Vaters. Als Rogan seinen Halbbruder zum viertenmal ins Wasser schicken wollte, machte Baudoin eine blitzschnelle Drehung, und Rogan flog selbst mit dem Gesicht voran ins Wasser.

Liana war sofort auf den Beinen und rannte zu ihrem Mann hin. Er sah so verdutzt aus, als er dort im Wasser saß, daß Liana zu lachen begann und Gaby in ihr Gelächter einstimmte. Selbst Baudoin mußte lächeln. Und es dauerte eine Weile, doch dann lächelte Rogan auch.

Liana streckte ihm die Hand hin, um ihm aus dem

Fluß herauszuhelfen; aber er, immer noch lächelnd, zog sie statt dessen zu sich ins Wasser hinein. »Das war ungerecht!« rief sie. »Ich war schon fast trocken.«

Da stand er auf, hob sie aus dem Wasser, trug sie zu der mit Gras bewachsenen Stelle in der Sonne und setzte sich dort neben ihr nieder.

Er zog sein Hemd aus, und als Liana vor Kälte erschauerte, nahm er sie in seine Arme, daß sie sich an ihn lehnen konnte. Liana wußte, daß sie noch nie so glücklich gewesen war im Leben wie jetzt.

»Was gibt es zu essen?« fragte Rogan. »Ich bin halbtot vor Hunger.«

Gaby holte köstliche Leckerbissen aus ihrem Korb, und die vier Erwachsenen und die beiden kleinen Kinder begannen zu essen. Meistenteils war es wieder Gaby, die redete, und ihnen kleine lustige Geschichten aus dem Dorfalltag erzählte. Sie war bemerkenswert taktvoll, wenn es darum ging, alle Anspielungen auf die Peregrine-Familie zu vermeiden, die das Dorf tyrannisierte.

Liana konnte spüren, wie Rogan sich zu entspannen begann. Er stellte Baudoin einige Fragen, den Wollhandel betreffend, erkundigte sich sogar bei ihm, ob er Vorschläge habe, wie man die Wollproduktion der Peregrines verbessern könne.

Das kleine Mädchen, Sarah, noch ein Wickelkind, das gerade das Gehen lernte, nahm eine Dattel und begab sich dann auf ihren noch wackeligen Beinchen mit Hilfe ihres Vaters zu Rogan. Sie stand da und starrte Rogan eine Weile lang an, bis Rogan sich umdrehte und sie anblickte. Er hatte Kinder nie sonderlich beachtet; aber er stellte fest, daß dies ein hübsches Kind war mit ausdrucksvollen dunklen Augen, die ihn studierten.

Das Kind gab ihm die Dattel, und als Rogan sie entgegennahm, schien es das für eine Einladung zu halten. Es drehte sich um, ließ sich auf seinen Schoß fallen und schmiegte sich dann mit dem Rücken an seine Brust.

Rogan blickte entsetzt auf den Wuschelkopf des Kindes hinunter.

»Das macht sie bei fremden Leuten nie«, sagte Gaby. »Das ist meine Sarah.«

»Nimm sie«, raunte Rogan Liana zu. »Schaff sie mir vom Leib.«

Liana stellte sich plötzlich taub. »Hier, Sarah, gib diese Feigen deinem Onkel Rogan.«

Feierlich nahm das Kind eine Feige entgegen und hielt sie an Rogans Mund. Als er versuchte, sie ihr wegzunehmen, protestierte sie laut. Mit einem Gesicht, als habe er noch nie so etwas Unangenehmes machen müssen, öffnete er den Mund und ließ sich von dem Kind mit der Feige füttern.

Liana ließ nun das Gespräch mit Gaby keinen Moment abreißen und tat so, als beachtete sie Rogan und das Kind gar nicht, während sie Sarah ständig mit Datteln und Feigen versorgte. Als das Kind müde wurde, ihren Onkel zu füttern, lehnte es sich gegen Rogan und schlief ein.

Nur zu schnell senkte sich die Sonne dem Horizont zu, und Liana wußte, daß es Zeit wurde, nach Hause zu gehen. Sie wünschte sich, diese angenehmen Stunden fänden nie ein Ende, und sie wollte nicht in die düstere Burg von Moray zurückkehren und — möglicherweise — zu einem Ehemann, der sie abermals ignorierte. Sie legte ihre Hand in die seine und ihren Kopf an seine Schulter. Eine Weile lang saßen sie so da, das schlafende Baby auf seinem Schoß.

»Das war der schönste Tag meines Lebens«, flüsterte Liana. »Ich wünschte, er ginge nie zu Ende.«

Rogan drückte sie kurz mit dem Arm, den er um sie gelegt hatte, an sich. Es war ein nutzlos vergeudeter Tag, und er hatte sich vorgenommen, nie mehr so leichtfertig mit seiner Zeit umzugehen; aber er stimmte ihr insofern zu, daß es . . . nun, kein unangenehmer Tag gewesen war.

Es war Sarah, die jetzt aufwachte und zu greinen begann und nun allen deutlich machte, daß sie in ihre jeweiligen Wohnungen zurückkehren mußten.

»Du wirst morgen in die Burg kommen?« fragte Liana Gaby und sah Tränen der Dankbarkeit in den Augen der Frau.

Liana hatte sich schon Gedanken gemacht, wie sie Gaby zur Herrin ihres Haushalts ernennen könne. Gaby würde dafür sorgen, daß die Mägde die Burg sauber hielten, und Liana hätte dann mehr Zeit für ihren Gatten.

Einige Minuten später begannen Rogan und Liana in der zunehmenden Abenddämmerung langsam zur Burg zurückzuwandern. Sich bei den Händen haltend, gingen sie eine Weile schweigend dahin.

»Ich wünschte, wir müßten nicht zurückgehen«, sagte Liana. »Ich wünschte, wir könnten so sein wie Gaby und Baudoin und irgendwo in einer einfachen Hütte wohnen . . .«

Rogan schnaubte. »Sie schienen mir aber nur zu willig, ihre einfache Hütte mit der Burg vertauschen zu wollen. Diese Mahlzeit muß sie den Verdienst eines ganzen Jahres gekostet haben.«

»Eines halben Jahres«, sagte Liana im Ton eines Menschen, der viel Zeit auf die Führung von Kontobüchern verwendet hatte. »Aber sie *lieben* sich«, setzte sie verträumt hinzu. »Ich konnte das an Gabys Augen sehen.« Sie blickte zu Rogan hoch. »Wie sie Baudoin ansah, muß auch ich dich wohl ansehen.«

Rogan blickte geradeaus auf die Burgmauern von Moray. Es war zu einfach für sie gewesen, am Morgen unerkannt durch das Tor zu schlüpfen. Wenn nun die Howards, etwa als Gemüsehändler verkleidet, um Einlaß baten? Er mußte die Wachsamkeit der Burgbesatzung erhöhen.

»Hast du gehört, was ich gerade sagte?« fragte Liana.

»Vielleicht sollte er verlangen, daß die Bauern, die in die Burg gelassen wurden, ein Abzeichen trugen. Natürlich konnte man ein Abzeichen stehlen; aber . . .

»Rogan!« Liana war stehengeblieben, und da sie seine Hand festhielt, war er ebenfalls gezwungen, anzuhalten.

»Was ist denn?«

»Hast du mir zugehört?« fragte sie.

»Ich habe jedes Wort gehört, das du sagtest«, antwortete er. Vielleicht sollten sie neben dem Abzeichen auch noch . . .«

»Was habe ich gesagt?«

Rogan blickte sie verständnislos an. »Was über wen gesagt?«

Sie preßte kurz die Lippen zusammen. »Ich sagte dir, daß ich dich liebe.«

Vielleicht eine Parole, die täglich geändert wurde. Oder vielleicht war es am sichersten, wenn man einfach gewissen Bauern eine Vollmacht gab, die Burg zu betreten, doch niemals einem neuen Gesicht den Aufenthalt innerhalb der Burgmauern gestattete. Niemals . . .

Zu Rogans Verdruß ließ Liana einfach seine Hand fallen und schritt nun vor ihm her.

Die Art, wie sie ging, schien darauf hinzudeuten, daß sie wütend war. »Warum das nun?« murmelte er. Er hatte doch alles getan, was sie heute von ihm verlangt hatte, und sie war dennoch nicht zufrieden.

Er holte sie ein. »Stimmt etwas nicht?«

»Oh, du hast mich also wieder bemerkt«, erwiderte sie hochmütig. »Ich hoffe, ich habe dich nicht damit gestört, daß ich dir sagte, daß ich dich liebe.«

»Nein«, gab er aufrichtig zur Antwort. »Ich dachte nur gerade an etwas anderes.«

»Laß dich von meiner Liebeserklärung nur nicht aus deinem Gedankengang herausbringen«, meinte sie bissig. »Ich bin sicher, daß mindestens hundert Frauen bisher geschworen haben, daß sie dich lieben. Alle Wochentage zum Beispiel. Aber früher hattest du ja sogar Monatstage. Und Jeanne Howard muß es dir sicherlich jeden Tag gesagt haben.«

Rogan konnte nun schon ein wenig durch die Nebelwolken ihrer Ungereimtheiten blicken. Das war wieder eine von diesen Frauensachen, also keineswegs von Belang. »Sie war keine Howard, als sie mit mir verheiratet war.«

»Ich verstehe. Aber du leugnest nicht, daß sie dir wiederholte Male sagte, daß sie dich lieben würde. Du hast das vermutlich schon so oft gehört, daß es dir nichts bedeutet, wenn es von *mir* kommt.«

Rogan dachte einen Moment darüber nach. »Ich kann mich daran erinnern, daß eine Frau zu mir gesagt hätte, sie würde mich lieben.«

»Oh«, sagte Liana und schob ihre Hand wieder in die seine. Schweigend gingen sie weiter. »Liebst du mich?« fragte sie dann leise.

Er drückte ihre Hand. »Ich habe es schon ein paarmal getan. Und heute nacht werde ich . . .«

»Nicht *diese* Art von Liebe. Ich meine, dieses Gefühl in einem. So wie du deine Muttert geliebt hast.«

»Meine Mutter starb bei meiner Geburt.«

Sie runzelte die Stirn. »Dann eben Severns Mutter.«

»Sie starb bei Severns Geburt, und damals war ich zwei Jahre alt. ich kann mich nicht an sie erinnern.«

»Zareds Mutter?« fragte Liana leise.

»Ich glaube nicht, daß ich irgend etwas für sie empfunden habe. Sie hatte vor uns allen Angst. Sie weinte oft.«

»Hat denn keiner von euch versucht, sie zu trösten?«

»Rowland hat ihr einmal gesagt, sie sollte aufhören zu weinen, damit wir schlafen könnten.«

Liana dachte über diese arme Frau nach, die einsam in einer schmutzigen Burg voller Männer lebte, deren Hauptsorge darin bestand, daß ihr Weinen sie im Schlaf stören könne. Und sie war die Frau, die bei der Belagerung von Bevan Castle den Hungertod starb. Wenn Rogan in seinem Leben keine Frauen geliebt hatte, mußte er seine Brüder geliebt haben. »Als dein ältester Bruder starb . . .«

»Rowland starb nicht; er wurde von den Howards ermordet.«

»Also gut«, sagte sie ungeduldig. »Getötet. Ermordet. Gemeuchelt, ohne jemanden provoziert zu haben. Hast du ihn nach seinem Tod sehr vermißt?«

Rogan brauchte eine Weile, ehe er antwortete, während die Bilder seines starken, mächtigen Bruders vor seinem inneren Auge vorbeizogen. »Ich vermisse ihn noch heute«, sagte er schließlich.

Lianas Stimme wurde noch leiser. »Würdest du mich vermissen, wenn ich stürbe? Zum Beispiel, wenn die Pest mich dahinraffte?«

Er blickte auf sie hinunter. Wenn sie starb, würde sein Leben wieder in den Bahnen verlaufen wie vor der Heirat mit ihr. Seine Kleider würden vor Läusen wimmeln. Das Brot würde mit Sand gefüllt sein. Die Wochentage würden wieder in der Burg einziehen. Sie würde nicht mehr da sein, um auf ihn zu fluchen, sich über ihn zu amüsieren, ihn öffentlich bloßzustellen. Er runzelte die Stirn. Ja, sie würde ihm fehlen.

Nein, zum Donnerwetter — es würde ihm gar nicht gefallen, wenn er sie missen müßte!

»Ich müßte dann nicht mehr irgendwelche Jahrmärkte besuchen«, sagte er und ging weiter.

Liana blieb wie angewurzelt stehen. Sie mochte nicht daran denken, wie sehr ihr seine Worte weh getan hatten. Sie waren nun erst eine so kurze Zeit zusammen, und er bedeutete ihr so viel; doch für ihn war sie weniger als nichts.

Sie schwor sich, ihn nie merken zu lassen, wie sehr er ihr weh getan hatte — daß sie den Schmerz für sich behalten wollte. Sie glaubte ein ausdrucksloses Gesicht zu machen, nichts von ihren Gefühlen preiszugeben; aber als Rogan sich umdrehte, sah er sein hübsches kleines Weib mit vorgeschobener Unterlippe und mit in Tränen schwimmenden Augen dastehen. Er durchforschte seinen Geist, was ihr denn nun wieder fehlen könne. Hatte sie Angst, in die Burg zurückzukehren?

Er ging zu ihr und legte seine Finger unter ihr Kinn; doch sie zuckte vor ihm zurück.

»Du hast nichts übrig für mich«, sagte sie. »Wenn ich stürbe, könntest du dir wieder eine reiche Frau besorgen und deren Mitgift behalten.«

Rogan erschauerte ein wenig. »Der Ehestand ist eine viel zu große Last«, sagte er. »Mein Vater hatte die Ausdauer von tausend Männern. Nur deshalb konnte er sich vier Ehen leisten.«

Trotz ihrer festen Vorsätze begannen nun die Tränen über Lianas Wangen zu rollen. »Wenn ich stürbe, würdest du zweifellos meine Leiche in den Burggraben werfen lassen. Dann wärst du mich auf billige Weise los.«

Rogans Gesicht spiegelte seine Verwirrung wider. »Wenn du stürbest, würde ich . . .«

»Ja?« fragte sie und blickte durch tränennasse Wimpern zu ihm hinauf.

»Ich würde . . . wissen, daß du nicht mehr da bist.«

Liana wußte, daß dies das Beste war, was sie aus ihm herausholen konnte. Sie warf ihm die Arme um den Hals und begann ihn zu küssen. »Ich wußte doch, daß es dir was ausmacht«, sagte sie.

Zu ihrer beider Verdruß begannen nun die Leute ringsum zu klatschen. Sie waren so sehr in ihren Disput vertieft gewesen, daß sie gar nicht merkten, wie die Leute stehenblieben und ihnen augenzwinkernd zugehört und zugeschaut hatten.

Rogan war diese Sache noch peinlicher als Liana. Er faßte sie bei der Hand und begann zu laufen. Sie hielten erst kurz vor den Burgmauern wieder an, und plötzlich war es auch ihm nicht recht, daß dieser Tag schon zu Ende sein sollte.

Da stand ein Händler in der Nähe, mit einem Holzbrett vor der Brust, das an einem ihm über die Schultern gelegten Lederriemen befestigt war. Auf dem Brett lagen bemalte, aus Holz gefertigte Puppen, die am Ende eines Stockes tanzten. Der Händler sah, wie Rogan zu ihm hinblickte, und eilte herbei, um eine der drolligen kleinen Puppen vorzuführen. Als Liana über die lustigen Kapriolen der Puppe lachte, sah sich Rogan in die Tasche greifen und sich von zwei kostbaren Pfennigen für dieses Spielzeug trennen.

Liana drückte die Puppe innig an ihre Brust. Hätte Rogan ihr Smaragde geschenkt, würde sie diese nicht so geschätzt haben wie diese Puppe. Sie blickte voller Liebe zu Rogan hinauf.

Rogan wandte sich bei ihrem Blick ab. So ein leichtfertig verbrachter Tag, so viel kostbare Zeit und Geld verschwendet an so eine kleine Portion von einem Mädchen, das dumme Fragen stellte. Und dennoch . . .

Er legte den Arm um ihre Schultern und sah zu, wie sie sich mit diesem Ding vergnügte. Es war ein gutes Gefühl, ihr bei diesem närrischen Treiben zuzuschauen. Es war ein Gefühl von Frieden — etwas, was er seines Wissens nach noch nie zuvor empfunden hatte. Er beugte sich zu ihr hinunter und küßte sie auf den Scheitel. Er hatte noch nie eine Frau geküßt, es sei denn aus Lust, wenn er sich mit einer Frau gepaart hatte.

Liana schmiegte sich noch inniger an ihn, und Rogan wußte, daß er ihr eine Freude gemacht hatte. Es war natürlich absurd; aber irgendwie freute es auch ihn, wenn sie sich freute.

Und mit einem Seufzer des Bedauerns führte er sie weiter und in die Burg hinein.

Kapitel dreizehn

Severn saß an dem nun sauberen Tisch in der »Kammer des Lords« und aß Käse, der frei von Schimmel war, und perfekt gekochtes zartes Rindfleisch.

Als er plötzlich zu kichern begann, blickte Zared von seinem Holzteller auf. »Dürfte ich wissen, was dich so erheitert, damit ich auch etwas zu lachen habe?«

»Einen ganzen Tag mit einer Frau im Bett«, sagte Severn. »Nicht einmal ich hätte Rogan das zugetraut; aber wie du siehst, habe ich meinen Bruder mal wieder unterschätzt.«

Stolz spiegelte sich in seinen Augen. »Die Frau wird keinen Schritt mehr gehen können. Sie wird vermutlich den ganzen Tag im Bett verbringen, um sich — zu erholen.«

»Vielleicht wird Rogan es sein, der das Bedürfnis hat, sich auszuruhen.«

»Ha!«, schnaubte Severn. »Was weißt du schon von Männern! Besonders von einem Mann, wie dein Bruder einer ist. Er wird diese Frau in ihre Schranken weisen. Du wirst es erleben. Nach dem Tag gestern wird sie nicht mehr wagen, diese Burg umzukrempeln. Rogan wird nie mehr das Training im Felde vernachlässigen, um seinen Kopf in ihren Schoß zu legen.« Bitterkeit sprach nun aus seiner Stimme. »Von jetzt an wird sie in ihrem Zimmer bleiben und nicht mehr versuchen, sich in unser Leben einzumischen. Kein dauerndes Putzen und Wischen mehr und kein . . .«

». . . vernünftiges Essen«, warf hier Zared ein. »Mir gefällt die Burg aber so besser. Und ganz bestimmt gefallen mir diese Mahlzeiten besser.«

Severn wies mit seinem Eßmesser auf Zared. »Luxus ist der Anfang des Verderbens für jeden Mann, und keiner weiß das besser als unser Bruder. Rogan . . .«

». . . verlor die Wette.«

Severn machte eine kurze, wegwerfende Handbewegung und sagte: »Ja, er mag zwar die Wette verloren haben; aber er bekam immerhin, was *er* wollte, als Bezahlung.«

»Vielleicht«, sagte Zared und bestrich sich eine dicke Scheibe Brot mit süßer, frisch geschlagener Butter. »Aber es war doch wiederum ihre Entscheidung, was sie mit ihm anstellen wollte, oder etwa nicht? Und sie gewann die Wette, wie du zugeben mußt. Sie lieferte uns die Diebe, die du und Rogan monatelang vergeblich gesucht habt. Und sie . . .«

»Glück«, unterbrach Severn mit vorgeschobenem Kinn. »Blindes, dummes Glück. Zweifellos wollten die Bauern die Diebe gerade ausliefern, als sie zufällig dazukam und den Erfolg für sich beanspruchte.«

»Jaja«, sagte Zared. »So ist es sicherlich gewesen.«

»Mir gefällt der Ton nicht, in dem du das sagst«, schnaubte Severn.

»Und mir gefällt deine Dummheit nicht. Diese Frau hat in kurzer Zeit eine Menge Arbeit geleistet, und dafür verdient sie Anerkennung. Und was noch wichtiger ist — ich glaube, daß Rogan sich in sie verliebt.«

»Verliebt!« fauchte Severn. »Verliebt! Rogan würde niemals so schwach sein, sich in eine Frau zu verlieben. Er hat Hunderte von Frauen gehabt — tausend —, und bei keiner ist ihm so etwas eingefallen. Er würde so etwas nicht tun. Dazu ist er viel zu vernünftig.«

»Bei Jeanne Howard war er aber nicht so vernünftig.«

Severns Gesicht nahm eine purpurrote Färbung an, die ihm gar nicht gut stand. »Was weißt du schon von dieser Frau? Du warst ein Kind, als sie hier wohnte. Sie hat Basil und James mit ihrem Verrat *getötet.*« Er beruhigte sich wieder ein bißchen. »Egal — Rogan weiß, wie Frauen sind, besonders, wenn es sich um *Ehefrauen* handelt.« Er blickte zu Zared hinüber und grinste. »Und außerdem hatte Rogan nie etwas für eine Frau übrig, wenn er erst einmal mit ihr gepennt hat. Bestimmt hat er jetzt diese Frau so satt, weil er gestern mit ihr den ganzen Tag im Bett verbrachte, daß er sie vermutlich nach Bevan verbannen wird. Und dann werden hier wieder normale Verhältnisse einziehen.«

»Mit normal meinst du wohl Ratten auf den Treppen und vergessene Leichen im Burggraben, wie? Weißt du, was mit dir nicht stimmt, Severn? Du bist eifersüchtig. Du möchtest nicht, daß dein Bruder auch noch jemand anderem seine Aufmerksamkeit zuwendet neben dir. Du möchtest ihn für dich allein haben. Du willst nicht . . .«

»Eifersüchtig! Ich werde dir sagen, was mit mir nicht stimmt. Ich fürchte, daß Rogan die Arglist der Howards vergißt und sich nicht mehr vor ihnen in acht nimmt. Wenn diese Frau ihn verweichlicht, wird er eines Tages nicht mehr auf seinen Rücken achten, und ein Pfeil wird ihn durchbohren. Ein Mann kann kein Peregrine sein und nebenbei noch Weiberröcke tragen. *Du* solltest das am besten wissen.«

»Ich weiß«, sagte Zared leise. »Aber wenn Rogan nun wirklich . . . etwas für sie empfindet?«

»Das wird er nicht. Glaube mir. Ich kenne meinen Bruder besser als er sich selbst. Er kann sich ja nicht einmal an den Namen dieser Frau erinnern; also besteht auch nicht die geringste Gefahr, daß er sich in sie verliebt.«

Zared wollte etwas darauf erwidern; aber ein Geräusch auf der Treppe in ihrem Rücken veranlaßte die Geschwister, sich umzudrehen.

Rogan und Liana betraten den Raum, beide in prächtige Gewänder aus Silberbrokat gekleidet und Rogan mit noch feuchten Haaren, als habe er diese gerade gewaschen. Liana hatte ihren Arm unter den seinen geschoben, und er hielt ihre Hand fest.

Noch ungewöhnlicher als Rogans Kleidung und Verhalten war der Ausdruck seines Gesichts. Es lag kein ausgesprochenes Lächeln darauf; aber immerhin etwas, das diesem sehr nahekam, und seine Augen schienen zu sprühen vor Leben, als er hinuntersah in das verklärte Antlitz seiner Frau . . .

»Vielleicht«, sagte Rogan.

»Fürchtest du, daß ich dir vor den versammelten Bauern widersprechen könnte?« fragte Liana.

»Du und *mir* widersprechen?« gab er zurück. »So etwas brächte die Bauern ja auf den Gedanken, daß du mich —« er zögerte — »gezähmt hättest.«

Liana lachte und berührte mit der Stirn seinen Arm. Während sie zusammen zum Tisch gingen, schienen sie die baffen Gesichter von Severn und Zared nicht zu bemerken, die sie beide mit offenem Mund anstarrten.

»Guten Morgen«, sagte Liana heiter und nahm dann rechts neben Rogan Platz. »Sagt mir nur, wenn eine Mahlzeit nicht so ganz nach eurem Geschmack ist, und ich werde dann mit der Köchin reden — nach der Gerichtssitzung.«

»Ich verstehe«, erwiderte Rogan mit gespielter Ernsthaftigkeit. »Und wenn du nicht an der Gerichtssitzung teilnimmst — was bekommen wir dann zum Dinner?«

Liana lächelte ihn süß an. »Was du früher schon immer gegessen hast — Sand im Brot und Maden im Fleisch, dazu Wasser aus deinem Burggraben als Getränk.«

Rogan zwinkerte Severn zu. »Die Frau erpreßt mich. Wenn ich ihr nicht erlaube, mir bei der Rechtsprechung über die Bauern zu helfen, wird sie mich verhungern lassen.«

Severn war so betroffen gewesen über die neue Verhaltensweise seines Bruders, daß es ihm die Sprache verschlagen hatte, und nun wollte er seinen Augen und Ohren nicht mehr trauen. Er schoß so rasch von seinem Stuhl in die Höhe, daß dieser zu Boden stürzte. Dann drehte er sich auf den Fersen um und marschierte aus dem Raum.

Rogan, der die meiste Zeit seines Lebens mit launischen und zornigen Brüdern verbracht hatte, beachtete Severn nicht weiter.

Aber Liana hatte Severns Verhalten peinlich berührt. Sie wandte sich Zared zu: »Was hat er denn?«

Zared zuckte mit den Achseln. »Er mag es nicht, wenn er sich täuscht. Er wird darüber hinwegkommen. Rogan, du siehst so aus, als hättest du den gestrigen Tag genossen.«

Rogan wollte etwas von seinen Erlebnissen auf dem Jahrmarkt erzählen, überlegte dann aber, daß es besser wäre, wenn nur wenige davon wüßten. »Ja«, sagte er leise, »es war kein übler Tag.«

Und dann sah Zared, wie Rogan Liana mit fast ungläubigem Staunen betrachtete. Rogan würde sich fortan immer an den Namen dieser Frau erinnern, dachte Zared bei sich, und fragte sich abermals, ob Rogan sich nicht verliebt habe. Was für ein Mann würde Rogan im Zustand der Verliebtheit wohl sein? Würde er sein Brütezimmer in eine Poetenstube verwandeln?

Zared saß stumm am Tisch und beobachtete die beiden. Er erlebte einen Bruder, der sich nicht wie ein Peregrine benahm.

Vielleicht hatte Severn recht. *Dieser* Bruder würde niemals in der Lage sein, einen Angriff gegen die Howards zu führen.

Als Rogan mit dem Essen fertig war, warf er Liana einen sehnsuchtsvollen Blick zu und sagte: »Komm mit mir, meine Schöne«, worauf Liana sich vor Lachen bog.

In diesem Moment war sich Zared mit Severn einig. Das war nicht der Bruder, wie sie ihn von klein auf gekannt hatten — der Rogan mit stets finsterer Stirn, barscher Stimme und wütenden Blicken.

Still und nachdenklich verließ Zared den Tisch; aber Rogan und Liana merkten es nicht.

Severns Wut hielt den ganzen Tag über an. Am Nachmittag war er mit den Männern auf dem Übungsgelände; aber Rogan ließ sich nicht blicken. »Vermutlich liegt er mit dieser Frau schon wieder im Bett«, murmelte er.

»Mylord?« fragte der Ritter, mit dem Severn gerade übte.

Severn ließ seine Wut an diesem Ritter aus und attackierte ihn in diesem Übungsgefecht mit einer Wildheit, wie er sie sonst nur im Ernstfall auf dem Schlachtfeld zeigte.

»Genug!« brüllte Rogan hinter Severns Rücken. »Willst du den Mann etwa umbringen?«

Severn hörte zu fechten auf und drehte sich, das Schwert in der Hand, zu seinem Bruder um. Neben Rogan stand ein Mann, der ihm sehr ähnlich sah. »Was sucht denn einer von Vaters Bastarden hier in der Burg?« fauchte er.

»Er wird mit uns trainieren. Ich habe ihn dir zugeteilt.«

Rogan wollte sich schon wieder abwenden; aber Severn packte ihn bei der Schulter und zog ihn wieder herum.

»Einen Teufel werde ich tun. Wenn du diesen Bastard in der Burg haben möchtest, kannst du ihn ja selbst ausbilden. Oder sollen wir das deiner Frau überlassen, da sie ja nun das Kommando über die Peregrines zu haben scheint? War das ihre Idee?«

Severn war der Wahrheit zu nahe gekommen, und Rogan riß einem Ritter in seiner Nähe eine Hellebarde aus den Händen. »Das wirst du mir zurücknehmen«, sagte Rogan und ging dann mit der Waffe auf seinen Bruder los.

Auch Severn nahm sich eine Hellebarde, und die beiden Männer kämpften lang und heftig miteinander. Die Ritter, die ihnen schweigend zusahen, spürten, daß das nicht eine von ihren üblichen Zänkereien war, sondern eine ernsthafte Auseinandersetzung mit gewichtigen Ursachen.

Rogan kämpfte nicht wie sein Bruder im Zorn. Tatsächlich war er seit Jahren nicht mehr in so friedfertiger Stimmung gewesen wie jetzt, und so verteidigte er sich auch nur gegen die Angriffe seines Bruders.

Sie waren beide überrascht, als Rogan über etwas in seinem Rücken strauchelte und hinstürzte. Als Rogan sich wieder erheben wollte, setzte Severn ihm die Spitze der Hellebarde an die Kehle.

»*Das* ist, was die Frau mit dir macht«, sagte Severn. »Sie könnte dich ebensogut kastrieren; eine Halskette hat sie dir ja schon angelegt.«

Das kam der letzten Szene im Stück, das die Bauern aufgeführt hatten, zu nahe. Nun kochte in Rogan der Zorn hoch. Er stieß die Hellebarde zur Seite, sprang auf die Beine und ging mit bloßen Händen auf seinen Bruder los.

Sechs Ritter sprangen zu Rogan und vier zu Severn, um die beiden Männer auseinanderzuhalten.

»Du bist schon immer ein Narr gewesen, was Frauen betrifft«, schrie Severn. »Deine letzte Frau hat uns das Leben zweier Brüder gekostet; aber ich schätze, wir bedeuten dir ja nichts mehr, wenn du eine Ehefrau hast.«

Rogam bäumte sich nicht mehr gegen die Ritter auf, die ihn festhielten.

»Laßt mich los«, befahl er den Männern, und sie traten von ihm zurück. Sie hätten sich nicht in den Kampf einmischen sollen. Rogan war der Herr hier, und er hatte das Recht, mit seinem Bruder so zu verfahren, wie er das für richtig hielt.

Rogan trat nun ganz dicht an seinen Bruder heran. Severns blaue Augen loderten noch vor Zorn, und die vier Ritter hatten seine Arme nicht freigegeben. »Ich habe dir wieder einen Bruder zur Ausbildung übergeben«, sagte er ruhig. »Ich erwarte, daß du meinen Auftrag ausführst.« Damit drehte sich Rogan um und ging zur Burg zurück.

Stunden später erklomm ein schweißtriefender Severn die Treppe über den Küchenräumen und betrat Iolanthes Wohnung. Die Pracht dieses großen, sonnendurchfluteten Zimmers war überwältigend. Gold glühte, Seidenstickereien schimmerten, und Juwelen auf den Gewändern der Ladies funkelten im Licht. Doch das bei weitem schönste Objekt in diesem Raum war Iolanthe. Ihr Gesicht, ihre Figur, ihre Stimme, ihre Bewegungen — das alles war so makellos, von einer so erlesenen Lieblichkeit, daß die Leute, die sie zum erstenmal sahen, die Sprache verloren.

Als Io den Zorn auf Severns Gesicht sah, hob sie die Hand und entließ ihre drei Hofdamen in ihre eigenen Gemächer. Sie goß köstlichen Wein in einen goldenen Pokal, reichte ihn Severn, und als er diesen auf einen Zug leerte, füllte sie ihn zum zweitenmal.

»Erzähle«, sagte sie sacht.

»Es ist diese verdammte Frau«, sagte Severn.

Io wußte, wen er meinte; denn Severn beschwerte sich schon seit geraumer Zeit bei ihr über Rogans neue Ehefrau.

»Sie ist eine Delilah«, sagte Severn. »Sie saugt ihm die Kraft aus dem Leib. Sie beherrscht ihn, die Männer, die Bediensteten, die Bauern und sogar mich. Sie befahl, *mein* Zimmer frisch zu kalken! Kein Ort ist vor ihrem Zugriff sicher. Sie dringt sogar in Rogans Brütezimmer ein, und er tadelt sie nicht einmal dafür!«

Io betrachtete ihn nachdenklich. »Und was hat sie nun heute verbrochen?«

»Irgendwie hat sie Rogan dazu überredet, einen der Bastarde unseres Vaters in der Burg aufzunehmen, und *ich* muß ihn ausbilden. Er ist ein *Wollkaufmann.*« Severn sprach das letzte Wort mit Abscheu aus.

»Wie ist denn die Beule auf deine Stirn gekommen?«

Severn sah von ihr weg. »Der Mann hatte ein bißchen Glück gehabt bei der Übung mit den Stangen. Er wird aber niemals ein Ritter werden, egal, wie sehr sich diese Frau das auch wünschen mag. Und heute hörte ich, daß sie neben Rogan saß, als er über die Bauern Gericht hielt. Was wird als nächstes passieren? Wird er sie um Erlaubnis fragen, wenn er pissen möchte?«

Iolanthe beobachtete Severn, sah seine Eifersucht und fragte sich, wie diese neue Frau von Rogan wohl sein mochte. Sie hatte bisher immer zurückgezogen in ihren hübschen Zimmern gelebt, sie nur für einen Spaziergang auf den Wehrgängen verlassen und von dort aus das Treiben unten im Burghof verfolgt. Anfangs wäre sie jede Wette eingegangen, daß keine Frau diesen starrköpfigen, uneinsichtigen und von seinem Haß besessenen Rogan verändern könne; aber die letzten Wochen hatten sie eines Besseren belehrt. Sie und ihre Hofdamen hatten voller Erstaunen zugesehen, wie die Burg gereinigt wurde (Iolanthe und ihre Ladies hatten sich sogar geweigert, die Treppen zu benützen, weil sie so schmutzig waren), und sie hatte stundenlang zugehört, wie sich die Küchenmädchen Geschichten von den Taten der Feuerlady erzählten. Io hatte die Story von Lady Liana, die Rogan und seine Huren mit der Fackel anzündete, besonders gut gefallen. »Das hätte man schon vor Jahren tun sollen«, hatte Iolanthe zu ihren Ladies gesagt.

Io blickte auf Severn zurück. »Er mag sie also, wie?«

»Ich weiß es nicht. Es ist so, als hätte sie ihn verzaubert. Sie nimmt ihm seine Kraft. Heute habe *ich* ihn bei einem Übungsgefecht sogar auf die Schultern werfen können.«

»Könnte das nicht damit zusammenhängen, daß du wütend warst und er nicht?«

»Ehe sie hierherkam, war Rogan *immer* wütend. Nun ... nun *lächelt* er!«

Io konnte sich hier selbst ein Lächeln nicht verbeißen. Sie hielt sich, so gut es ging, aus der Fehde zwischen den Peregrines und den Howards heraus. Sie sorgte sich nur um Severn. Natürlich sagte sie ihm nicht, daß sie ihn liebte. Sie hatte schon vor langer Zeit erraten, daß er sofort flüchten würde, wenn sie auch nur das Wort *Liebe* aussprach. Und jetzt wurde ihre Ahnung bestätigt. Severn kochte vor Wut, weil sein Bruder eine Zuneigung zu seiner Frau hatte.

Io fragte sich, wie diese Liana es fertiggebracht hatte, Rogan an sich zu binden. Es war sicherlich nicht ihre Schönheit daran schuld; denn sie hatte göttlich aussehende Frauen sich wegen Rogan fast umbringen sehen, und er hatte ihnen nicht einmal einen Blick gegönnt. Und sie hatte auch gehört, daß seine kleine Frau zwar hübsch sei, aber keinesfalls eine Schönheit. Nein, es war nicht Schönheit, was einen Peregrine an eine Frau fesselte; sonst wäre Severn schon längst in Iolanthe verliebt gewesen.

Als Io Severn betrachtete, dessen hübsches Gesicht rot war vor Wut, dachte sie bei sich, daß sie ihre Seele dafür verkaufen würde, daß dieser Teufel sie liebte. Er schlief zwar mit ihr — richtig —, verbrachte mit ihr einen Teil seiner Zeit, fragte sie sogar hin und wieder um Rat bei auftretenden Problemen; aber sie gab sich nicht der Illusion hin, daß er sie liebte. Also nahm sie sich, was er ihr geben wollte, und ließ ihn niemals wissen, daß sie mehr von ihm verlangte.

»Wie ist diese Frau?« fragte Io.

»Aufdringlich«, schnaubte Severn. »Mischt sich immer in die Angelegenheiten anderer ein. Sie will jeden unter ihre Fuchtel nehmen — die Ritter, die Bauern, Rogan, überhaupt alles. Und sie ist naiv. Sie glaubt, wenn sie etwas saubermacht, sind alle Probleme gelöst. Sie ist zweifellos davon überzeugt, daß die Peregrines und die Howards ihren Streit vergeben und vergessen würden, wenn sie zusammen badeten.«

»Wie sieht sie aus?«

»Gewöhnlich. Hausbacken. Ich verstehe nicht, was Rogan in ihr sieht.«

Noch konnte Io das verstehen; aber sie wollte das selbst herausfinden. »Ich komme morgen abend zum Abendessen in die 'Kammer des Burgherrn'«, verkündete sie.

Einen Moment lang sah Severn sie überrascht an. Sie wußte, daß Io Rogan nicht leiden konnte, und der Bereich der Burg außerhalb ihrer Gemächer ekelte sie an. »Gut«, sagte er schließlich. »Vielleicht kannst du dieser Frau beibringen, wie sich eine Frau benehmen sollte. Lade sie ein, eine gewisse Zeit bei dir zu verbringen. Halte sie von den Gerichtssitzungen fern, von den Bauern — und von meinem Bruder. Wenn du diese Frau dazu bringen kannst, daß sie sich nur um ihre eigenen Angelegenheiten kümmern soll, können die Dinge hier vielleicht wieder so werden, wie sie sein sollten.«

Oder vielleicht kann sie mir beibringen, wie eine Frau sich benehmen sollte, dachte Io bei sich, was sie Severn natürlich nicht sagte.

Liana blickte wohl schon zum tausendsten Mal aus dem Fenster. Gestern war Rogan vom Übungsfeld zurückgekommen; übellaunig wie in alten Tagen. Seit sie vom Jahrmarkt in die Burg zurückgekehrt waren, hatte er sich so reizend benommen, war so ganz der Mann gewesen, der er, wie sie spürte, seinem Wesen nach sein konnte; aber gestern abend hatte er sich wütend und finstere Blicke um sich werfend in sein Brütezimmer, wie Zared es nannte, zurückgezogen und wollte sie nicht zu sich lassen.

Es war schon sehr spät, als er dann zu ihr ins Bett kam, und schlaftrunken hatte sie sich an ihn geschmiegt. Einen Moment lang glaubte sie, er würde sie wegstoßen; aber dann hatte er sie ergriffen und sie, ohne ein Wort zu sagen, nicht gerade sanft geliebt. Liana hätte sich fast über seine Heftigkeit beschwert; aber ihr Instinkt sagte ihr, daß sie still sein mußte — daß er sie brauchte.

Danach hatte er sie fest an sich gedrückt.

»Sag mir, was passiert ist«, hatte sie geflüstert.

Einen Moment lang glaubte sie, er würde es ihr sagen; aber dann rollte er sich von ihr weg, drehte ihr den Rücken zu und schlief ein. Am Morgen verließ er sie dann, ohne ein Wort mit ihr zu sprechen.

Und nun wartete sie also darauf, daß er vom Übungsfeld heimkam zum Abendessen. Mittags hatte er mit seinen Männern gegessen und sie mit ihren Ladies und Zared alleingelassen. Es war eine einsame Mahlzeit gewesen.

Liana zog sich sorgfältig an und ging hinunter. Es war nie verkehrt, sich besonders hübsch zu machen, wenn man mit einem Mann zusammen war.

Als sie die 'Kammer des Burgherrn' betrat, lastete ein ominöses Schweigen auf dem Raum. Zared, Severn und Rogan saßen bereits am Tisch und aßen; doch sie redeten kein Wort miteinander. Liana hatte bereits vermutet, daß Rogans Ärger etwas mit seinem Bruder zu tun hatte; aber sie hatte keine Ahnung, was der Anlaß ihrer Verstimmung sein konnte. Sie hätte Zared danach fragen können; aber sie wollte, daß Rogan es ihr selbst sagte. Sie setzte sich links neben Rogan an den Tisch und begann zu essen, was man ihr servierte. Sie suchte nach einem Gesprächsthema. »Ist Baudoin heute zum Training gekommen?« fragte sie.

Es schien kaum möglich — aber das Schweigen wurde noch tiefer. Als die beiden älteren Männer nichts sagten, blickte sie Zared fragend an.

»Kein übler Kämpfer«, sagte Zared. »Aber unser Vater hat stets gute Männer gezeugt.«

»Er ist nicht unser Bruder«, schnaubte Severn.

Zareds Augen blitzten ihn an. »Er ist genausogut mein Bruder wie du und Rogan.«

»Ich werde dir zeigen, wer ein Peregrine ist und wer nicht«, gab Severn zurück.

Dann sprangen sie alle drei auf die Beine. Severn fuhr Zared an die Kehle, und Rogan ging auf Severn los.

In diese Szene platzte nun eine Frau hinein. Liana blickte unter den gewölbten Armen von Severn hindurch, dessen Hände sich um Zareds Gurgel gelegt hatten, und ihre Augen weiteten sich vor Staunen. Im Durchgang stand die schönste Frau, die sie jemals gesehen hatte. Nein, nicht nur schön, sondern perfekt, makellos, ein zeitloses Ideal von Frauenschönheit. Sie betrat nun den Raum, so anmutig wie ein Engel — fast schwebend —, eine viele Ellen lange pelzbesetzte Schleppe hinter sich herziehend. »Severn«, sagte sie und blickte ihn an, wie eine Mutter ein ungezogenes Kind anschauen mochte.

Severn ließ sofort Zareds Kehle los und sah ein bißchen verlegen zu ihr hin. Dann zog er gehorsam einen Stuhl unter dem Tisch für sie hervor. Als sie Platz genommen hatte, blickte sie zu den drei Peregrines hoch, die noch im Raum standen. »Ihr dürft euch setzen«, sagte sie wie eine Königin, die gnädig eine Erlaubnis gewährt. Liana vermochte den Blick nicht von dieser Frau abzuwenden. Sie hatte alles, was eine Frau sich erträumte: das Aussehen, die Eleganz, die Anmut. Und was am wichtigsten war — die Männer rissen sich darum, ihr zu Diensten zu sein.

»Io, du hast uns die Ehre angetan, an unserem Tisch zu erscheinen«, sagte Rogan. »Warum?«

Der feindselige Ton in Rogans Stimme war nicht zu überhören, und als Liana zu ihm hinsah, konnte sie die Andeutung eines höhnischen Lächelns auf seinen Lippen sehen. Dieses Hohnlächeln tat ihr außerordentlich gut.

»Ich bin hierhergekommen, um deine Frau kennenzulernen«, erwiderte die Dame.

Liana hätte fast »mich?« gesagt, fing sich aber noch rechtzeitig. Dann sog sie scharf die Luft ein. Wenn Rogan in Gegenwart dieser schönen Frau wieder ihren Namen vergaß, war es möglich, daß sie auf der Stelle tot umfiel.

»Liana, Iolanthe«, sagte Rogan und widmete sich dann wieder dem Essen auf seinem Teller.

Fast getroffen, dachte Liana und fragte sich, ob der Hufschmied nicht ein Brandeisen mit ihren Namen anfertigen und ihn Rogan auf den Unterarm brennen konnte, wo er ihn sehen konnte, falls er ihn wieder einmal vergaß.

»Hallo«, sagte Liana. Was sollte sie mit dieser Frau reden? »Habt Ihr den Stoff für Euer Gewand in London gekauft?«

»In Frankreich. Mein Ehemann ist Franzose.«

»Oh«. Sie blickte die Dame mit einem schwachen Lächeln an.

Danach ging es mit der Mahlzeit nur noch abwärts. Rogan sagte nichts; Severn sagte nichts. Zared schien von dieser Dame genauso eingeschüchtert zu sein wie Liana. Nur Iolanthe fühlte sich anscheinend recht wohl. Drei von ihren Kammerfrauen standen hinter ihr und servierten ihr das Essen auf goldenen Tellern. Sie sagte nichts; beobachtete aber alle neugierig — besonders Liana, die unter ihren Blicken so nervös wurde, daß sie ihre Suppe nicht aufessen konnte.

Endlich erhob sich Iolanthe wieder vom Tisch und verließ den Raum. Liana spürte, wie sich die Muskeln in ihren Schultern wieder entkrampften. »Sie ist sehr schön«, sagte sie zu Severn.

Severn, der seine Nase in seine Suppenschüssel gesteckt hatte, brummte nur etwas Unverständliches.

»Ist ihr Mann nicht ein bißchen besorgt darüber, daß sie hier bei dir wohnt?«

Severn blickte sie haßerfüllt an. »Du magst dich ja in die Angelegenheit anderer Leute mischen, aber nicht in die meinigen, Io ist *meine* Sache, nicht deine.«

Liana war zutiefst betroffen über die Feindseligkeit ihres Schwagers. Sie blickte zu Rogan hin, wohl in der unbewußten Erwartung, daß er nun wieder aufsprang und seinem Bruder an die Kehle fuhr. Aber Rogan schien Severns Bemerkung nicht gehört zu haben.

»Es war nicht meine Absicht, dich zu beleidigen«, sagte Liana. »Noch dachte ich daran, mich in deine Angelegenheiten einzumischen. Ich dachte nur . . .«

»Du dachtest nicht daran, dich einzumischen!« spottete Severn. »Seit du hergekommen bist, tust du nichts anderes. Du hast hier alles umgekrempelt: die Burg, das Land, die Ritter, die Bauern, meinen Bruder. Ich sagte dir nur eines, Frau — du steckst deine Nase nicht in meine Angelegenheiten und läßt Iolanthe in Ruhe. Ich möchte nicht, daß sie verdorben wird.«

Liana lehnte sich, erstaunt über dies Attacke, in ihrem Stuhl zurück. Wieder sah sie zu Rogan hin. Warum verteidigte er sie nicht? Er blickte voller Interesse zu ihr hin, und plötzlich erkannte sie, daß er sie auf die Probe stellen wollte. Sie mochte zwar kraft Heirat eine Peregrine sein; aber sie mußte sich erst noch als Peregrine beweisen.

»Also gut«, sagte sie mit ruhiger Stimme zu Severn. »Du kannst alles wieder so haben, wie es war, ehe ich hierherkam.« Sie stand auf und ging zum Kamin, in dem noch die kalte Asche vom Morgen lag, nahm eine große Holzkelle, die in der Nähe an der Wand lehnte, und füllte sie mit Asche. Dann ging sie durch den Raum zu Severn zurück, während alle Augen auf sie gerichtet waren, und kippte die Kelle ruhig über seinem Essen und seiner Kleidung aus. »Da«, sagte sie, »nun bist du wieder schmutzig und dein Essen ebenfalls. Von jetzt an werde ich dafür sorgen, daß du bekommst, was du immer schon hattest.«

Severn, das Gesicht und die Kleider voller Ruß, stand wütend vom Tisch auf. Seine Hände wurden zu Krallen, die auf Lianas Hals zuschossen. Liana erblaßte und wich einen Schritt vor ihm zurück.

Severn erreichte sie nie, weil Rogan, der kein einziges Mal von seinem Rinderknochen hochgeblickt hatte, den er gerade abknabberte, sein Bein vorstellte, so daß Severn darüber stolperte und der Länge nach hinschlug.

Als Severn wieder Luft bekam, brüllte er: »Du solltest lieber etwas unternehmen mit dieser Frau.«

Rogan wischte sich mit dem Ärmel den Mund ab. »Mir

scheint, sie kommt auch ohne meine Hilfe ganz gut zurecht.«

Liana war noch nie in ihrem Leben so stolz auf sich gewesen wie jetzt. Sie hatte die Prüfung bestanden!

»Aber es würde mir nicht gefallen, wenn du Hand an sie legen würdest«, fuhr Rogan fort.

Severn stand auf, klopfte sich den Ruß von den Kleidern, die noch vor wenigen Minuten sauber gewesen waren (Liana hatte ihre Mägde angewiesen, seine Wäsche zu waschen.) Er funkelte Liana wieder wütend an. »Halte dich von Io fern«, murmelte er und verließ dann den Raum.

Liana jubelte innerlich. Diese Peregrines hatten ihre eigenen Verhaltensregeln; aber allmählich begann sie, diese zu verstehen. Und was das Beste von allem war: Rogan *hatte* sie verteidigt. Nicht vor gehässigen Worten; aber als sein Bruder ihr einen körperlichen Schaden zuzufügen drohte, war er eingeschritten.

Lächelnd — nicht nur mit ihren Lippen, sondern auch in der Tiefe ihrer Seele — setzte sie sich wieder an den Tisch. »Noch ein paar Erbsen, Zared?« fragte sie.

Saubere Erbsen?« fragte Zared mit gespielter Angst. »Erbsen, wie *ich* sie gern mag? Sauber, wie ich meine Kleider und mein Zimmer und die Bauern und die Ritter *und* meinen Bruder haben möchte?«

Liana lachte und blickte zu ihrem Gatten hin, und der teure, herrliche Mann *zwinkerte* ihr zu!

Später an diesem Abend hielt Rogan sie in seinen Armen, küßte sie und liebte sie auf eine süße Weise. Was ihn auch gequält haben mochte — es schien ihn plötzlich nicht mehr zu belasten.

Danach drehte er sich nicht von ihr weg, sondern hielt sie an seine Brust gedrückt, und Liana hörte seine sanften, regelmäßigen Atemzüge, ehe er einnickte.

»Iolanthe ist nicht die Lady«, sagte sie schläfrig.

»Was für eine Lady?« murmelte er.

»Die Lady, die über dem Söller wohnt und mir von Jeanne Howard erzählte. Iolanthe ist sie nicht — wer dann?«

»Niemand wohnt über dem Söller — nicht, bevor du herkamst.«

»Aber . . .« erwiderte Liana.

»Hör auf zu reden und schlafe, oder ich werde dich Severn überlassen.«

»Oh?« meinte sie mit geheucheltem Interesse. »Er sieht schrecklich gut aus. Vielleicht . . .«

»Ich werde Iolanthe erzählen, was du gerade gesagt hast.«

»Ich schlafe ja schon«, erwiderte Liana rasch. Lieber würde sie sich mit Severn auseinandersetzen als sich mit Iolanthe anlegen.

Während sie in den Schlaf hinüberdämmerte, fragte sie sich abermals, wer denn die Lady war.

Kapitel vierzehn

Am nächsten Morgen traf Gaby mit ihren Kindern in der Burg ein, und endlich hatte Liana jemand, mit dem sie reden konnte. Und was noch besser war — Gaby erzählte Liana von der Auseinandersetzung, die Rogan mit Severn wegen Baudoin hatte.

»Aber mein Mann hat mich doch verteidigt, wie?« fragte Liana leise.

»O, ja, Mylady. Er sagte zu Lord Severn, daß er den Mund halten solle, und Lord Severn hat alles getan, was in seiner Macht steht, damit Baudoin aufgibt und in das Dorf zurückkehrt. Aber mein Baudoin wird *niemals* aufgeben.«

»Nein«, sagte Liana seufzend, »die Peregrines scheinen niemals aufzugeben, etwas zurückzunehmen oder gar — etwas zu bereuen.«

»Das stimmt nicht, Mylady«, sagte Gaby. »Lord Rogan hat sich verändert, seit Sie hierhergekommen sind. Gestern seid Ihr über die Zugbrücke gegangen, und Lord Rogan hörte auf, einen der Ritter anzubrüllen, und schaute euch nach.«

»Hat er das wirklich getan?« Das waren süße Worte für Liana. »Und er verteidigt mich gegen seinen Bruder?«

»Oh, ja, Mylady.«

Liana schien sich nicht satthören zu können an solchen Geschichten. Zuweilen kam es ihr so vor, als habe sie nicht den geringsten Einfluß auf Rogan, als wäre er immer noch der gleiche Mann, der sich nicht an ihren Namen erinnern konnte. Aber er erinnerte sich jetzt daran. Erst an diesem Morgen hatte er sie in seinen Armen gehalten, sie geküßt und ihren Namen in ihr Ohr geflüstert.

Drei Wochen nach Baudoins und Gabys Ankunft in der Burg waren Rogan und Severn noch immer so zerstritten, daß sie kaum miteinander redeten. Liana versuchte Rogan dazu zu bewegen, mit ihr über seinen Ärger zu sprechen; aber er wollte es nicht. Doch im Bett klammerte er sich an sie. Zuweilen hatte sie das Gefühl, als sollte sie ihm alles ersetzen, was er als Kind an Zärtlichkeiten hatte entbehren müssen.

Abends nach dem Abendessen kam er zuweilen zu ihr in den Söller und setzte sich bequem in einen der gepolsterten Sessel, hörte zu, wie eine der Ladies die Laute spielte und dazu sang. Sie hatte damit begonnen, ihm Schach beizubringen, und als er erkannte, daß es sich um ein strategisches Spiel handelte, gleichsam um einen Krieg, wurde er rasch zu einem guten Spieler. Zared begann sich zu ihnen zu gesellen, und Liana sah mit Vergnügen, wie der junge Mann mit gekreuzten Beinen auf dem Boden saß und einen Strang Garn über den Armen hielt, damit eine der Frauen es aufwickeln konnte. Eines Abends hatte Rogan auf der Fensterbank gelegen, während Zared in seiner Nähe auf dem Boden saß, und Liana hatte gesehen, wie Rogan die Hand ausstreckte und Zared den Kopf tätschelte. Da hatte der Junge mit einem so liebevollen Blick zu Rogan aufgesehen, so vertrauensselig, daß Liana spürte, wie ihr die Knie weich wurden.

Mit jedem Tag spürte Zared ihre Liebe zu ihrem Mann tiefer und stärker werden. Sie hatte von Anfang an gespürt, daß da mehr in ihm steckte, als die Leute in ihm sehen wollten; daß es auch eine weiche Seite seines Charakters gab. Nicht daß man die weiche Seite so schnell oder einfach zu sehen bekam. Sie hatte einige Auseinandersetzungen mit ihm, bei denen fast das Dach über ihren Köpfen eingestürzt wäre. Rogan hatte sich geweigert, einzusehen, daß Liana noch für etwas anderes gut sei als für das Vergnügen im Bett und das Kochen guter Mahlzeiten. Und egal, wie oft sie ihm das Gegenteil bewies — er schien sich nie daran erinnern zu können oder gar etwas aus ihren Taten zu lernen.

Selbst als sie die Prüfung bestanden hatte, und er sogar mit ihr darüber scherzte, hatte sie mit ihm am Ende doch um die Erlaubnis zu kämpfen, daß sie mit ihm über die Streitigkeiten der Bauern zu Gericht sitzen durfte. Sie wies ihn darauf hin, daß es ihr gelungen war, die Diebe herbeizuschaffen; aber das konnte ihn nicht erschüttern. Er hatte beschlossen, daß sie nicht die Fähigkeiten besäße, ein Gerichtsurteil zu fällen, und weder Vernunft noch Logik vermochten ihn von seinem Stundpunkt abzubringen.

Schließlich brach sie in Tränen aus. Rogan war nicht ein Mann, der sich vom Anblick weiblicher Tränen rühren ließ; aber was ihn störte, war ihr trauriges Gesicht. Er schien zu denken, daß es ihre Pflicht sei, immer zu lächeln und fröhlich zu sein. Aber nachdem Liana anderthalb Tage lang mit unglücklichem Gesicht umhergeschlichen war, gab er nach und sagte, daß sie bei Gericht neben ihm sitzen dürfe. Sie hatte ihm die Arme um den Hals geworfen und ihn geküßt — und dann hatte sie ihn zwischen den Rippen gekitzelt.

Severn war in die Lord's Chamber gekommen und hatte die beiden über den Fußboden hinrollen sehen. Liana hatte dabei ihren Kopfputz verloren, und ihre Haare fielen wie ein Vorhang über sie und Rogan, wäahrend sie seinen großen Bruder kitzelte und er sich vor Lachen nicht mehr zu helfen wußte. Severns Wut hatte sie beide sofort ernüchtert.

Severn, dachte Liana. Sie war immer noch erstaunt darüber, daß ihr Schwager ihr so viel Unglück zufügen konnte.

In den ersten Tagen nach ihrem Einzug in der Burg schien er doch auf ihrer Seite gestanden zu haben; aber in dem gleichen Maß, wie sich Rogan verändert hatte, hatte auch Severn sich verändert. Nun verhielt er sich fast so, als würde er sie hassen, und er tat alles, um Rogan gegen sie einzunehmen. Nicht daß Rogan ein einzigesmal ihr gegenüber erwähnte, was zwischen ihm und Severn vorging. Nein, sie mußte sich da ganz auf Gaby als Informationsquelle verlassen. Auf dem Übungsfeld verhöhnte Severn seinen Bruder und versuchte ihn damit lächerlich zu machen, daß er behauptete, eine Frau führte ihn an der Leine.

Und je mehr Liana von Severns Treiben erfuhr, um so mehr strengte sie sich an, Rogan Behaglichkeit und Wärme zu vermitteln. Am Abend bemerkte sie zuweilen, wie zerrissen er innerlich war, als kämpfte er mit sich, ob er die Annehmlichkeiten ihres Söllers genießen oder allein bleiben sollte in seinem Brütezimmer.

Sein Brütezimmer löste ihren zweiten großen Streit aus. Nachdem er zwei Nächte hintereinander dort allein verbracht hatte, ging Liana zu ihm hinein. Sie klopfte nicht an oder bat um die Erlaubnis, eintreten zu dürfen — sie marschierte einfach durch die Tür, während ihr das Herz in den Ohren klopfte. Er hatte sie angebrüllt. Er hatte sich gebärdet wie ein Tobsüchtiger; aber etwas in seinen Augen hatte ihr verraten, daß er im Grunde über ihr Eindringen gar nicht so unglücklich war.

»Was ist denn das?« hatte sie gefragt und auf einen Stoß von Papieren auf dem Tisch gedeutet.

Er hatte noch ein wenig gepoltert und geschimpft, ihr aber dann am Ende seine Skizzen gezeigt. Liana wußte nicht viel über Kriegsmaschinen; aber von Landmaschinen verstand sie etwas, und so sehr verschieden voneinander waren die Geräte gar nicht. Sie hatte ein paar Vorschläge gemacht, und diese hatten sich als gut erwiesen.

Aus ihrem Streit war ein herrlicher Abend geworden, den sie zusammen, über die Skizzen gebeugt, in dem Brütezimmer verbrachten. Mehrmals hatte Rogan gefragt: »So etwa?« oder »Ist das jetzt besser?« oder »Ja, ich glaube, so könnte es funktionieren.«

Wie schon so oft, hatte auch diesmal Severn den Abend verdorben. Er hatte die halb offene Tür ganz aufgestoßen und dann dagestanden und sie mit offenem Mund angestarrt. »Ich hörte, daß sie hier wäre«, hatte er leise gesagt, »aber ich wollte es nicht glauben. Dieser Raum war unserem Bruder Rowland und unserem Vater heilig. Aber jetzt läßt *du* eine Frau hier herein. Und weshalb?« Er deutete mit dem Kopf auf die Skizzen, die auf dem Tisch lagen. »Damit sie dir sagen soll, wie man Kriegsmaschinen baut? Steckt denn gar nichts mehr von einem Mann in dir?«

Liana hatte voller Genugtuung beobachtet, wie Severn sich heftig am Arm kratzte, als er wieder davonstampfte. Sie wußte, daß seine Kleider wieder von Legionen von Läusen heimgesucht wurden, und sie hoffte, sie fraßen ihn bei lebendigem Leib auf. Sie drehte sich ihrem Mann zu. »Rogan . . .«, begann sie.

Doch er war bereits aufgesprungen, ließ sie allein im Zimmer zurück, und soweit sie wußte, hatte er seither das Zimmer nicht mehr betreten.

Sie litt mit Rogan, als sie sah, wie er innerlich mit sich

rang. Ein Teil von ihm verlangte nach der Zärtlichkeit und Wärme, die sie ihm entgegenbrachte; doch ein Teil seines Wesens wollte auch seinem zornigen Bruder gefällig sein. Er trainierte und arbeitete viele Stunden am Tag, suchte sich als Anführer der Peregrines zu bewähren und seinen Männern und besonders seinem Bruder zu beweisen, daß er noch immer würdig war, ihr Herr und Meister zu sein. Und abends konnte er sich dann nie richtig entspannen, wenn Liana ihn mit den Annehmlichkeiten, die sie ihm bieten konnte, erfreuen wollte.

Sie versuchte ihr möglichstes, ihre Wut auf Severn im Zaum zu halten; aber das war ein schwieriges Unterfangen. Sie schrieb ihrer Stiefmutter einen Brief und fragte Helen, ob sie nicht irgendeine junge Erbin wüßte, die Severn heiraten könne. Wenn sie eine Ehefrau für Severn aufzutreiben vermochte, würde er vielleicht Rogan ihr überlassen.

Der dritte Streit zwischen Rogan und ihr brachte dann die Wende zu ihren Ungunsten und veranlaßte Rogan, sich wieder auf Severns Seite zu stellen.

Liana kochte vor Wut, als sie die Treppe zur Kammer des Burgherrn hinunterstürmte. Severn und Rogan saßen am Tisch und verzehrten ruhig ihr Frühstück, ohne jedoch miteinander zu reden.

Liana war so zornig, daß sie kaum sprechen konnte. »Euer . . . euer Bruder lag heute morgen mit drei Frauen im Bett«, fauchte sie Rogan an.

Rogan betrachtete voller Staunen seinen jüngeren Bruder. »Drei? Die höchste Zahl, die ich bisher erreichte, waren vier Frauen. Ich war ziemlich marode am nächsten Morgen.«

»Wann ist denn das gewesen?« fragte Severn, als wäre Liana gar nicht anwesend.

»Ein Jahr vor dem Turnier in . . .«

»Doch nicht *er*!« rief Liana. »Zared! Euer kleiner Bruder, dieses *Kind,* verbrachte die Nacht mit *drei* Frauen!«

Die beiden Männer starrten sie verständnislos an. Sie bezweifelte, ob die beiden überhaupt eine Ahnung hatten, was sie daran störte, daß sie Zared zusammen mit drei Frauen in einem Bett entdeckt hatte. »Ich möchte das nicht haben«, sagte sie. »Rogan, du mußt das unterbinden.«

Was sie jetzt noch wütender machte, war Rogans Augenzwinkern. »Ja«, meinte er, »da werde ich wohl etwas tun müssen.«

Sie trat an ihn heran. »Tu bitte nicht so, als müßtest du mir einen Gefallen tun. Der Junge blickt zu dir auf. Du bist sein Idol. Er glaubt, daß die Sonne sich nach dir richtet, wenn sie auf- und untergeht. Er versucht, sich an dir ein Vorbild zu nehmen.«

Severn grinste und schlug Rogan auf die Schulter. »Er versucht, seinem großen Bruder nachzueifern«, sagte er und lachte.

Liana drehte sich Severn zu, und der Zorn auf ihn kam an die Oberfläche. »Wenigstens macht Rogan den Versuch, ihm Vorbild zu sein. Aber du! Du lebst mit einer verheirateten Mätresse unter dem gleichen Dach wie dieses unschuldige Kind.«

Severn sprang vom Tisch auf und funkelte sie wütend an. »Mein Leben geht dich nichts an«, brüllte er. »Und Zared ist . . .«

Rogan war ebenfalls aufgestanden und fiel seinem Bruder ins Wort: »Wir werden uns um Zared kümmern.«

»Wie du dich um alles kümmerst — besonders um deine Frau?« höhnte Severn und stampfte dann aus dem Raum.

Rogan blickte seinem Bruder nach und ließ sich dann wieder schwer auf seinen Stuhl fallen. Severns Worte hatten ihn nicht zum erstenmal an einer empfindlichen Stelle getroffen.

»Dieser Mann braucht eine Frau«, sagte Liana.

»Eine Ehefrau?« erwiderte Rogan. »Iolanthe würde dieser Frau die Augen auskratzen.«

Er sah so niedergeschlagen aus, daß Liana ihn mit ein paar launischen Bemerkungen aufzuheitern versuchte. »Wir werden eben eine Frau für ihn finden müssen, die stark genug ist, um mit Severn und Iolanthe zugleich fertig zu werden.«

»Eine solche Frau gibt es nicht.«

Sie strich ihm zärtlich über die Stirn. »Nein? Ich habe dich doch auch gezähmt, und du bist stärker als zwanzig Severns und Iolanthes.« Das sollte nur ein Scherz sein; aber Rogan faßte es nicht so auf. Er blickte wütend zu ihr hoch.

»Keine Frau hat mich unter ihrer Gewalt«, flüsterte er.

»Ich meinte das doch nur im . . .« begann sie; aber er stand schon wieder mit immer noch wütendem Gesicht vor ihr.

»Keine Frau beherrscht mich oder meine Familie. Geh zurück an deinen Strickrahmen, wo du hingehörst, Weib.« Er ging und ließ sie allein im Raum zurück.

Er ließ sie den ganzen Tag über, am Abend und auch in der Nacht allein. Sie war ganz krank vor Sorge, und sie war überzeugt, daß er wieder zu einer anderen Frau gegangen war. »Ich werde sie so langsam töten, daß sie mich anbetteln wird, sie zu erlösen«, fauchte Liana, während sie unruhig im Zimmer auf- und ablief.

Um Mitternacht ging sie zu Gaby, die in Baudoins Armen schlief, weckte sie und trug ihr auf, herauszufinden, wo Rogan sich aufhielt. Schon nach kurzer Zeit kam Gaby wieder und berichtete, daß er sich mit einem halben Dutzend seiner Ritter in der Großen Halle betrank.

Irgendwie hatte Liana ein gutes Gefühl, als sie diese Nachricht erfuhr. Ihre Auseinandersetzung ging ihm also nicht weniger nahe als ihr. Er war nicht mehr der Mann, der sie ignorierte und sie aus einer Gruppe von Frauen nicht herausfinden konnte.

Als sie endlich zu Bett ging, fand sie zwar nur einen leichten Schlaf; aber ein Schlaf war es doch.

Sie wurde kurz vor der Morgendämmerung von dem Scheppern von Stahl auf Stahl geweckt. »Rogan«, rief sie, und ihr Herz krampfte sich aus Angst zusammen. Sie warf eine Robe über ihre Blöße und begann zu laufen.

Die Howards hatten versucht, sich vor Anbruch der Morgendämmerung in die Burg der Peregrines einzuschleichen. Sie warfen große eiserne Haken über die Brustwehren und kletterten an den Tauen hoch, die an den Haken befestigt waren.

Es war schon so viele Monate her, seit die Howards zuletzt angegriffen hatten, und die Peregrines waren so sehr mit ihren internen Querelen beschäftigt gewesen, daß sich ein Gefühl der Sorglosigkeit breitgemacht hatte. Die Sinne waren stumpf geworden, die Wachsamkeit hatte nachgelassen.

Zwölf von den zwanzig Howards, die die Burg angriffen, waren bereits über die Mauer geklettert, ehe die schläfrigen Wächter auf den Zinnen sie hörten. Zwei Ritter der Peregrines starben, ohne erst aus dem Schlaf zu erwachen.

Rogan, der betrunken auf dem Boden der Großen Halle lag, hatte Mühe, zu sich zu kommen. Severn war schon auf den Beinen und kampfbereit, ehe Rogan begriffen hatte, was los war.

»Du machst mich krank«, schnaubte Severn, warf seinem Bruder ein Schwert zu und rannte aus dem Saal.

Rogan machte die verlorene Zeit wieder wett. Wenn auch sein Kopf noch benebelt war, so erinnerte sich sein Körper doch an die vielen Jahre harten Trainings. Er trat seine Männer in die Rippen, um sie zu wecken, und binnen weniger Sekunden war er draußen im Burghof und focht an der Seite von Severn und Baudoin.

Es dauerte nicht lange, bis sie die Howards niedergemacht hatten; aber als Severn den letzten von ihnen erschlagen wollte, hielt Rogan ihn zurück.

»Warum?« begehrte er von dem Howard-Ritter zu wissen. »Was wollte Oliver Howard von uns?«

»Die Frau«, erwiderte der Ritter. »Wir sollten sie ergreifen und fortschaffen.« Der Mann wußte, daß auch er sterben mußte, und warf Rogan einen unverschämten Blick zu. »Er sagte, sein jüngerer Bruder brauchte eine Frau, und die Bräute der Peregrines, meint er, gäben ausgezeichnete Howard-Frauen ab.«

Rogan tötete den Mann. Er stieß ihm sein Messer ins Herz und drehte es so lange herum, bis Severn ihn von dem Mann wegzog.

»Er ist tot«, sagte Severn. »Sie sind alle tot. Dazu noch vier von unseren Männern.«

Nun machte sich eine bange Sorge in Rogan breit. Wenn Severn nicht gewesen wäre . . . wenn er noch ein bißchen mehr getrunken hätte . . . wenn seine Männer auf den Wehrgängen nichts gehört hätten . . . hätten die Howards Liana jetzt in ihrer Gewalt. »Ich möchte, daß die Burg durchsucht wird«, sagte er. »Ich möchte jede Getreidekiste, jeden Kleiderschrank, jede Truhe durchsucht wissen. Ich möchte sichergehen, daß kein Howard mehr in der Burg ist. Geht!« rief er den Männern zu, die in seiner Nähe standen.

»Endlich fällt dir wieder ein, daß die Howards unsere Erzfeinde sind«, sagte Severn. »Aber nur, weil du um *sie* besorgt bist. Du hast uns alle in Gefahr gebracht — mich, Zared, dich selbst. Du setzt das bißchen, was wir noch haben, ihretwegen aufs Spiel. Ist es dir gleichgültig, daß wir heute nacht vier von unseren Rittern verloren haben und ein weiteres Dutzend Männer verwundet wurde, weil du dich betrunken hast? Und warum? Wegen eines Streites mit dieser Frau! Du hast schon mal wegen einer Frau zwei von unseren Brüdern in den Tod gejagt. Müssen auch noch alle übrigen Peregrines sterben, ehe zu zufrieden bist?«

In diesem Moment eilte Liana mit langen flatternden, blonden Haaren die Außentreppe in den Hof herunter. Ihre Robe öffnete sich vorn und entblößte lange schlanke Beine. Sie warf sich an Rogans Brust und schlang ihm die Arme um den Hals. »Du lebst«, weinte sie, und ihre Tränen benetzten seine Schultern. »Ich hatte schreckliche Angst um dich.«

Einen Moment lang vergaß Rogan die blutbesudelten Ritter ringsum und seinen finster dreinschauenden Bruder neben sich und drückte ihren zitternden Leib an seinen Körper. Er konnte seinem Glück danken, daß sie noch hier war und nicht in der Gewalt der Howards. Er strich ihr über die Haare und suchte sie zu beruhigen. »Mir ist nichts geschehen«, flüsterte er.

Er sah hoch und blickte in das Gesicht einer seiner Ritter, der schon seinem Vater gedient hatte — ein Mann, der Rowland in die Schlacht gefolgt war —, und las zornige Verachtung in dessen Augen. Verachtung für einen Peregrine, der mit zwei toten Männern zu Füßen im ersten Licht der Dämmerung dastand und einer Frau schöntat.

In dem wochenlangen Streit mit Severn hatten sich seine Männer immer hinter ihn gestellt, wie Rogan sehr wohl wußte, weil er so hart mit ihnen trainiert hatte wie eh und je. Und sie waren ja auch nicht dabeigewesen, wenn Rogan abends bei seiner Frau im Söller saß und ihren Damen zuhörte, die zur Laute sangen. Und daß Rogan seiner Frau erlaubte, ihm bei dem Entwurf von Kriegsmaschinen zu helfen, hatten sie ebenfalls nicht miterlebt.

Doch als Rogan jetzt in die Augen seiner Ritter blickte, merkte er, daß ihre Loyalität in diesem Moment bedenklich ins Wanken kam. Wie konnten sie auch einem Mann folgen, der wegen eines Streits mit seiner Frau zu betrunken war, um die Signale eines Angriffs zu hören? Wie konnte er noch Macht über sie haben? In dem Dorfstück hatten die Bauern ihn als »gezähmt« dargestellt, — als einen Mann, dem seine Frau ein Halsband umgelegt hatte und den sie an der Leine wegführte. Damals war ihm diese Szene so absurd erschienen, daß es nicht lohnte, einen Gedanken daran zu verschwenden; aber nun sah er mehr als ein Körnchen Wahrheit darin.

Er mußte seine Autorität über die Männer zurückgewinnen, oder er würde für immer ihren Respekt verlieren.

Er löste abrupt ihre Arme von seinem Hals und schob sie von sich. »Geh zurück ins Haus, Weib, wo du hingehörst.«

Liana ahnte wohl etwas von Rogans Verlegenheit. Sie drückte ihre Schultern gerade. »Ich werde helfen. Wie viele Verwundete gibt es hier?« Sie drehte sich dem Mann zu, der Rogan mit so verächtlichem Zorn betrachtet hatte. »Bringt diese Männer in die Küche. Dort ist es wärmer. Und holt mir . . .«

Rogan mußte sie zum Schweigen bringen. »Gehorche meinem Befehl!« brüllte er.

»Aber es gibt doch Verwundete hier!«

Seine Männer, die verwundeten wie die unversehrten, beobachteten Rogan gespannt. Es war jetzt oder nie, erkannte Rogan.

»Ich habe dich deines Geldes wegen geheiratet«, sagte er gelassen und so laut, daß ihn alle seine Männer hören konnten, »nicht deiner Ratschläge oder deiner Schönheit wegen.«

Liana hatte ein Gefühl, als hätte sie einen Tritt in den Bauch bekommen. Sie wollte ihm eine Antwort geben; aber der Hals war ihr plötzlich zugeschnürt, so daß sie keinen Ton herausbringen konnte. Sie vermochte das schadenfrohe Grinsen der Männer förmlich zu spüren. Hier war eine Frau, die man in ihre Schranken gewiesen hatte. Langsam drehte sie sich um und ging in die Burg zurück.

Einen Moment lang wäre Rogan ihr fast nachgelaufen; aber er tat es nicht. »Hebe die Männer dort auf«, sagte er zu Severn. Er würde das heute abend wieder gutmachen bei ihr. Vielleicht mit einem Geschenk. Ihr hatte diese kleine Puppe vom Jahrmarkt so gut gefallen. Vielleicht sollte er . . .

»Und wohin soll ich sie bringen?« fragte Severn.

Rogan sah wieder den alten Respekt in den Augen seines Bruders. »In die Große Halle«, antwortete Rogan. »Und besorge einen Bader, der sie wieder zusammenflickt. Dann bringst du mir die Männer her, die heute nacht Wache standen.«

»Ja, Bruder«, sagte Severn und legte Rogan kurz die Hand auf die Schulter.

Für Rogan wog sie so schwer wie die Verantwortung, die er für seine Brüder und Männer hatte.

»Er hat es getan«, sagte Severn stolz zu Iolanthe. »Ich wußte, daß er da sein würde, wenn wir ihn brauchten. Du hättest ihn gestern morgen hören sollen. 'Ich habe dich deines Geldes wegen geheiratet, nicht deiner Ratschläge oder deiner Schönheit wegen'. Genau das hat er zu ihr gesagt. Nun wird sie wohl aufhören, sich in die Angelegenheiten der Peregrines einzumischen.«

Io blickte ihn über ihren Strickrahmen hinweg an. Sie wußte schon alles, was gestern vorgefallen war. »Wo hat dein weiser Bruder denn heute nacht geschlafen?«

»Das weiß ich nicht.« Severn zögerte. »Wahrscheinlich bei seinen Männern. Er hätte ihre Schlafzimmertür einrennen sollen. Dieser Frau muß eine Lektion erteilt werden.«

Io sah, wie Severn sich heftig kratzte. Es war so angenehm gewesen — eine Weile lang —, als er sauber gewesen war. »Du hast also die Burg schon fast wieder in den Zustand versetzt, in dem sie sich früher befand. Dein Bruder schläft bei seinen Männern, und ich kann mir vorstellen, daß er auch so unglücklich ist wie früher. Ich vermute, er lächelt jetzt nicht mehr, oder doch?«

Severn stand auf und ging ans Fenster. Zared hatte zu ihm gesagt, daß er auf Liana eifersüchtig wäre, und etwas in ihm fragte sich, ob da nicht etwas Wahres daran sei. Gestern hatte er, Severn, gesiegt. Er hatte Rogan dazu gezwungen, öffentlich seine Frau zu verleugnen, so daß sie sich von ihm zurückziehen mußte. Und was hatte er damit gewonnen? Die letzten vierundzwanzig Stunden waren die Hölle gewesen.

Ihm war bisher nie so recht bewußt geworden, wie sehr Rogan sich verändert hatte, seit er mit dieser Frau verheiratet war.

Der alte Rogan war mit aller Macht zurückgekommen. Auf dem Übungsfeld war er ein unverbittlicher Exerziermeister. Er hatte einem Ritter, der nicht schnell genug war, den Arm gebrochen. Er hatte einem anderen mit dem Schwert die Wange aufgeschlitzt. Und als Severn protestierte, hatte Rogan ihm einen Schlag versetzt, der ihn zu Boden schickte.

Severn drehte sich wieder zu Io um. »Rogan ist so zornig, wie er das schon immer war.«

Iolanthe konnte seine Gedanken lesen. Es steckte nicht eine Spur von Arglist in ihm, und das war einer der Gründe, warum sie ihn liebte. Aber er hatte mit den meisten Männern gemeinsam, daß er keine Veränderungen mochte. Er hatte seine älteren Brüder geliebt und verehrt und hatte sie nacheinander ins Gras beißen sehen, bis nur noch Rogan übrig war. Und nun hatte er Angst, auch ihn zu verlieren.

»Was gedenkst du nun zu tun, um die beiden wieder zusammenzubringen?« fragte Io, während sie mit einem Goldfaden den Untergrund für das Stickmuster herstellte.

»Zusammenbringen?« meinte Severn betroffen. »Damit Rogan wieder den ganzen Nachmittag im Söller vertrödelt? Die Disziplin zum Teufel geht? Die Howards uns im Schlaf überraschen und töten? Rogan wird . . .«

». . . dich mit Exerzierübungen umbringen, wenn du deine Einmischung in seine Ehe nicht wieder gutmachst.«

Severn öffnete den Mund, um ihr zu widersprechen, schloß ihn dann aber wieder und setzte sich in seinen Sessel.

»Nun ja — sie ist gar nicht so übel«, sagte er nach einer Weile. »Und vielleicht muß in dieser Burg schon mal wieder saubergemacht werden.« Er blickte zu Io hin. »Schön — gründlich gereinigt werden —; aber deswegen muß sie ihn doch nicht . . .« Er hielt inne, wußte nicht, wie er es anders ausdrücken sollte: »Sie muß ihn doch nicht so vollkommen für sich in Beschlag nehmen.«

»Sie liebt ihn«, antwortete Io. »Das ist für eine Frau, der so etwas zustößt, eine fatale Sache.« Sie blickte Severn liebevoll an, der das aber gar nicht bemerkte. Iolanthe bewunderte dieses blasse, kleine Ding, diese Liana, weil sie etwas fertiggebracht hatte, was Io nicht gelingen wollte.

»Schicke Liana eine Einladung zum Abendessen. Tu so, als käme sie von Rogan. Und dann schickst du Rogan eine Einladung von Liana.«

Severn kratzte sich heftig an der Schulter. »Glaubst du, sie wird meine Kleider wieder waschen lassen?«

»Wenn du ihr Rogan zurückgibst, wird sie das bestimmt tun.«

»Ich werde darüber nachdenken«, sagte Severn leise. »Wenn Rogan noch schlimmer wütet, werde ich deinen Vorschlag in Erwägung ziehen.«

»Glaubt er etwa, er könnte mich so leicht zurückgewinnen?« fragte Liana Gaby. Sie hielten sich allein im Söller auf, da Liana ihre anderen Frauen weggeschickt hatte. »Glaubt er etwa, daß ich auf eine Einladung hin auf allen vieren zu ihm krieche? Nachdem er mich so furchtbar gedemütigt hat?«

»Aber, Mylady«, flehte Gaby, »manchmal sagen Männer Dinge, die sie gar nicht meinen, und inzwischen ist eine ganze Woche vergangen. Baudoin sagt, Lord Rogan führe sich schlimmer auf als je zuvor, schliefe nie und gönnte den Leuten auch keine Ruhe. Er hat die Wachen auf den Wehrgängen verdoppelt, und ein Posten, der auch nur mit den Wimpern zuckt, bekommt die Peitsche zu spüren.«

»Und was geht das mich an? Er hat mein Geld. Er hat, was er wollte.« Die schreckliche, tiefe Wunde, die seine Worte ihr geschlagen hatten, war in der letzten Woche kein bißchen abgeheilt. Sie hatte sich selbst belogen, als sie glaubte, daß er einen Funken Gefühl für sie übrig habe. Er hatte sie ihres Geldes wegen geheiratet, und Geld war alles, was er von ihr verlangte. Nun, das hatte er jetzt und mußte sich nun nicht länger mit ihr befrachten. Sie würde nie mehr versuchen, sich zwischen ihn und die

Bauern zu stellen. Sie würde nie mehr mit ihm rangeln, bis er ihr erlaubte, Gericht zu halten und Recht zu sprechen. Tatsächlich spielte sie mit dem Gedanken, mit ihren Zofen und Mägden in die andere Burg zu ziehen, die er noch besaß, oder vielleicht zog sie sich auf eines der Güter ihrer Mitgift zurück — wenn er auf die Einkünfte daraus verzichten konnte.

»Ihr habt also vor, seine Einladung zurückzuweisen?« fragte Gaby.

»Ich werde eine Tasche mit goldenen Tellern füllen und sie auf den Stuhl stellen, auf dem ich sitzen soll. Dieser Anblick wird ihm sicher besser gefallen als mein häßliches Gesicht.«

»Aber, Mylady, ich bin sicher, daß er so etwas bestimmt nicht gemeint . . .«

Gaby redete weiter; aber Liana hörte ihr nicht zu. Der Gedanke an das Gold und an ihre mangelnde Schönheit hatte sie auf eine Idee gebracht. »Hol mir den Schmied hierher.«

»Mylady?«

»Schick den Schmied zu mir. Ich habe einen Auftrag für ihn.«

»Wenn Ihr mir sagen wollt, was Ihr vorhabt, werde ich . . .«

»Nein, das ist mein Geheimnis.«

Gaby wich nicht von der Stelle. »Bedeutet das, daß Ihr seine Einladung annehmt?«

»Oh, ja«, sagte Liana. »Ich werde die Einladung meines Mannes annehmen, und er wird mein Gold bekommen und er muß auch nicht mein gewöhnliches Gesicht betrachten.«

Gaby verharrte noch immer an ihrem Platz. »Zuweilen ist es besser, zu vergessen und zu vergeben, als den Kampf fortzusetzen. Die Ehe ist . . .«

»*Meine* Ehe beruht lediglich auf Gold und nichts sonst. Nun geh!«

»Jawohl, Mylady«, sagte Gaby ergeben und verließ den Söller.

Drei Stunden später kleidete sich Liana für das Abendessen an, zu dem ihr Mann sie eingeladen hatte. Joice half ihr beim Anziehen, da Liana Gabys Mißbilligung nicht hören wollte — denn daß sie mit Gabys Widerspruch rechnen mußte, war ihr klar.

Sie wollte sich auch nicht von der Lady von ihrem Vorhaben abbringen lassen. Als Liana die Treppe über dem Söller hinaufstieg, sah sie, daß die Tür der Lady nicht verschlossen war und einen Spalt breit offen stand. »Ich werde immer hier sein, wenn du mich brauchst«, hatte die Lady zu ihr gesagt, und das stimmte. Jedesmal, wenn es zu einer Krise zwischen ihr und Rogan kam, stand die Tür der Lady offen.

Aber heute abend wünschte Liana nicht mit der Lady zu sprechen, weil Liana sich das, was sie vorhatte, nicht ausreden lassen wollte. Die Kränkung, die sie erfahren hatte, war zu tief und noch zu frisch, als daß sie anders hätte handeln können. War es ihre Sache, ihm zu sagen, sie würde ihm vergeben? Wenn sie das tat — was würde er ihr denn das nächste Mal antun? Er konnte sie dann täglich beleidigen und von ihr erwarten, daß sie ihm alles und jedes verzieh.

Also ignorierte Liana die Einladung, welche ihr die offene Tür der Lady signalisierte, und kleidete sich statt dessen mit Joices Hilfe an.

»Verschwinde«, schnaubte Rogan Severn an. Sie befanden sich in einem der Zimmer über der Küche — ein Raum, der früher von einem der Wochentage bewohnt worden war. Er war bereits wieder schmutzig, da hier seit einer

Woche nicht mehr saubergemacht worden war, und eine dicke Ratte nagte in einer Ecke an einem Knochen.

»Ich dachte, du möchtest vielleicht etwas anziehen, das ein bißchen weniger stinkt. Und dich vielleicht rasieren. Das ist alles.«

»Warum?« fragte Rogan angriffslustig. »Nur weil ich mit einer Frau esse? Du hattest recht. Es war hier viel besser, ehe sie kam und sich in alles einmischte. Ich glaube, ich werde sie nach Bevan schicken.«

»Und wie viele Ritter müssen zu ihrem Schutz mit ihr nach Bevan ziehen? Die Howards werden . . .«

»Die Howards können sie meinetwegen haben.« Noch während er das sagte, zuckte er zusammen. Ach, zum Teufel mit diesem verdammten Weib! Er hatte versucht, mit ihr zu reden, nachdem er das auf dem Burghof gesagt hatte; aber sie hatte einfach die Tür von innen verriegelt und ihn draußen stehenlassen. Sein erster Impuls war, die Tür aufzubrechen und ihr zu zeigen, wer der Herr in seinem Haus war; aber dann war er sich wie ein Narr vorgekommen, weil er sich so viele Gedanken machte ihretwegen. Sollte sie sich doch in ihrem Zimmer einschließen, wenn ihr das gefiel. Was focht ihn das an? Er hatte nur die Wahrheit gesagt, als er behauptete, er habe sie nur ihres Geldes wegen geheiratet.

Aber in der letzten Woche hatte er . . . nun, es war ihm dieses und jenes wieder eingefallen — ihr Lachen; die Art und Weise, wie sie ihm die Arme um den Hals warf, wenn er ihr eine Freude gemacht hatte. Er erinnerte sich an ihre Meinungen und Anregungen und an ihren warmen, willigen Körper des Nachts. Ihm fielen alle die Dinge ein, die sie hier auf der Burg eingeführt hatte: Musik, gutes Essen, einen Burghof, über den er gehen konnte, ohne ständig in einen Haufen Pferdeäpfel zu treten. Er erinnerte sich an den Tag auf dem Jahrmarkt, wie sie sich bei den

Händen gehalten hatten, wie Gaby ihr die Haare auswusch.

Er funkelte Severn wütend an. »Seit wann machst du dir Gedanken über meinen Anzug, wenn ich mich mit meiner Frau treffe?«

»Seit ich wieder Sand zwischen den Zähnen habe, wenn ich Brot esse, und seit Io mich nicht gerade überschwenglich begrüßt, wenn ich nach dem Training zu ihr komme.«

»Schick sie doch zu ihrem Ehemann zurück, und ich werde —« er konnte ihren Namen kaum aussprechen — »ich werde Liana« — ganz leise jetzt — »wegschicken.«

»Wäre vermutlich besser für uns beide«, sagte Severn. »Sicherlich ginge es hier beträchtlich ruhiger zu. Wir kämen wenigstens zum Arbeiten. Und brauchten uns nicht so viele Sorgen zu machen, daß uns die Howards angreifen wollen, um unsere Frauen zu rauben. Aber andrerseits haben die Männer angefangen, sich über das Brot zu beschweren. Vielleicht . . .« Seine Stimme verlor sich.

Rogan blickte auf die dunkelgrüne Samtjacke, die Severn ihm immer noch hinhielt. Da sie ihm ja eine Einladung geschickt hatte, wollte sie sich vielleicht dafür entschuldigen, daß sie ihn aus dem gemeinsamen Schlafzimmer ausgesperrt hatte und wieder Sand im Mehl und Ratten in den Räumen zuließ. Und wenn sie bereit war, sich zu entschuldigen, fand er sich vielleicht auch dazu bereit, ihr zu vergeben.

Liana wartete, bis alle Ritter in der Großen Halle auf ihren Bänken saßen und Rogan, Severn und Zared am Hohen Tisch der Burgherrin Platz genommen hatten. Joice senkte nun den Schleier über das Gesicht ihrer Herrin.

»Seid Ihr Euch sicher, Mylady?« fragte Joice grimmig, und an ihrem verkniffenen Mund war ihre Mißbilligung nur zu deutlich abzulesen.

»Mehr als sicher«, sagte Liana und drückte ihre Schultern durch.

Alle Männer und die paar Frauen, die in der Halle versammelt waren, schwiegen still, als Liana ihren Einzug hielt mit Joice, die ihre lange pelzbesetzte Schleppe tragen mußte. Lianes Gesicht war mit einem Schleier bedeckt, der ihr bis zu den Hüften hinunterreichte.

Feierlich und langsam ging sie auf den Hohen Tisch zu und blieb dort wartend stehen, bis Severn Rogan einen leichten Rippenstoß gab und Rogan aufstand, um einen Stuhl für sie unter der Tischplatte hervorzuziehen. Als Liana darauf Platz nahm, war es immer noch totenstill in der Halle, und alle Augen waren auf den Burgherrn und die Burgherrin gerichtet.

Rogan schien nicht zu wissen, wie er das Schweigen brechen sollte. »Möchtest du etwas Wein haben?« fragte er schließlich, und seine Stimme hallte laut von der gewölbten Decke des Raumes wider.

Ganz langsam schob Liana da ihre Arme unter ihren Schleier und hob ihn. Ein lautes Murmeln lief durch die Reihen der Versammelten, als sie sahen, was sich darunter befand. Um Lianas Gesicht waren an Fäden, die an ihrer Haube festgenäht waren, Münzen befestigt: goldene, silberne und kupferne Münzen. Durch jede Münze war ein Loch gebohrt und Faden hindurchgezogen worden, der von ihrer Haube herabhing.

Während die Versammelten sie verblüfft betrachteten, holte Liana eine kleine Schere hervor und schnitt eine Silbermünze vor ihrem Gesicht ab. »Wird das reichen, um meinen Wein zu bezahlen, Mylord?« Sie schnitt eine Goldmünze ab. »Und ist damit der Preis für mein Fleisch gedeckt?«

Rogan starrte sie nur mit offenem Mund an und dann auf die Münzen, die sie abschnitt.

»Schaut mich nicht so besorgt an, Mylord«, sagte Liana laut. »Ich werde nicht so viel essen, daß mein Gesicht gänzlich entblößt wird und Ihr meine Häßlichkeit anschauen müßt. Ich bin sicher, daß der Anblick meines Geldes Euch mehr erfreut als mein gewöhnliches Gesicht.«

Rogans Gesicht wurde zu einer starren, kalten Maske. Ohne ein Wort zu ihr zu sagen, erhob er sich aus seinem Sessel und verließ die Halle.

Zared wandte sich Severn zu, der so blaß geworden war, als würde ihm schlecht. »Greif tüchtig zu, Severn. Morgen bekommen wir sicherlich Steine statt Brot zu essen, und Rogan wird euch auf dem Übungsfeld so fürchterlich hernehmen, bis ihr alle vor Erschöpfung tot umfallt«, meinte Zared munter. »Es war wirklich klug von dir, Severn, daß du versucht hast, Liana davon abzuhalten, sich in eure Angelegenheiten einzumischen.«

Liana verließ in diesem Augenblick mit all der Würde und Leutseligkeit, die sie aufbringen konnte, ebenfalls die Halle.

Kapitel fünfzehn

»Nein!« schnaubte Liana Gaby und Joice an. »Stellt das nicht da hin. Und auch nicht dort hin. Und ganz gewiß nicht hier hin!«

Joice zog sich schleunigst wieder aus dem Zimmer zurück; aber Gaby blieb im Söller, blickte auf Lianas Hinterkopf und biß sich auf die Zunge. Nicht daß sie ihren Mund gehalten hätte in den zwei schrecklichen Wochen, die auf dieses grauenhafte Dinner folgten, zu dem Lady Liana mit diesen Münzen vor dem Gesicht erschienen war; aber sie hatte die Erfahrung machen müssen, daß Reden nichts nützte. »Er hat, was er haben wollte«, war alles, was Lady Liana auf Gabys Appell erwiderte, daß sie und Rogan sich aussprechen sollten.

Und Lord Rogan war sogar noch schlimmer als seine Gemahlin. Gaby hatte Baudoin so weit gebracht, daß er dem Lord eine Aussprache mit Lady Liana vorschlug, und da hätte ihm Rogan fast eine Lanze durch den Unterleib gerammt.

Unter dem Zwist, der nun zwischen Herr und Herrin herrschte, mußte sowohl die ganze Burg wie auch das Dorf leiden. Die Bäcker weigerten sich, frisches Brot zu liefern, weil Rogan sich weigerte, sie dafür zu bezahlen, und Liana weigerte sich, sich mit der Haushaltsführung der Burg zu befassen. Also gab es nun wieder mehr Sand als Mehl im Brot. Der Burghof war voller Kot und Jauche, weil niemand den Leuten befahl, ihn zu säubern. Die Bauern litten Hunger. Der Burggraben, der nur einen Fuß hoch Wasser führte, enthielt bereits ein halbes Dutzend verwesender Kuhkadaver. Während das früher ein Normalzustand gewesen war, beschwerte sich jetzt jedermann darüber. Die Männer klagten über die Läuse und Flöhe in ihren Kleidern und über den stinkenden Unrat, auf den sie überall traten. Sie beklagten sich über Rogans schreckliche Laune. Sie beklagten sich darüber, daß Lady Liana ihre Aufgaben nicht ordentlich wahrnahm (niemand schien sich mehr daran zu erinnern, daß jeder sie anfangs mit allen Mitteln bekämpfte, als sie daranging, den Zustand, den sie nun beklagten, zu ändern).

Kurzum — nach zwei Wochen gab es niemand im Umkreis von zehn Meilen, der nicht für den Hader zwischen Burgherrn und Burgherrin büßen mußte.

»Mylady . . .« begann Gaby.

»Ich habe nichts zu besprechen mit dir«, schnaubte Liana. In den besagten zwei Wochen hatte sich ihr Groll nicht im mindesten gebessert. Sie hatte alles unternommen, ihrem Gatten eine gute Frau zu sein, und er hatte sie ignoriert und sie für ihre Bemühungen mit einer öffentlichen Demütigung belohnt. Er, ein Mann von großer Schönheit, mochte ja glauben, daß die Leute, die nicht so ansehnlich waren wie er, unter ihrem Aussehen nicht litten; aber da täuschte er sich. Wenn er meinte, daß sie so häßlich sei, dann würde sie ihn mit ihrem Anblick verschonen.

»Es ist nicht mein Wunsch, mit Euch zu reden«, sagte Gaby. »Die Lady Iolanthe bittet Euch zu sich.«

Lianas Kopf ruckte hoch. »Severn hat seinen Kopf durchgesetzt. Er hat gewonnen und seinen Bruder so, wie er einst war, wiederbekommen. Ich sehe keinen Grund, mich mit Severns Mätresse zu treffen.«

Gaby zeigte den Anflug eines schwachen Lächelns. »Man munkelt, daß Lord Severn und seine . . . die Lady Iolanthe ebenfalls Krach miteinander haben. Vielleicht möchte sie Euch ihre Sympathien ausdrücken.«

Liana wollte wirklich mit jemandem reden. Gaby lag ihr ständig in den Ohren, sie müsse Rogan alles verzeihen. Sie meinte, Liana sollte zu ihm gehen und um Entschuldigung bitten; aber Liana war überzeugt, daß Rogan sie zurückweisen würde. Wie konnte eine Frau mit einem so gewöhnlichen Gesicht wie dem ihren irgendeinen Einfluß auf einen Mann wie Rogan haben? Und wie konnte eine Frau von so blendendem Aussehen wie Iolanthe Lianas Probleme verstehen? »Sag ihr, daß ich die Einladung nicht annehmen kann«, beschied Liana Gaby.

»Aber, Mylady, sie hat Euch in ihre Gemächer eingeladen. Wie ich hörte, hat sie bisher noch keinen zu sich in die Wohnung gelassen.«

»Oh?« gab Liana zurück. »*Ich* soll zu ihr kommen? Ich, die Herrin dieser Burg und Grafschaft, soll die verheiratete Mätresse meines Schwagers aufsuchen? Sag ihr, daß das nicht in Frage kommt.«

Gaby verließ den Söller, und Liana blickte wieder auf ihren Teppichrahmen. Sie war empört über die Anmaßung dieser Frau, aber andrerseits war sie auch neugierig. Was hatte ihr diese schöne Iolanthe wohl zu sagen?

Die Einladung wurde drei Tage lang täglich wiederholt und jedesmal von Liana zurückgewiesen. Doch am vierten Tag blickte Liana zufällig aus dem Fenster und sah eine von den Wochentagen mit ihrem üppigen Busen, der ihr grobes Wollkleid mächtig spannte, unten im Burghof stehen.

Liana drehte sich zu Joice um. »Hol mir mein rotes Brokatkleid — das mit dem Unterrock aus goldgewirktem Stoff. Ich werde einen Besuch machen.«

Eine Stunde später war Liana so zurechtgemacht, daß ihre Figur und ihr Gesicht, soweit das möglich war, überaus vorteilhaft zur Geltung kamen. Sie mußte, um ihrer Einladung nachzukommen, über den Burghof gehen, und spürte, wie die Augenpaare aller dort Anwesenden auf ihr ruhten. Doch sie blickte weder nach links noch rechts und ignorierte sie alle.

Als sie endlich die Gemächer von Iolanthe erreicht hatte und ihr dort eine Kammerfrau die Tür öffnete, brauchte Liana eine Weile, um ihre Fassung wiederzufinden — und ihren Mund zuzumachen. Noch nie hatte sie einen Raum von solcher Pracht gesehen. Überall standen Platten und Teller aus Silber und Gold. Auf dem Boden lagen *Teppiche* — herrlich gemusterte, übereinander gelegte Teppiche. Die Wände waren mit Teppichen aus Seide verhangen — mit den verschiedenartigsten Bildmotiven, die so dicht und fein gewebt waren, daß eine Blume von der Breite eines Daumennagels ein Dutzend Farben in sich vereinte. Die Balkendecke war mit pastoralen Szenen bemalt, die Fenster hatten in Blei gefaßte bunte Gläser, die funkelten und strahlten wie Juwelen.

Und im Raum standen geschnitzte Sessel mit gepolsterten Sitzfläche, geschwungene und beschnitzte Nährahmen und herrliche, mit Elfenbein eingelegte Truhen. Wo sie auch hinsah — überall entdeckte sie irgendeinen Gegenstand von erlesener Schönheit.

»Willkommen«, sagte Iolanthe, und in ihrem aus Silberfäden gewirkten Gewand war sie das schönste Objekt im Zimmer.

»Ich . . .« Liana holte Luft, um ihre Haltung wiederzufinden. »Ihr habt mir etwas zu sagen?« Eigentlich hatte sie sich vorgenommen, dieser Frau zu sagen, wie unmoralisch sie wäre und daß sie auf ewig in die Hölle verdammt würde, weil sie mit einem Mann verheiratet war, jedoch in

Sünde mit einem anderen lebte; aber in Iolanthes Gegenwart wollten ihr solche Worte nicht über die Lippen kommen.

»Wollt Ihr Euch nicht setzen? Ich habe etwas zu essen für uns vorbereiten lassen.«

Liana nahm den Sessel, den Iolanthe ihr angeboten hatte, an, und nippte dann an einem mit Rubinen besetzten goldenen Kelch, der mit Wein gefüllt war.

»Ihr werdet zu ihm gehen müssen«, sagte Iolanthe. »Er ist zu sturköpfig, um Euch nachzugeben, und außerdem bezweifle ich, ob er weiß, wie er das anstellen soll.«

Liana stellte den Kelch mit einiger Heftigkeit auf den Tisch zurück und stand auf. »Ich möchte davon nichts hören. Er hat mich zum wiederholten Male beleidigt, und dies ist die letzte Zumutung für mich gewesen.« Damit schritt sie zur Tür.

»Wartet!« rief Iolanthe ihr nach. »Bitte, kommt zurück. Das war wohl nicht sehr höflich von mir.«

Liana kam ins Zimmer zurück.

Io lächelte sie an. »Verzeiht mir. Die letzten zwei Wochen sind nicht einfach für mich gewesen. Severn befand sich in einer fast unerträglichen Laune. Natürlich habe ich ihm gesagt, daß das alles ganz allein seine Schuld sei — und wenn er wegen seines Bruders nicht so eifersüchtig auf Euch gewesen wäre, hätte Rogan niemals öffentlich erklärt, er hätte Euch nur Eures Geldes wegen geheiratet, und Ihr hättet nicht zu Eurem Münzschleier Zuflucht nehmen müssen.«

Liana lehnte sich zurück. »Richtig«, sagte sie und nahm wieder ihren Weinkelch vom Tisch. »Er sagte vor seinen Männern, daß er meine Häßlichkeit nicht ertragen könne.«

Iolanthe starrte die blonde Frau an. Soso, dachte sie, es war also nicht das Geld, das sie gewurmt hatte, vielmehr der Umstand, daß Rogan seine Frau ihres Aussehens wegen beleidigt hatte. Rogan und Severn waren so göttlich schöne Männer, daß es leicht einzusehen war, wie rasch eine Frau sich von ihnen eingeschüchtert fühlen konnte. Jeden Morgen studierte sie, Io, ja sich selbst im Spiegel und übte sich so lange im Lächeln, bis keine Fältchen mehr dabei entstanden. In ihrem Alter lebte sie ständig in der schrecklichen Angst, daß Severn sie eines Tages nicht mehr schön finden könne. Unvorstellbar, was für ein grauenhaftes Gefühl es wohl für sie wäre, wenn Severn ihr eines Tages sagte, er begehrte das Geld ihres Ehemannes, nicht ihre Person.

»Ich verstehe«, sagte Io schließlich.

»Ja«, sagte Liana, »und *ich* habe ebenfalls verstanden. Ich dachte, ich könnte ihn dazu bringen, daß er mich liebt. Ich dachte, ich könnte mich ihm unentbehrlich machen; aber mich hat er ja gar nicht haben wollen. Noch möchte mich irgendwer sonst hier haben. Es ist eine Ironie. Meine Stiefmutter versuchte mir das zu sagen; aber ich wollte nicht auf sie hören. Ich dachte, ich wüßte es besser als eine Frau, die schon zwei Ehemänner hatte. Sie hatte recht. Selbst meine Kammerfrau Joice hatte recht. Joice sagte zu mir, daß Männer keine Ehefrauen haben möchten. In meinem Fall mochte mich nicht nur mein Ehemann nicht haben, sondern auch sein Bruder nicht, seine Mätressen nicht, seine Ritter nicht — niemand wollte mich hier dulden bis auf die Lady. Und jetzt bleibt selbst ihre Tür vor mir verschlossen.«

Iolanthe lauschte dieser Rede einer Frau, die sich selbst bemitleidete, und verstand sie sehr gut. Solange sich eine Frau begehrenswert fühlte, konnte sie auch Selbstvertrauen haben. Sie konnte das Bett ihres Ehemannes samt der Mätresse, die darin schlief, in Brand stecken; sie konnte es wagen, eine Wette abzuschließen, die er verlieren würde; sie konnte seinen Zorn herausfordern, indem sie seine Befehle an die Bediensteten seiner Burg widerrief. Aber wenn eine Frau sich verschmäht fühlte, verließen sie ihre Kräfte.

Io hatte keine Ahnung, was du zu tun sei. Sie konnte niemals hoffen, Rogan dazu bewegen zu können, daß er zu Liana ging.

Rogan war ein sturköpfiger Mann, der keinen Begriff hatte, was gut für ihn war. Der Gedanke, daß irgendeine Frau jemals irgendeinen Einfluß auf ihn haben könne, wäre ihm verhaßt. »Wer ist die Lady?« fragte Io, um Zeit zu gewinnen, weil sie über dieses Problem nachdenken mußte.

Zunächst hörte Io kaum hin, als Liana ihre Frage beantwortete; doch dann wurde sie bei einem Wort stutzig.

»Sie wohnt im Stockwerk über dem Söller?«

»In einem Zimmer, das fast immer von innen verriegelt ist. Aber sie scheint zu spüren, wenn ich in Nöten bin; denn dann steht ihre Tür offen. Sie ist mir eine große Hilfe und Freundin gewesen, seit ich hierherkam. Sie erzählte mir von Jeanne Howard. Sie sagte zu mir, daß Männer sich nicht in Turnieren um unterwürfige Frauen prügeln würden — um häßliche Frauen natürlich auch nicht«, fügte Liana hinzu.

»Ist die Lady eine schon etwas ältere Frau, ziemlich hübsch, mit sanften braunen Augen?«

»Ja. Wer ist sie? Ich habe sie das schon fragen wollen; aber jedesmal, wenn ich sie sehe . . .« Sie brach ab, als sie sah, daß Iolanthe eine kleine silberne Glocke bediente. Eine Kammerfrau erschien, und Io flüsterte ihr etwas zu, worauf sich die Frau wieder zurückzog.

Iolanthe stand von ihrem Sessel auf. »Hättet Ihr etwas dagegen, wenn wir zu diesem Zimmer gingen und dort mit Eurer Lady sprächen?«

»Das Zimmer ist versperrt. Es blieb versperrt, seit ich . . . seit ich zu diesem Dinner mit meinem Gatten ging.«

»Ich habe meine Kammerfrau losgeschickt, um uns den Schlüssel zu ihrem Zimmer zu besorgen.«

Lianas Erscheinen im Burghof vorhin hatte die Betriebsamkeit dort erheblich verlangsamt; aber als nun Io und Liana zusammen über den Burghof gingen, kamen die Arbeiten dort völlig zum Erliegen, und alles stand da und starrte den beiden Frauen mit offenem Munde nach. Iolanthe allein war schon ein seltener Anblick, aber daß sie mit einer anderen Frau zusammen unten im Hof erschien, mochte man einfach nicht glauben.

Liana ignorierte die gaffenden Leute innerhalb und außerhalb der Burgmauern und führte Iolanthe zu der verschlossenen Tür über dem Söller. »Wenn sie nicht gestört werden möchte, hält sie ihre Tür verschlossen. Ich denke, wir sollten ihren Wunsch respektieren.«

Io äußerte sich nicht dazu; aber als ihre Kammerfrau mit einem dicken Schlüssel in der Hand im Flur erschien, schob sie diesen in das Schloß.

»Ich glaube nicht . . .« begann Liana, verstummte dann jedoch mitten im Satz. Das Zimmer, das einmal der einzige saubere Ort in der Burg gewesen war, war leer. Nein, nicht leer, denn sie konnte unter den Spinnweben vieler Jahre und den Exkrementen von Nagetieren die Möbel der Lady erkennen. Da war die gepolsterte Bank, auf der Liana gesessen hatte. Da war der Rahmen für den Teppich, an dem die Lady zuletzt arbeitete. Die Fenster, durch die immer helles Sonnenlicht flutete, waren zerbrochen, und ein toter Vogel lag auf dem Boden.

»Ich verstehe das nicht«, flüsterte Liana. »Wo ist sie?«

»Tot. Schon vor vielen Jahren gestorben.«

Liana bekreuzigte sich, obwohl sie dieser Feststellung sofort widersprach. »Wollt Ihr damit sagen, sie wäre ein

Gespenst? Das ist unmöglich. Ich sprach mit ihr. Sie ist so wirklich wie Ihr oder ich. Sie hat mir Dinge erzählt, die andere nicht wissen konnten.« Ihre Augen weiteten sich.

»Ich habe davon gehört. Ich habe sie nie gesehen, auch Severn sah sie nie, und ich weiß nicht, ob Rogan mit ihr zusammengetroffen ist oder nicht. Aber es gibt eine Reihe von Leuten, die mit ihr gesprochen haben. Sie scheint gern Menschen zu helfen, die in Not sind. Vor Jahren wollte sich eine Magd, die schwanger war, im Burggraben ertränken, als sie die Lady, wie Ihr sie nennt, singen und spinnen hörte. Die Lady redete ihr den Selbstmord aus. Habt Ihr Euch denn nicht gewundert, daß niemand hier in diesen Zimmern wohnte? Die Hälfte der Ritter weigerten sich sogar, in den Söller hinaufzusteigen, um dort einen von den Jagdfalken zu holen, und *niemand* hätte sich in dieses Stockwerk hinaufgewagt.«

Liana versuchte das alles zu verdauen. »Niemand hat mir das gesagt. Nicht einmal andeutungsweise.«

»Ich vermute, sie dachte, mit Eurer Stöberei würdet Ihr auch die Lady vertreiben. Obwohl sie nie jemandem geschadet hat. Sie gehörte gewissermaßen zu den guten Geistern.«

Liana ging durch die dicke Staubschicht, die auf den Dielen lag, zu dem Rahmen mit dem Webteppich. Es war ein altes, noch unfertiges Stück Arbeit. Liana sah, daß darauf eine Dame und ein Einhorn abgebildet war, als Liana sie zuletzt besuchte. Liana war es plötzlich so, als habe sie eine sehr teure Freundin verloren. »Wer ist sie? Und warum sucht sie die Peregrines heim?«

»Sie ist Severns Großmutter, demnach auch Rogans und Zareds Großmutter. Sie war Jane, die erste Frau des alten Giles Peregrine. Ihr Sohn war John, Severns Vater. Nachdem Jane gestorben war, heiratete Giles Peregrine

Bess Howard, und es war deren Familie, die behauptete, Jane sei nie rechtmäßig mit Giles verheiratet gewesen, und deshalb wären Janes Sohn und dessen Kinder Bastarde. Diese Burg und Bevan Castle waren im Besitz von Janes Familie; sie ist hier aufgewachsen.«

»Und so kommt sie auch als Geist hierher.«

»Etliche Jahre nach ihrem Tod war sie in diesem Zimmer, als ihr Sohn John vom Hof zurückkam, wo der König ihn für illegitim erklärt hatte. Er sperrte die Tür dieses Zimmers zu und hat sie nie mehr aufgeschlossen. Nur sie selbst sperrt sie jetzt noch auf. Einige Leute behaupten, John sei ein Narr gewesen — daß seine Mutter zu ihm gekommen sei, um ihm etwas zu sagen; er ihr aber nicht zuhören wollte.«

»Sie wollte ihm vermutlich sagen, daß er sich von den Dorfmädchen fernhalten soll«, meinte Liana nun verbittert.

»Nein«, sagte Io. »Jeder glaubte, sie wollte ihm mitteilen, wo die Pfarr-Register versteckt seien.«

»Was für Register?«

»John konnte nie beweisen, daß seine Eltern tatsächlich verheiratet gewesen waren. Alle Zeugen ihrer Trauung starben entweder oder verschwanden auf geheimnisvolle Weise, und niemand konnte das Pfarr-Register finden, in dem ihre Trauung eingetragen war. Die meisten glaubten, die Howards hätten es verbrennen lassen; aber es gab einige, die behaupteten, der alte Giles habe sie vor seiner habgierigen zweiten Frau versteckt.« Io lächelte. »Wenn Ihr Eure Lady wiedersehen solltet, könnt Ihr sie ja fragen, wo die Register sind. Falls es einen Beweis für die Heirat gäbe, würde der König vermutlich den ehemaligen Besitz der Peregrines an Rogan und Severn zurückgeben, und diese Fehde mit den Howards hätte ein Ende.«

Liana fragte sich, ob Rogan sie wohl lieben würde,

wenn sie die Pfarregister fände. Nein, wahrscheinlich nicht. Sie würde immer noch ihr ordinäres Gesicht behalten, selbst wenn sie die reichste Frau der Welt wäre. »Wir sollten wieder gehen«, sagte sie, »und die Tür abschließen. Wir sollten ihr Geheimnis respektieren.«

So verließen sie also wieder das Zimmer. Io sperrte die Tür von außen ab und übergab den Schlüssel ihrer Kammerfrau, die schweigend vor der Tür gewartet hatte.

»Werdet Ihr zu ihm gehen?« fragte Jo.

Liana wußte, wen sie meinte. »Das kann ich nicht. Er will mich nicht, er wollte mein Gold. Nun, da er es hat, sollte er sich auch zufriedengeben.

»Gold ist ein kalter Bettgenosse.«

Ein Kloß bildete sich in Lianas Hals. »Er hat seine Wochentage. Wollt Ihr mich jetzt bitte entschuldigen? Ich habe noch eine Stickerei in meinem Zimmer, die unbedingt fertig werden muß.«

Sie stiegen die Treppe zum Söller hinunter, und dort nahm Iolanthe von Liana Abschied.

An diesem Abend kam Severn hinkend und mit einer blutenden Schnittwunde am Kopf in Iolanthes Wohnung. Io winkte ihre Kammerzofe herbei, und alsbald wusch Io mit einem Leinentuch die Wunde aus und badete seinen Kopf.

»Ich werde meinen Bruder umbringen«, preßte Severn zwischen zusammengebissenen Zähnen hervor. »Anders bringt man ihn nämlich nicht mehr zur Vernunft. Hast du wenigstens seiner Frau den Kopf zurechtrücken können?«

»Ich hatte genauso viel Erfolg bei ihr wie du bei deinem Bruder.«

»Paß doch auf«, rief Severn, vor Schmerz zusammenzuckend. »Ich möchte nicht noch mehr Wunden bekommen. Verstehen kann ich Rogan schon. Er war sehr tolerant zu dieser Frau gewesen, hat ihr erlaubt, neben ihm zu sitzen an Gerichtstagen, ihr freie Hand im Dorf gelassen, ihr sogar einen ganzen Tag im Bett gewidmet.«

»Er war *überaus* großzügig«, erwiderte Io sarkastisch.

»Das war er wirklich. Ich hätte nie geglaubt, daß er zu einer Frau so großzügig sein könnte.«

»Was hast du denn erwartet? Daß dein überaus rücksichtsvoller Bruder sie in dieser unbeschreiblich schmutzigen Burg einquartieren würde mit Dienstboten, die sich über sie lustig machten — daß er sie mit Nichtachtung strafen und sich erst wieder an sie erinnern würde, wenn sie ihn mit einer Fackel in Brand steckte?«

»Frauen!« murmelte Severn. »Warum können Frauen nie logisch denken?«

»Meine Logik ist ganz in Ordnung. Es ist dein Bruder, der nicht . . .«

Severn zog sie auf seinen Schoß und küßte sie zärtlich auf den Hals. »Laß uns jetzt mal meinen Bruder vergessen.«

Sie schob ihn von sich weg und stand auf. »Wie viele Wochen ist es her, daß du zuletzt ein Bad genommen hast?«

»Du hast dich doch nie daran gestört, ob ich gebadet habe oder nicht.«

»Damals dachte ich, daß Pferdedung dein normaler Körpergeruch sei«, erwiderte sie schroff.

Severn stand nun ebenfalls auf. »Das ist alles die Schuld dieser Frau. Wenn sie . . .«

». . . wenn *du* dich nicht eingemischt hättest, wäre jetzt Friede, Freude, Eierkuchen. Was gedenkst du zu tun, um den Schaden, den du angerichtet hast, wieder gutzumachen?«

»Wir hatten das doch alles schon mal bekakelt, wie du

weißt. Ich war bereit, zuzugeben, daß ich ein bißchen . . . nun, ein bißchen übereifrig war, was Rogan betrifft, und deshalb habe ich auf *deinen* Vorschlag hin ihm eine Einladung zum Dinner geschickt. Und du hast selbst gesehen, wo das hinführte, oder etwa nicht? Dieses dumme Frauenzimmer kam mit einem Schleier aus Münzen zu Tisch. Er hätte ihr Angebot, für das Essen zu bezahlen, annehmen sollen . . . Er hätte noch viel mehr mit ihr machen sollen . . .«

»Er hätte ihr sagen sollen, daß sie schön ist«, unterbrach Io seinen Redefluß. »Sie glaubt, dein vom Sex besessener Bruder würde sie nicht begehren. ich weiß nicht, wie sie auf diesen Gedanken kommen konnte. Dein Bruder besteigt doch alles, was auch nur annähernd nach einer Frau aussieht.«

Severn lächelte stolz. »Ein großer Bumser vor dem Herrn, das mußt du ihm lassen.«

»Laß uns jetzt nicht darüber streiten, was wir beide von deinem Bruder halten. Du mußt Rogan dazu bringen, daß er Liana sagt, er hielte sie für schön und begehre sie mehr als jede andere Frau.«

»Sicher. Und dann soll ich noch den Ozean trockenlegen. Hast du noch mehr Wünsche? Vielleicht die Stadt London hierher versetzen? Du hast ja auch noch nie versucht, Rogan zu etwas zu bewegen, was er nicht tun will.«

»Schläft er inzwischen wieder mit den Wochentagen?«

Severn schnitt eine Grimasse. »Nein, und ich glaube, das macht bestimmt die Hälfte seines Problems aus. Das ist die längste Zeit, die er ohne eine Frau durchgestanden hat seit . . .« Severn dachte einen Moment nach . . . »seit die Howards ihm seine erste Frau raubten. Nun schau mich bloß nicht so an«, sagte er zu Io. »Mein Bruder kann jede Frau haben, ob er nun mit ihr verheiratet ist oder nicht. Vielleicht möchte er im Augenblick keine. Ich kann das verstehen, wenn man bedenkt, wie seine Frau sich aufführt. Dieser Münzschleier war wirklich der Gipfel.«

»Es liegt ganz bei dir«, sagte Io mit süßer Stimme. »Warum kannst du Rogan nicht dazu bewegen, Liana zu ihrem Vater zurückzuschicken und sich gänzlich von ihr zu befreien? Dann könntest du eine Wagenladung voll schöner, heiratsfähiger junger Mädchen in die Burg bringen, so daß dein Bruder jede Nacht mit einem Dutzend von ihnen schlafen kann.«

»Und welche von diesen Mädchen wird sich dann darum kümmern, daß wir Pasteten auf den Tisch bekommen?« murmelte Severn. »Zur Hölle mit dir, Io! Und zur Hölle mit dieser Liana. Zur Hölle mit *allen* Frauen! Warum können sie einen Mann nicht in Ruhe lassen? Rogan hat sie doch nur geheiratet, um an ihr Geld zu kommen. Warum muß er noch . . . noch . . .«

»Noch was?« fragte Io scheinheilig. »Sich in sie verlieben? Anfangen, sie zu brauchen?«

»Das ist es nicht, was ich meinte, verdammt noch mal. Zum Henker mit ihnen beiden. Jemand müßte sie zusammen in einem Raum einschließen und den Schlüssel wegwerfen. Die beiden machen mich krank.« Sein Kopf ruckte in die Höhe.

»Was ist los?«

»Nichts. Nur so eine Idee.«

»Sag mir, woran du denkst«, drängte sie.

Es dauerte eine Weile, ehe Severn zu reden begann.

Am gleichen Abend schickte Severn Liana ein Friedensangebot. Sie saß allein mit ihren Damen im Söller, wie sie das nun jeden Abend tat. In der Regel wurde sie dort von niemandem aus der Burg belästigt — als würde sie gar nicht existieren oder als ob jeder sich wünschte, daß sie nicht existiere —, und so war sie sehr überrascht, als ein alter narbenbedeckter Ritter ihr einen Krug Wein brachte und sagte, dies schicke Lord Severn seiner schönen Schwägerin.

»Glaubst du, der Wein ist vergiftet?« fragte Liana Gaby.

»Vielleicht mit einem Liebestrank«, gab Gaby zurück. Sie hatte nie aufgehört, Liana zu einer nachgiebigeren Haltung zu bewegen.

Der Wein war warm und angenehm gewürzt, und Liana trank mehr davon, als es eigentlich ihre Absicht gewesen war.

»Ich fühle mich plötzlich sehr müde«, sagte sie. Sie war in der Tat so müde, daß sie kaum noch den Kopf hochhalten konnte.

Und in diesem Moment geschah es, daß Severn den Söller betrat. Alle Kammerfrauen, die Liana dort Gesellschaft leisteten, bekamen beim Anblick des hübschen blonden Riesen verklärte Augen; doch Severn interessierte sich offenbar nur für Liana.

Gaby betrachtete bestützt ihre Herrin, die mit einem Mal die Augen schloß und deren Kopf kraftlos hin- und herpendelte. »Ich fürchte, etwas stimmt nicht mit ihr!«

»Das schwitzt sie im Schlaf schon wieder aus«, sagte Severn, drängte Gaby mit dem Ellenbogen zur Seite und hob dann Liana aus ihrem Sessel.

»Mylord!« keuchte Gaby. »Ihr könnt nicht . . .!«

»Ich *kann*», antwortete Severn, während er die schlafende Liana aus dem Zimmer trug und dann die Wendeltreppe hinauf. Er passierte die Schlafzimmer über dem Söller, trug sie noch eine Treppe höher, bis er vor einer dicken, mit eisernen Beschlägen versehenen Eichentür anlangte. Er verlagerte ihr Gewicht auf seinen rechten Arm und warf sie sich über die Schulter, während er einen

Schlüssel zur Hand nahm, der an einer Kette an seinem Gürtel baumelte, und die Tür aufsperrte.

Es war ein kleiner Raum mit einer Garderobe linker Hand und einer schweren, eisenbewehrten Tür auf der anderen Seite, welche auf einen der Wehrgänge hinausging. Der Raum wurde normalerweise als Aufenthaltsraum für die Burgwache benutzt; aber heute kampierten die Wächter unter freiem Himmel. Manchmal diente der Raum auch als Gefängnis, und zu diesem Zweck wollte Severn ihn auch verwenden.

Severn schob diese schwere Tür auf und stand eine Weile da, bis seine Augen sich an das Zwielicht im Raum gewöhnt hatten. Auf dem Bett in der Ecke lag Rogan und schlief tief und fest, und einen Moment lang schwankte Severn, ob er seinen Plan nicht umstürzten sollte. Aber dann huschten ein paar Flöhe an seinem Rücken hinauf, und da wußte er, daß das, was er tat, richtig war. Also lud er seine Schwägerin auf dem Bett neben seinem Bruder ab und knackte die Flöhe mit dem Daumennagel.

»Da«, sagte er, während er auf die beiden hinunterblickte, »könnt ihr jetzt bleiben, bis hier wieder einigermaßen Ruhe einkehrt.«

Kapitel sechzehn

Es dauerte eine Weile, bis Liana am Morgen erwachte. Sie hatte das Gefühl, als könne sie die Augen nicht öffnen. Sie streckte ihre Arme, dann ihre Beine, die Wärme der weichen Matratze genießend.

»Wenn du etwas zu essen haben willst, mußt du schon aufstehen und es dir holen.«

Da flogen ihre Augen auf, und sie sah Rogan an einem kleinen Tisch sitzen und gebratenes Huhn, Käse und Brot verzehren.

»Was machst du denn hier?« forschte sie. »Warum hast du mich hierhergebracht? Der Wein! Du hast ihn mit einem Schlaftrunk versetzt.«

»Das war mein Bruder. Mein Bruder, dessen Tage auf dieser Welt gezählt sind, hat den Wein vergiftet.«

»Und er brachte mich hierher?«

»Er brachte uns beide hierher, während wir schliefen.«

Liana setzte sich auf und blickte sich in dem kleinen kahlen Raum um: ein Bett, ein Tisch, zwei Stühle und ein Kerzenständer. »Er hat uns an die Howards verraten«, sagte sie leise. »Will er ihnen die Burg ausliefern?«

Rogan blickte sie an, als wäre sie der Dorftrottel. »Mein Bruder mag zuweilen ein Narr sein und ein Sturkopf dazu; aber er ist bestimmt kein Verräter.«

»Warum hat er das dann getan?«

Rogan blickte wieder auf seinen Teller.

Liana stieg aus dem Bett. »Warum hat er uns betäubt und uns dann hierhergebracht?«

»Wer weiß das? Iß jetzt.«

Liana spürte, wie sich ihr Groll wieder regte. Sie ging zu den beiden Türen und zog heftig daran, trommelte dann mit den Fäusten dagegen und schrie, daß man sie freilassen solle; aber niemand kam ihrem Begehren nach. Sie drehte sich wieder zu Rogan um. »Wie kannst du nur dasitzen und essen? Wie lange sind wir hier schon gefangen? Wie kommen wir hier wieder heraus?«

»Mein Vater hat diesen Raum als Gefängnis gebaut. Wir kommen hier nicht heraus.«

»Bis dein idiotischer, anmaßender Bruder uns wieder herausläßt, heißt das wohl. Warum habe ich nur in so eine Familie eingeheiratet? Kommt denn keiner von euch Männern jemals zur Vernunft?«

Rogan blickte sie nur mit harten Augen an, und Liana bereute sofort ihre Worte. »Ich . . .« begann sie.

Er hob die Hand. »Du kannst zu deinem Vater zurückkehren, sobald wir hier herausgelassen werden.«

Er schob sich vom Tisch weg und baute sich vor dem schmalen Fenster auf. Sie ging zu ihm und stellte sich neben ihn. »Rogan, ich . . .«

Er bewegte sich von ihr weg.

Der Tag verging im schweigenden Groll. Liana betrachtete Rogan und dachte daran, wie er ihr gesagt hatte, daß Geld ihm alles bedeutete. So sei es, beschloß sie. Sie würde zu ihrem Vater zurückkehren oder sich auf einen ihrer Mitgift-Güter zurückziehen und dort ohne die Peregrines und ihre Pferdeschädel leben, die über dem Kamin an der Wand hingen.

Essen wurde ihnen in einem Stoffbündel durch einen schmalen Mauerschlitz für Pfeilschützen heruntergelassen. Rogan nahm das Bündel entgegen und schrie zu Severn hinauf, was er mit ihm anstellen würde, sobald er wieder frei wäre. Rogan trug sein Essen in die andere Ecke des Raumes und weigerte sich, mit Liana am Tisch zu sitzen.

Es wurde Nacht, und sie sprachen noch immer nicht miteinander.

Liana legte sich aufs Bett und fragte sich, wo Rogan wohl zu schlafen gedachte. Sie wollte dagegen protestieren, als er sich, mit dem Rücken zu ihr, neben sie legte; aber sie tat es nicht. Sie sorgte nur dafür, daß er nicht mit ihr in Berührung kam.

Aber als die frühe Morgensonne einen schmalen Streifen Licht durch den Mauerschlitz warf, fand sich Liana beim Aufwachen von den Armen ihres Mannes umfangen. Sie vergaß Fehden, Groll und Zwistigkeiten und küßte seinen im Schlaf weichen Mund.

Rogan erwachte sofort und küßte sie mit all dem Hunger, den er empfand. Nach diesem Kuß waren sie beide verloren, und dann suchten sie sich beide in fieberhafter Hast ihrer Kleidung zu entledigen, um einer an des anderen Haut gelangen zu können. Sie kamen beide rasch zu einem Höhepunkt — mit einer Leidenschaft, die sich in den letzten zwei Wochen in beiden aufgestaut hatte.

Danach lagen sie sich in den Armen, während ihre schweißbedeckten Körper aneinander klebten. Lianas erster Impuls war, Rogan zu fragen, ob er sie wirklich häßlich fände und tatsächlich beabsichtigte, sie zu ihrem Vater zurückzuschicken; aber sie verzichtete darauf.

»Ich habe das Gespenst gesehen«, sagte sie schließlich.

»In der Kammer unter uns?«

»Es ist die Lady, die ich für Iolanthe hielt. Erinnerst du dich daran, wie ich sagte, sie wäre älter als Severn? Sie hat mir von Jeanne Howard erzählt.«

Er gab ihr keine Antwort, und Liana drehte sich in seinen Armen, um ihn zu betrachten. »Auch du hast sie gesehen, nicht wahr?« fragte sie nach einer Weile.

»Natürlich nicht. Es gibt dort kein Gespenst. Es ist nur . . .«

». . . was ist es? » Wann hast du sie gesehen? Hat sie genäht oder Flachs gesponnen?«

Es dauerte einige Zeit, ehe er erwiderte: »Sie hat gestickt. An dem Teppich mit dem Einhorn.«

»Hast du das jemals einem anderen erzählt?«

Seine Stimme war ganz leise. »Das war nach Oliver Howards Entführung von . . . ihr.«

»Von Jeanne.«

»Ja, die«, gab Rogan zurück. »Die Frau kam zu mir und sagte, daß sie diesen Howard haben wolle — daß sie mit seiner Brut schwanger sei. Sie bat mich, die Fehde zu beenden. Ich hätte damals die Schlampe mit meinen Händen erwürgen sollen.«

»Aber du brachtest es nicht fertig.«

»Ich tat es jedenfalls nicht. Ich kam hierher, um Vorräte zu besorgen — wir hatten bereits ein Jahr mit den Howards gekämpft — und eines frühen Morgens schoß ich einen Pfeil ab, um einen Bogen zu prüfen, und der Wind erfaßte ihn und trug ihn in ein Fenster über dem Söller hinein. Wenigstens glaubte ich das in jenem Moment. Ich glaubte auch den Schrei einer Frau zu hören. Ich ging in den Söller und dann in die Räume darüber. Seit Jahren hatte niemand mehr darin gewohnt wegen der Geschichten von dem Geist. Mein Vater pflegte sie zu verfluchen, weil sie jedesmal erschien, wenn er Gäste hatte, und diese vergraulte.«

»Hattest du Angst, als du dir den Pfeil wieder holen wolltest?«

»Ich war damals viel zu wütend auf die Howards, um mir wegen eines Geistes Sorgen zu machen. Ich hatte meine beiden Brüder verloren, und jeder Pfeil wurde gebraucht.«

»War sie im Zimmer?«

Sie sah den Hauch eines Lächelns auf Rogans Gesicht. »Ich dachte, ein Geist würde . . . etwas Nebelartiges sein oder so etwas Ähnliches. Aber sie sah so wirklich und lebendig aus. Sie hatte meinen Pfeil in der Hand und schalt mich aus. Sie sagte, daß ich sie fast getroffen hätte. In diesem Augenblick kam mir die Tatsache gar nicht zu Bewußtsein, daß ich in die entgegengesetzte Richtung geschossen hatte — weg von der Burgmauer.«

»Worüber hast du mit ihr gesprochen?«

»Es war eigenartig, aber ich redete mit ihr, wie ich vorher noch nie mit jemandem geredet hatte.«

»Mir erging es ähnlich. Sie wußte so viel von mir. Hast du mit ihr über Jeanne gesprochen?«

»Ja. Sie sagte mir, meine Frau wäre nicht diejenige.«

Sie sah ihn an. »Was meinte sie damit?«

»Ich weiß es nicht. Es machte einen Sinn, solange ich mit ihr zusammen war; aber später wußte ich damit nichts mehr anzufangen. Ich vermute, es hatte etwas mit dem Gedicht zu tun.«

Lianas Augen weiteten sich. »Was für ein Gedicht?«

»Ich hab seit Jahren nicht mehr daran gedacht. Eigentlich scheint es mir eher ein Rätsel zu sein. Warte mal . . .

Wenn das Rot und Weiß Schwarz ergibt
Wenn das Schwarz und Gold eines wird
Wenn das eine und das Rot sich vereinen
Wirst du es wissen.«

Liana lag still in Rogans Armen und dachte über das Rätsel nach. »Was bedeutet das?«

»Ich habe keine Ahnung. Zuweilen habe ich, wenn ich

im Bett lag, darüber nachgedacht; aber ich fand keine Lösung dafür.«

»Wie denkt Severn darüber? Oder Zared?«

»Ich habe keinen von beiden danach gefragt.«

Sie schob sich von ihm weg, um ihn zu betrachten. »Sie nie gefragt? Aber es könnte doch etwas mit dem Pfarr-Register zu tun haben. Die Lady ist eure Großmutter, und wenn jemand weiß, wo sich das Register befindet, dann sie.«

Er runzelte die Stirn. »Die Frau ist ein Gespenst. Sie ist schon viele Jahre tot. Vielleicht habe ich sie gar nicht gesehen und das Rätsel nur geträumt.«

»*Ich* habe mir die Geschichte von dir und Jeanne Howard nicht zusammengeträumt. Die Lady erzählte mir, wie schön Jeanne gewesen sei und wie sehr du sie geliebt hast.«

»Ich habe diese Howard-Schlampe kaum gekannt, und ich kann mich nicht erinnern, daß sie sonderlich gut ausgesehen hätte. Ganz bestimmt nicht so wie Iolanthe.«

Liana zog das Laken über ihre nackten Brüste und setzte sich auf. »Oh, also ist es jetzt Iolanthe, die du haben möchtest. Da bekämst du Geld *und* Schönheit.«

Rogans Verwirrung zeigte sich auf seinem hübschen Gesicht. »Iolanthe ist ein Luder. Ich bin überzeugt, daß sie das hier geplant hat.« Er deutete zu der verschlossenen Tür hin.

»Warum? Um mich dazu zu bewegen, dir zu vergeben, daß du mich vor deinen Männern als abstoßend häßlich bezeichnet hast?«

Rogan setzte sich auf, und die Kinnlade fiel ihm herunter. »Ich habe nie so was gesagt.«

»Das hast du! Du sagtest, du hättest mich wegen meines Geldes geheiratet, nicht meiner Ratschläge und meiner Schönheit wegen.«

Rogans Verwirrung nahm noch zu. »Ich habe doch nur die Wahrheit gesagt. Ich habe dich vor der Hochzeit ja kein einziges Mal gesehen außer an jenem kleinen See, als ich gar nicht wußte, wer du warst. Welche anderen Gründe hätte ich denn gehabt, dich zu heiraten, wenn nicht deines Geldes wegen?«

Liana spürte, wie ihr die Tränen in die Augen schossen. »Ich habe dich geheiratet, weil ich dachte, daß du . . . du mich begehrt hast. Du hast mich geküßt, als du nicht wußtest, daß ich Geld hatte.«

Rogan hatte sich nie darum bemüht, den Verstand einer Frau zu begreifen, und nun wußte er auch, warum. »Ich habe dich auch geküßt, als ich wußte, daß du reich bist.« Seine Stimme wurde lauter, als er aus dem Bett stieg und sich über sie lehnte. »Ich küßte dich, nachdem du dich zwischen mich und die Bauern gestellt hast. Ich küßte dich, nachdem du mich dazu überredet hast, mir ein Stück anzusehen, in dem ich wie ein Trottel dargestellt wurde. Ich küßte dich . . .«

». . . weil ich deine Frau bin, und aus keinem anderen Grund«, sagte sie. »Du hast jedem erzählt, daß du mich häßlich findest. Vielleicht bin ich nicht so schön wie Iolanthe und nicht so hübsch wie deine erste Frau; aber es gibt einige Männer, die mir sagten, ich böte einen recht erfreulichen Anblick.«

Rogan warf erbittert die Hände in die Luft. »Du siehst nicht gar so übel aus, wenn du nicht schniefst.«

Hier begann Liana nun ernsthaft zu weinen. Sie lag im Bett, die Knie bis ans Kinn hinaufgezogen, und weinte so heftig, daß ihre Schultern zuckten.

Als Rogan auf sie hinuntersah, empfand er zunächst nichts anderes als Ärger. Sie warf ihm etwas vor; nur wußte er nicht genau, was. Sie wollte ihn so hinstellen, als habe er etwas Unrechtes über sie gesagt. Und dabei hatte er nichts anderes als die Wahrheit gesagt, und dies auch nur, um zu verhindern, daß sie sich zwischen ihn und seine Ritter stellte.

Was, zum Kuckuck, hatten seine Worte damals mit ihrem Aussehen zu tun? Und mit *Verlangen?* Hatte er ihr nicht eben erst bewiesen, daß er sie begehrte? Und zur Hölle damit — er hatte in den ganzen zwei Wochen keine andere Frau angefaßt. Zwei lange, lange Wochen keine Frau gehabt!

Er wußte, daß er jeden Grund hatte, ihr zu zürnen. *Er* sollte eigentlich derjenige sein, der getröstet werden mußte; aber als er zusah, wie sie sich in Tränen auflöste, spürte er, wie etwas in ihm schmolz. Als er noch ein Junge gewesen war, hatte er genauso geweint wie sie jetzt, und seine größeren Brüder hatten ihn mit Füßen getreten und ausgelacht.

Er setzte sich neben ihrem Kopf auf das Bett. »Sag mir . . . was dir fehlt«, begann er zögerlich und spürte, wie peinlich ihm diese Frage war und wie verlegen sie ihn machte.

Sie antwortete ihm nicht, heulte nur noch heftiger.

Nach einer Weile hob er sie hoch, zog sie auf seinen Schoß und hielt sie an seiner Brust fest. Ihre Tränen machten seine Schultern naß, während er ihr die Haare aus dem Gesicht strich. »Was fehlt dir?« fragte er abermals.

»Du denkst, ich sei häßlich. Ich bin nicht schön wie du oder Severn oder Zared oder Iolanthe; aber die Jongleure haben Gedichte auf meine Schönheit verfaßt.«

Rogan wollte ihr sagen, daß für Geld jeder alles tun würde; aber er war so klug, sich diese Bemerkung zu verkneifen. »Nicht so schön wie ich, eh? Oder Severn? Ich könnte dir ja zustimmen, was mich betrifft; aber wir haben Schweine, die besser aussehen als Severn.«

»Und auch zweifellos besser aussehen als ich«, heulte sie wieder los.

»Ich denke, daß du jetzt hübscher bist als damals, wo ich dich zum erstenmal sah.«

Liana schniefte und hob den Kopf, um ihn anzublicken. »Wie meinst du das?«

»Ich weiß nicht.« Er strich ihr die Haare aus der Stirn. »Als ich dich vor der Kirche sah, dachte ich, du wärst ein kleines blasses Kaninchen, und ich hätte dich nicht von anderen Frauen unterscheiden können. Doch jetzt . . .« Er sah ihr in die Augen.« Jetzt finde ich deinen Anblick sehr angenehm. Ich habe in diesen letzten Wochen . . . an dich gedacht.«

»Ich habe jeden Tag jede Minute an dich gedacht.« Sie zog ihn heftig an sich. »Oh, Rogan, du darfst mir gern sagen, wie dumm ich bin, wie lästig und was für eine Plage; aber sage mir bitte nicht, ich wäre häßlich.«

Er hielt sie mit beiden Armen umfangen. »Du solltest niemals einem anderen Menschen deine Geheimnisse anvertrauen. Er würde sie gegen dich verwenden.«

»Aber ich vertraue dir doch.«

Rogan konnte nicht umhin, ihr Vertrauen als Last und Verantwortung zu empfinden. Er hielt sie von sich weg. »Ich werde zu dir sagen, daß du die schönste Frau der Welt bist, wenn du mich nicht vor meinen Männern als unmännlich hinstellst.«

Nun war es Liana, der diese Worte einen Schock versetzten. »Ich? Niemals würde ich so etwas tun. *Niemals.*«

»Du hast meine Befehle, wie man die Bauern zu behandeln habe, sabotiert.«

»Ja; aber du hast ja auch unschuldige Menschen auspeitschen lassen.«

»Du hast versucht, mich in meinem Bett zu verbrennen.«

»Aber du warst doch mit einer anderen Frau zusammen im Bett«, erwiderte sie ungehalten.

»Du hast mich mit Leckerbissen, Musik und süßem Lächeln dazu verführt, meine Arbeit zu vernachlässigen.«

Sie lächelte ihn an, weil seine Worte ihr bewiesen, wie recht sie damit gehabt hatte, ihn zu heiraten.

»Und du hast dich vor meinen Leuten geweigert, meinen Befehlen zu gehorchen.«

»Wann?«

»An dem Morgen, als die Howards angriffen.«

»Ich habe mich doch nur . . .«

». . . eingemischt«, sagte er streng. »In Sachen, die dich überhaupt nichts angingen. Wäre ich nicht so betrunken gewesen, hätte man dich nicht . . .« Er stockte mitten im Satz. Er wollte ihr nicht sagen, daß die Howards sie vermutlich aus der Burg entführt hätten, wenn er nicht noch rechtzeitig aus seinem weinseligen Zustand erwacht wäre.

»Hätte man mich was nicht?«

Seine Miene veränderte sich, und Liana konnte ihm ansehen, daß er ihr etwas verheimlichte.

»Was hätte man mit mir getan?«

Rogan bewegte sich von ihr fort und stieg aus dem Bett. »Wenn mein verdammter Bruder uns jetzt nichts zu essen schickt, werde ich ihn aufhängen lassen, sobald ich ihn verbrannt habe.«

»Wenn du nicht betrunken gewesen wärst, hätte man mir was nicht angetan?« Sie wickelte sich ein Laken um den Leib und folgte ihrem nackten Gemahl in die Garderobe. Selbst als er sich anschickte, am Urinal einem dringenden Bedürfnis abzuhelfen, ließ sie nicht locker: »Was wäre dann passiert?«

Rogan schnitt eine Grimasse. »Wenn ich jemals einen

Spion der Howards zu fassen bekäme, würde ich ihn zu dir schicken, damit du ihm die Würmer aus der Nase ziehst.«

»Was häte mir dann passieren können?«

»Eine Entführung!« schnaubte er und kehrte in den anderen Raum zurück.

»Die Howards hatten es auf mich abgesehen?« flüsterte Liana.

Rogan zog sich jetzt wütend seine Strumpfhose an. »Die Howards scheinen immer das haben zu wollen, was den Peregrines gehört — unser Land, unsere Burg, unsere Frauen.«

»Wir könnten ihnen ja mit den Wochentagen ein Geschenk machen.«

Rogan fand ihre Bemerkung gar nicht lustig.

Sie ging zu ihm und schlang ihm die Arme um den Hals. »Du warst so wütend an jenem Morgen, weil die Howards mich gefangenzunehmen drohten? Rogan, du *liebst* mich.«

»Ich habe keine Zeit für Liebe. Zieh dich an. Severn könnte jeden Moment hereinkommen.«

Sie ließ das Laken fallen, so daß ihr nackter Busen gegen seine Brust drückte. »Rogan, ich liebe dich.«

»Soso! Du hast seit Wochen kein Wort mehr mit mir gesprochen. Du hast allen das Leben schwergemacht. Selbst in Zareds Zimmer hausen jetzt wieder Ratten. Und ich habe so viel Gewicht verloren aus Mangel an genießbarer Nahrung, daß mein eigenes Pferd mich nicht mehr wiedererkennt. Mein Leben war besser, als keine Frau zu mir sagte, daß sie mich lieben würde.« Seine Bemerkung stand im Widerspruch zu der Festigkeit, mit der er sie umarmte.

»Severn hat mir eine Lehre erteilt«, sagte sie. »Ich schwöre dir, daß ich dich nie mehr alleinlassen werde.

Wenn du mich verletzt — und ich habe keinen Zweifel, daß du das oft tun wirst —, verspreche ich dir, daß ich dir sagen werde, warum ich wütend bin. Ich werde mich niemals mehr vor dir verschließen.«

»Nicht ich bin es, der zählt; sondern meine Leute brauchen etwas Vernünftiges zu essen und . . .«

Sie stellte sich auf die Zehenspitzen und küßte ihn. »Du bist es, der mir wichtig ist. Rogan, ich werde dich niemals verraten, wie Jeanne das einmal getan hat. Selbst wenn die Howards mich gefangennähmen, würde ich dich noch immer lieben.«

»Die Howards werden nie mehr eine Peregrine gefangennehmen«, sagte er heftig.

»Und ich bin jetzt eine Peregrine?« fragte sie lächelnd.

»Wenn auch eine eigenartige Peregrine — aber nichtsdestoweniger eine Peregrine«, sagte er zögernd.

Sie drückte ihn an sich und sah nicht, wie Rogan in ihre Haare hinein lächelte und die Augen schloß, als sie ihn wieder mit beiden Armen umfing.

Er dachte nicht gern daran, wie sehr sie ihm in den letzten paar Tagen gefehlt oder wie sehr er das ihm so oberflächlich erscheinende Geplauder mit ihr vermißt hatte. Er hatte ein Leben ohne sie geführt und sich darin recht gut behauptet; aber sie war auf leisen Sohlen in sein Leben getreten und hatte ihn dann buchstäblich in Brand gesteckt. Nichts war seitdem mehr so, wie es einmal gewesen war. Vergnügen, Muße, Zärtlichkeiten hatte er in seinem bisherigen Leben nie gekannt. Doch diese kleine Portion von einem Mädchen hatte das alles in seinem Leben eingeführt, und es war erstaunlich, wie rasch er sich dem angepaßt hatte.

Er zog sich ein wenig von ihr zurück, hielt ihr Gesicht in seinen großen Händen. »Ich glaube, mein stupider Bruder hat uns hier eingesperrt, um dich wieder dazu zu bringen, daß du sein Zimmer saubermachst und mit den Bäckern sprichst.«

»So? Und wer soll mich dazu überreden, daß ich tue, was er verlangt?«

»Vielleicht kann ich das«, meinte Rogan vieldeutig und hob sie auf seine Arme. »Du hast jedem erzählt, wir hätten einmal einen ganzen Tag miteinander im Bett verbracht. Nun sollst du mir deine Lüge wahrmachen.«

Sie liebten sich lange und gemächlich, da sie ihre erste drangvolle Leidenschaft schon gestillt hatten. Sie erforschten wechselseitig ihre Körper mit Händen und Zungen, und als sie schließlich zum Höhepunkt kamen, geschah das mit genußreicher und zärtlicher Muße. Liana ahnte ja nicht, wie genau sie Rogan dabei beobachtete — wie sehr es ihn danach verlangte, ihr Freude zu bereiten, und wie sehr er sich wünschte, daß sie ihren Liebesakt genoß.

Danach lagen sie sich wieder in den Armen und hielten einander fest.

»Hängen wir nun deinen Bruder oder küssen wir ihm die Füße?« flüsterte Liana.

»Wir hängen ihn«, sagte Rogan fest. »Wenn es jetzt einen Angriff gäbe . . .«

Liana rieb ihren Schenkel an dem seinen. »Wenn jetzt ein Angriff käme, wärest du zu schwach zum Kämpfen; also spielt es keine Rolle, ob du hier eingesperrt bist oder nicht.«

»Du bist ein respektloses Frauenzimmer. Dafür sollte man dich prügeln.«

»Wer sollte das denn tun?« fragte sie frech. »Doch wohl nicht der ausgelaugte älteste Peregrine?«

»ich werde dir zeigen, wer hier ausgelaugt ist«, sagte er, rollte sich über sie und brachte sie zum Kichern.

Doch ein dumpfes Geräusch auf dem Boden neben ihnen lenkte Rogans Aufmerksamkeit auf sich. Im Nu deckte er ihren Körper mit dem seinen zu, während er sich rasch nach der Ursache dieses Geräusches umsah. »Endlich hat mein zur Hölle verdammter Bruder uns etwas zu essen geschickt.«

Er sprang von Liana und dem Bett herunter und ging zu dem Paket, das Severn durch den engen Mauerschlitz zu ihnen heruntergelassen hatte.

»Du bist mehr am Essen interessiert als an mir?« fragte sie.

»Im Augenblick ja.« Er brachte das Eßpaket zum Bett, und dort verspeisten sie gemeinsam dessen Inhalt. Als Brotkrumen auf Lianas bloße Brüste fielen, leckte Rogan sie fort.

Sie blieben den ganzen Tag über im Bett. Liana brachte Rogan dazu, ihr aus seinem Leben zu erzählen, als er noch ein Knabe war — über die Dinge, von denen er geträumt hatte und an die er als Kind gedacht hatte. Sie konnte sich dessen nicht sicher sein; aber sie hatte den Eindruck, daß er noch nie zuvor in seinem Leben wirklich mit einem anderen Menschen geredet hatte.

Bei Sonnenuntergang erwähnte Liana, daß sie etwas von ihrer reichen Mitgift dafür verwenden wollte, einen Anbau in Moray Castle zu errichten. Rogan war sprachlos, so entsetzt war er von diesem Vorhaben. »Das ist kein Land der Peregrines«, sagte er. »Die Howards haben es uns . . .«

». . .ja, ja, ich weiß. Aber ihr habt jetzt zwei Generationen lang in dieser Burg gelebt. Unsere Kinder werden die dritte Generation sein, die hier wohnt. Was ist, wenn es noch weitere fünf Generationen dauert, ehe die Peregrines ihr Land zurückbekommen? Sollen die alle in einem Gebäude leben, wo es durch das Dach tropft? Oder auf so winzigem Raum? Wir könnten einen Flügel im Süden anhängen — einen richtigen Flügel mit getäfelten Wänden. Wir könnten eine Kapelle bauen und . . .«

»Nein, nein, nein«, sagte Rogan, stand auf und blickte mit funkelnden Augen hinunter auf das Bett. »Ich werde kein Geld in diese winzige Burg stecken. Ich werde warten, bis ich das Land wiederhabe, das die Howards uns stahlen.«

»Und bis dahin wirst du jeden Pfennig, den ich dir in die Ehe brachte, in die Kriegsführung stecken?« Lianas Augen blitzten vor Zorn. »Hast du mich geheiratet, damit du Krieg führen kannst?«

Rogan wollte schon losbrüllen, ja, dies genau sei der Grund gewesen, warum er sie geheiratet hatte; aber da änderte sich der Ausdruck seiner Augen. »Ich habe dich geheiratet, weil deine Schönheit die aller anderen Frauen übertraf«, sagte er sanft. »Die meiner ersten Frau inbegriffen.«

Liana blickte mit vor Staunen geöffnetem Mund zu ihm hoch, und dann sprang sie aus dem Bett, warf sich auf ihn und schlang ihm die Beine um die Hüften und die Arme um den Hals.

»Mein schöner Gemahl — ich liebe dich so sehr!« rief sie vor Freude.

Rogan drückte sie fest an sich. »Ich werde das Geld so ausgeben, wie ich es für richtig halte.«

»Ja, natürlich, und als gehorsame Ehefrau würde ich dir niemals widersprechen; aber laß mich dir nur noch sagen, wie ich mir die Vergrößerung der Burg vorstelle.«

Rogan stöhnte. »Zuerst trennst du mich von meinen Weibern, dann lädst du mir eine Horde rothaariger Fratzen auf und nun willst du mir vorschreiben, wie ich mein hartverdientes Geld ausgeben soll.«

»Hartverdientes Geld!« rief Liana. »Du hast ja nicht einmal das Hochzeitsfest besucht, das ich so sorgfältig vorbereitet hatte. Und du hast meine Stiefmutter beleidigt.«

»Das hatte sie auch nötig. Sie hätte sogar eine Tracht Prügel verdient.«

»Und du würdest dich freuen, sie ihr verabreichen zu können?« fragte Liana mit hochgezogenen Brauen.

»Ich würde sie nicht anfassen wollen«, sagte er leise, während er Liana im erlöschenden Tageslicht betrachtete. »Und nun komm zu Tisch, denn mein demnächst zur Hölle fahrender Bruder hat uns das Abendessen heruntergelassen.«

Einer in den Armen des anderen liegend, verbrachten sie die nächste Nacht, und kurz vor dem Einschlafen murmelte Rogan, daß er über die Erweiterung von Moray Castle »nachdenken wolle«. Und Liana hatte dabei ein Gefühl, als habe sie eine große Schlacht gewonnen.

Als sie am Morgen erwachte, sah sie Rogan mit steinernem Gesicht geradeaus starren. Sie stützte sich auf einen Ellenbogen auf, blickte in die gleiche Richtung wie er und sah die Tür ihres Gefängnisses offenstehen. Liana hatte sich noch nie in ihrem Leben so deprimiert gefühlt wie in diesem Moment.

»Wir könnten sie ja wieder abschließen«, flüsterte Liana.

»Nein«, sagte Rogan. »Ich muß mich dem Spott meiner Leute stellen.«

Liana hatte nicht bedacht, wie seine Ritter ihren Meister betrachten würden, der wegen einer Ehezwistigkeit mit seiner Frau in ein Turmzimmer eingesperrt gewesen war.

Es wurde ihnen keine Zeit gelassen, entsprechende Spekulationen anzustellen, weil Gaby in das Zimmer stürmte und so schnell redete, wie Zunge und Zähne es ihr erlaubten. Es schien, daß Severn das Gerücht verbreitet hatte, daß Rogan befohlen habe, ihn und sein Weib in einem Zimmer einzusperren, damit er sie züchtigen könne. Rogans Ruf war also heil geblieben.

»Und wie steht es mit meinem?« fragte Liana.

»Sie glauben, Ihr wäret jetzt eine ordentliche Ehefrau«, sagte Gaby steif.

»Eine ordentliche Ehefrau?« brauste da Liana auf.

»Nenne sie bloß nicht so«, sagte Rogan, »oder wir werden hier niemals irgendeinen Frieden bekommen. Ich will keine feurigen Betten mehr haben.«

Gaby unterließ es, ihre persönliche Meinung über Lianas Verhalten als Ehefrau zu äußern. Gaby hatte ihren Mann durch jahrelange, sich selbst verleugnende Liebe für sich gewonnen, und sie erwartete von allen anderen Frauen dasselbe.

Widerstrebend verließ Liana nun die Kammer mit ihrem Gatten. Sie hatte etwas aus dem Aufenthalt in diesem Raum gelernt. Sie hatte gelernt, daß das, was einer Frau wichtig war, nicht unbedingt auch für den Mann wichtig war. Rogan hatte sie nicht als häßlich bezeichnet und, besser noch, er hielt ihr Aussehen nicht einmal für gewöhnlich.

Irgendwie hatte sie das Gefühl, daß sie zu einer Brücke gekommen und diese sicher überquert hatte. Liana vermochte keine weiteren Hindernisse auf ihrem zukünftigen Weg zu erkennen.

Kapitel siebzehn

Sechs lange, glorreiche Wochen hindurch war Liana der glücklichste Mensch auf Erden. Sie und Rogan hatten den Spott seiner Leute gefürchtet; aber was sie nicht vorausgesehen hatten, war die Dankbarkeit, die die Leute empfanden, weil sie wieder ordentliches Essen auf den Tisch bekamen und die Ratten aus ihren Stuben verschwanden, so daß es ihnen eigentlich gleichgültig war, was diese Wendung zum Besseren herbeigeführt hatte.

Und die Burg und deren Bewohner veränderten sich nun tatsächlich in vielerlei Hinsicht. Die Leute übersahen oder bekämpften sie nicht länger, sondern griffen sich respektvoll an die Stirnlocke, wenn Liana an ihnen vorüberkam. Severn wußte sich vor Liebenswürdigkeit ihr gegenüber nicht zu lassen, und Iolanthe erschien nun regelmäßig zum Dinner an ihrer Tafel.

Aber am besten von allen mußte Liana Rogan gefallen. Seine Augen folgten ihr, wohin sie auch immer ging. Er begab sich nur noch in sein Brütezimmer, wenn er dort etwas holen mußte, und verbrachte statt dessen jeden Abend im Söller mit Liana und deren Damen. Und statt mit seinem Bruder zu streiten, fand nun auch Severn Geschmack an der Geselligkeit im Söller, desgleichen Zared und Io.

Es war am Morgen nach so einem reizenden Abend, als Liana sich bewußt wurde, daß sie ein Kind bekommen würde. Sie hatte immer geglaubt, es müßte ihr übel davon werden, wie sie das bei anderen Frauen in den ersten Monaten von deren Schwangerschaft beobachtet hatte; aber ihr wurde nicht schlecht. Im Gegenteil: sie hatte sich nicht einmal müde gefühlt — in keinerlei Weise anders als sonst —, außer daß sie nun kaum noch in ihre Kleider hineinpaßte. Sie legte die Hände auf ihren harten, sich wölbenden Unterleib und träumte dabei von einem kleinen rothaarigen Kind.

»Mylady?« sagte Gaby hinter ihr. »Seid Ihr wohlauf?«

»Fein. Großartig. Ich habe mich niemals besser gefühlt. Was hast du denn damit vor?«

Gaby trug einen Henkelkorb mit frischen Kräutern am Arm. »Lord Rogan und Baudoin haben miteinander gerungen und rollten dabei in einen Wald aus Brennesseln. Ich werde aus diesen Kräutern einen Aufguß zubereiten, der hilft, den Schmerz ein wenig zu lindern.«

Liana schrak zusammen. Brennesseln konnten sehr schmerzhaft sein. In der Nähe des Hauses ihres Vaters wuchs ein Kraut, das den Schmerz viel besser zu lindern vermochte als das, was Gaby da im Korb bei sich trug. Als Liana zum erstenmal hierher auf die Burg gekommen war, hatte sie dieses Kraut in der Nähe der Straße wachsen sehen, entsann sie sich jetzt. Wie weit war diese Stelle von der Burg entfernt? Zehn, zwölf Meilen? Mit einem guten Pferd konnte sie an jenem Ort anlangen, die Kräuter sammeln und bis Sonnenuntergang wieder zurück sein in der Burg. Und heute abend, wenn sie mit dem Saft der Kräuter die brennende Haut ihres Gatten einrieb, würde sie ihm sagen, daß sie ein Kind bekämen.

Sie schickte Gaby aus dem Zimmer. Es würde nicht leicht sein, aus Moray Castle zu entrinnen. Rogan hatte ihr strikte Befehle gegeben, niemals die Burg ohne eine Eskorte zu verlassen. Und nach dem Angriff der Howards hatte er zu ihr gesagt, sie könnte die Burg überhaupt nicht mehr verlassen, selbst wenn sie alle Peregrine-Ritter als Begleitung mitnehmen wollte.

Liana blickte auf ihr Brokatkleid hinunter und lächelte. Wenn sie die Burg nicht als Lady Liana, sondern als eine andere Person verließ, hatte sie nichts zu befürchten. Sie suchte auf dem Grund einer Truhe am Fußende ihres Bettes und fand dort die Bauernkleider, die sie damals beim Jahrmarktsbesuch getragen hatte. Alles, was sie noch tun mußte, war, ihre Haare zu verdecken, das Gesicht dem Boden zuzudrehen und ein Pferd zu stehlen.

Eine Stunde später galoppierte sie gen Osten, fort von Moray Castle und dem Dorf, und auf die Stelle zu, wo die Kräuter wuchsen, die ihrem Gatten Linderung verschaffen würden. Der Wind auf ihrem Gesicht und das Muskelspiel des Pferdes unter ihren Schenkeln waren ein herrliches Gefühl. Sie lachte laut, als sie an das Kind dachte, das sie unter dem Herzen trug, und das Glück, das sie nun besaß.

Sie war so sehr in ihre Gedanken vertieft, daß sie die Reiter weder sah noch hörte, die unter den Bäumen hervorpreschten. Die Reiter hatten sie umzingelt, ehe sie diese bemerkte.

»Schaut euch das an«, sagte einer der fünf Männer. »Ein Bauernmädchen auf *so* einem Pferd.«

Man brauchte Liana nicht erst zu sagen, wer diese Männer waren. Ihre Kleidung war kostbar, und aus ihrer Haltung sprach Arroganz, die sich nur die Gefolgsleute eines mächtigen Grundherrn erlauben konnten. Das waren Männer im Dienste der Howards. Ihre einzige Hoffnung bestand darin, daß sie nicht herausfanden, wer sie war.

»Ich habe das Pferd gestohlen«, sagte sie im wimmernden Ton. »Oh, bitte, verratet mich nicht meiner Herrin.«

»Und was gibst du uns dafür, daß wir es ihr nicht verraten?« meinte ein hübscher junger Mann im spöttischen Ton.

»Alles, oh, Sir, alles«, erwiderte Liana mit tränenerstickter Stimme.

Ein anderer Mann ritt von hinten an sie heran. Er war älter, mit grauen Haaren an den Schläfen und von etwas fülliger, aber muskulöser Gestalt, und einigen Unmutsfalten in seinem vormals wohl recht hübschen Gesicht. »Werft das Mädchen aus dem Sattel und nehmt das Pferd«, befahl dieser Mann. »Es ist ein Peregrine-Gaul, und deshalb nehme ich ihn in meinen Besitz.«

Da konnte Liana nicht umhin, diesem Mann einen scharfen Blick zuzuwerfen. War dieser Mann etwa Oliver Howard, der Rogans erste Frau geraubt hatte? Liana senkte den Kopf und begann vom Pferd herunterzusteigen, als zwei Männer sich an ihr vergriffen und ihren Leib und ihre Brüste betasteten. Sie suchte sich ihren Zudringlichkeiten zu entziehen, und dabei fiel ihr die Haube vom Kopf, und ihre langen blonden Haare rollten ihr über den Rücken hinab.

»Schaut euch das an«, rief einer der Männer und faßte nach ihren Haaren. »Ich glaube, ich hätte gern ein Stück von dieser kleinen Pferdediebin mitgenommen.«

»Bring sie her zu mir!« befahl der ältere Mann.

Die Arme auf den Rücken gedreht, mußte sich Liana neben das Pferd dieses Mannes stellen. Sie hielt den Blick auf den Boden gerichtet.

»Schau mich an!« befahl der Mann. »Schau mich an, oder du wirst dir bald wünschen, daß du besser meinen Befehl befolgt hättest!«

Trotzig, damit er nicht merkte, wie groß ihre Angst war, schlug Liana die Augen zu dem Mann auf. Während er sie studierte, schienen die Falten eines jahrelangen Zornes sich auf seinem Gesicht zu glätten, bis er schließlich den Kopf in den Nacken warf und brüllte vor Lachen.

»Nun, Lady Liana, erlaubt, daß ich mich Euch vorstelle. Ich bin Oliver Howard«, sagte er dann. »Und Ihr, teure Lady, habt mir gegeben, was ich mein Leben lang in meine Hand bringen wollte. Ihr habt mir die Peregrines ausgeliefert.«

»Niemals«, sagte sie. »Rogan wird sich Euch niemals ergeben.«

»Nicht einmal als Preis für Eure Rückgabe?«

»Er hat sich Euch wegen Jeanne nicht ergeben, und er wird es auch nicht meinetwegen tun«, sagte sie und hoffte, ihre Stimme klänge so kräftig wie ihre Worte. Innerlich zitterte sie wie Espenlaub.

Was würde Rogan wohl denken, wenn die Howards sie gefangennahmen?« Würde er glauben, sie würde ihn verraten, wie das Jeanne vor so vielen Jahren getan hatte?

»Ergreife sie«, sagte Oliver Howard zu einem seiner Männer. »Setze sie vor dich auf dein Pferd. Es kostet dich dein Leben, wenn sie dir entwischt.«

Liana war viel zu niedergeschlagen, um sich gegen die Hände des Mannes zu wehren, die er um ihren Leib legte. Was jetzt geschah, war allein ihre Schuld; sie konnte keinem anderen einen Vorwurf machen — nur sich selbst.

Der Mann, der sie auf seinem Pferd festhielt, flüsterte ihr ins Ohr. »Die Howards haben einen Zauber für die Frauen der Peregrines. Werdet Ihr einen von ihnen heiraten? Werdet Ihr euch von dem Peregrine scheiden lassen und eine Howard werden wie Rogans erste Frau?«

Sie gab sich keine Mühe, ihm zu antworten, was den Mann zu amüsieren schien.

»Es wird keine Rolle spielen, was Ihr tut oder nicht tut«, sagte der Mann lachend. »Lord Oliver wird Euren

Mann glauben machen, daß Ihr zu einer Howard geworden seid. Wir werden am Ende gewinnen.«

Liana redete sich ein, daß Rogan niemals glauben würde, daß sie eine Howard geworden war; aber tief in ihrem Inneren hatte sie Angst.

Sie ritten zwei Tage lang. Wenn sie nachts Rast machten, wurde Liana im Sitzen an einen Baum gefesselt, und die Männer lösten sich als Wachen bei ihr ab.

»Vielleicht solltet Ihr besser gleich zwei Männer zu meiner Bewachung abstellen«, meinte Liana höhnisch, als Oliver Howard die Stricke prüfte. »Ich bin so stark und mächtig, daß ich Eure Leute vermutlich alle niedermache, wenn ich meine Fesseln sprenge.«

Oliver lächelte nicht. »Ihr seid eine Peregrine, und die sind eine tückische Sippschaft. Möglich, daß der Teufel mit Euch im Bunde ist, der Euch zur Flucht verhilft.« Er drehte ihr den Rücken zu und ging in eines der kleinen Zelte, die unter den Bäumen errichtet waren.

In der Nacht begann es zu regnen. Die Männer, die sie bewachten, wechselten sich so oft ab, daß keiner länger als eine Stunde dem Regen ausgesetzt war. Doch sie dachten nicht daran, Liana loszubinden und in einem der Zelte unterzubringen, wo es warm und trocken war.

Am Morgen war sie triefend naß, halb erfroren und erschöpft. Der Mann, der sie auf seinem Pferd vor sich sitzen hatte, betastete sie diesmal nicht ständig, wie er das tags zuvor gemacht hatte. Er ließ sie in Ruhe, und Liana spürte, wie ihre ermüdeten Muskeln nachgaben. Sie fiel schlafend gegen ihn und wachte erst wieder kurz vor Sonnenuntergang auf, als sie an dem Ort anlangten, den Rogan als den Besitz der Peregrines zu bezeichnen pflegte.

Sie konnten die Türme schon sehen, als sie noch eine Meile davon entfernt waren, und als sie näher kamen, erwachte Liana aus ihrer Teilnahmslosigkeit. Noch nie hatte sie etwas diesen Gebäuden Vergleichbares gesehen, die nun vor ihr aufragten. Es gab keine Worte, mit denen sie die Größe dieses Besitzes hätte beschreiben können: *riesig, gewaltig, enorm* — nicht eines dieser Attribute hätte auch nur annähernd der Wirklichkeit entsprochen. Da war eine Serie von sechs »kleinen« Türmen, die den äußern Wall und den Tunnel bewachten, der zum Tor in dem inneren Mauerwall der Burg führte. Jeder dieser Türme war größer als der Burgturm von Moray Castle.

Hinter dem inneren Burgwall befanden sich dann Türme von solcher Mächtigkeit, daß Liana sie nur mit offenem Mund anstarren konnte. Sie konnte dahinter noch eine Mauer erkennen und mit Schiefer gedeckte Häuser.

Sie gelangten zuerst zu einer Holzbrücke über einem Burggraben, der so breit war wie ein Fluß. In Kriegszeiten konnte diese Brücke ohne große Schwierigkeit niedergerissen werden. Dann ritten sie über eine steinere Brücke, an die sich wieder eine Holzbrücke anschloß, ehe sie in den Tunnel gelangten. Über ihnen befanden sich Mordlöcher, durch die man in Kriegszeiten den Feind mit siedendem Öl begoß.

Dann ritten sie wieder hinaus in das verblassende Licht des Tages, überquerten abermals eine Holzbrücke über einem zweiten Burggraben und erreichten nun endlich das Innere Tor, das von zwei hohen, aus Felsquadern gefügten Türmen flankiert war. Wieder ritten sie unter Mordlöchern hindurch und den Eisenspitzen von Fallgattern.

Dahinter breitete sich ein mit Gras bewachsenes Areal aus mit vielen aus Fachwerk errichteten Häusern, die sich an die Mauern anlehnten. Dieser weite Platz war sauber und zeugte von Wohlhabenheit.

Sie ritten noch immer weiter und passierten abermals einen Tunnel, der wiederum von zwei Türen flankiert war, die größer waren als jeder Turm in einem der zahlreichen

Burgen, die Lianas Vater gehörten. An dessen Ende gelangten sie auf einen unglaublich weitläufigen schönen Burghof. Hier sah sie aus Steinen errichtete Gebäude mit in Blei gefaßten Glasfenstern: eine Kapelle, einen Söller, eine große Halle und Vorratshäuser, wo Leute geschäftig aus- und eingingen mit Lebensmitteln oder Fässer vor sich herrollten.

Liana saß auf dem Pferd und starrte um sich. Niemals, selbst in ihren kühnsten Gedanken nicht, hätte sie sich eine Burg von dieser Größe und von solchem Reichtum unter dem »Besitz der Peregrines« vorgestellt. Das war es also, worum Rogan und sein Bruder kämpften. Diese Burg hatte drei Generationen von Peregrines das Leben gekostet. Sie war der Grund, warum die Peregrines die Howards haßten.

Als Liana den Reichtum, von dem sie umgeben war, betrachtete, begann sie Rogan besser zu verstehen. Kein Wunder, daß er sich so verächtlich über die kleine baufällige Burg Moray Castle äußerte. Moray Castle mit all seinen Außenwällen paßte allein dreimal in den Innenhof dieser Burg hinein.

Das ist der Ort, wo Rogan hingehört, überlegte sie. Diese Burg war der passende Rahmen für seine Größe, seine Erscheinung, seine Stärke.

»Bringt sie in das oberste Geschoß des Nordostturms«, befahl Oliver Howard, und Liana wurde vom Pferd heruntergezogen und zu dem dicken, aus Felsquadern errichteten Turm in der Nordostecke des Hofes gezerrt. Dann ging es eine steinerne Wendeltreppe hinauf, an Räumen vorbei, in die sie kaum einen Blick werfen konnte. Doch alles machte einen sauberen, gepflegten Eindruck.

Ganz oben im Turm langten sie vor einer mit Eisenstangen bewehrten Tür an, und einer von ihren bewaffneten Begleitern schloß sie auf, schob Liana in den Raum dahinter und sperrte die Tür wieder hinter ihr zu. Es war ein kleines Zimmer mit einer Matratze auf einem Holzrahmen und einem kleinen Tisch mit Stuhl an der anderen Wand.

Eine Tür führte in die Latrine daneben. Ein Fenster blickte nach Norden hinaus, und Liana konnte von hier aus auf die unglaublich weitläufige Außenmauer blicken, die diese Feste umgab. Männer gingen auf den Mauergängen auf und ab und hielten Wache.

»Wache vor der winzigen Streitmacht der Peregrines«, sagte Liana bitter.

Sie legte die Hand an die Stirn, fühlte sich müde und schwindlig im Kopf. Sie hatte die letzte Nacht an einem Baum gefesselt im Regen verbracht, und zu den körperlichen Strapazen kam noch die seelische Belastung ihres Zustands, die zu ihrer Erschöpfung beitrug. Sie ging zum Bett, legte sich darauf, zog die Decke aus mit Wolle gefüllter Leinwand über sich und schlief ein.

Als sie wieder erwachte, war es bereits später Morgen. Sie erhob sich und ging schwankend hinüber in die Latrine, und als sie die Hand wieder an die Stirn legte, fühlte sie sich heiß an. Jemand war, während sie schlief, in den Raum gekommen und hatte Wasser, Brot und Käse auf den kleinen Tisch gestellt. Sie trank gierig von dem Wasser; aber sie spürte kein Verlangen nach fester Nahrung und ließ Brot und Käse unberührt.

Sie ging zur Tür und hämmerte mit den Fäusten dagegen. »Ich muß mit Oliver Howard sprechen«, rief sie; aber wenn sie jemand hörte, gab er ihr keine Antwort. Sie glitt an der Tür hinunter und setzte sich auf den kalten Steinfußboden. Sie wollte wach sein, wenn jemand ins Zimmer kam. Sie mußte mit Oliver Howard reden und ihn irgendwie dazu bringen, sie wieder freizulassen. Wenn Rogan und Severn versuchten, sie aus diesem Gefängnis herauszuholen, mußten sie das zweifellos mit dem Leben bezahlen.

Sie schlief wieder ein, und als sie diesmal erwachte, lag sie unbedeckt, in Schweiß gebadet, auf dem Bett. Abermals mußte jemand in ihrem Zimmer gewesen sein und sie zum Bett getragen haben, ohne daß sie das gemerkt hatte. Sie erhob sich von ihrem Lager, wankte zum Tisch und goß sich einen Becher Wasser ein. Ihre Hände waren so schwach, daß sie kaum die Wasserkanne anzuheben vermochte. Danach brach sie quer über ihrer Lagerstatt zusammen.

Als sie zum drittenmal erwachte, geschah es durch eine Hand, die sie grob an der Schulter rüttelte. Müde öffnete sie die Augen und sah Oliver Howards Gestalt über sich aufragen. Im dunklen Zimmer, mit einer brennenden Kerze hinter seinem Rücken, vermochte sie ihn nur verschwommen zu erkennen.

»Euer Ehemann zeigt wenig Interesse für unser Angebot, Euch ihm zurückzugeben«, sagte Oliver Howard wütend. »Er hat alle unsere Lösegeldforderungen ignoriert.«

»Warum wolltet Ihr das Wenige auch noch haben, das ihm geblieben ist?« fragte sie mit spröden, trockenen Lippen. Als er ihr keine Antwort gab, fuhr sie fort: »Unsere Heirat wurde arrangiert. Mein Mann ist sicher froh, mich los zu sein. Wenn Ihr Euch bei den Leuten in unserem Dorf erkundigt, werdet Ihr erfahren, welch schreckliche Dinge ich ihm zugefügt habe.«

»Ich weiß das alles schon. Ich habe sogar davon gehört, wie Ihr unbewaffnet ins Dorf gegangen seid, um ein Jahrmarktsfest zu besuchen. Hätte ich früher davon gewußt, wäre ich zweifellos dort gewesen. Ich hätte diesen Peregrine getötet, wie er meine Brüder getötet hat.«

»Wie Ihr *seine* Brüder getötet habt«, Lianas Worte verloren viel von ihrer Kraft, da sie zu schwach dazu war, ihren Kopf zu heben. Doch selbst in ihrer schlechten körperlichen Verfassung wollte sie Rogans Leben retten. »Ob Ihr mich freilaßt oder tötet, macht für ihn keinen Unterschied«, sagte sie. »Aber tut es bald. Er wird eine neue Erbin als Gattin brauchen.« Wenn es bald geschieht, überlegte sie, wird Rogan keine Zeit mehr für einen Angriff bleiben.

»Ich werde erst einmal abwarten, wie wenig oder viel ihm an Euch gelegen ist«, sagte Oliver und gab einem seiner Männer einen Wink.

Liana sah eine Schere im Kerzenlicht blinken. »Nein!« keuchte sie und versuchte, der Schere auszuweichen; aber die Hände der Männer, die sie packten, waren zu kräftig für sie. Fieberheiße Tränen rollten ihr über die Wange, als man ihr die Haare abschnitt, so daß sie ihr nur noch bis zu den Schultern reichten. »Das war meine einzige Schönheit«, flüsterte sie.

Weder Oliver noch seine beiden Begleiter nahmen noch einmal Notiz von ihr, als sie aus dem Zimmer gingen. Oliver trug die Haarpracht, deren er sie beraubt hatte.

Lianas Tränen flossen lange, wobei sie nicht einmal versuchte, die ihr noch verbliebenen Haare zu berühren. »Jetzt wird er mich nie mehr lieben«, klagte sie immer wieder.

Gegen Morgen fiel sie in einen unruhigen Schlummer, und als sie wieder erwachte, war sie zu schwach, aus dem Bett zu steigen und sich Wasser zu besorgen. So schlief sie wieder ein.

Diesmal erwachte sie von der Berührung eines kalten Tuches, das ihr auf die Stirn gepreßt wurde.

»Liegt still«, befahl ihr eine weiche Stimme.

Liana öffnete die Augen und sah eine Frau mit graumelierten braunen Haaren und Augen, die sie so sanft anblickten wie die eines Rehs. »Wer seid Ihr?«

Die Frau tauchte das Tuch wieder in Wasser ein und wischte dann Liana den Schweiß vom Gesicht.

»Hier, nehmt das.« Sie hielt einen Löffel an Lianas Lippen und stützte dann ihren Kopf, damit sie trinken konnte. »Ich bin Jeanne Howard.«

»Ihr!« sagte Liana, sich an der Kräutermedizin verschluckend. »Geht weg von mir. Ihr seid eine Verräterin, eine Lügnerin, ein Dämon aus der Hölle.«

Die Frau sagte mit einem schwachen Lächeln: »Und Ihr seid eine Peregrine. Würdet Ihr etwas Brühe hinunterschlucken können?«

»Nicht, wenn Ihr sie mir einflößt.«

Jeanne betrachtete Liana nachdenklich. »Ich kann mir gut vorstellen, daß Ihr zu Rogan paßt. Habt Ihr *tatsächlich* sein Bett in Brand gesteckt? Und Euch mit einem Schleier aus Münzen an seinen Tisch gesetzt? Wart Ihr wirklich zusammen mit ihm in einem Zimmer eingesperrt?«

»Wie könnt Ihr von all diesen Dingen wissen?«

Mit einem Seufzer erhob sich Jeanne vom Bett und ging zu einem Tisch, auf dem ein kleiner eiserner Topf stand. »Wißt Ihr denn nicht, wie tief der Haß sitzt zwischen den Howards und den Peregrines? Sie erfahren alles voneinander, was man überhaupt wissen kann.«

Trotz ihres Fiebers und ihrer körperlichen Schwäche versuchte Liana, Jeanne zu studieren. Das war also die Frau, die so viel Ärger verursacht hatte. Das war eine gewöhnlich aussehende Frau von mittlerer Größe, mit ganz gewöhnlichen braunen Haaren . . .

Haare! durchzuckte es Liana, und sie legte die Hand auf ihren Kopf. Und dann konnte sie, obwohl sie sich noch so sehr dagegen sträubte, die Tränen nicht mehr zurückhalten.

Jeanne kam mit einer Tasse zu ihr zurück und blickte

sie mitleidig an, als Liana die Enden ihrer abgeschnittenen Haare in den Händen hielt. Dann veränderte sich ihr Gesichtsausdruck wieder, während sie sich einen Stuhl an das Bett heranholte. »Hier, eßt das. Ihr braucht unbedingt etwas Nahrung. Euer Haar wird wieder nachwachsen, und es gibt schlimmere Dinge im Leben.«

Liana konnte nicht aufhören zu weinen. »Meine Haare waren das einzige, was schön an mir war. Rogan wird mich jetzt nie mehr lieben.«

»Euch *lieben*», sagte Jeanne im verdrossenen Ton. »Oliver wird ihn vermutlich töten, und so spielt es doch keine Rolle mehr, ob Rogan eine Frau liebt oder nicht.«

Liana brachte noch so viel Kraft auf, Jeanne die Tasse aus der Hand zu schlagen. »Geht fort! Ihr habt all dieses Unglück heraufbeschworen. Hättet Ihr Rogan nicht verraten, wäre er jetzt nicht der Mensch, der er ist.«

Jeanne bückte sich zu der Tasse, die über den Boden gerollt war, und stellte sie auf den Tisch zurück. Dann kam sie wieder an Lianas Bett. »Wenn ich Euch jetzt verließe«, sagte sie müde, »würde sich niemand mehr um Euch kümmern. Oliver hat befohlen, daß niemand Euch mehr besuchen warf. Aber sie wagen nicht, mir den Zutritt zu Eurem Zimmer zu verwehren.«

»Weil Oliver jeden töten wird, der sich den Wünschen der Frau widersetzt, die er liebt?« erwiderte Liana bissig. »Die Frau, die meinen Mann verriet?«

Jeanne stand auf und trat ans Fenster. Als sie wieder auf Liana zurücksah, schien ihr Gesicht um Jahre gealtert zu sein. »Ja, ich verriet ihn. Und meine einzige Entschuldigung für meinen Verrat sind meine Naivität und meine Jugend. Ich wurde mit Rogan getraut, als ich noch ein Kind war. Ich hatte großartige Träume, was mein Leben als verheiratete Frau anbelangte. Ich war seit frühester Jugend verwaist und ein Mündel des Königs, und deshalb wuchs ich als ungeliebtes, unerwünschtes und unbeachtetes Kind bei Nonnen auf. Ich dachte, die Ehe würde mir jemanden geben, den ich lieben könnte, und daß ich endlich ein echtes Heim hätte.«

Sie schwieg eine Weile und fuhr dann verhaltener fort: »Ihr habt seine älteren Brüder nicht gekannt. Nachdem ich mit Rogan vermählt worden war, machten sie mir das Leben zur Hölle. Für sie war ich Geld — Geld für ihren Krieg gegen die Howards — und nicht mehr. Wenn ich redete, hörte mir niemand zu; wenn ich einem Dienstboten einen Befehl gab, gehorchte er mir nicht. Täglich mußte ich in größerem Schmutz leben, als ich jemals geglaubt hätte.«

Lianas Zorn verflog. Da sprach zu viel Wahrheit aus Jeannes Worten.

»Rogan kam zuweilen des Nachts zu mir; denn in der übrigen Zeit hatte er andere Frauen.« Jeanne starrte auf die Wand neben Liana. »Es war furchtbar«, flüsterte sie. »Ich galt weniger als Waise für diese schrecklichen schönen Männer; ich war ein Nichts. Für sie existierte ich überhaupt nicht. Sie redeten über meinen Kopf hinweg miteinander. Wenn ich irgendwo stand, wo einer von ihnen sich aufhalten wollte, stieß er mich einfach zur Seite. Und diese Gewalttätigkeiten!« Sie erschauerte bei der Erinnerung daran. »Wenn einer den anderen auf sich aufmerksam machen wollte, warf er ihm eine Axt an den Kopf. Ich habe nie verstanden, wie die Brüder es geschafft hatten, das Erwachsenenalter zu erreichen.«

Jeanne blickte nun auf Liana hinunter. »Als ich hörte, daß Ihr sein Bett in Brand gesteckt hattet, wußte ich, daß Ihr nur richtig gehandelt habt. So etwas würde Rogan verstehen. Ihr habt ihn mit diesem Verhalten zweifellos an seine Brüder erinnert.«

Liana wußte nicht, was sie dazu sagen sollte. Sie wußte

nur, daß jedes Wort, das Jeanne zu ihr gesagt hatte, der Wahrheit entsprach. Sie hatte selbst erfahren, wie man sich fühlte, wenn man für andere einfach nicht existierte. Ja, sie hatte richtig gehandelt, als sie Rogans Bett anzündete; aber hätte das ausgereicht, wenn sie auch noch seine älteren Brüder gegen sich gehabt hätte? Sie faßte sich wieder. Sie würde für diese Verräterin nicht Partei ergreifen.

»Und war das alles« — Liana deutete zum Fenster hin und auf den riesigen Besitz, der sich darunter ausbreitete — »einen Verrat wert? Zwei Brüder starben bei dem Versuch, Euch zurückzugewinnen. Wart Ihr froh, als Ihr von ihrem Tod erfahren habt?«

Jeannes Gesicht verfärbte sich vor Zorn. »Diese Männer starben nicht bei dem Versuch, *mich* zurückzugewinnen. Sie hätten mich aus einer Schar von Frauen niemals herausfinden können. Sie starben im Kampf gegen die Howards. Als ich noch bei den Peregrines weilte, hörte ich immer nur, wie gemein und niederträchtig die Howards wären, und heute höre ich nur von der Niedertracht der Peregrines. Wann wird diese scheußliche Fehde endlich ein Ende finden?«

»Ihr habt mit Eurem Verrat nicht gerade geholfen, sie zu beenden«, sagte Liana und spürte, wie ihre Kräfte nun rasch schwanden.

Jeanne beruhigte sich ein wenig. »Nein, das stimmt; aber Oliver war so gut zu mir, und dieses Haus . . .« Ihre Stimme verebbte, als sie sich wieder an damals erinnerte. »Hier gab es Musik und lachende Gesichter, heiße Bäder mit duftendem Wasser, und Dienstboten, die einen artigen Knicks vor mir machten. Und Oliver war so aufmerksam und . . .«

»So aufmerksam, daß Ihr ein Baby von ihm bekamt«, sagte Liana.

»Nach Rogans rauher Behandlung war Oliver eine

Freude im Bett«, gab Jeanne zurück und stand auf. »Ich werde Euch jetzt verlassen, damit Ihr schlafen könnt. Morgen früh komme ich wieder.«

»Nein«, sagte Liana. »Ich komme ganz gut allein zurecht.«

»Wie Ihr wollt«, sagte Jeanne und verließ dann das Zimmer. Als Liana hörte, wie draußen der Riegel vorgeschoben wurde, schlief sie wieder ein.

Drei Tage lang ließ sich niemand bei Liana sehen. Ihr Fieber wurde in dem kalten, ungeheizten Raum immer schlimmer. Sie nahm weder Wasser noch Nahrung zu sich, sondern lag nur halb wachend, halb schlafend im Bett, manchmal glühend heiß, manchmal so verfroren, daß ihre Zähne aufeinanderklapperten.

Am dritten Tag kam Jeanne wieder ins Zimmer, und Liana blickte wie durch einen Nebel zu ihr hinauf.

»Ich hatte befürchtet, daß man mich belügt«, sagte Jeanne. »Man sagte mir, Ihr wäret wohlauf und versorgt.« Sie drehte sich um, schlug mit der Faust gegen die Tür, und als ein Wächter ihr öffnete, befahl Jeanne: »Heb sie vom Bett auf, und dann folgst du mir, sie auf deinen Armen tragend.«

»Lord Oliver gab Anweisung, daß sie in diesem Raum zu bleiben habe.«

»Und ich widerrufe jetzt seine Anweisungen«, erklärte Jeanne. »Wenn du dich nicht draußen auf der Straße wiederfinden möchtest, würde ich dir raten, mir zu folgen.«

Liana spürte vage, wie starke Arme sie hochhoben. »Rogan«, flüsterte sie. Sie schlief wieder, während man sie die Treppe hinuntertrug, und wachte nur kurz auf, als die weichen Hände von Jeannes Kammerfrauen sie entkleideten, den Schweiß von ihrem Körper wuschen und sie dann auf eine weiche Federmatratze legten.

Drei Tage lang sah Liana dann nur noch Jeanne Howard, die ihr Brühe einflößte, ihr auf den Nachttopf half, ihr den Schweiß abwischte und neben ihr saß. In dieser Zeit sprach Liana kein einziges Mal mit Jeanne. Sie war sich zu sehr bewußt, daß diese Frau ihren Mann verraten hatte.

Doch am vierten Tag begann Lianes Widerstand zu bröckeln. Ihr Fieber war vorbei, und nun war sie nur noch schwach. »Ist mein Baby gesund?« flüsterte sie, ihr Schweigen gegenüber Jeanne brechend.

»Es ist gesund und es wird von Tag zu Tag größer. Es braucht schon mehr als ein kleines Fieber, um einem Peregrine Schaden zuzufügen.«

»Dazu braucht man ein verräterisches Weib«, sagte Liana.

Jeanne legte ihre Nadel beiseite, erhob sich aus ihrem Sessel und ging zur Tür.

»Wartet!« rief Liana ihr nach. »Ich bitte um Entschuldigung. Ihr seid sehr gut zu mir gewesen.«

Jeanne kam ins Zimmer zurück, goß eine Flüssigkeit in einen Becher und reichte ihn Liana. »Trinkt das. Es schmeckt abscheulich; aber Ihr braucht das für Eure Genesung.«

Gehorsam schluckte Liana das übelschmeckende Gebräu aus Kräutern hinunter. Als sie Jeanne den Becher zurückgab, fragte sie: »Was ist seit meiner Ergreifung geschehen? Hat Rogan angegriffen?«

Jeanne nahm sich Zeit für ihre Antwort. »Rogan schickte eine Botschaft hierher, daß Ihr . . . Ihr nicht seine Frau seid, daß Oliver Euch behalten könnte.«

Liana konnte Jeanne nur mit offenem Mund anstarren.

»Ich fürchte, Oliver ließ sich von seinem hitzigen Temperament hinreißen und Euch die Haare abschneiden, die er dann Rogan schickte.«

Liana drehte sich zur Seite, damit sie nicht mehr Jeannes

mitleidigen Blick sehen mußte. »Ich verstehe. Doch selbst wenn sie mir meine . . . Haare«, sie brachte das Wort kaum über die Lippen, »raubten, macht das für ihn keinen Unterschied.« Sie blickte sich wieder zu Jeanne um. »Was wird Euer Gatte nun tun? Mich in Einzelheiten den Peregrines zurückschicken? Eine Hand heute? Einen Fuß morgen?«

»Natürlich nicht«, gab Jeanne heftig zurück. Tatsächlich hatte Oliver genau das angedroht, was Liana soeben erwähnte; aber Jeanne hatte gewußt, daß das nur leere Worte waren. Sie war wütend auf ihren Mann, weil er Lady Liana gefangengenommen hatte; aber da sie nun mal hier war und Rogan sich weigerte, diesen Köder anzunehmen, wußte Oliver nicht recht, was er mit ihr anfangen sollte.

»Was werdet Ihr mit mir machen?« flüsterte Liana und versuchte sich mit ihren schwachen Armen in die Höhe zu stemmen. Jeanne gab ihr eine Samtrobe, damit sie damit ihre Blöße bedecken konnte.

Jeanne beschloß, aufrichtig zu Liana zu sein. »Ich weiß es nicht. Oliver spricht davon, den König darum zu bitten, daß er Eure Ehe annullieren läßt, und daß er Euch dann mit seinem jüngeren Bruder zu vermählen gedächte.«

Liana kämpfte diesmal erfolgreich ihre Tränen nieder. »Es ist gut, daß Rogan nicht sein Leben und das seiner Brüder riskiert hat, um mich hier herauszuholen.«

»Da er nur noch einen Bruder hat, kann ich sein Zaudern gut verstehen«, erwiderte Jeanne im sarkastischen Ton.

»Bei einem Angriff gegen die Howards würde Zared bestimmt an der Seite der Ritter fechten.«

Jeanne warf ihr einen scharfen Blick zu. »Das bezweifle ich. Selbst die Peregrines haben Prinzipien.« Sie schwieg einen Moment. »Oder hat Euch keiner gesagt, daß Zared ein Mädchen ist? Ziehen sie Zared noch immer Männerkleider an?«

Lianas Lider zuckten ein paarmal auf und nieder. »Ein Mädchen? Zared ist ein *Mädchen*?« Sie dachte an den Moment, wo Zared den Kopf einer Ratte mit seiner — ihrer — Faust zerschmettert hatte. Und an Zared mitten in der Nacht in ihrem Zimmer. Lianas Augen weiteten sich. Dann erinnerte sie sich daran, wie wütend sie gewesen war, weil sie Zared mit drei Frauen im Bett erwischt hatte. Wie sehr Severn und Rogan gelacht hatten über ihre Empörung!

»Nein«, sagte Liana durch die zusammengepreßten Zähne. »Niemand machte sich die Mühe, mich aufzuklären, daß Zared ein Mädchen ist.«

»Sie war erst fünf, als ich dort wohnte, und ich glaube, es war den Brüdern peinlich, daß ihr Vater ein weibliches Wesen gezeugt hatte. Sie gaben seiner furchtsamen, dauernd klagenden, aber reichen vierten Frau die Schuld dafür. Ich versuchte Zared eine Mutter zu sein. Das war ein Fehler; sie ist genauso wild wie ihre Brüder.«

»Und ich bin eine noch viel größere Närrin, weil ich das nicht einmal geahnt habe«, sagte Liana. Und sie hielten es nicht für nötig, mich eines Besseren zu belehren, dachte sie. Sie hatten sie aus ihrem Leben herausgehalten. Sie war niemals eine Peregrine gewesen, und nun wollten sie sie nicht mehr zurückhaben.

Sie blickte Jeanne an. »Es kam keine Antwort von den Peregrines, seit sie meine . . . meine Haare erhalten haben?«

Jeanne runzelte die Stirn. »Rogan und Severn sind zusammen auf der Falkenjagd gesehen worden . . . und bei einem gemeinsamen Besäufnis.«

»Beim Feiern, meint Ihr wohl. Ich dachte . . .« Sie

wollte nicht sagen, was sie dachte. Sie hatte geglaubt, wenn man sie schon nicht liebte, daß sie den beiden doch bis zu einem gewissen Grad unentbehrlich geworden sei. Sie dachte daran, daß Severn sie mit Rogan in einem Raum eingesperrt hatte, weil Severn die Dienste vermißte, die sie der ganzen Burg erwiesen hatte.

Jeanne nahm Lianas Hand und drückte sie. »Es sind Peregrines. Sie sind so gar nicht mit anderen Männern zu vergleichen. Sie haben nur für ihr eigenes Fleisch und Blut etwas übrig. Für sie sind Frauen ein Mittel zur Geldbeschaffung und sonst nichts. Ich möchte ja nicht grausam sein, aber Ihr müßt Euch das vor Augen halten: Die Peregrines haben nun Euer Geld. Welche Verwendung sollten sie nun noch für Euch haben? Wie ich hörte, habt Ihr versucht, deren Burg sauberzuhalten und ihnen besseres Essen auf den Tisch zu bringen; aber diese Männer schätzen solche Bemühungen gering. Der Regen der letzten Woche hat ihren Burggraben wieder zur Hälfte gefüllt, und wie ich hörte, schwimmen bereits wieder drei tote Pferde darin.«

Jeanne wußte, daß Jeanne ihr die Wahrheit sagte. Wie hatte sie nur glauben können, daß sie Rogan etwas bedeutete? Er brauchte nun nicht mehr zu befürchten, daß sie sich in seine Angelegenheiten einmischte.

»Und die Wochentage?« flüsterte Liana.

»Sind wieder in der Burg«, antwortete Jeanne.

Liana holte tief Luft. »Was wollt Ihr also nun mit mir anstellen? Mein Mann möchte mich nicht haben. Auch meine Stiefmutter würde mich nicht gern wieder bei sich aufnehmen, denke ich. Ich fürchte, die Entscheidung liegt nun ganz allein bei Eurem Mann.«

»Oliver hat noch nichts entschieden.«

»Rogan und Severn werden sich jetzt wohl ins Fäustchen lachen, denke ich. Sie sind mich los, besitzen meine

Mitgift und haben ihren Feinden ein gewöhnlich aussehendes, störrisches und unbequemes Frauenzimmer aufgehalst.«

Damit hatte sie wohl den Kern der Sache erfaßt, dachte Jeanne bei sich, obwohl sie das nicht sagte. Sie empfand großes Mitleid mit Liana, weil sie sich an ihre eigene tiefe Verzweiflung in den ersten Wochen erinnerte, damals vor vielen Jahren, als Oliver Howard sie gefangennahm. Sie hatte zwar weder für ihren jungen Ehemann Liebe empfunden und schon gar nicht für dessen überhebliche Brüder; aber sie hatte sehr darunter gelitten, als sie hörte, wie viele Menschen ihretwegen den Tod fanden. Eine Weile lang hatte es so ausgesehen, als würde auch Rogan an den Pfeilwunden sterben, die Oliver ihm versetzt hatte. Und als er sich dann doch davon erholte, hatte er erst erfahren, daß seine Brüder im Kampf gefallen waren.

Doch bei all ihrem Elend hatte sie in Oliver einen Beistand gefunden. Er hatte niemals beabsichtigt, die junge Ehefrau seines Feindes zu umgarnen; aber Olivers Frau war nach kinderloser Ehe im Jahr zuvor gestorben, und er war so einsam wie Jeanne. Sie fühlten sich zueinander hingezogen. Anfangs hatte ihm Jeanne trotzig widerstanden und hatte sich vor ihren Mann gestellt, der ihr kaum drei zärtliche Worte gesagt und sie nur umarmt hatte, wenn er seine sexuelle Lust an ihr stillte. Doch Olivers ruhiges, freundliches Wesen hatte sie mit der Zeit weich gemacht, und während vor den Mauern der Krieg tobte und Männer starben, lag Jeanne in der Burg in Olivers Armen.

Als Oliver wußte, daß jeanne ein Kind von ihm unter dem Herzen trug, war er schrecklich eifersüchtig geworden. Sein Haß auf die Peregrines hatte sich vertieft, weil die Frau, die er liebte — die Mutter seines Kindes — die Gattin eines anderen Mannes war. Jeanne hatte ihn damals um die Erlaubnis gebeten, zu Rogan gehen und ihn um eine Annullierung ihrer Ehe bitten zu dürfen; doch Oliver war empört gewesen über ihr Ansinnen. Er war entsetzt, daß Jeanne zu den Peregrines zurückkehren wollte — oder daß Rogan Jeanne sogar, wenn er sie wiedersah und die Neuigkeit erfuhr, ermorden könnte.

Aber sie hatte sich Olivers Willen widersetzt und ihr Leben gefährdet, indem sie zu Rogan ging. Es war ein gewagtes Unternehmen gewesen, die belagerte Burg zu verlassen. In einer mondlosen Nacht hatten ihre Damen ihr geholfen, sich an der Mauer hinunterzulassen, und ein Mann, den sie mit einer nicht geringen Summe bestochen hatte, ruderte sie dann über den inneren Burggraben. Dann war sie geduckt weitergelaufen zu dem äußeren Graben, wo sie ein zweites Boot erwartete. Es hatte sie viel Geld gekostet, die Wachen auf den Zinnen dazu zu bewegen, in eine andere Richtung zu blicken; aber es war ihr gelungen.

Angetan mit einem grobgewebten wollenen Umhang war es ein leichtes gewesen, durch Rogans Lager zu wandern, ohne daß jemand sie dort erkannt hätte. Sie ging sogar an Severn und der jungen Zared vorbei, ohne daß diese sie auch nur mit einem Blick beachtet hätten. Als sie schließlich Rogan gegenüberstand, hatte er keine Freude über das Wiedersehen mit ihr empfunden, keine Erleichterung, daß er endlich die Belagerung aufheben konnte. Sie hatte ihn gebeten, mit ihr in den Wald zu gehen, und er hatte ihrer Bitte stattgegeben. So rasch, wie es ihr möglich war, hatte sie ihm dort mitgeteilt, daß sie sich in Oliver verliebt habe und nun mit seinem Kind schwanger sei.

Einen Moment hatte sie geglaubt, er würde sie umbringen. Doch statt dessen hatte er sie beim Arm gepackt und ihr gesagt, daß sie eine Peregrine sei und bei ihm bleiben müsse — daß er sie nie an einen Howard freigeben würde.

Sie hatte vergessen, wie starrsinnig ein Peregrine sein konnte. Und bei dem Gedanken, daß sie Oliver nie wiedersehen würde und den Rest ihres Lebens in der unglaublich schmutzigen Burg von Moray Castle verbringen mußte, hatte sie zu weinen begonnen. Sie erinnerte sich nicht mehr, was sie zu ihm gesagt hatte; aber sie glaubte sich zu entsinnen, daß sie Rogan damit gedroht hatte, sich umzubringen, wenn sie wieder mit ihm leben müsse.

Was sie damals auch immer vorgetragen haben mochte — er gab ihr schließlich den Arm frei und stieß sie heftig gegen einen Baum. »Verschwinde«, hatte er gesagt, »geh mir aus den Augen.«

Jeanne war dann von ihm weggelaufen und hatte nicht eher angehalten, bis sie die Hütte eines Bauern erreicht und sich dort im Heu versteckte.

An diesem Tag hatten die Peregrine die Belagerung der Burg aufgehoben, und einen Monat später hatte Jeanne erfahren, daß Rogan den König gebeten hatte, seine Ehe mit ihr zu annullieren.

Es war Jeanne gelungen, ihr Zusammentreffen mit Rogan vor Oliver geheimzuhalten, und sie hatte sich damit viele eifersüchtige Vorwürfe erspart. Doch in den darauffolgenden Jahren hing dennoch die Tatsache, daß sie einmal mit einem Peregrine verheiratet gewesen war, wie ein Damoklesschwert über ihren Köpfen. Jahrelang hatte Oliver ihren ältesten Sohn mit scheelen Blicken angesehen, und einmal hatte Jeanne ihn sogar dabei ertappt, wie er die Haare des Jungen untersuchte. »Da ist kein Rot darin«, hatte sie gesagt und war an ihm vorbeigegangen. Oliver war von Kindheit an im Haß auf die Peregrines erzogen worden, doch nun haßte er sie um so mehr. Es schien ihm so, als hätten die Peregrines immer den ersten Anspruch auf alles gehabt, was er besaß: auf seine Burg und seine Frau.

Und so hatte Oliver nach so vielen Jahren diese Scharte mit den Peregrines auswetzen wollen, indem er wieder eine Ehefrau von ihnen gefangennahm. Doch diesmal war Rogan nicht bereit, um seine Frau zu kämpfen. Er wollte nicht den Verlust noch eines Bruders wegen einer Frau riskieren, die er von Anfang an nicht hatte haben wollen.

Jeanne blickte Liana an und bekannte aufrichtig: »Ich weiß nicht, was jetzt geschehen wird.«

»Ich ebensowenig«, antwortete Liana düster.

Kapitel achtzehn

Liana trennte den Faden ab nach dem letzten Stich, mit dem sie den Lindwurm auf das Untergewebe gestickt hatte.

Es war ihr gelungen, den Überzug für das Kissen in knapp zwei Wochen fertigzustellen, weil sie sich dazu gezwungen hatte, ihre Hände ständig in Bewegung zu halten. Denn je fleißiger ihre Hände waren, um so weniger kam sie zum Nachdenken.

Fünf lange Wochen war sie nun schon die Gefangene der Howards. Nachdem sie wieder soweit hergestellt war, daß sie aufstehen und umhergehen konnte, hatte man ihr ein hübsches, sonniges Gästezimmer überlassen und alle Nähsachen, die sie brauchte. Jeanne hatte sich am Nähen zweier Gewänder beteiligt.

Außer Jeanne bekam Liana nur Dienstboten zu Gesicht, die das Zimmer saubermachten, und diesen war es verboten, mit ihr zu sprechen. Die ersten paar Tage war sie im Zimmer auf und ab gelaufen, bis ihre Beine müde wurden; aber dann hatte sie zu nähen begonnen und sich mit dem Sticken komplizierter Muster beschäftigt, um ihren Geist von den Neuigkeiten abzulenken, die Jeanne ihr jeden Abend überbrachte.

Die Howards ließen durch ihre Spione die Peregrines genau überwachen, die alles, was sie beobachtet hatten, Oliver meldeten. Rogan wurde jeden Tag gesehen — wie er mit seinen Rittern übte, mit seinem Bruder zur Jagd ritt oder den Mädchen nachstellte wie ein Satyr.

Oliver ließ Rogan neue Drohungen zukommen, indem er behauptete, daß Liana sich inzwischen in Olivers Bruder verliebt habe. Rogan antwortete mit der Anfrage, ob er denn zur Hochzeit eingeladen würde.

Liana hieb die Nadel in das Gewebe und stach sich dabei in den Daumen. Schnell kamen ihr die Tränen. Verdammtes Biest, dachte sie. Täglich ging sie im Geist die vielen schrecklichen Dinge durch, die Rogan ihr angetan hatte. Wenn sie jemals wieder aus dieser Burg herauskam, traf sie hoffentlich nie mehr mit einem Peregrine zusammen. Sie hoffte, daß sie alle, einschließlich dieses Jungen-Mädchens Zared, in ihrem eigenen Sumpf versanken und erstickten.

Am anfang der sechsten Woche ihrer Gefangenschaft kam Jeanne mit besorgter Miene in Lianas Zimmer.

»Was ist denn los?« fragte Liana.

»Ich weiß es nicht. Oliver ist wütend — so wütend, wie ich ihn noch nie erlebt habe. Er möchte Rogan zu einem offenen Schlagabtausch zwingen.« Jeanne ließ sich schwer auf einen Stuhl fallen. »Ich kann nicht erfahren, was er vorhat; aber ich denke, Oliver könnte eine persönliche Herausforderung an Rogan geschickt haben — eine Entscheidung durch einen Zweikampf.«

»Das würde die Fehde ein für allemal beenden. Dem Sieger fiele diese Burg zu.«

Jeanne legte ihr Gesicht in ihre Hände. »Ihr könnt es Euch leisten, so etwas zu sagen. Rogan ist um viele Jahre jünger als Oliver, größer und stärker dazu. Euer Gatte wird gewinnen, und meiner wird sterben.«

In den letzten Wochen waren sich Jeanne und Liana erheblich nähergekommen, schon so vertraut miteinander, daß es fast als Freundschaft bezeichnet werden konnte.

Liana legte ihr die Hand auf die Schulter. »Ich weiß, wie Euch zumute sein muß. Ich habe auch einmal geglaubt, daß ich meinen Mann liebte.«

Rechts von ihnen schepperte etwas fürchterlich.

»Was war denn das?« erkundigte sich Jeanne und hob den Kopf von ihren Händen.

»Der Mann, der die Latrine reinigt.«

»Ich wußte gar nicht, daß wir nicht allein sind.«

»Ich vergesse selbst oft ihre Anwesenheit. Sie kommen und gehen so leise«, sagte Liana. »Zu Hause — in der Burg meines Mannes, meine ich — waren die Dienstboten ungeschickt, faul und hatten keine Vorstellung, wie man sauberzumachen hat.«

Wieder hörten sie es scheppern.

Liana ging zum Durchgang der Latrine. »Verlaß uns!« befahl sie dem gebeugten alten Mann, der in den letzten drei Tagen recht unbeholfen ihr Zimmer saubergemacht hatte.

»Aber ich bin doch noch nicht fertig, Mylady«, greinte er.

»Geh!« befahl Liana und blieb unter der Tür stehen, bis der alte Mann, ein Bein hinter sich herziehend, hinausgehumpelt war.

Als die beiden Frauen unter sich waren, drehte Liana sich wieder zu Jeanne um. »Was hat Rogan zu dieser Herausforderung gesagt?«

»Ich glaube nicht, daß sie an Rogan ergangen ist. Oliver konnte unmöglich glauben, daß er Rogan im Zweikampf besiegen würde! Oh, Liana, das muß endlich ein Ende haben.«

»Dann laßt mich frei«, sagte Liana. »Helft mir, aus dieser Burg zu entrinnen. Wenn ich mich nicht mehr in seiner Nähe aufhalte, wird Olivers Wut sich bestimmt wieder legen.«

»Werdet Ihr zu Rogan zurückkehren?«

Liana wandte sich ab. »Ich weiß es nicht. Ich habe noch ein Landgut, das mir allein gehört. Vielleicht werde ich mich dorthin begeben. Ich werde doch sicherlich noch einen Platz finden, wo ich hingehöre — einen Platz, wo ich keinem zur Last falle.«

Jeanne erhob sich von ihrem Stuhl. »Ich bin zu allererst meinem Mann gegenüber zur Loyalität verpflichtet. Ich kann Euch nicht zur Flucht verhelfen. Er ist gar nicht erbaut davon, daß ich Euch täglich sehe. Nein«, sagte sie mit fester Stimme, »es würde ihn demütigen, wenn ich ihn verriete.«

Verrat, dachte Liana. Die Geschichte der Howards und Peregrines war doch eine einzige Verkettung treuloser Handlungen.

Abrupt verließ Jeanne das Zimmer, als fürchtete sie, ihre Meinung zu ändern, wenn sie noch länger bei Liana blieb.

Am nächsten Tag war Liane sehr nervös, fuhr bei jedem Geräusch erschreckt zusammen. Die Tür wurde aufgesperrt, und Liana blickte hoch in der Hoffnung, Jeanne käme mit Neuigkeiten zu ihr; aber es war nur der alte Mann, der bei ihr saubermachte. Enttäuscht blickte sie wieder hinunter auf das frische Stück Leinentuch, das sie in ihren Stickrahmen eingespannt hatte, und sagte unwirsch: »Nimm das Frühstückstablett weg und entferne dich wieder.«

»Und wohin soll ich dann gehen?« sagte eine Stimme, die ihr so vertraut war, daß ihr die Schauer nur so über den Rücken rieselten. Sehr langsam blickte sie wieder hoch. Vor ihr stand Rogan, eine Augenklappe auf die Stirn hinaufgeschoben, einen mit Wolle ausgestopften Buckel auf dem Rücken, ein Bein so bandagiert, daß es verkrüppelt aussah.

Er grinste sie auf eine so unverschämte Weise an, als erwartete er, daß sie ihm vor Freude in die Arme hüpfte.

Statt dessen nahm sie einen Pokal von ihrem Tablett und warf ihn ihm an den Kopf. Er duckte sich rasch, und das Trinkgefäß flog gegen die Tür. »Du Hundesohn«, sagte sie. »Du streunender Satyr. Du verlogenes, betrügerisches Subjekt! Ich möchte dich nie wiedersehen.« Und bei jedem Wort nahm sie einen anderen Gegenstand vom Tablett, und als ihr dort die Wurfgeschosse ausgegangen waren, alles, was sie im Zimmer gerade erreichen konnte. »Du Lump!« Du hast mich hier verrotten lassen. Sie haben mir die Haare abgeschnitten; aber das ließ dich kalt. Du willst mich nicht haben. Du wolltest mich *nie* haben. Du hast es nicht einmal der Mühe für wert gefunden, mir zu sagen, daß Zared ein Mädchen ist. Du hast Oliver ausrichten lassen, daß er mich deinetwegen haben könnte. Du hast dir ins Fäustchen gelacht, als sie mich hier gefangenhielten. Du bist mit Severn auf die Falkenjagd gegangen, während ich in diesem Zimmer eingesperrt war. Du . . .«

»Das war Baudoin«, sagte Rogan.

Nachdem nun keine festen Gegenstände als Wurfgeschosse mehr übrigblieben, begann Liana die Decken vom Bett zu reißen und durchs Zimmer zu schleudern. Sie flatterten durch die Luft und landeten zu seinen Füßen. Da lag nun ein großer Haufen von Schmuckgegenständen, Kissen, Tellern und Schüsseln um ihn herum. »Du verdienst alles, was dir die Howards antun«, schrie sie. »Deine ganze Familie ist bis ins Mark verfault. Ich wäre hier fast am Fieber gestorben, während du dich vergnügtest. Ich bin sicher, es ist dir egal; aber sie haben mich die ganze Nacht an einen Baum gefesselt, *im Regen* sitzen lassen. Ich hätte unser Baby verlieren können. Als wenn dir das etwas ausmachen würde! Du hast ja nie . . .«

»Es war Baudoin, der auf die Falkenjagd ging. Ich war hier«, sagte Rogan.

»Typisch Peregrine: immer jemand anderem die Schuld geben. Diesem armen, unschuldigen Familienvater. *Er* würde sich aufregen, wenn jemand seiner Frau die Haare abschnitte. Er würde . . .« Sie hielt plötzlich inne. Da war nichts mehr im Zimmer, was sich zum Schleudern eignete. »Hier? Du warst hier?« fragte sie im mißtrauischen Ton.

»Ich bin hier gewesen und habe fast drei Wochen lang nach dir gesucht. Die Lage deines Gefängnisses war ein gut gehütetes Geheimnis in dieser Burg.«

Liana war sich nicht sicher, ob sie ihm glaubte. »Wie konntest du hier sein und nicht entdeckt werden? Die Howards kennen doch dein Aussehen sehr genau.«

»Nicht so gut, wie sie meinen. Die Spione haben Baudoin auf der Falkenjagd und mit den Wochentagen schäkern sehen, nicht mich. Ich bin in dieser Zeit in dieser Verkleidung hier in der Burg gewesen. Ich habe Toiletten gesäubert. Ich habe Wände gekalkt, Böden aufgewischt — und gehorcht.«

Liana begann jetzt, ihm zuzuhören. Vielleicht waren die Nachrichten, die sie von seiner Verleugnung ihrer Person gehört hatte, gar nicht wahr gewesen. »*Du* hast saubergemacht?« sagte sie. »Das soll ich dir glauben? Du würdest ja nicht einmal wissen, welches Ende von einem Besen zum Kehren benützt wird!«

»Wenn ich jetzt einen hätte, würde ich seinen Stiel dazu benützen, dir die Kehrseite damit zu bearbeiten.«

Es war wahr. Oh, Gott im Himmel, es war wahr! Er *hatte* nach ihr gesucht. Liana knickten die Knie ein, und sie sank auf die kahle Federmatratze hinunter, legte das Gesicht in die Hände und begann zu weinen, als würde ihr das Herz brechen.

Rogan wagte nicht, sie zu berühren. Er stand inmitten

dieses Ringwalls aus Wurfgeschossen und starrte sie an. Er hatte nicht geglaubt, daß er sie jemals wiedersehen würde.

An dem Tag, wo die Howards sie gefangennahmen, hatte er sich in einem Wald aus Brennesseln gewälzt, und seine Haut brannte wie Feuer. Er hatte sich vorgestellt, wie seine Frau einen Zuber mit heißem Wasser für ihn vorbereiten und die Schmerzen damit lindern würde. Aber als er die Treppe zum Söller hinaufjagte, hatte er dort nur heulende Frauen vorgefunden. Er hatte aus Lianas Dienerinnen kein Wort herausbringen können; aber Gaby konnte ihm immerhin schluchzend so viel mitteilen, daß die Howards Liana in ihre Gewalt gebracht hatten. Oliver Howard hatte eine Botschaft geschickt, daß er die Übergabe von Moray Castle als Preis für ihre Rückkehr verlangte.

Rogan war, ohne ein Wort zu sagen, in ihr gemeinsames Schlafzimmer gegangen. Er hatte sich vorgenommen, dort einige Zeit alleinzubleiben, um sich einen Strategieplan zurechtzulegen; doch ehe er wußte, wie ihm geschah, waren Severn und Baudoin bei ihm, warfen ihn zu Boden und klemmten seine Arme fest. Das Zimmer war verwüstet. In einer so blinden Wut, daß er sich nicht mehr daran zu erinnern vermochte, hatte er eine Axt genommen und alle Stücke aus Holz, Eisen oder Stoff zerhackt. Kerzenwachs vermischte sich mit zerschnittenen Laken. Zerschmetterte Stuhlbeine aus Eichenholz fanden sich neben verbogenen Kerzenständern aus Eisen wieder. Lianas kostbares Kruzifix zerbarst in tausend Splitter. Überall lagen Fetzen von ihren Kleidern herum — rote Seide, blauer Brokat, Stoffe aus Silberfäden, Stoffe aus Goldfäden. Vier von ihren Kopfhauben lagen zerbrochen mit herausquellendem Futter herum.

Die Tür war von Severn und Baudoin eingeschlagen

worden, damit sie an ihren Bruder herankamen und ihn daran hinderten, sich selbst etwas anzutun.

Als Rogan schließlich wieder zur Besinnung kam, war er ruhig — sehr, sehr ruhig sogar. Er war so ruhig, daß Severns Wut fast überkochte.

»Wir werden angreifen«, sagte Severn. »Wir haben jetzt das Geld dafür. Wir werden Söldner anheuern. Wir werden endlich die Howards aus dem Besitz der Peregrines vertreiben.«

Rogan hatte Severn angeblickt und sich vorgestellt, wie er gewaschen und mit einem Leichenhemd angetan in einem Sarg lag — so wie er Basil und James im Sarg hatte liegen sehen, als sie mit ihm zusammen gekämpft hatten, um seine erste Frau nach Moray Castle zurückzuholen. Rogan wußte, daß er nichts übereilt tun durfte, daß er erst klar und ruhig nachdenken mußte. Er konnte nicht so eine gewaltige Festung, wie sie das Peregrine-Land darstellte, ohne sorgfältige Vorausplanung angreifen.

Tagelang arbeitete er lange und hart, trieb seine Männer bis zur Erschöpfung an, um sie auf den Krieg vorzubereiten. Nachts hörte er erst zu üben auf, wenn er seine Arme und Beine nicht mehr bewegen konnte, und dann fiel er in einen tiefen, traumlosen Schlaf.

Doch trotz der vielen Arbeit für seine Kriegsvorbereitungen fehlte sie ihm sehr. Sie war der einzige Mensch in seinem Leben, der ihn jemals zum Lachen gebracht hatte. Weder sein Vater noch seine älteren Brüder hatten, solange sie lebten, auch nur ein einziges Mal gelacht. Doch dann hatte er dieses Mädchen seines Geldes wegen geheiratet, und seither war nichts mehr so gewesen wie vorher. Sie war die einzige Frau, die wagte, ihn zu kritisieren. Andere Frauen hatten viel zu viel Angst vor ihm, um sich über seine Behandlung zu beschweren. Andere Frauen sagten ihm nicht, was er falsch machte. Andere Frauen hatten keine Courage, dachte er. Sie steckten keine Betten in Brand, trugen keine Münzschleier, wenn sie zu Tisch kamen, wagten ihn nicht über seine erste Frau auszufragen.

Er überwachte gerade das Verladen von Kriegsmaschinen auf Fuhrwerken, als ein Ritter der Peregrines mit einem Päckchen von den Howards zu ihm kam. Die kleine Truhe aus Eichenholz war über die Burgmauer katapultiert worden mit einer Botschaft, daß sie Rogan zu überbringen sei.

Er brach mit einer Hellebarde das Schloß auf, nahm das Stoffbündel heraus und sah, daß es Lianas Haare enthielt. Irgendwie war es ihm gelungen, bei dem Anblick ihrer Haare ruhig zu bleiben. Die Hand um ihre herrlichen, wunderschönen, seidenweichen Haare gekrampft, war er zum Turm gegangen.

Severn lief ihm nach. »Wo willst du denn hin?« hatte Severn ihn gefragt.

»Das ist eine Sache zwischen Oliver Howard und mir«, hatte Rogan ihm gelassen geantwortet. »Ich werde ihn töten.«

Severn hatte Rogan am Arm gepackt und herumgezogen. »Glaubst du denn, Howard wird sich dir zum Zweikampf stellen? Zu einem fairen Gefecht Mann gegen Mann? Er ist alt!«

Rogan spürte nur zu deutlich die Haare in seiner Hand. »Er hat ihr ein Leid angetan. Dafür werde ich ihn töten.«

»Überlege dir gut, was du tun willst«, beschwor Severn ihn. »Wenn du es auch nur wagst, bis vor das Burgtor der Howards zu reiten, wird Oliver deine dicke Haut mit Pfeilen spicken lassen. Was wird dann aus deiner Frau? Komm, hilf uns, den Krieg vorzubereiten. Wir werden die Howards angreifen, wie es sich gehört.«

»Wie es sich gehört!« gab Rogan mit einem halb höhnischen, halb verächtlichen Schnauben zurück. »So wie Anno fünfunddreißig? Damals waren wir noch fünf Peregrine-Brüder, und dennoch haben uns die Howards geschlagen. Wie können wir, so arm wie wir sind, hoffen, die Howards in offener Felschlacht zu schlagen? Wir nehmen unsere winzige Streitmacht, belagern die Burg, und Oliver Howard stellt sich oben auf die Mauer und lacht uns aus.«

»Aber du glaubst, daß du, ein einziger Mann, etwas fertigbringen kannst, was alle unsere Männer nicht vermögen?«

Rogan hatte keine Antwort für ihn. Statt dessen ging er in sein Brütezimmer, sperrte die Tür ab und kam vierundzwanzig Stunden nicht aus dem Zimmer heraus. Doch dann wußte er, was er tun würde. Als er mit Liana zum Jahrmarkt gegangen war, hatte er gesehen, wie ungehindert die Bauern in Moray Castle ein- und ausgehen konnten. Er hatte sie natürlich mit ihren Körben voll gackernder Hühner und mit ihren dreirädrigen Handkarren gesehen, die mit primitiven Gütern beladen waren — Männer mit an den Körper geschnallten Werkzeugen, die in die Burg kamen, um dort etwas auszubessern. Doch er hatte diese Leute nie beachtet. Nur als er selbst Bauernkleider getragen hatte, war ihm aufgefallen, was für einen freien Zutritt diese Leute hatten, wie sie durch die Tore gegangen waren, ohne daß ihnen eine Frage gestellt wurde. Doch sobald ein gepanzerter Mann auf einem Pferd sich auch nur bis auf zehn Meilen Moray Castle näherte, wurde er von bewaffneten Männer angehalten.

Rogan rief seine beiden Brüder in sein Brütezimmer und nahm zum erstenmal Baudoin als Mitglied der Familie auf. Liana hatte das erreicht, dachte er. Sie hatte ihm das kostbarste Geschenk gemacht — noch einen Bruder.

Rogan offenbarte nun seinen beiden Brüdern, daß er

sich als Bauer zu verkleiden gedachte und allein in die Howard-Festung gehen wolle.

Severns Protestgeschrei ließ die Tauben auf dem Dach auffliegen. Er schrie, er brüllte, er drohte und tobte; doch er konnte Rogan nicht von seinem Vorhaben abbringen.

Baudoin, der geschwiegen hatte, als Severn tobte, ergriff nun endlich das Wort: »Du wirst eine gute Tarnung brauchen. Du bist zu groß, zu leicht zu erkennen. Gaby wird dir eine Verkleidung machen, die nicht einmal Lady Liana durchschauen wird.«

An diesem Tag hatten dann Rogan, Gaby und Baudoin daran gearbeitet, ihn in einen einäugigen, buckligen und verkrüppelten alten Mann zu verwandeln. Severn war so wütend gewesen, daß er sich geweigert hatte, an der Verwandlung mitzuwirken; aber Rogan war zu ihm gegangen und hatte ihn um seine Hilfe gebeten. Rogan wußte, daß sie von den Spionen der Howards beobachtet wurden, und er wollte, daß Severn die Howards davon überzeugte, daß Rogan noch immer in Moray Castle weilte. Severn und Baudoin sollten die Howards täuschen, indem sie diese glauben ließen, Baudoin sei Rogan.

Rogan war allein zu der Festung der Howards gegangen. Als Severn und er im Wald voneinander schieden, hatte Severn seinen Bruder an sich gedrückt — eine seltene Geste zwischen Peregrine-Männern, die sicherlich ausgeblieben wäre, wenn Liana nicht in die Familie gekommen und Einfluß genommen hätte auf ihren Charakter.

»Bring sie zu uns zurück«, hatte Severn leise gesagt. »Und . . . und ich will nicht noch mehr Brüder verlieren.«

»Ich werde sie finden.« Rogan hatte Severn noch einen letzten Blick zugeschickt. »Paß auf Zared auf.«

Severn hatte genickt, und dann war Rogan zwischen den Bäumen verschwunden gewesen.

Rogans gebückte Haltung und sein unsicherer Gang,

weil er ein Bein nachziehen mußte, bescherte ihm schon nach kurzer Zeit Rückenschmerzen, und die Howard-Ritter, die ihn herumkommandierten, verliehen ihren Befehlen oft mit einem Tritt oder Stoß Nachdruck. Er prägte sich deren Gesichter ein und hoffte, sie eines Tages auf dem Schlachtfeld wiederzutreffen.

Er schlich in der Burg umher, holte das Spülwasser aus dem Brunnen, bemühte sich ständig, in der Nähe von Leuten zu bleiben, die miteinander redeten. Die Burg war voll von Gerüchten über das verräterische Verhalten der Peregrines, und wie sie versuchten, den Howards zu stehlen, was nach Recht und Gesetz den Howards gehörte. Die Leute stellten allerlei Mutmaßungen über Liana an und behaupteten, sie sei nicht gut genug für Olivers jüngeren Bruder. Rogan zerbrach einen Besenstiel in zwei Hälften, als er das hörte, worauf ihn ein Koch mit einem Hammelbein verprügelte.

Er aß, was er stehlen konnte, und da die Howards auf dem Familienerbsitz der Peregrines überaus wohlhabend waren, vermißten sie niemals etwas bei ihren Mahlzeiten. Er schlief in einer Ecke in den Ställen oder in den Mauserkäfigen bei den Falken.

Er arbeitete und er horchte, hielt sein unbedecktes Auge offen auf der Suche nach jemandem, der so aussah, als wüßte er etwas.

Es war in der dritten Woche, als er bereits die Hoffnung aufgeben wollte, daß ihn ein Mann in die Kehrseite trat und Rogan mit dem Gesicht nach unten in den Dreck schleuderte. »Komm mit mir, Alter«, sagte dann der Mann zu ihm.

Rogan rappelte sich mühsam in die Höhe und folgte dem Mann eine Wendeltreppe hinauf, während er sich überlegte, wo er diesen Kerl abmurksen würde. Doch dann drückte ihm der Mann einen Besen in die Hand.

»Geh dort hinein und mach sauber«, hatte er zu Rogan gesagt und eine dicke, eisenbeschlagene Tür aufgeschlossen.

Im Raum dahinter hatte dann Rogan einen Moment lang blinzelnd dagestanden, denn da war Liana, ihr reizendes Gesicht über einen Stickrahmen gebeugt, die Haare mit einer Haube aus weißer Leinwand bedeckt. Er konnte sich nicht bewegen, nur dastehen und sie anstarren.

Sie blickte hoch. »Nun, mach zu«, sagte sie dann. »Du hast Wichtigeres zu tun als die Howard-Gefangene anzugaffen.«

Er hatte den Mund geöffnet, um ihr zu sagen, wer er war; aber da hatte sich hinter ihm die Tür geöffnet. Rogan war in die Latrine gehuscht, war dort hinter der Tür stehengeblieben und hatte gelauscht. Er hatte erleichtert aufgeatmet, als er eine Frauenstimme hörte, aber als er fortfuhr, an der Tür zu horchen, hatte er Liana diese Frau Jeanne nennen hören. War das die Jeanne, mit der er einmal verheiratet gewesen war?

Er verließ die Latrine wieder und begann in der Kammer herumzukramen. Keine der beiden Frauen achtete auf ihn. Er betrachtete diese Frau Jeanne und dachte, daß es seine erste Frau sein könnte; war sich aber nicht ganz sicher. Ihre Ehe hatte nur kurz gedauert und war vor langer Zeit zu Ende gegangen, und zudem war sie nicht sonderlich denkwürdig gewesen als Ehefrau.

Er hörte den beiden Frauen zu und vernahm die Geschichten von seiner angeblichen Gleichgültigkeit, wie er sich betrank, auf die Falkenjagd ging und sich nicht im geringsten daran störte, daß seine Frau die Gefangene seines Erzfeindes war. Er lächelte, als er hörte, daß Liana ein Baby erwartete. Doch ihm verging das Lächeln, als er sah, daß Liana jedes Wort glaubte, das Jeanne ihr erzählte.

Kannten Frauen denn keine Loyalität? Hatte er jemals etwas getan, womit er sich das Mißtrauen seiner Frau verdient hätte? Er hatte ihr ein Dach über dem Kopf verschafft, Nahrung für den Bauch — und ein Balg noch dazu — und sogar ihretwegen seine Frauen aufgegeben. Und er war hierhergekommen, um sie vor den Howards zu retten.

Er war so wütend gewesen über ihre Wankelmütigkeit, daß er — während er seine Vorbereitungen traf, Wächter und Lehnsleute mit Geld bestach, das woanders eigentlich viel dringender benötigt wurde, und dann täglich zum Saubermachen in ihr Zimmer ging — sich ihr nicht enthüllte.

Nun war er also hier, und nachdem er sich so viel Mühe gemacht hatte, um sie wiederzufinden, war sie ihm nicht einmal dankbar.

»Was hattest du denn außerhalb der Wehrmauern zu suchen?« fragte er nun stirnrunzelnd. »Ich gab dir den strikten Befehl, niemals die Burganlagen zu verlassen.« Die kleine Haube auf ihrem Kopf war so durchsichtig, daß er sehen konnte, wie wenig von ihren Haaren übriggeblieben war. Wenn er diesen Oliver Howard jemals zwischen die Finger bekommen sollte, würde der Tod dieses Mannes lang und schmerzensreich sein.

»Ich wollte Kräuter holen, um den von Brennesseln verursachten Schmerz zu lindern. Gaby erzählte mir, daß du dich darin gewälzt hättest.« Sie schniefte jetzt laut.

»Brennesseln!« sagte er fassungslos. »Du hast das alles heraufbeschworen, weil du Kräuter gegen das Brennen von Nesseln holen wolltest?«

Liana begann nun zu begreifen, daß er gekommen war, um sie hier *herauszuholen* — daß alle Berichte, die sie von seiner Gleichgültigkeit gehört hatte, falsch waren. Sie sprang in einem Geflatter von Seidenröcken vom Bett herunter, warf ihm die Arme um den Hals und pflanzte ihren Mund akkurat auf den seinen.

Er drückte sie so fest an sich, daß ihr fast die Rippen brachen. »Liana«, flüsterte er an ihrem Hals.

Sie streichelte seine Haare, und noch mehr Tränen strömten ihr aus den Augen. »Du hast mich nicht vergessen«, flüsterte sie.

»Nie wieder«, sagte er, und dann im veränderten Ton: »Ich kann nicht länger hierbleiben. Heute nacht haben wir Neumond. Da komme ich hierher, um dich zu holen, und dann verlassen wir die Burg.«

»Wie?« Sie nahm die Arme von seinem Hals, um ihn ansehen zu können. Es schien, als hätte sie von einem zum anderen Moment vergessen, was für ein überaus hübscher Mann er war. Selbst unter dieser dicken Schicht aus Asche und Schmutz war sein Gesicht . . .«

»Hörst du mir überhaupt zu?«

»Ich höre und fühle dich«, antwortete sie, ihre Hüften an die seinen schmiegend.

»Benimm dich und hör mir zu. Traue nicht dieser Jeanne Howard.«

»Aber sie hat mir doch geholfen. Vermutlich hat sie mir sogar das Leben gerettet. Als ich glühendheiß von diesem Fieber . . .«

»Schwöre mir«, unterbrach Rogan sie hitzig, »schwöre mir, daß du ihr nicht traust! Daß du sie nicht in unsere Pläne einweihst und ihr nicht sagst, daß ich hiergewesen bin. Sie hat meine Familie schon einmal verraten, und wenn sie mich abermals verrät, bliebe ich nicht am Leben. Ich könnte als einzelner, ohne meine Mitstreiter, mir nicht alle Ritter der Howards vom Leib halten. Schwöre mir.«

»Ja«, flüsterte Liana, »ich schwöre.«

Er hatte seine Hände auf ihren Schultern und schenkte ihr einen letzten langen Blick. »Ich muß jetzt gehen; aber heute abend komme ich wieder. Warte auf mich und habe wenigstens einmal Vertrauen zu mir.« Er lächelte ein bißchen. »Und räume das Zimmer auf. Ich habe gelernt, Sauberkeit und Ordnung zu schätzen.«

Er küßte sie einmal — hart und heftig —, und dann war er schon aus dem Zimmer.

Liana verharrte lange an der Tür, sich dagegen lehnend. Er war gekommen, um sie zu holen. Er hatte nicht getrunken und mit den Falken gejagt, während sie hier gefangen saß. Im Gegenteil — er hatte sein Leben riskiert und war ganz allein in die Burg der Howards eingedrungen. Er hatte nicht gesagt, daß er sie nicht mehr haben wollte.

Verträumt begann sie all die Sachen wieder aufzuheben, die sie ihm an den Kopf geworfen hatte. Sie wollte nicht, daß Jeanne dieses Durcheinander sah und Fragen stellte.

Heute abend, dachte sie — heute abend wird er mich holen. Als sie weniger romantisch und mehr realistisch an sein Vorhaben dachte, wurde ihr angst und bang. Wenn er nun dabei ertappt wurde? Oliver Howard würde Rogan auf der Stelle töten. Sie setzte sich aufs Bett, die Hände fest ineinander verschränkt, und die Angst, die nun durch ihren Körper zu kreisen begann, machte alle ihre Glieder steif.

Als die Sonne am Horizont zu versinken begann, setzte sich die Angst in ihren Knochen fest, bis sie das Gefühl hatte, sie würde sich selbst aus der Entfernung betrachten. Langsam erhob sie sich vom Bett und zog das seidene Gewand aus, das Jeanne ihr geliehen hatte, und legte dafür die Bauernkleider an, die sie getragen hatte, als Oliver Howard sie gefangennahm. Dann zog sie sich den Seidenmantel über die Bauernkleider wieder an und setzte sich erneut aufs Bett, um zu warten.

Alle Muskeln in ihrem Körper waren angespannt, während sie still dasaß und zur Tür blickte. Sie hörte, wie es draußen auf den Burghöfen still wurde, als die Arbeiter ihre Werkzeuge weglegten und sich zu Bett begaben. Eine Dienerin brachte ihr Abendessen auf einem Tablett und zündete eine Kerze an; aber Liana rührte das Essen nicht an. Sie wartete statt dessen auf die Dunkelheit, die Rogan zu ihr bringen mußte.

So gegen Mitternacht öffnete sich, sehr langsam, ihre Zimmertür, und Liana stand mit geweiteten Augen vom Bett auf.

Jeanne kam ins Zimmer, den Blick aufs Bett gerichtet. Sie erschrak, als sie Liana im Zimmer stehen sah. »Ich dachte, Ihr würdet schon schlafen.«

»Was ist passiert?« fragte Liana im Flüsterton.

»Ich weiß nicht. Oliver ist sehr zornig und hat den ganzen Abend hindurch getrunken. Ich hörte zufällig . . .« Sie blickte Liana an. Sie wollte ihr nicht sagen, was sie zufällig gehört hatte.

In allen Belangen — bis auf einen — war ihr Gatte ein vernünftiger Mann; doch sobald es um die Peregrines ging, verlor er alles Gefühl für Proportionen, Schicklichkeit und Ehre. Heute hatte sie zufällig gehört, wie Oliver sagte, er beabsichtigte, Liana zu töten und Rogan ihre Leiche zuzustellen. »Ihr müßt mit mir kommen«, sagte Jeanne. »Ich muß euch verstecken.«

»Ich kann nicht«, erwiderte Liana. »Ich muß hier warten auf . . .«

»Warten auf was?« fragte Jeanne. »Oder wartet Ihr gar auf jemanden?«

»Auf niemanden«, erwiderte Liana rasch. »Niemand weiß doch, daß ich hier bin, oder? Wie könnte ich da auf jemanden warten. Ich habe hier nur so dagesessen, das ist alles.« Dann schloß sie wieder den Mund. Sie konnte

Jeanne unmöglich sagen, daß Rogan sie hier abholen wollte. Jeanne würde diese Auskunft an Oliver weitergeben.

Aber wenn sie in ein anderes Zimmer umzog — würde Rogan sie dann wiederfinden? »Dieses Zimmer ist so bequem«, sagte Liana. »Ich möcht lieber hierbleiben, statt es gegen ein anderes zu vertauschen. Ich glaube nicht, daß ich jetzt einen kalten Raum ertragen könnte.«

»Es ist jetzt nicht der richtige Moment, an Bequemlichkeit zu denken. Ich mache mir Sorgen um Eure Leben. Wenn Ihr Euch und Euer Baby retten wollt, müßt Ihr sofort mit mir kommen.«

Liana wußte, daß sie keine andere Wahl hatte. Schweren Herzens folgte sie Jeanne die vom Fackellicht beleuchteten Stufen hinunter. Sie folgte ihr aus dem Turm, über einen Innenhof und dann eine steile steinerne Treppe in einen Keller hinunter, der sich unter einem der Tortürme befand. Hier standen mächtige, mit Getreide gefüllte Säcke, an manchen Stellen fast bis an die Decke hinauf gestapelt. Es war ein dunkler, muffig riechender und feuchtkalter Ort, und das einzige Fenster in diesem Gewölb4e war ein Mauerschlitz für Pfeilschützen an der Decke.

»Es kann doch nicht Euer Ernst sein, daß ich in diesem Keller bleiben soll.«

»Es ist der einzige Ort, wo man Euch nicht suchen wird. Das hier gelagerte Getreide wird erst im nächsten Frühjahr benötigt; also kommt auch niemand in diesen Keller. Ich habe hier Wolldecken für Euch bereitgelegt und einen Nachttopf in eine Ecke gestellt.«

»Wer wird ihn ausleeren?« fragte Liana. »Der alte Mann, der mein Zimmer säuberte, scheint so verblödet zu sein, daß ich vor ihm nichts zu befürchten habe.«

»Diesmal ist die Gefahr zu groß. Ich werde morgen abend selbst kommen. Ich traue keinem außer mir selbst.« Jeanne fürchtete, daß Oliver eine Belohnung aussetzen würde, sobald er erfuhr, daß Liana nicht mehr in ihrem Zimmer eingesperrt war, und in diesem Fall würde wohl jeder Lianas Versteck dem Burgherrn verraten. »Es tut mir leid. Es ist ein scheußlicher Ort, aber der einzig sichere in der Burg. Versucht zu schlafen. Ich werde morgen wiederkommen.«

Als Jeanne aus dem Keller ging und die Tür hinter sich verriegelte, hallte das Geräusch an den steinernen Mauern des Gewölbes wider. Es war stockdunkel und so kalt, wie jedes steinerne Gewölbe, das eine Heizung nie gekannt hatte. Liana tastete sich voran, stolperte über Getreidesäcke und fand dann endlich die Decken, die Jeanne für sie zurückgelassen hatte. Liana versuchte dann aus Getreidesäcken und Decken ein Ruhelager zu machen; aber die prall gefüllten, staubigen Säcke waren keine bequeme Unterlage.

Schließlich streckte sie sich auf den harten Säcken aus, zog die beiden dünnen Decken über sich und begann zu weinen. Irgendwo da draußen riskierte ihr geliebter Rogan sein Leben, um sie wiederzufinden. Sie betete, daß er nicht etwas Törichtes unternahm, wenn er entdeckte, daß sie nicht mehr in ihrem Turmzimmer war. Doch selbst wenn er sich beherrschte und keinen Laut von sich gab, würde er sie niemals in diesem Keller finden, weil kein Wächter oder Dienstbote wußte, wo sie sich nun aufhielt. Nur Jeanne Howard hatte Kenntnis von ihrem Versteck.

Jeanne erschien am darauffolgenden Tag nicht. Liana hatte nichts zu essen, kein Licht, kein Wasser, keine Wärme. Und als die Nacht wieder den Tag ablöste, verlor Liana jede Hoffnung. Rogan hatte recht gehabt, was Jeanne betraf: Man konnte ihr nicht trauen. Jeanne, so erinnerte sie sich, hatte ihr erzählt, daß Rogan das Schicksal seiner Frau, die in der Gewalt seines Feindes war, gleichgültig ließ. Es war Jeanne gewesen, die sie glauben machte, Rogan sei ein Verräter.

Jeanne kam in der Nacht des zweiten Tages. Leise öffnete sie die Kellertür und trat in das kalte, dunkle Gewölbe hinein. »Liana«, rief sie.

Liana war zu müde und zu verärgert, um ihr Antwort zu geben.

Über Getreidesäcke kletternd und stolpernd, tastete sich Jeanne im Keller voran und sog erschrocken die Luft ein, als ihre Hände Liana berührten. »Ich habe Euch Essen, Wasser und noch eine Decke mitgebracht.« Jeanne hob ihren Rock an und begann, Säckchen von einem Strick abzulösen, den sie um die Taille befestigt hatte. Sie hielt einen mit Wasser gefüllten hohlen Kürbis an Lianas Lippen, und während Liana gierig trank, packte Jeanne kalten Braten, Brot und Käse aus.

»Ich konnte gestern nicht kommen. Oliver hat mich in Verdacht — er argwöhnt, daß ich mit Eurer Flucht etwas zu tun habe. Er gab Anweisung, daß jeder jeden bespitzeln soll. Ich muß mich jetzt sogar vor meinen eigenen Kammerfrauen in acht nehmen. Ich mußte eine Krankheit vortäuschen und mir mein Essen aufs Zimmer bringen lassen, um Euch Verpflegung besorgen zu können.«

»Soll ich glauben, Ihr hättet zu meinen Gunsten auf Eure Mahlzeit verzichtet?« fragte Liana mit vollem Mund.

Es war dunkel, und sie konnte Jeannes Gesicht nicht sehen; aber es herrschte ein kurzes Schweigen, ehe Jeanne erwiderte: »Etwas ist passiert. Was?«

»Ich habe keine Ahnung, was Ihr damit meint. ich bin hier ganz allein in diesem kalten Gewöble gewesen. Niemand ist seit zwei Tagen hier ein- oder ausgegangen.«

»Und das hat Euch zweifellos das Leben gerettet«, gab Jeanne heftig zurück. »Ihr seid die Ehefrau des Erzfeindes meines Gatten, und ich habe viel riskiert, um Euch gesund zu pflegen und in Sicherheit zu bringen.«

»Was riskiert? Mit Euren Lügen?« Liana bereute sofort ihre Worte.

»Was für Lügen? Liana, was ist geschehen? Was habt Ihr gehört? *Wie* habt Ihr es erfahren?«

»Nichts«, erwiderte Liana. »Ich wurde in Einzelhaft gehalten. Wie könnte ich da etwas erfahren haben?«

Jeanne trat von Liana weg. Ihre Augen hatten sich inzwischen an die Dunkelheit gewöhnt, und sie konnte die Umrisse der Getreidesäcke erkennen und die noch dunklere Silhouette von Lianas Gestalt. Sie holte tief Luft und blickte Liana an. »Ich habe mich dazu entschlossen, Euch die Wahrheit zu sagen — die ganze Wahrheit. Mein Gatte hat vor, Euch zu töten. Das habe ich zufällig mitgehört, ehe ich Euch um Mitternacht aus dem Turmzimmer fortschaffte. Er hat keine Verwendung für Euch. Er hatte von Anfang an nicht die Absicht, Euch gefangenzunehmen; Ihr seid nur plötzlich vor ihm gestanden, als wäret Ihr vom Himmel heruntergefallen, und er nahm euch, einem spontanen Entschluß folgend, mit. Er hoffte, mit Eurer Gefangennahme Rogan zu zwingen, ihm Moray Castle auszuliefern. Tatsächlich möchte er jeden Grashalm in seinen Besitz bringen, der den Peregrines gehört.« Da sprach nur Bitterkeit aus Jeannes Stimme.

Jeanne fuhr fort: »Ich weiß nicht, was ich jetzt mit Euch machen soll. Ich kann niemandem trauen. Oliver hat jedem den Tod angedroht, der dabei beobachtet wird, wie er Euch hilft. Er weiß, daß Ihr Euch noch immer in der Burg befindet; denn seit er Euch hierhergebracht hat, hat jeder Wächter an den Toren das Gesicht jedes Bauern und jeder Bäuerin kontrolliert, die die Burg betritt oder wieder verläßt. Seine Männer durchkämmen in diesem Augenblick sogar die Wälder außerhalb der Mauern.«

Jeanne holte tief Luft. »Zur Hölle mit Rogan. Warum hat er sich nicht bemüht, Euch zurückzubekommen? Ich hätte nie gedacht, daß er jemanden von seiner Sippschaft verrotten ließe.«

»Das läßt er nicht!« erwiderte Liana heftig und biß sich dann auf die Zunge.

»Ihr *wißt* etwas.« Jeanne faßte Liana bei den Schultern. »Helft mir, Euer Leben zu retten. Es ist nur noch eine Frage der Zeit, bis Olivers Männer auch diesen Keller durchsuchen. Ich kann Euch nicht retten, wenn Ihr entdeckt werdet.«

Liana weigerte sich, zu sprechen. Rogan hatte sie schwören lassen, daß sie sich Jeanne nicht anvertrauen würde, und sie würde ihr Wort halten.

»Also gut«, sagte Jeanne müde. »Wie Ihr meint. Ich werde mein möglichstes tun, Euch, so rasch ich kann, aus der Burg herauszuschaffen. Könnt Ihr schwimmen?«

»Nein«, antwortete Liana.

Jeanne seufzt. »Ich werde mir alle Mühe geben«, flüsterte sie und schlüpfte dann wieder aus dem Gewölbe.

Liana verbrachte eine ruhelose Nacht auf den harten Getreidesäcken. Sie konnte Jeanne *nicht* sagen, daß sich Rogan innerhalb der Burgmauern befand und ihr bei der Flucht helfen würde. Wenn sie Jeanne Rogans Tarnung verriet, konnte sie das Oliver weitersagen.

Wenn sie ihr nun aber die Wahrheit erzählt hatte? Es war tatsächlich nur eine Frage der Zeit, bis man sie hier finden würde. Und wenn sie ergriffen wurde — würde Rogan dann in seiner Bettlerkleidung ruhig dabeistehen und zusehen, wie man sie umbrachte? Nein, Rogan würde nicht schweigen, und Oliver Howard würde sie beide in seiner Gewalt haben.

Am Morgen hörte Liana ein Geräusch, das durch den schmalen Mauerschlitz hoch oben in der Wand zu ihr herunterdrang. Sie brauchte lange dazu; aber dann hatte sie so viele von den zentnerschweren Säcken aneinandergelehnt, daß sie eine Pyramide bildeten, die sie zu erklettern vermochte. Von deren Spitze aus konnte sie durch das untere Ende des langen Mauerschlitzes spähen.

Auf dem Gelände draußen herrschte ein lebhaftes Treiben. Männer und Frauen liefen durcheinander und riefen sich gegenseitig etwas zu; Türen wurden aufgerissen, Pferde aus den Ställen geführt; mit Gütern beladene Fuhrwerke wieder entladen. Sie wußte, daß die Suche nach ihr im vollen Gange war.

Als sie sich auf die Zehenspitzen stellte, um besser sehen zu können, entdeckte sie weit in einiger Entfernung in der Nähe der Ställe einen alten verkrüppelten Bettler mit einem Buckel und einem Bein, das er beim Gehen nachzog. »Rogan«, flüsterte sie und starrte den Mann beschwörend an, als könnte sie ihn mit der Macht ihres Willens zu sich holen. Und als habe er ihre stumme Botschaft empfangen, humpelte er nun langsam auf den Mauerschlitz zu.

Das Herz klopfte Liana laut im Hals, als er näher kam. Das Fenster befand sich in mäßiger Höhe über dem Boden draußen, und wenn er sich bis auf Hörweite dem Mauerschlitz genähert hatte, würde sie ihm vielleicht etwas zurufen können. Sie hielt den Atem an, als er nur noch ein paar Schritte entfernt war, und öffnete den Mund, um sich bemerkbar zu machen.

»He, du!« rief da ein Howard-Ritter Rogan zu. »Du hast zwei gute Arme. Bring dieses Fuhrwerk von hier weg.«

Tränen stiegen Liana in die Augen, als sie sah, wie Rogan sich mühsam auf den Kutschbock hinaufzog, die Pferde antrieb und sich mit dem Fuhrwerk entfernte. Sie setzte sich auf die Getreidesäcke nieder und begann zu weinen. Was Jeanne ihr gesagt hatte, stimmte. Oliver Howard ließ jeden Winkel der Burg nach ihr absuchen, und wenn er sie heute noch nicht fand, würde er sie gewißlich morgen entdecken.

Eine Stimme in ihrem Kopf sagte ihr, daß sie Jeanne vertrauen müsse — daß ihre einzige Chance zu überleben darin bestünde, Jeanne mitzuteilen, daß Rogan in der Nähe sei und einen Fluchtplan habe. Wenn sie sich Jeanne nicht anvertraute, war ihr der Tod gewiß. Falls sie sich ihr anvertraute, bestand die Möglichkeit, daß sie und Rogan am Leben blieben.

Als Jeanne an diesem Abend zu ihr kam, litt Liana entsetzlich unter dem Zwiespalt, wie sie sich nun entscheiden sollte.

»Ich habe etwas arrangiert«, sagte Jeanne. »Es ist das Beste, was ich unter den herrschenden Umständen bewerkstelligen konnte; aber ich weiß nicht, ob es gelingen wird. Ich habe nicht gewagt, mich einem der Männer meines Gatten anzuvertrauen. Ich fürchte, daß eine meiner Kammerfrauen meinem Gatten alles berichtet, was ich unternehme. Kommt jetzt mit mir. Es ist keine Zeit mehr zu verlieren.«

»Rogan ist hier«, platzte da Liana heraus.

»Hier? In diesem Keller?« Jeannes Stimme klang ängstlich.

»Nein. Er befindet sich im Obdachlosenasyl der Burg. Er kam zu mir ins Turmzimmer. Er sagte, er habe einen Plan, und er wollte mich in jener Nacht von hier fortbringen, als Ihr mich in diesem Keller untergebracht habt.«

»Wo ist er? Rasch! Leute warten draußen, um Euch zu helfen, und wir brauchen dringend die Unterstützung Eures Gatten.«

Liana grub ihre Fingernägel in Jeannes Arm. »Wenn

Ihr uns verratet, dann schwöre ich vor Gott, daß mein Geist Euch bis ans Ende Eures Lebens verfolgen wird.«

Jeanne bekreuzigte sich. »Wenn Ihr ergriffen werdet, dann nur, weil Ihr kostbare Zeit damit verschwendet habt, mir zu drohen. Wo ist er?«

Liana beschrieb Jeanne die Verkleidung von Rogan.

»Ich habe ihn gesehen. Er muß wirklich etwas für Euch empfinden, wenn er es riskierte, allein hierherzukommen. Wartet — ich werde Euch hier abholen.«

Liana ließ sich auf einen Getreidesack fallen. Nun würde sie bald wissen, ob sie die richtige Entscheidung getroffen hatte. War sie falsch, war sie schon jetzt so gut wie tot.

Kapitel neunzehn

Jeanne stürmte in die Große Halle, zwei in Seide gekleidete Kammerfrauen hinter ihr, und blickte aufgebracht um sich. Der Boden war mit Strohmatratzen bedeckt, auf denen Männer und Hunde schliefen. Ein paar Leute saßen in einer Ecke zusammen und würfelten. Einer schäkerte mit einer Magd.

»Die Abläufe in meiner Latrine sind verstopft«, verkündete Jeanne. »Ich brauche jemand, der sie saubermacht. Sofort.«

Jene, die noch wach waren, beeilten sich, beim Anblick der erlauchten Burgherrin aufzuspringen und eine respektvolle Haltung einzunehmen; doch niemand wollte sich für diese unangenehme Aufgabe freiwillig melden.

»Ich werde Euch jemanden schicken . . .« begann einer der Ritter.

Jeanne sah Rogan in seinen schmutzigen Kleidern an einer Wand hocken. Sie konnte seinen Blick spüren. »Der dort wird mir genügen. Komm mit.« Sie drehte sich um und hoffte, daß er ihr aus der Halle folgen würde. Er tat es, und sie wartete, bis sie sich im tiefen Schatten eines Gebäudes befanden, gab ihren Frauen einen Wink, daß sie weitergehen sollten, und drehte sich dann zu Rogan um.

Ehe er vor ihr zurückweichen konnte, griff sie nach seiner Augenklappe und zog sie kurz in die Höhe. »Du bist es«, flüsterte sie. »Ich wollte es nicht glauben, als Liana es mir erzählte. Ich mochte nicht glauben, daß ein Peregrine einen Gedanken daran verschwendet, ob eine Frau am Leben bleibt oder nicht.«

Rogans Hand umfing ihr Handgelenk und drückte es so fest zusammen, daß es schmerzte. »Wo ist sie, du Schlampe? Wenn ihr ein Leid geschehen ist, werde ich mit dir machen, was ich schon vor vielen Jahren hätte tun sollen.«

»Laß mich los, oder du wirst sie niemals mehr wiedersehen.«

Rogan blieb keine andere Wahl, als Jeanne wieder loszulassen. »Was hast du mit ihr gemacht, daß sie dir von mir erzählte? Es wird mir ein Vergnügen sein, dich zu töten, falls . . .«

»Du kannst dir deine süßen Worte für später aufsparen«, schnaubte Jeanne. »Sie ist im Augenblick versteckt und ich gedenke, sie aus der Burg herauszuschaffen; aber dafür brauche ich Hilfe. Sie kann nicht schwimmen, also muß sie mit einem Boot die beiden Gräben der Burg überqueren. Du mußt die Ruder bedienen. Gehe nun zur Mauer an dieser Seite des Nordostturms. Dort hängt ein Seil an der Mauer. Überquere den äußeren Mauerbereich in Richtung Nordwesten. Dort hängt ein zweites Seil an der Mauer, und darunter wird sich ein Boot befinden. Warte in dem Boot auf sie. Ich werde ihr bis zur äußeren Mauer helfen, und dann ist es deine Sache, sie über den Graben zu bringen und den äußeren Wasserring.«

»Ich soll dir glauben? Dort erwarten mich bestimmt Oliver Howards Männer.«

»Meine Frauen werden die Wachen auf den Mauern ablenken. Du *mußt* mir glauben. Es gibt niemanden sonst.«

»Wenn du mich ein zweitesmal verrätst, werde ich . . .«

»Geh!« befahl Jeanne. »Du verlierst nur kostbare Zeit.«

Rogan verließ sie jetzt, lief über den Hof, zog dabei aber immer noch das eine Bein nach, falls ihn jemand beobachtete. Er hatte sich in seinem Dasein noch nie so nackt gefühlt wie jetzt. Sein und Lianas Leben lagen in den Händen einer Verräterin. Und ein Teil seines Wesens war davon überzeugt, daß zwanzig bewaffnete Männer ihn am Nordwestturm erwarteten, wenn er dort anlangte, um ihn zu ermorden. Doch ein anderer Teil seines Wesens wußte auch, daß dies seine einzige Chance war. Er hatte tagelang vergeblich nach Lianas Aufenthalt geforscht und dabei genauso wenig Glück gehabt wie Howards Ritter.

Doch niemand erwartete ihn am Turm. Statt dessen entdeckte er ein Seil, das an der dunklen Mauer herabhing. Er warf seine Augenklappe weg, zog die Watte, mit der er einen Buckel vorgetäuscht hatte, unter dem Kittel heraus und band sein Bein los. Er holte ein Messer unter seinem schmutzigen Hemd hervor, klemmte es zwischen die Zähne und begann an dem Seil hinaufzuklettern.

Wieder erwartete er, Männer am oberen Ende des Seils anzutreffen, die dort auf ihn lauerten; aber niemand befand sich in der Nähe. Leise schwang er sich auf der anderen Seite der Mauer über die Brüstung und ließ sich an dem dort befestigten Seil hinunter.

Sobald er wieder festen Boden unter den Füßen spürte, rannte er geduckt über den mittleren Wallstreifen. Er schien mit der dunklen äußeren Mauer zu verschmelzen, als er ein Lachen hörte. Zwei Wächter gingen an ihm vorbei und bemerkten Rogan nicht, der nur wenige Schritte entfernt zu ihrer Rechten im Schatten der Zinnen am Seil hing.

Rogan mußte noch eine Mauer übersteigen, ehe er den Burggraben erreichte. Er benötigte ein paar kostbare Minuten, ehe er dort das Seil entdeckte und dann mit dem Klettern begann. Auf der Mauerkrone mußte er warten, weil er eine Männerstimme hörte, die von dem Kichern einer Frau begleitet war. Rogan wartete, bis die beiden sich entfernt hatten, und schwang sich dann auf die breite, flache Mauerkrone hinauf.

Das nächste Seil befand sich dann ein Stück weiter nordwärts, und Rogan ließ sich daran rasch zum Graben hinunter. Im Schatten der Mauer, in hohem Schilf versteckt, entdeckte er ein winziges Boot mit zwei Ruderriemen. Er stieg hinein, duckte sich und wartete. Er hielt den Blick immer auf die Mauer über sich gerichtet, beobachtete sie so angestrengt, daß er nur einmal mit den Lidern zuckte.

Es dauerte lange, ehe er die dunklen Schatten von zwei Köpfen auf der Mauerkrone in der Nähe der Stelle entdeckte, wo sich das Seil befand. Er hatte schon jede Hoffnung aufgeben wollen. Diese Howard-Hexe hatte tatsächlich die Seile und das Boot an den von ihr angegebenen Stellen deponiert; aber würde sie nun auch Liana zum verabredeten Ort bringen?

Rogan hielt den Atem an, als er die beiden Köpfe über sich beobachete. Sie schienen miteinander zu *reden.* Frauen, dachte er verdrossen. Worte waren für sie alles. Sie redeten, wenn ein Mann mit ihnen schlafen wollte. Sie redeten, wenn ein Mann ihnen ein Geschenk machte — sie wollten von ihm eine *Erklärung* für das Geschenk! Aber am schlimmsten war es, wenn sie auf einer Mauer standen und redeten, während sie von bewaffneten Männern umgeben waren!

Dann passierte alles zugleich. Die Hände von einer der beiden Frauen fuhren in die Höhe, als wollte sie die andere schlagen. Rogan war bereits aus dem Boot gesprungen und rannte auf die Mauer zu. Da war der Schrei einer

Frau über ihm, dann das Geräusch von Männern, die den Wehrgang herunterliefen. Rogan hatte bereits beide Hände am Seil, bereit, daran hinaufzuklettern, als Jeanne zu ihm hinunterschrie.

»Nein!« rief sie Rogan zu. »Bring dich in Sicherheit. Liana ist tot. Die kannst du nun nicht mehr retten!«

Rogan kletterte jetzt rasch an dem Seil hinauf und war bereits sechs Fuß über dem Boden, als es nachgab und er zurück auf die Erde fiel. Jemand mußte es oben gekappt haben.

»Geh weg, du Narr«, hörte er Jeanne noch schreien; dann ging ihre Stimme in ein ersticktes Murmeln über. Jemand mußte ihr nun mit der Hand den Mund zuhalten.

Rogan überlegte nicht mehr lange, denn Pfeile begannen auf ihn herabzuregnen. Er rannte zum Boot, doch das war von zwei Pfeilen getroffen worden und sank. Er sprang in das kalte Wasser des Grabens und begann zu schwimmen, während Pfeile über seinen Kopf hinwegzischten.

Er erreichte das andere Ufer und rannte dann geduckt über die Böschung, knapp an dem Wall der westlichen Außenschanze entlang. Verschlafene Wachen, die das Getümmel jenseits des Grabens hörten, beugten sich nun über die Mauer und blickten auf das steile Stück Land hinunter, das den inneren und äußeren Graben voneinander trennte. Als sie sich dort etwas bewegen sahen, schossen sie mit Pfeilen darauf.

Rogan erreichte den äußeren Graben, als ein Pfeil über seinen Rücken hinschabte und seine Haut aufschnitt. Er sprang ins Wasser und begann nach Norden zu schwimmen, weg von den Mauern, aber auf den See im Norden zu, der die beiden Burggraben mit Wasser speiste. Er war ein ausdauernder Schwimmer; verlor jedoch laufend Blut aus der Rückenwunde. Als er das jenseitige Ufer erreichte, mußte er sich auf das trockene Land hinaufziehen, wo er einen Moment im Schilf liegenblieb, sich das Wasser aus den Lungen hustete und keuchend nach Luft schnappte nach dieser gewaltigen Anstrengung. Das Blut lief ihm nun den Rücken hinunter.

Als er endlich wieder so bei Kräften war, daß er gehen konnte, lenkte er seine Schritte auf den Wald zu. Er hörte die Hufschläge der Howard-Ritter dicht hinter sich, als er den Waldrand erreichte. Er spielte nun mit den Männern den Rest der Nacht Katz und Maus und auch den ganzen folgenden Tag über, wo er sich immer wieder vor den Häschern verstecken mußte. Dann schlugen sie einen Bogen und kamen wieder zurück, und er versteckte sich von neuem, als sie den Wald durchkämmten.

Mit einbrechender Dunkelheit sprang er einen Howard-Ritter an, schnitt ihm die Kehle durch und stahl sein Pferd. Die anderen Ritter jagten ihm nach; aber Rogan trieb das Pferd an, bis es blutete, und entkam so seinen Verfolgern. Bei Anbruch der Morgendämmerung blieb das Pferd stehen und weigerte sich, noch einen Schritt weiterzugehen. Rogan stieg von dessem Rücken und ging zu Fuß weiter.

Die Sonne stand schon hoch am Himmel, als er die Umrisse von Moray Castle in der Ferne sah. Er lief weiter, stolperte über Felsen und Steine, und dann gaben seine Muskeln nach wochenlangem Mißbrauch schließlich nach.

Einer von den Männern, die auf den Zinnen Wache standen, sah ihn, und binnen Sekunden ritt Severn schnell wie der Wind auf ihn zu. Severn sprang vom Pferd, ehe es zum Stehen kam, und fing Rogan in dem Moment auf, als er zusammenbrechen wollte.

Severn war überzeugt, daß sein Bruder im Sterben lag, als er seine Hände von Rogans Blut bedeckt sah, mit denen er ihn im Rücken stützte. Er begann Rogan zu seinem Pferd zu schleppen.

»Nein«, sagte Rogan, sich gegen seinen Griff wehrend, »laß mich hier liegen.«

»Dich hier liegenlassen? Bei allem, was mir heilig ist, du hast uns durch die Hölle gejagt! Wir hörten, daß Oliver Howard dich in der vergangenen Nacht getötet hätte.«

»Er *hat* mich getötet«, flüsterte Rogan, sich von Severn abwendend.

Severn sah nun die Wunde auf dem Rücken seines Bruders. Sie blutete noch immer und war nicht ungefährlich; aber sie reichte nicht hin, um einen Mann umzubringen. »Wo ist sie?«

»Liana?« fragte Rogan. »Liana ist tot.«

Severn runzelte die Stirn. Er hatte eben erst begonnen, diese Frau zu mögen. Sie machte zwar wie alle Frauen eine Menge Schwierigkeiten; aber sie war kein Feigling. Er legte Rogan die Arme um die Schultern. »Wir werden eine andere Frau für dich finden. Diesmal wird es eine wirkliche Schönheit sein, und wenn du dir eine wünschst, die dein Bett in Brand steckt, dann werden wir auch so etwas für dich auftreiben. Sobald du . . .«

Severn war nicht darauf gefaßt, als sein Bruder herumschwang, ihm die Faust gegen das Kinn schmetterte und ihn zu Boden schickte.

»Du verdammter Narr!« sagte Rogan, mit gegrätschten Beinen über seinem Bruder sitzend und ihn wütend anfunkelnd. »Du hast noch nie etwas begriffen. Du mit deiner hochwohlgeborenen Hure, mit der du dich immer einschließt, hast sie die ganze Zeit hindurch nur angefeindet. Du hast ihr das Leben zur Hölle gemacht!«

»Ich?« Severn hob die Hand an seine blutende Nase. Er wollte aufstehen, aber ein Blick auf das Gesicht seines Bruders ließ es ihm ratsam erscheinen, dort zu bleiben, wo er war. »Ich bin doch nicht derjenige gewesen, der mit anderen Frauen schlief. Ich habe nicht . . .« Er hielt inne, weil der Zorn auf Rogans Gesicht mit einemmal erloschen war. Rogan drehte sich von ihm weg und ging in den Wald hinein.

Severn stand auf und lief ihm nach. »Ich wollte ihr Andenken doch nicht beleidigen. Ich mochte sie; aber nun ist sie tot, und es gibt doch noch andere Frauen. Wenigstens hat sie dich nicht mit Oliver Howard verraten, wie deine erste das getan hat. Oder hat sie das doch getan? Ist das der Grund, daß du so zornig warst?«

Rogan drehte sich wieder zu seinem Bruder um, und zu Severns ungläubigem Entsetzen waren da Tränen, die anfingen, über Rogans Wangen zu laufen. Severn verschlug es die Sprache. Rogan hatte weder beim Tod seines Vaters noch bei dem Tod einer seiner Brüder auch nur eine Träne vergossen.

»Ich liebte sie«, flüsterte Rogan. »ich liebte sie.«

Severn war dieser Anblick zu peinlich. Er konnte es nicht ertragen, seinen Bruder weinen zu sehen. Er entfernte sich, rückwärts gehend, von ihm. »Ich werde dir das Pferd dalassen«, murmelte er. »Komm in die Burg zurück, sobald du dazu in der Lage bist.« Damit entfernte sich Severn rasch.

Rogan ließ sich auf einen Felsblock fallen, bedeckte das Gesicht mit den Händen und begann nun ernsthaft zu weinen. Er hatte sie geliebt. Er hatte ihr Lächeln, ihr Lachen, ihr Temperament und die Freude, die sie über die geringsten Dinge empfand, geliebt. Sie hatte das Lachen in sein Dasein gebracht nach einem Leben voller Haß. Sie hatte ihm Kleider ohne Läuse oder Flöhe beschert und ein Essen, mit dem man sich nicht die Zähne abwetzte. Sie hatte dieses arrogante Luder Iolanthe aus ihrem Bau aufgescheucht, und obwohl sie das nicht wußte, hatte sie Zared dazu gebracht, Rogan zu bitten, ihr ein paar Frauenkleider zu kaufen.

Und nun war sie von ihm gegangen. Getötet in der Fehde mit den Howards.

Vielleicht sollte ihr Tod seinen Haß auf die Howards verstärken; aber das tat er nicht. Was kümmerten ihn noch die Howards? Er wollte Liana wiederhaben, seine weiche, süße Liana, die ihm Sachen an den Kopf warf, wenn sie wütend war, und ihn küßte, wenn sie sich freute.

»Liana«, flüsterte er und weinte noch heftiger.

Er hörte nicht die Schritte im weichen Farnkraut, und sein Kummer war so tief, daß er sich nicht bewegte, als eine weiche Hand seine Wange berührte.

Liana kniete sich vor ihm nieder und zog ihm die Hände vom Gesicht. Sie betrachtete sein tränenüberströmtes Gesicht, und da wurden ihr selbst die Augen naß. »Ich bin hier, mein Herz«, flüsterte sie, küßte seine heißen Augenlider und dann seine Wangen. »Ich bin in Sicherheit.«

Rogan konnte sie nur mit offenem Mund anstarren.

Liana lächelte ihn an. »Hast du mir denn gar nichts zu sagen?«

Da umfing er sie und zog sie auf seinen Schoß, und dann rollte er mit ihr über den Waldboden. Seine Tränen verwandelten sich in Gelächter, als er sich immer wieder mit Liana in seinen Armen um die Längsachse drehte, wobei seine Hände ununterbrochen an ihrem Körper auf- und abstreichelten, als müsse er sich vergewissern, daß sie echt war und kein Gespenst.

Endlich hielt er still, legte sich auf den Rücken und hielt Liane so fest an sich gedrückt, daß sie kaum atmen konnte.

»Wie?« flüsterte er. »Diese Howard-Schlampe . . .«

Liana legte ihm rasch die Fingerspitzen auf die Lippen. *»Jeanne«*, sagte sie, den Namen betonend, »hat uns das

Leben gerettet. Sie wußte, daß eine ihrer Damen eine Verräterin war, und Sekunden, ehe sie zu mir kam, hörte sie zufällig etwas, das ihr einen Fingerzeig gab, welche von ihren Ladies die Verräterin sein mußte. Sie schickte mich in die eine Richtung, während sie die verräterische Kammerzofe zu der Stelle beorderte, wo du neben dem Seil an der Mauer unten im Boot wartetest. Die Kammerfrau hielt sodann Jeanne, die sich das Gewand einer Bäuerin übergeworfen hatte, für mich und versuchte sie zu erdolchen. Jeanne tötete die Kammerfrau, während ich ein Stück weiter sicher über die Mauer klettern konnte. Sie mußte dir zurufen, daß ich tot wäre, weil sie wußte, daß du sonst niemals die Burg verlassen hättest.«

Sie streichelte Rogan die Wange. »Ich sah dich durch den Burggraben schwimmen. Wenn die bewaffneten Howard-Männer nicht ein so ausschließliches Interesse für dich entwickelt hätten, würden sie mich gesehen haben. Jeanne hatte ein Paar Pferde für mich bereitgestellt, und so war ich nie weit hinter dir; aber du bist so schnell gereist, daß ich dich nicht einholen konnte.«

Ihre Bauernkapuze war ihr beim Dahinrollen im Farn vom Kopf gefallen, und ihre Haare hatten sich aufgelöst. Sie lagen nun weich um ihre Schultern gebreitet. Rogan berührte sie. »Findest du sie häßlich?« flüsterte sie.

Er blickte ihr wieder ins Gesicht, Liebe in seinen Augen. »An dir ist *nichts* häßlich. Du bist die schönste Frau der Welt, und ich liebe dich, Liana. ich liebe dich von ganzem Herzen und von ganzer Seele.«

Sie lächelte ihn an. »Wirst du mich an den Gerichtstagen Recht sprechen lassen? Können wir in Moray Castle einen Flügel anbauen? Wirst du aufhören, mit den Howards Krieg zu führen? Wie sollen wir unseren Sohn nennen, mein Herz?«

In Rogan regte sich wieder der Zorn; aber dann lachte

er und drückte sie an sich. »Die Rechtsprechung ist Sache der Männer. Ich werde an diesen Steinhaufen nie einen Flügel anbauen; die Peregrines werden immer mit den Howards Krieg führen, und ich werde meinen Sohn John nennen nach meinem Vater.«

»Gilbert, nach meinem Vater.«

»Damit er zu einem faulen, trägen Mann aufwächst?«

»Ist es dir lieber, wenn er sein Leben damit verbringt, Bauernmädchen zu schwängern und seinen Kindern den Haß auf die Howards einzuimpfen?«

»Ja«, antwortete Rogan, sie festhaltend, während er einen Blick zum Himmel hinaufschickte, »wir mögen in den meisten Dingen verschiedener Meinung sein; aber es gibt eine Sache, wo wir uns offensichtlich einig sind. Zieh dir die Kleider aus, Mädchen.«

Sie hob den Kopf und blickte ihn an. »Ich bin dir stets eine gehorsame Ehefrau.«

Er wollte etwas erwidern; aber sie küßte ihn, und er sagte in den nächsten drei, vier Stunden kein weiteres Wort mehr.

Band 11988

Julie Garwood

Geliebter Barbar

Schatten der Vergangenheit bedrohen eine junge Liebe

Weil sie ihrer besten Freundin bei der Niederkunft beistehen will, vor allem aber weil sie endlich ihren Vater kennenlernen möchte, reist die stolze Judith Hampton nach Schottland. Als Begleiter für ihre Sicherheit hat man ihr Ian Maitland, Laird eines schottischen Clans, zugedacht. Judith erscheint er anfangs wie ein Barbar, doch schon bald erliegt sie seiner Anziehungskraft. Und auch Ian, verblüfft über ihren anfänglichen Trotz, erfaßt tiefe Zuneigung.
Nichts scheint die beiden mehr auseinanderbringen zu können, nicht einmal die schlimme Wahrheit über Judiths Vater …

Band 11952

Jude Deveraux

Jene Nacht im Frühling

Auf der Suche nach ihrer seit Jahren verschwundenen Großmutter begegnet Samantha Elliot dem attraktiven Michael Taggert.

Die beiden finden rasch Gefallen aneinander, aber weitere Annäherungsversuche blockt die frisch geschiedene Samantha resolut ab. Dennoch hilft ihr Michael beharrlich weiter, der Vermißten auf die Spur zu kommen. Und je näher sie der Lösung des Falles kommen, um so mehr erliegt Samantha der Magie der Liebe ...

Dramatisch, leidenschaftlich, ergreifend!

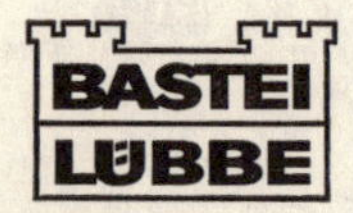